Jet

PLAZA & JANÉS

Orazio Bagnasco

EL BANQUETE

Traducción de
Juan Carlos Gentile Vitale

PLAZA & JANÉS EDITORES, S.A.

Título original: *Il Banchetto*
Diseño de la portada: Marta Borrell y Jordi Lascorz
Ilustración de la portada: Valère Maxime, *Gastronomie, hygiène et luxure*, ms. fr. 6185, fol. 255, París, Bibliotheque de France

Primera edición en esta colección: junio, 1999

Printed in Spain – Impreso en España

ISBN: 84-01-46211-8
Depósito legal: B. 24.155 - 1999

Fotocomposición: Zero pre impresión, S. L.

Impreso en Litografia Rosés, S. A.
Progrés, 54-60. Gavà (Barcelona)

L 4 6 2 1 1 8

A Paola

Lecteur paisible et bucolique,
sobre et naïf homme de bien,
jette ce livre saturnien,
orgiaque et mélancolique.

Charles Baudelaire
(Épigraphe pour
un livre condamné)

1

—*Criadillas de cochinillo*: 50 libras.
—*Lomos de cerdo*: 106 libras.
—*Mortadelas amarillas*: 125 libras.
—*Salchichas rojas*: 120 libras.

Desde las carretas los dos asistentes voceaban las cantidades de mercancía que controlaban, para que el *Gran Veedor*, un poco duro de oído, pudiera escucharlas, pues se encontraba a bastante distancia en la explanada nevada. El funcionario estaba ante un escritorio pequeño, casi en el centro del inmenso patio del castillo, sentado en un banco cercano a la gran hoguera de leña. Buena parte del patio aparecía abarrotada de carros y carretas y la nieve estaba manchada por el estiércol de los caballos y los mulos y por los surcos de las ruedas. La explanada, con el castillo, la catedral y el palacio episcopal, ocupaba la vasta meseta en la cima de la colina, que se erguía baja y maciza para defender la parte oriental del notable burgo de Tortona. El gran descampado estaba protegido por tres lados con altos muros espaciados por torres, mientras que el de levante estaba defendido por la gruesa mole del castillo de los Botta, condes de Tortona, que se entreveía azulado en la niebla.

Hacia el pueblo, es decir, en la parte opuesta al castillo, se elevaba la imponente silueta de la catedral de

Tortona, con el palacio episcopal anexo. Abajo, allá donde la colina y el castillo no lo protegían, el poblado estaba defendido por muros almenados y torres situadas a distancia regular una de la otra.

El Gran Veedor, enjuto y calvo, intentaba protegerse del frío y la niebla que le entraban en los huesos, manteniéndose lo más cerca posible del fuego pero, a pesar del bonete calado hasta las orejas, el ropón, que le llegaba hasta los pies, con cuello y solapas de piel y los espesos mitones, que usaban los contables para escribir y contar el dinero, no conseguía calentarse. Controlaba en un borrador que los víveres que llegaban en carreta desde Milán correspondieran a la carga registrada en el momento de la partida. Apenas las carretas entraban en el patio, a través de la gran puerta cochera, sus dos asistentes saltaban encima y, en voz muy alta, en parte para hacerse oír bien por su jefe y en parte para darse importancia, comenzaban la cuenta del material transportado:

—*Ocas en salmuera*: 300.

—*Morcillas*: 2.800.

—*Crestas y criadillas de pollo*: 120 libras.

—*Membrillos y granadas*: 150 libras.

—*Gajos de nuez*: 300 libras.

—*Avellanas frescas y secas*: 260 libras.

De vez en cuando, mientras seguían el recuento, los dos asistentes arrojaban desde las carretas, ora una cesta de salchichas, ora unos grandes trozos de tocino o unos jamones de jabalí. Algunos de sus compadres cogían al vuelo lo que lanzaban y lo cargaban en una carreta vecina. Nadie parecía preocupado por la presencia del Gran Veedor, quien al menos tenía dos buenos motivos para no moverse de su puesto. Por nada del mundo hubiera apartado de la hoguera sus magros huesos, que le parecían a punto de congelarse; además, sabía perfectamente que la mitad de lo robado iría a parar a su *escarcela*. Los asistentes, no satisfechos con todo lo que hurtaban de acuerdo con sus compinches, se metían sartas de salchichas, sobrasadas y hormas enteras de queso en los amplios bolsillos de sus ropones.

Al gran patio continuaban llegando carretas con todo lo necesario para el colosal y suntuosísimo ágape para más de ochocientas personas, que al cabo de pocos días tendría lugar en el castillo. El número de carros era tal que una buena parte del descampado comenzaba a saturarse.

El resto de los víveres se conseguirían en los alrededores, en la colina y las llanuras que rodeaban el burgo.

Comenzaron a llegar carros más grandes cargados de toneles:

—*Malvasía*: 18 toneles.

—*Romania*: 7 toneles.

—*Bastardo*: 21 toneles.

—*Greco de Somma*: 19 toneles.

—*Garnacha*: 32 toneles.

No era fácil hacer desaparecer los toneles, pero las frases breves, los guiños y las señas de complicidad que los dos asistentes intercambiaban con los carreteros permitían suponer que, por lo menos, una parte de aquel vino sería sustraída.

La corpulenta figura de maese Stefano apareció sobre la grupa de su caballo, saliendo de improviso por detrás del castillo entre la niebla del patio. Estaba acompañado por maese Anselmo, viejo jefe de cocina del castillo de los condes de Botta, quien, siendo nativo del pueblo, hacía los honores de casa y, sin lamentarse, había cedido el mando de todo lo necesario para la preparación del ágape al Gran Cocinero de Milán. Pensándolo bien, le estaba agradecido porque él jamás habría sabido organizar tan extraordinaria empresa; por eso ahora hacía todo lo posible por ayudar a su ilustre colega, director de las cocinas ducales. En ese momento los asistentes del Gran Veedor revisaban una carga de quesos alpinos.

En cuanto el gran Gran Veedor vio al Gran Cocinero, lo saludó familiarmente con la mano y desde lejos le gritó:

—Hola, maese Stefano, mirad qué trabajo me dais con todos vuestros trastos. Llevamos toda la mañana controlando mercancías.

Maese Stefano sonrió al pensar cuánto habrían robado aquellos pícaros durante la mañana, pero se limitó a decir:

—Es verdad, maese Ubaldo; sin embargo dentro de poco vos habréis terminado y, en cambio, mi trabajo comienza ahora.

El Gran Cocinero estaba casi congelado y se frotaba sus redondas y heladas mejillas con las manos. Tras descabalgar fue a sentarse cerca de maese Ubaldo, en un banco frente a la hoguera. Sus rojizos bigotes vueltos hacia arriba y su perilla estaban cuajados de hielo y nieve.

—Este bribón 1488 nos está regalando uno de los inviernos más fríos que recuerdo —dijo maese Stefano, estremeciéndose, mientras sacaba del bolsillo de su ropón, forrado de piel, una frasca de aguardiente de sus valles y la ofrecía gentilmente al Gran Veedor.

—Probad éste del valle de Blenio. Reanimaría incluso a un ahorcado.

Maese Ubaldo trincó aquel fuego líquido, se estremeció por la quemazón y tosió.

—¡Magnífico! —Y bebió otro gran sorbo. Luego le preguntó—: ¿Ya habéis encontrado dónde situar vuestra cocina? Yo no entiendo de esto, pero ¡la del castillo me parece un poco pequeña!

—Es peor que pequeña —espetó el Gran Cocinero—. La acabo de visitar con maese Anselmo y también él piensa que no es adecuada para nuestro banquete. El conde Botta y el conde Obispo, su hermano, nunca reciben a más de treinta personas a la vez. No está hecha para un banquete principesco. Faltan los *albañares*, los hornos, los asadores, los morteros y todo lo demás. Necesito un local donde puedan trabajar tres Cocineros Principales, veinte Cocineros, treinta Oficiales de Cocina, veinte mozos y una cincuentena de galopillos.

También él echó buenos tragos de su frasca, mientras recordaba su salida de la Corte de Milán aquella misma mañana o, mejor dicho, aquella noche cerrada, dos horas después de medianoche, al son de la hora octava. Había necesitado diez horas de viaje, entre la niebla y la nieve, y ahora estaba allí, en el centro de un patio helado, rompiéndose la cabeza para encontrar el mejor local donde preparar el banquete principesco. Había buscado por todas partes.

—Pero quizá lo he encontrado —dijo el Gran Cocinero como hablando consigo mismo—. Maese Anselmo me ha enseñado los sótanos del castillo, precisamente debajo de una de las salas del banquete. Es un espacio enorme, de momento abarrotado de escombros y cubierto por al menos un palmo de polvo, pero con un poco de trabajo conseguiré transformarlo en la cocina moderna que necesito. Estoy esperando a uno de los *Senescales Menores*, que llegará dentro de poco con algunos aldeanos para despejar el local, hacer una gran limpieza y blanquear las paredes. Es un semisótano, es verdad, pero está seco, es luminoso y, además, para unos días irá bien.

Había acabado de hablar cuando, bajo el arco del portón y a través de la niebla, se vislumbró la silueta de un personaje con un *monjil* forrado de zorro y un bonete emplumado. Iba seguido por un jinete que podía ser un secretario o un ayudante. Cuando estuvo un poco más próximo, maese Stefano saltó en pie y gritó:

—¡Bienvenido, Excelencia, ahora me siento mejor!

Y corrió a su encuentro. El Diplomático hacía amplios gestos con las manos y, en cuanto estuvo cerca, bajó del caballo y los dos se abrazaron afectuosamente, ante la mirada asombrada del Gran Veedor.

El embajador Jacopo Trotti, enviado del duque de Ferrara a la Corte de los Sforza, cogió del brazo a maese Stefano y juntos se acercaron a la hoguera, que aún ardía alimentada por la leña que los criados traían continuamente. El Diplomático, después de intercambiar breves cumplidos con el Gran Veedor, se dirigió al Cocinero con tono burlón:

—¿No hay nada para estos pobres diplomáticos congelados?

Era cordial y estaba de buen humor, como siempre.

Maese Stefano no se hizo rogar, sacó otra vez su frasca y, en silencio, como en un ritual ya conocido por ambos, la ofreció a su amigo, quien después de mirarla a contraluz y olerla, sin decir una palabra, hizo un guiño al Gran Cocinero y solemnemente empezó a beber a grandes sorbos.

—¡Qué diablos estos lugareños! Un aguardiente como el vuestro no lo hace nadie, ¿qué le metéis dentro?, ¿tizones del infierno? —Y bromeando así, los dos amigos se acercaron aún más a la hoguera. Tras quitarse los guantes, ofrecieron las palmas de sus manos al calor de las llamas mientras las frotaban enérgicamente.

En ese momento las iglesias de Tortona comenzaron a tocar el *ángelus*, e incluso desde los campanarios de las iglesias parroquiales más lejanas llegaron, volando sobre las llanuras nevadas y sobre las filas de moreras de la Lomellina, los nasales repiques de las campanas de Lombardía. Cada vez, ese lamento lleno de ecos como el aleteo de un ángel hacía penetrar en todos la melancolía por la noche que sobrevenía y la añoranza por el día acabado.

—Es la hora del véspero, maese Stefano —dijo el Embajador—, y ya oscurece. ¿Acaso no ha llegado el momento de comenzar a pensar en algo serio? ¿No pasaremos aquí toda la noche? —Y guiñó el ojo, sonriendo, como para romper aquel instante helado que el sonido de las campanas había apoyado en ellos.

—No, Excelencia, no dormiremos aquí con el estómago vacío. Sólo tengo que decir dos palabras al Senescal Menor, en cuanto llegue, y luego podremos bajar al pueblo. Maese Anselmo, el Cocinero, que es del lugar, me ha aconsejado una taberna que, por Dios, no es como las nuestras, pero se está caliente y se puede echar al buche algo decente.

—Estaba seguro de que habríais pensado en todo, maese Stefano. Vos no me decepcionáis jamás.

Por fin uno de los cinco Senescales Menores llegó jadeante, tratando de adoptar una pose como queriendo decir: «Después del *Gran Senescal*, el gobierno de la Casa Ducal nos lo confían a nosotros.»

Ante las palabras de maese Stefano, hizo ademán de ponderar bien si se adhería a la petición de enviar a limpiar el sótano del castillo a la gente del pueblo que, en esta ocasión, se encontraba a sus órdenes. Y para subrayar la gravedad de sus pensamientos se acariciaba ostensiblemente el mentón.

Maese Stefano no parecía preocupado en absoluto; es más, mientras esperaba a que aquél acabara su pantomima, adoptó una irónica actitud de vacilante humildad.

Todos sabían que las órdenes del duque Ludovico habían sido tajantes. Cada uno debía cooperar en el éxito del gran banquete ofreciendo la máxima disponibilidad para cualquier cosa que fuera menester en la cocina. Nada de caprichos ni de obstáculos, ¿estaba claro? Fastidiar o contradecir al Duque en aquel momento habría sido muy peligroso, y el Senescal Menor lo sabía perfectamente, pero quería darse un poco de importancia. Después de toser y de estirarse hacia fuera el labio inferior con dos dedos, como si estuviera atormentado por insuperables dudas, al fin sentenció:

—¡Bien, lo intentaremos!

Usó el plural con intención de suscitar un gran respeto en el auditorio.

Maese Stefano sonrió y por toda respuesta le dio, con su manota, un fuerte golpe en la espalda que le hizo tambalearse y lo dejó atónito.

—¡Bravo! —exclamó. Luego se volvió sobre sí mismo, cogió del brazo al diplomático ferrarés y se encaminó con él hacia el portón, ya casi inmerso en la oscuridad.

El refinado Embajador y el Gran Cocinero, a pesar de ser bastante diferentes, formaban una pareja muy bien avenida y muy conocida en la Corte de los Sforza. Con el rabillo del ojo, los dos amigos observaron al Senescal Menor, cuya arrogancia se había desinflado completamente, y estallaron en carcajadas.

Maese Anselmo trotaba servicial delante de ellos con la linterna. Guiados por él comenzaron a descender hacia el burgo. El camino estaba cubierto por una capa de nieve helada. En el silencio y la oscuridad casi completa, sólo se oía el crujir del hielo bajo sus zapatos, mientras el viento hacía revolotear algunos copos blancos.

—¿Cómo es Tortona, maese Anselmo? —preguntó con bonhomía el Embajador para romper el silencio. A pesar de su linaje, era muy afable con los cocineros porque se consideraba miembro honorario de su *guilda*.

—Mire, Excelencia —comenzó maese Anselmo—, Tortona no es una gran ciudad, pero tampoco una aldea, y los duques de Milán siempre han considerado que posee una situación muy importante.

Tortona, pequeña pero estratégica, se encontraba en el camino que, desde Génova y a través del paso de los Giovi, conducía a Milán.

Era el primer asentamiento del Ducado Sforza, al que se llegaba a través de los pasos de montaña de Liguria y, desde la época romana, siempre fue una base militar decisiva. Todo el poblado, de unas cuatro mil quinientas almas, estaba rodeado de imponentes muros almenados con torreones de defensa intercalados.

La aldea surgía en el centro del verde valle del río Scrivia y, salvo la colina del castillo, las montañas, a un lado y al otro, quedaban a varias leguas de distancia, lo que hacía aireada y risueña la amplia vega. Adosado a la colina que lo protegía por levante, el burgo, con sus grises muros, se presentaba con cierta dignidad, pues el castillo, la catedral y el palacio episcopal parecían formar parte del poblado, que en realidad se componía en gran parte de casuchas de una o dos plantas.

Ahora, en invierno, la nieve blanqueaba las colinas, mientras que abajo, al fondo del valle, los campos estaban nevados sólo a manchas, porque en Tortona, aunque hacía frío, nieve caía poca. Entre las modestas casas de ladrillo y piedra corrían pequeñas calles de fango helado, con un poco de nieve aquí y allá. Las callejas tenían la calzada pendiente hacia el centro, donde se había excavado un canalón al que confluían el agua de la lluvia y las aguas negras. Mientras bajaban hacia el poblado, cuyos tejados nevados ya se entreveían, maese Anselmo describía de modo muy colorista la vida que se hacía en el pueblo.

—Hay que decir que el señor Duque, el Moro, se preocupa mucho por la limpieza de las aldeas fronterizas. Por eso todas las calles, empedradas o de tierra batida, tienen un canalón en el centro para recoger las aguas sucias.

Habitualmente el sitio de decencia, si existía, estaba en la segunda planta. Era una especie de garita que sobresalía del muro de la casa. Dentro, una ménsula de pizarra, en la que se habían practicado dos grandes agujeros, era lo suficientemente ancha para que pudieran encaramarse dos personas. Los orines y las heces salían por los agujeros de la pizarra y caían directamente a la calle, cerca del muro de la casa, y cuando soplaba el viento lo ensuciaban dejando evidentes huellas. Maese Anselmo proseguía con la descripción de su aldea natal:

—Con un poco de agua o con la lluvia, las aguas negras acaban en el canalón central y, desde allí, fluyen lentamente hasta un gran foso, del que los campesinos las recuperan para abonar los campos. Es una auténtica bendición de Dios para todos. Por eso en primavera los cultivos de los alrededores son tan verdes y lujuriantes.

—Pero —observó, realista como siempre, maese Stefano— al pasar por las callejas hay que estar muy atentos, porque si uno camina por la zona equivocada, antes o después acaba por caerle encima toda esa bendición de Dios.

Maese Anselmo se quedó un poco contrariado, pero prosiguió:

—En verano, hay que admitirlo, este sistema crea algunos problemas, pero en invierno y sobre todo en primavera y en otoño, cuando las lluvias son frecuentes, todo va de maravilla.

Fue maese Stefano quien preguntó de nuevo al Cocinero local:

—Pero con este tipo de cloacas, ¿no hay siempre un poco de mal olor en el pueblo?

Había ironía en sus palabras, pero maese Anselmo, que quizá la había notado, hizo como si nada y respondió:

—Claro que hay un poco de mal olor, pero basta con acostumbrarse. Las cosas irían mejor si no fuera por los cerdos y las demás bestias que corretean por la planta baja de las casas, comiendo los desechos que, precisamente para ellos, los campesinos dejan caer al suelo al preparar la comida. Estos animaluchos también se ensucian hozando en el canalón de la calle y luego gandulean por la cocina y las demás habitaciones del piso bajo. Por eso, cada semana hay que cambiar la paja del suelo de todos los locales.

»Para emporcar las casas, además de los cerdos y las gallinas que picotean por doquier —seguía diciendo el Cocinero tortonés—, también están las ocas y ánades. Hasta las cabras, cuando consiguen escaparse de los establos, vienen a la planta baja para tratar de comer algún que otro troncho de col. Pero todos estos animales son la vida, y sin ellos no sabríamos qué meternos en la panza durante los días de fiesta. Además, el cerdo salado se conserva bien, su manteca dura todo el año y alimenta incluso las mechas de las linternas.

—¿Cuáles son las exquisiteces culinarias del lugar? —preguntó el Diplomático, llevando de nuevo la conversación hacia el tema que más le interesaba.

—Por aquí comemos muchos guisos, pero no se puede vivir siempre de menestras de col o de nabos con corteza de cerdo. Claro que los guisos bien humeantes y con un trozo de pan de centeno dentro, después de haberlo frotado con ajo, son una buena comida. Pero tampoco se puede negar que, de cuando en cuando, una buena oca al horno es un verdadero placer. No comiendo demasiada y usando su jugo para dar sabor a algunos trozos de pan y a la polenta de farro, una oca puede hacer feliz a una familia durante tres o cuatro comidas. Los días en que no se come carne, y son bastantes, tenemos las castañas, ya sean frescas o secas. Asadas en la sartén sobre las trébedes y regadas con vino tinto, cuando el calor empieza a abrirlas, son muy buenas. Pero mejor aún son las hervidas con hinojo silvestre. Peladas aún calientes, con una buena taza de leche recién ordeñada, ni siquiera el abad de Bobbio las desdeñaría.

Mientras se acercaban al pueblo, micer Jacopo Trotti y maese Stefano advirtieron, entre las numerosas casuchas, algunas hermosas viviendas de antiguas familias, como los Montemerlo y los Opizzone. Pero eran pocas.

Abundaban, en cambio, las iglesias y conventos, que poseían buena parte de los campos y los pastos de la vega.

—¿Cuántas tabernas decentes hay en el burgo? —inquirió el Embajador, que estaba muy preocupado por su cena.

—En el pueblo tenemos dos tabernas donde se puede comer queso de Cerdeña, salchichas y longanizas a la brasa y donde también se puede beber un buen vinillo local. Para hacer venir la sed siempre hay preparadas unas escudillas grandes con altramuces cocidos y salados, y conocido es que cuando se comienza con uno no se acaba nunca. —Maese Anselmo estaba de veras muy orgulloso de las tabernas locales—. A veces se encuentran también unas deliciosas patas de gallina tostadas, que se comen con una salsa de pimienta y mostaza muy picante. Un día por semana, cuando llegan los ricos mercaderes para la feria, la hostería prepara una gran olla de cocido donde se pone de todo, pescuezo, tetillas de vaca, nalga, rabo, morcillo, cabeza de buey con sus deliciosas quijadas, un poco de gallina vieja y algunos chorizos. Todo este bien de Dios se come con una salsa de ajo o bien con confitura picante de fruta, hervida en otoño en mosto denso de vino con hierbas y especias varias. En suma, en Tortona con algunos bayocos es posible pasar un buen rato.

—Y en cuanto a diversiones, ¿qué se puede encontrar? —aventuró micer Jacopo, esperando que hubiera algo que hacer con esas aldeanillas sanas y rozagantes, de mejillas blancas y rojas como *melapias*, que había visto por las callejas mientras llegaba al pueblo.

Sin embargo quedó decepcionado ante la respuesta del Cocinero:

—¡Por supuesto que hay diversiones, cómo no! Sobre todo los días de fiesta, cuando está aquí el obispo Giacomo, vicario de Roma y hermano del señor conde

Bergonzio Botta. —En ese momento el Obispo se encontraba en la sede apostólica en calidad de embajador de Milán ante el Papa—. Cuando Su Excelencia está en palacio, los domingos se celebran funciones bellísimas en la catedral.

Las vestiduras del Obispo y de los canónigos, bordadas de oro y plata, con resplandecientes piedras preciosas engarzadas, los coros de los cantores, el sonido del órgano, la brillantez de las telas doradas que en días festivos cubrían las columnas, las ricas arañas de muchos brazos y las nubes de incienso, todo hacía que las funciones en la iglesia fueran tan majestuosas que a maese Anselmo le parecía estar en la Corte de la reina de Saba. Parecía convencido de que los ilustres visitantes se quedarían fascinados con tanta riqueza.

—Durante la Cuaresma —continuaba—, se comen sábalos y otros pescados en conserva que nos llegan en barriles desde Génova. También comemos buñuelos de bacalao y rodajas de manzana, con su rebozado bien tierno, fritos en manteca de cerdo muy caliente. En este período vienen de allende la frontera algunos franciscanos, siempre de dos en dos. En la iglesia cada uno se sube a un púlpito. Uno finge que es muy inteligente y el otro que es un gran ignorante, haciéndose el tontarrón y provocando la risa de todos los fieles con su escaso saber sobre los Santos Evangelios y los relatos de la Sagrada Biblia. Durante la Cuaresma, cuando al atardecer estos franciscanos hacen sus diálogos en la iglesia, las campanas que tocan a reunión congregan a gente que acude incluso desde los burgos más lejanos.

Con orgullo de auténtico tortonés, maese Anselmo se entusiasmó enumerando las delicias del lugar, pero tuvo la sensación de que el Diplomático no estaba demasiado impresionado con su relato y entonces trató de hacer interesante su aldea recordando otras ocasiones de diversión.

—Durante la Pascua se celebra una función en el atrio de la catedral. Es muy hermosa porque hay turcos infieles, representados por campesinos del lugar, que se ennegrecen el rostro con grasa y polvos de carbón. También hay apóstoles con largas barbas de algodón o de lino y soldados romanos con yelmo y coraza, todos con vestidos de vivaces colores. Es un gran espectáculo para el que llega gente desde todas partes.

—Y los jóvenes, ¿cómo se divierten? ¡Sin duda no será cuando asisten a las funciones de la catedral! —fue el comentario del Diplomático.

Maese Anselmo extendió los brazos y no respondió. Maese Stefano, que era de campo, sabía de verdad cuáles eran las ocasiones de encuentro entre los jóvenes de aquellos pueblos. En invierno, cuando las sombras azules caían temprano desde las colinas cercanas y las manchas de nieve se teñían de violeta, hacía mucho frío en las casas. Entonces, después de cenar, se reunían en los establos, entibiados por el heno y el calor de las vacas y los asnos. Bastaba una sola linterna para todos. Siempre había alguno que contaba viajes por mar a lejanos países de las especias, mientras las ancianas chupaban algunas castañas secas, para tener suficiente saliva y poder hilar el lino durante toda la velada, escuchando los relatos que ya habían oído otras muchas veces. Durante esas vigilias, protegidos por la dulce temperatura y la penumbra del establo, se cortejaba a las muchachas y se hacían algunas cosas más.

—En estos días aquí, en la aldea, se habla de un gran matrimonio y circulan rumores de todo tipo, pero pocos saben con exactitud qué está sucediendo —dijo maese Anselmo, orgulloso de encontrarse entre los enterados—. Para el banquete están llegando a Tortona muchos señores desde Milán y desde más lejos. Se ven aldeanos asombrados y confusos porque los que llegan lucen vestidos de terciopelo o de *lampazo*, bordados en oro y plata. Llevan capas de felpa con cuello de piel y gorros de fieltro con plumas grandes. En el pueblo se sabe que los señores más importantes serán alojados en el castillo y en el palacio del Obispo, mientras que los demás dormirán en el burgo. La gente de Tortona tendrá que ceder sus propias camas, pero no bastarán, y muchos, ya sean nobles o capitanes, deberán reposar en los establos y en los heniles. A los que alojen a un Caballero se les ha prometido un sueldo milanés. Los bien informados dicen que acudirá también el señor duque Ludovico el Moro en persona. Figúrense, Sus Señorías, que algunos han llegado a murmurar que es todo negro salvo los ojos, que los tiene blancos. El párroco de Sant'Abbondio, que una vez lo vio en carne y hueso, tuvo que explicar desde el púlpito que no era verdad en absoluto y que el Moro era como nosotros, sólo un poco más moreno. A pesar de ello, los más siguen creyendo que es un negro —añadió con aires de sabérselas todas.

En el villorrio la actividad bullía y eran muchos los contentos porque estaban obteniendo buenos beneficios. Algunos hombres ayudaban a montar palcos para la ceremonia, grandes estatuas de madera y de tela y arcos de triunfo bajo los cuales pasaría el cortejo. Otros acudieron a trabajar al castillo para preparar la gran fiesta. Cortaban leña para las chimeneas y las estufas y luego rompían el hielo del río para llenar las cubas de agua y llevarlas arriba, hasta los albañares de la cocina. En suma, aunque casi nadie sabía quién se casaba, estaba claro que la fiesta sería un maná llovido del cielo sobre Tortona. Y de ello se hablaría largamente durante el invierno, en las interminables y tibias veladas de los establos.

Maese Anselmo calló, como si temiera haber sido demasiado locuaz con esos forasteros tan importantes; quizá había superado los límites del debido respeto. Se mordió el labio esforzándose por no volver a abrir la boca.

El viento había cesado de soplar cuando los tres llegaron al burgo. Al pasar por delante de las viviendas, entre las callejas oscuras, se percibía el olor de la leña que ardía en las chimeneas. Era la hora en que en las ollas, colgadas de negras cadenas, se cocían los guisos de nabos y de coles con algunas cortezas de cerdo. De vez en cuando, por los ventanucos se entreveían mujeres vestidas de oscuro que, sentadas en los bancos de piedra de las chimeneas, esperaban a que hirviera el agua o mezclaban las menestras que ya se cocinaban.

De vez en cuando les llegaba el olor de algo que se estaba friendo; tanto podían ser unas tortillas de acelgas con huevos y queso como coles rebozadas con harina y leche. Mientras, alguna de las mujeres, con una espátula larga, mezclaba en el caldero de cobre la polenta de sorgo, que al hervir hacía emerger a la superficie grandes burbujas de vapor oloroso. Aquellos efluvios de humo y de comida pobre le resultaban familiares a maese Stefano. También en su valle se repetía a esa hora el mismo y mísero rito. A menudo Stefano sentía nostalgia de las cosas humildes de su tierra, tan nevada en invierno y tan verde en primavera. Pasaron ante el taller del calderero, iluminado por la débil luz de una lámpara de aceite. El artesano aún trabajaba remendando una pieza. En torno a él, en el cuartito casi oscuro, pendían muchos objetos de cobre grandes y pequeños, cazolejas, sartenes, hervidores para infusiones, cazos y tenedores trinchantes.

En la semioscuridad del pequeño taller, los destellos de la luz se reflejaban, en rojos resplandores, sobre los objetos de cobre colgados.

Los tres llegaron al umbral de una modesta taberna, que proyectaba un poco de su débil luz en el callejón helado. Respetuoso, maese Anselmo los acompañó hasta el interior, pero no quiso sentarse con ellos.

—¡No me siento cómodo en la mesa con un Embajador y un Gran Cocinero tan famosos como vuestras mercedes, que vienen de la Corte ducal de Milán!

Y tenía razón. Maese Stefano también era famoso, pues era hijo del renombradísimo maese Martino de Rossi, y sus dos nombres eran conocidos en todas las Cortes y cocinas de Europa.

—No, gracias, yo sé estar en mi sitio —dijo con humilde orgullo—. Cuando hayáis cenado encontraréis aquí fuera a un ayudante mío con una carreta para escoltar a Su Excelencia hasta el castillo, donde se aloja, y otro para acompañar a maese Stefano a mi casa, donde me honro en hospedarlo.

El viejo se quitó con una reverencia la gorra y, reculando, salió a la oscuridad de la gélida noche llevando su linterna en la mano.

En la taberna ya todos sabían de su llegada, y el amo se desvivía por acomodarlos en la mejor mesa, prodigándose en continuas inclinaciones. Cuando el Diplomático se quitó la pelliza, en su pecho brillaron una preciosa cadena y una gran medalla de oro con las armas del duque de Ferrara. Los que allí se encontraban enmudecieron. Pero cuando en el cuello de maese Stefano apareció, sujeta con un cordón de seda roja, la imponente placa de cobre esmaltado con los colores de los Sforza, entonces el respeto fue reemplazado por un sentimiento muy similar al miedo. Los campesinos que estaban sentados en las mesas más cercanas se levantaron, llevándose las frascas y los bocales en que estaban bebiendo, y se desplazaron a los bancos más apartados. Muy tímidamente, casi de puntillas, volvían uno a uno a recoger los platos con la comida, alargando los brazos para acercarse lo menos posible a aquellos señores tan importantes.

Se creó así un espacio vacío entre la mesa de los dos forasteros y las de los clientes habituales de la taberna.

Todo este silencioso tráfago hizo sonreír a los dos amigos, aunque no les disgustó demasiado porque les permitía charlar en paz sin ser molestados. Aquéllos eran tiempos en que una palabra de más en un oído equivocado podía costar muy caro y ellos deseaban intercambiar muchas palabras que no debían ser oídas.

El patrón, obsequiosísimo, rayando en lo fastidioso, sin esperar a que se lo pidieran, puso sobre la mesa dos bocales de estaño y una botella de *vino tinto de San Colombano*, y no se iba.

—Es del mejor—dijo. La abrió y empezó a verter el contenido en los vasos—. ¿Qué puedo servir a Sus Excelencias? Tengo una panceta y unos salamis de cerdo que son una maravilla. ¿Querrían Sus Excelencias comenzar con ellos y con algunas morcillas? ¡Para la fiesta he preparado un gran cocido y aún me quedan unos magníficos trozos de carne! ¡Además está el asado!

—Está bien —dijo el Embajador—, regalémonos con los embutidos de cerdo y con las morcillas, luego probaremos el cocido. ¿De acuerdo, maese Stefano? Sin embargo pienso que antes deberíamos calentarnos un poco. Aún tenemos el frío metido en los huesos.

—Por supuesto, Excelencias, podríamos comenzar con un caldo esforzado de carnero bien graso al *vino tinto de Volpaia*. Es lo ideal para recuperarse del frío y despertar el apetito.

Maese Stefano hizo un gesto de asentimiento y el Diplomático estuvo de acuerdo. Mientras esperaban empezaron a catar el vino en sus bocales de estaño.

—¡No está nada mal! —fue el comentario.

Luego comenzaron a conversar sobre la comitiva que a esas horas se disponía a regresar por mar desde Nápoles, tras el matrimonio entre Gian Galeazzo Sforza e Isabel de Aragón, y al cabo de algunos días, llegaría precisamente allí, a Tortona.

—De modo que casi cuatrocientas personas —decía el Embajador— han partido desde Milán hacia Nápoles. Muchos son nobles lombardos, pero también llegarán delegaciones de los principados vecinos, amigos y enemigos. Algunos Embajadores plenipotenciarios, como yo, por ejemplo, no hemos acudido porque el viaje se presentaba demasiado fatigoso, pero hemos enviado a nuestros jóvenes Legados. La comitiva ha partido haciendo gala de un lujo increíble. El duque Ludovico, generalmente tan atento al dinero, esta vez no ha escatimado en gastos. Seguro que los vestidos que habrán lucido en Nápoles están entretejidos de oro y las berretas incrustadas de perlas y piedras preciosas.

Mientras comenzaban a sorber el ardiente caldo de carnero, avivado por el vino tinto añadido, el Diplomático continuó con su descripción.

El Cocinero ya estaba al corriente de muchas de las cosas que el Embajador contaba, pero las había sabido del modo confuso e impreciso en que las noticias llegaban habitualmente a su cocina. Ahora, en cambio, micer Trotti se las exponía con conocimiento directo, y estos relatos le fascinaban.

La comitiva se había formado en Milán siguiendo un orden muy riguroso.

El joven Hermes Sforza, hermano del novio, Gian Galeazzo, era el jefe de la delegación, pero sólo formalmente, porque carecía de poderes reales. Quien los detentaba, el verdadero fiduciario del duque Ludovico, era Galeazzo Sanseverino, conde de Caiazzo y comandante en jefe de las milicias del Ducado de Milán.

Monseñor Ottaviano da Melzo, gran limosnero de los Sforza, y el conde Vitaliano Borromeo estaban entre los personajes designados para acompañar a Isabel de Nápoles a Milán. También formaban parte de la comitiva otros muchos notables lombardos y de la Casa Ducal, como Bernardino Visconti, Antonio da Corte,

Galeotto del Carretto, Giovanni Battista Castiglioni y los poetas Gaspare Visconti y Bernardo Bellincioni.

Además, entre los más elegantes y con mejor aspecto, había casi ciento cincuenta jóvenes nobles de ambos sexos, elegidos expresamente para asombrar, con su nobleza y donaire, a la presuntuosa, españolizada y altiva Corte napolitana. Entre ellos se encontraban los cinco amigos del joven Duque, componentes de la perversa camarilla del castillo de Vigevano, de cuya vida disipada, si bien en voz baja, todos hablaban. Durante las ceremonias y por expresa voluntad del Duque, sus amigos tenían que ocupar siempre un puesto de honor, inmediatamente detrás de su hermano Hermes.

Luego estaban las embajadas. Entre los numerosos Legados jóvenes, destacaban por su prestigio y porte los cuatro diplomáticos de Florencia, Mantua, Venecia y del Ducado de Borgoña.

También viajaban muchos funcionarios de la Corte, notarios, administradores y espías, junto con algunos hombres de confianza del Moro, como Moisés da Corteolona, su experto en monedas, usurero y banquero personal. Completaban el grupo los arqueros, los encargados de la guardarropía, los peluqueros, los servidores y los esclavos.

Las damas eran extraordinariamente bellas y vivaces. Provenían de las familias más ilustres de la aristocracia padana y se presentaban siempre cubiertas de oro, preciosos encajes y joyas.

—¿Vos, Excelencia, conocéis a alguna de estas nobles damas? —preguntó con sorna maese Stefano.

Sabía que Trotti era un gran experto en cuestión de mujeres, que sus amistades femeninas eran considerables y sus conquistas innumerables. A maese Stefano le agradaba oírlo chismorrear sobre las aventuras de las damas de la Corte y estaba pendiente de sus labios, como si fuera él mismo quien las viviera. Le gustaban las descripciones colorísticas que, a menudo, hacía de ellas y se informaba siempre con todo detalle de sus vidas y amoríos.

—Claro que conozco a alguna, es más, conozco a varias. Dos de ellas, verdaderamente dignas de mención, han salido con la comitiva de los Legados, una tal Dona Isa y una tal Dona Andrea. Las conozco desde hace tiempo y las aprecio mucho; es más, tengo que decir que durante la velada de despedida en el castillo de los Sforza, el día antes de partir hacia Nápoles, estaban espléndidas. Conociéndolas bien como las conozco, estoy convencido de que animarán bastante el viaje.

No era difícil prever que, en semejante compañía, donde los más eran jóvenes de ambos sexos, surgirían vínculos e intrigas de todo tipo.

—Las espléndidas criaturas femeninas que han enviado a Nápoles parecen las indicadas para desencadenar pasiones y desgracias —pronosticó Trotti.

—Exacto —interrumpió maese Stefano—, mi padre siempre decía: «*La paja attacch al foeugh la tacca.*»[1]

—Pero ¿es posible que tengáis un proverbio para todo? —El Embajador, sonriendo, continuó—: Dona Isa, la que primero he citado, es la hija del marqués Malacrida, feudatario de Poschiavo, y la madre es de origen alemán. La joven ha ido a Nápoles para acompañar, como dama, a la duquesa Isabel hasta Milán. Alta y esbelta, con una larga cabellera rubio pálido, como el benigno sol de su tierra en los bellos días de invierno, sus ojos son de un azul tan claro que a veces, en especial cuando los abre de par en par para fingir sorpresa, se asemejan al cristal transparente y parece que se pudiera ver a través de ellos. Es una mirada insólita, que capta la atención de quien se encuentra con ella. Inmediatamente después, uno queda impresionado por sus labios

1. La paja cerca del fuego arde.

que, carnosos y sensuales, se abren en una inocente y maliciosa sonrisa. Dos pícaros pliegues a los lados de la boca le dan un aire de chiquillo sorprendido *in fraganti*. Precisamente esos ojos inquietantes y esa boca pícara, como si quisiera hacerse perdonar una travesura mientras ya piensa en cometer otra, son la clave de su inmediato y misterioso encanto. También sus formas suscitan gran inquietud, pues sus sinuosidades se realzan con esa infantil inocencia. Parece divertirse provocando celos y rivalidad entre sus compañeros de viaje. No es que prive a sus cortejadores de sus gracias, siempre y cuando se las merezcan, pero nunca concede a nadie la sensación de poseerla. Es como si las disputas entre sus admiradores o amantes le resultaran indispensables para mantener intacto ese sentimiento de libertad absoluta que tanto necesita y al que se atiene en muchas de sus decisiones, incluida la elección de sus amores y de su sexo, que no necesariamente siempre es el mismo. Con semejantes dones y modos, Dona Isa no hará más que provocar desgracias en gran parte del cortejo nupcial. Sé que el primero en acercarse a ella, ya desde el principio del viaje —continuó Trotti—, ha sido el Legado del Ducado de Mantua, Basso Folchini, que la había conocido en una recepción en el castillo. Pero todos los diplomáticos, de un modo u otro, revoloteaban a su alrededor. Dona Isa, a pesar de su ascendencia nórdica, tiene un temperamento muy mediterráneo, y Basso ha podido constatarlo en el breve trayecto desde Milán hasta el puerto de Génova. Después de las primeras cinco noches, el jovenzuelo empezó a dar claros signos de desaliento físico e incluso moral, porque, a pesar de que sus prestaciones eran intensas, ella seguía coqueteando con todos. Isa dice que las relaciones amorosas la hacen florecer y asegura que el olor del amor hecho con uno es un poderoso afrodisíaco para todos los demás.

El embajador Trotti hizo señas para que le llenaran de nuevo el bocal y, tras un largo sorbo, prosiguió:

—Mi fiduciario de allá abajo, Ludovico Terzaghi, me tiene informado hasta en los más mínimos detalles de cuanto sucede. La otra dama que os he mencionado, Dona Andrea, es la hija de un dignatario de la Corte de origen trevisano, Alvise degli Alzigani. Rubia, con matices más bien oscuros, tiene unos bellísimos ojos verdes que siempre te miran un poco pasmados, quizá porque no ve bien *alla longa*. El cuerpo es regordete y tiene unas hermosas y pulposas piernas, cuyas formas se entrevén sin dificultad por las curvas de sus vestidos. La mirada y los movimientos denotan un fuego interior que no arde sólo en el corazón y que contrasta bien con la indolencia de sus modos, bien con la musical flema de su habla, que refleja las dulces cadencias del dialecto véneto. Dona Andrea posa las palabras sobre los demás, lenta y suavemente, como los camellos apoyan sus grandes patas en la arena abrasada por el sol del desierto. Se emociona en cuanto conoce a alguien que podría reavivar su fuego interior, lo que se aprecia fácilmente en sus ojos, porque enseguida empiezan a resplandecer con una luz insólita, alimentada por su calor interno. Pero su natural indiferencia, una especie de elegante fatalismo, le impide tomar cualquier iniciativa para alimentar o apagar ese ardor. Por suerte, muy a menudo encuentra quien, galantemente, suple su apatía... Aunque sólo por poco tiempo, porque, apenas aplacado, el fuego vuelve a arder ante cualquier nueva ocasión que, de antemano, se anuncie agradable. Quizá sea la ansiosa sed de los ojos la que, a pesar de su perezoso caminar y su hablar pausado y distanciado, suscita tanto interés en los varones que la rondan. Parece que dijera: «Yo muero de ganas, pero haced vos, para mí es demasiado fatigoso tomar la iniciativa.» Es una especie de reto difícil de evitar.

Mientras tanto, el tabernero y su ayudante habían traído los primeros trozos de carne del cocido, cabeza de ternera y tetilla de vaca, aderezados con salsa de perejil, cebolla, alcaparras, anchoas en salmuera y miga de pan embebida en agraz.

Maese Stefano nunca se cansaba de escuchar a su ilustre amigo y, mientras cortaba gruesas rebanadas de carne, cada vez más interesado y curioso, le preguntó, tratando de adoptar un aire indiferente:

—Excelencia, atisbando por entre las cortinas de la Corte, he visto varias veces a una morenita francesa que baila con gracia incomparable, ¿quién es?

—Ah, sí... la conozco bien, es Dona Evelyne de Tours, pero no disimuléis, maese Stefano, hace rato que vengo notando que la muchacha ha hecho mella en vuestra fantasía, si no en vuestro corazón. Ya me habéis pedido noticias de ella en otras ocasiones.

El otro, evidentemente turbado, trató de evitar una respuesta masticando con mucho empeño un gran bocado de nerviecillos en *salsa camellina*.

—¡Está bien! La joven y hermosa condesa Evelyne de Tours, que tanto os interesa, acompaña al conde Thierry de Commynes, Legado del Ducado de Borgoña. Solamente lo acompaña, porque el aristócrata borgoñón no se preocupa precisamente de las mujeres. Es sólo un delicioso y divertido amigo para las damas.

Gentil, frágil e incluso un poco cínico, el conde Thierry era considerado un inmejorable compañero para las damas hermosas porque, en sobremanera cortés y elegante, no tenía ninguna mira puesta en ellas y servía óptimamente de antipara a sus intrigas y proyectos.

—Dona Evelyne —dijo complacido Trotti— es menuda, aunque estilizada, delgada y con grandes tetas que siempre rebosan por el escote, mientras ella parece que pidiera excusas por ese deplorable inconveniente, como si escapara a su voluntad. Sus bellísimas y esbeltas piernas parecen hechas para el baile, y a menudo y sabiamente deja entrever sus líneas cuando, al bailar una *danza alta*, levanta con las dos manos el borde de la saya.

La descripción de Trotti se hacía cada vez más detallada, y la mirada de maese Stefano, más atenta. Evelyne tenía el cabello oscuro, una hermosa boca roja y unos espléndidos ojos gris-azulados, que parecían llenos de luces, en una carita tan delicada y menuda que los hacía aún más grandes de lo que eran. Quien había gozado de sus gracias decía que, a pesar de su aparente timidez, en ciertos momentos era, no sólo muy disponible, sino sorprendentemente sabia y fantasiosa. Varias veces su belleza serena y delicada había atraído la atención, incluso, de algunas damas de la Corte interesadas por ese tipo de feminidad, y ella aceptaba de buen grado sus atenciones. Asombraba cómo, a pesar de su notable actividad amatoria, seguía conservando un aspecto tan inocente y reservado. Estaba casi siempre junto a su inutilizable amigo y se apartaba de él solamente cuando un cortejador comenzaba a interesarle. Chascarrillos y chanzas la hacían reír, y reír le gustaba muchísimo, también porque así podía hacer alarde de dos graciosos hoyuelos en las mejillas, que acentuaban la simpatía de su rostro delicado y envolvente.

Había llegado la noticia de que, incluso, el mismo Legado veneciano, Zane dei Roselli, al que se había visto acompañado por una fascinante y leonada circasiana, se interesaba a veces más por ésta que por su mujer. Antes de partir de Milán, ya había comenzado a cortejarla con éxito. Pero al mismo tiempo, Dona Evelyne no desdeñaba las delicadas atenciones de Dona Isa, que siempre estaba a su lado haciéndole la corte de todas las maneras posibles. A menudo desaparecían juntas en un carro y con frecuencia durante las paradas paseaban dulcemente próximas.

—Yo pensaba que entre la muchacha y el borgoñón había ternura porque los veía siempre juntos —declaró el Cocinero, aunque en realidad más que una afirmación era una pregunta que, evidentemente, se tomaba muy en serio.

—Y os equivocabais de medio a medio. El conde de Commynes es su acompañante habitual, pero tiene otros intereses. Ya durante el viaje a Génova buscaba cualquier excusa para acercarse a los gallardos palafreneros y más tarde, navegando hacia Nápoles, a los jóvenes y robustos grumetes.

En sus despachos, Terzaghi había referido al embajador Trotti detalles sobre todos, incluidos los hábitos sexuales del legado de Borgoña. Éste, con suma cortesía, iniciaba interesándose por las vicisitudes personales de los musculosos y bronceados mozalbetes, para terminar ofreciéndoles, sin reparo alguno, dinero, vestidos u objetos de valor. Sea como fuere, siempre encontraba algún jovencito condescendiente que se prestaba a apagar sus emociones bien localizadas. Durante estas batidas de caza al varón, su habitual cortesía, casi afeminada, cedía paso a una avidez sorprendente en él, que le hacía cometer actos impensables.

—En la Corte hay quien murmura —añadió el Diplomático— que en el puerto de Marsella, durante una hermosa noche de luna junto con un compañero de aventuras, con los codos apoyados sobre un murete y con los trajes no precisamente en orden, ambos solicitaron las atenciones de cuantos quisieran homenajearlos y, sin siquiera darse la vuelta, después de cada prestación regalaron un sueldo turinés. La fila de los portuarios a la espera de actuar para recibir la merced se había hecho muy larga, pero parece que Thierry de Commynes, a despecho de su porte refinado y pacífico, aguantó, sin pestañear, todos aquellos vigorosos asaltos.

»Durante el viaje también se dividió ofreciendo

compañía fraternal a las bellas señoras y disfrutando con la actuación, mucho más corpórea, si bien breve, de quien se pusiera, digámoslo así, al alcance de la mano. Era inevitable que, como le sucedía a menudo, se convirtiera en el confidente de todas sus amigas. Penas de amor, alegrías y celos o feroces odios femeninos, todas volcaban sobre él sus emociones, sus decepciones, sus esperanzas y la felicidad de sus éxitos.

El Embajador aún hablaba cuando se oyó el ruido de los cascos de un caballo que se acercaba. La puerta de la taberna se abrió de par en par y, entre ráfagas de viento mezcladas con los escasos copos de nieve que revoloteaban en la oscuridad, irrumpió un joven correo con sus botas altas y su *huca encerada*. Llevaba los blasones del Ducado de Milán. Miró alrededor y se dirigió sin vacilar hacia la mesa de los dos forasteros.

—¿Su Excelencia el embajador Trotti? —preguntó.

—Sí, en efecto.

—Tengo una misiva para vos de parte del micer Ludovico Terzaghi. —Y le entregó un pliego con unos vistosos sellos de lacre.

Micer Trotti tomó el pliego, rompió los sellos y, mientras leía, su rostro cambió de expresión. El mensaje debía de ser breve, porque el Diplomático dio la vuelta al folio para ver si continuaba detrás. Luego lo releyó más despacio y dobló el pliego mientras, vuelto hacia el tabernero, decía:

—¡Patrón, dadle algo caliente a este joven, que viene de muy lejos, y un poco de cebada y una manta para su caballo! —Y dirigiéndose al correo añadió—: Gracias. Ahora reconfortaos un poco porque, con esta fea noche, aún os queda mucho camino hasta llegar al castillo de Milán.

—Gracias, Excelencia.

Maese Stefano miraba ansioso y preocupado a su amigo, que incluso le parecía había empalidecido. Intuyó que no se trataba de buenas noticias mientras esperaba que su amigo lo pusiera inmediatamente al corriente del contenido del mensaje.

Cuando estuvieron un momento solos, micer Jacopo habló:

—Malas nuevas de Nápoles, maese Stefano... malas nuevas, muy malas. El joven que acaba de llegar forma parte del servicio de estafetas que el duque Ludovico ha diseminado por toda la península, para tener novedades sobre la expedición, rápida y continuamente. Mi hombre en Nápoles ha aprovechado el viaje de uno de los correos ducales para enviarme con urgencia una misiva brevísima, pero muy importante. Allá abajo las cosas no les van bien a los milaneses. Me comunican que...

De golpe Trotti enmudeció, mientras indicaba con la mirada que el tabernero se estaba acercando con una nueva botella y otros vasos.

2

En Castel Capuano, en las habitaciones de la princesa Isabel, todos estaban atareados preparando el viaje. Se procedía con orden y laboriosidad frenética, bajo las expertas órdenes de la duquesa de Amalfi, María Piccolomini, íntima confidente y amiga del alma de Isabel.

Una mañana, en medio de todo aquel alboroto, la joven princesa cogió delicadamente de la mano a Dona María Piccolomini y la invitó a sentarse junto a ella en el banco de mármol del gran vano de la ventana.

Fuera, en un hermoso día de invierno, se veían Nápoles y su puerto hormigueante de actividad. Además del tráfico habitual, ya muy intenso, bullían los preparativos para el cortejo que, al cabo de tres días, acompañaría a Isabel y a su séquito hasta las naves con rumbo a Génova.

Las galeras genovesas, la gran carraca armada de los Caballeros de Rodas y los veloces jabeques de escolta oscilaban en el puerto, con los estandartes desplegados al fresco viento y listos para salir al mar.

—Duquesa... querría... querría preguntaros algo, pero no sé si puedo —dijo en voz baja Isabel, ruborizándose como una flama.

—Decidme, mi niña —replicó la Duquesa con aire muy maternal—, ¿de qué se trata?

—Duquesa, querría... me gustaría preguntaros, no querría que vos me juzgarais mal, pero... querría saber cómo tendré que comportarme cuando esté sola con mi marido, el Duque —dijo de un tirón, y prosiguió—: Bien sé, porque me lo ha dicho mi amiga Elisabetta de Calabria, que es muy lista, que los hombres acarician y abrazan a sus mujeres, pero ¿yo qué debo hacer? Entendedme, Dona María, sois la única a la que me atrevo a preguntárselo. Me aterroriza hacer un mal papel con él porque no sé qué actitud tomar ni qué decir. ¡Hace años que espero ese momento y ahora me doy cuenta de que ni siquiera sé cómo hacer para que se enamore enseguida de mí! Y yo deseo su amor más que mi vida.

La duquesa de Amalfi permaneció un momento en silencio, pensativa, antes de responder:

—Mi querida princesa, vos no tendréis que hacer nada, lo hará todo él, ¡ya lo veréis!

—Pero, Duquesa, ¿no es pecado dejarse acariciar?

—Qué va, qué va, mi niña, la Santa Madre Iglesia quiere, es más, ordena, que nosotras, las mujeres, obedezcamos siempre y en todo a nuestros maridos y también que los contentemos. Porque, veréis, querida Isabel, vuestro deber de esposa y de Duquesa reinante será hacerlo feliz y tener enseguida niños con él.

—Sí, Duquesa, he entendido, pero ¿qué hay que hacer para tener niños? Esa deslenguada de Elisabetta de Calabria me ha dicho que, cuando se va a la cama con un hombre, después de nueve meses nace un niño, y ya sé desde hace tiempo que nacen de la barriga de las mamás. Pero hay algo que no entiendo y en lo que pienso con frecuencia. Hace algunos años, cuando aún no sabía todo lo que hoy sé, una noche, durante un terrible temporal, estaba tan espantada por los truenos y los relámpagos que parecían estallar dentro, en Castel Capuano, que asustada me precipité al corredor, pero no había nadie. Los truenos y los relámpagos continuaban cada vez más fuertes y más cerca, y yo me sentía morir. Abrí muchas puertas y al fin vi a los arqueros de la guardia ante el cuarto del príncipe Alfonso, mi padre, y entré corriendo en su estancia. Temblaba por el espanto y el frío. Entonces, mi padre me hizo entrar en su gran cama; sólo así me sentí tranquila y dormí hasta la mañana. Bien... a pesar de que estuve en la cama con un hombre, querida Dona María, no tuve ningún niño.

—Mi dulce princesita, aparte del hecho de que era vuestro padre, no basta sólo con dormir con un hombre. Hay que hacer con él algo más.

—Pero ¿qué, mi Duquesa? ¡Es precisamente eso lo que querría saber!

—Bueno, veamos cómo explicarlo... Vos, princesa, conocéis bien los retratos del duque Gian Galeazzo, con quien estáis a punto de casaros, y también su hermoso perfil, tan bien cincelado en la medalla que os ha mandado desde Milán. Es un joven guapísimo, y vos lo amáis. Pues bien, mi niña, ¿os habéis preguntado alguna vez qué impulso tendríais si os encontrarais finalmente a solas con él, entre sus brazos?

—Ah... Vos no sabéis cuántas veces he pensado en ello... Por eso sé bien qué haría. Querría abrazarlo, besarle las manos y, aunque me da un poco de vergüenza decirlo, me gustaría acariciarlo como hago con mi gatito.

—Perfecto —exultó la Duquesa como liberada de una pesadilla—, haced exactamente lo que acabáis de decirme y veréis, mi pequeña, que pronto llegará un hermoso y pequeño Duque, tan pequeño que nos hará felices a todos nosotros y también a vuestro pueblo. No tengo dudas al respecto.

—Qué contenta estoy. Tenía pavor a decepcionarlo. Vos no sabéis cuánto amo al guapo joven rubio que se convertirá en mi señor, aunque sólo lo he visto en retratos. Nuestros Embajadores en la Corte de Milán me han hablado de él en términos entusiastas y, además, conozco las maravillosas cartas y sus espléndidos regalos, que denotan un ánimo noble y sensible. Estoy de veras enamorada de él.

La duquesa de Amalfi, aunque acostumbrada a las intrigas y al cinismo de la Corte, tuvo un sincero arrebato de ternura, besó a su pupila en la frente y, suspirando, salió de la habitación después de haberse asegurado, con una experta ojeada, de que los preparativos continuaban según había dispuesto.

En la antecámara encontró a Dona Ludonia, condesa de Salerno, con algunos gentileshombres.

—¿Qué os sucede, Duquesa? Parecéis alterada —observó la Condesa cogiéndola del brazo y llevándosela hacia un rincón tranquilo.

—No me hagáis hablar. La Princesita me está volviendo loca. Por suerte dentro de pocos días partimos. Comienza a sentir unos vivos e inhabituales deseos, pero el Príncipe, su padre, no quiere que se le diga nada; ¡no puedo más! No entiendo por qué se manda a una doncella al matrimonio pretendiendo que no sepa nada de la vida.

—Pero —replicó la Condesa— yo sé, y también lo sabéis vos, por qué a todos se nos ha impuesto no hablar a la joven de ciertas cosas y por qué se la ha vigilado con tanta atención. La virginidad de la hija de un rey es un preciado bien del estado, y si en el matrimonio la novia no resultase pura, las consecuencias diplomáticas e incluso económicas podrían ser desastrosas. Por eso ninguna precaución para proteger su virtud se considera excesiva. Aun cuando la muchacha no conoce los detalles de su futura vida conyugal, yo creo que está más que preparada para el matrimonio. Habréis notado que, apenas un guapo joven de la Corte le besa la mano o se acerca para invitarla a bailar, enrojece como una llama. La Princesita es tímida y gentil, pero tengo la impresión de que ya posee la serenidad de la mujer que se sienta sobre una estufa candente, después de haberse levantado el vestido.

—Sí, es verdad —dijo la duquesa de Amalfi—. Imaginaos que cuando, con sus damas, la ayudamos a desvestirse y ella se queda desnuda, si alguna le toca inadvertidamente un costado o sólo un brazo, o bien cuando un tejido de seda le roza el cuerpo, sus pezones se levantan que parecen dos alubias. Imaginaos que hace poco me confesó que una noche había soñado que su Duque la acariciaba y le había gustado muchísimo. Por la mañana, cuando se despertó, se había sentido extraña y, avergonzada, me dio a entender que tuvo la sensación de estar mojada, como si se hubiera hecho pipí.

—¡Ya, ya... pipí! —comentó la condesa Ludonia.

Las dos mujeres se cubrieron el rostro con las manos para esconder la risa maliciosa que les había entrado.

—Al fin se encontrará con su guapo duque de Milán —prosiguió la Duquesa—, luego será él quien la curará de sus males. Sí, porque hace algunas semanas, al advertir unas emociones que nunca antes había tenido, quería llamar a Paolo da Granita, el médico de la Corte. Tuve que utilizar toda mi autoridad y mi diplomacia para hacerle cambiar de idea. En cualquier caso, el joven Duque tendrá que afanarse porque, en cuanto ella descubra qué tipo de medicina necesita para calmar sus anhelos, ya no lo dejará en paz.

—Entenderéis —añadió la Condesa— que a su edad, con la sangre de Zaragoza que lleva en sus venas, con ese cuerpo bellísimo, con cada curva ya en su sitio y los músculos bien formados de tanto cabalgar y bailar, es natural que comience a agitarse. Estoy segura de que al Duque le gustará mucho, aun cuando, hay que admitirlo, de cara no es muy bella y tiene la piel un poco aceitunada, pero en compensación tiene unos espléndidos ojos españoles. Es de una gracia y una gentileza únicas y también mucho más culta que las demás Princesas. Sabe latín, conoce lenguas extranjeras, poesía y música. Sin duda toda esa cultura, que su madre, una mujer de gran erudición, ha querido inculcarle, es magnífica, pero en ciertos momentos, cuando la sangre comienza a moverse, sirve de poco. Por otra parte, el Duque la ha visto bien en el retrato que le ha hecho Boltraffio. Lástima que, para hacerla parecer más tímida, no se vean sus bellísimos ojos. En el cuadro los mantiene bajos. Pero, por lo que me dicen, la doncella le ha gustado. Desde luego, es muy sanguínea —continuó la Condesa—; basta ver el color rosa y rojo de sus mejillas y de sus labios. Ahora, con el hecho de que debe partir, ya no cabe en sí.

—Os diré, querida Ludonia, que si la historia durara un poco más habría pedido al príncipe Alfonso, su padre, que, por precaución, le hiciera aplicar de vez en cuando unas sanguijuelas o que le hicieran algunas sangrías.

—Bueno... —repuso maliciosa la Condesa—, también yo, si estuviera esperando a irme a la cama con un Duque así, necesitaría sangrías. Según dicen, es guapísimo, con largos cabellos rubios, grandes ojos celestes y una tez rosada. ¿Qué más queréis? A mí me vendría muy bien probar un tipo así, aunque generalmente prefiero los hombres más hechos y más machos, y él aún tiene poca barba y parece un poco afeminado. Pero, como ya sabéis, de cuando en cuando se puede hacer una excepción —concluyó la Condesa, que era conocida como una apasionada entendedora.

Así, charlando, las dos nobles damas se encaminaron, para vigilar de cerca la marcha de los trabajos, hacia las salas donde los servidores extendían aceite de lino sobre la tela que envolvía los baúles, para hacerla más resistente a la lluvia y a las salpicaduras del mar.

En la ciudad, los representantes de los Sforza fueron acomodados por todas partes. Los personajes más importantes se alojaban en el palacio real de Castelnuovo, que desde hacía poco se había convertido en la nueva residencia real, o bien en la antigua sede palaciega de Castel Capuano. Los de menor rango y los más jóvenes se instalaron en casas privadas o en hosterías.

A su llegada los milaneses sorprendieron a la Corte y a toda la ciudad por la belleza y la elegancia de sus hombres y mujeres, pero sobre todo por la inimaginable riqueza de su vestuario. Como era usual en las relaciones entre los principados, todo se había estudiado meticulosamente con el fin de superar y humillar a la Corte anfitriona, en este caso la de los aragoneses, ya por naturaleza un poco quisquillosos.

Algunos gentileshombres lombardos sólo en las mangas de la *garnacha* llevaban un tesoro en gemas equivalente a siete mil ducados de oro. Esto fue lo que más irritó al príncipe Alfonso cuando, con cuatro galeras, acudió a recibir las naves de sus huéspedes con el fin de escoltarlos hasta el palacio de Castelnuovo para rendir homenaje al rey Fernando y a la reina Juana.

La envidia de los aragoneses pretendió enseguida una revancha ante la excesiva ostentación de riqueza de los milaneses. El rey Fernando, no encontrando nada mejor para poner freno a las exhibiciones, decretó que en la Corte no se lucirían vestidos lujosos o multicolores, debiéndose respetar el duelo por la muerte de Hipólita, la madre de Isabel, fallecida pocos meses antes. Se proclamó obligatorio para todos el traje negro de luto, con la excepción de los dos días de la boda.

Sin embargo, las fiestas eran continuas, especialmente en las moradas de los nobles, donde la decisión real podía ser desatendida y cada uno era libre de vestirse como mejor creía. También bullía la vida nocturna en las tabernas cerca del puerto y en el antiguo barrio de la Vicaria, que rodeaba Castel Capuano. Aquí los jóvenes milaneses se encontraban con los nobles vástagos napolitanos para comer, beber, bailar y jugar a las cartas o a los dados.

Los jóvenes Diplomáticos del grupo de Milán, con sus damas acompañantes, estrecharon una buena amistad con el conde Ridolfo da Pusterla, el joven marqués Ugoleto Crivelli, el conde Uberto dei Pirovani, el marqués de Crema Michelangelo Zurla y el *caballero de la Espuela de Oro* Bartolomeo Stampa, todos ellos jóvenes y brillantes, amigos del duque Gian Galeazzo. El grupillo se alojaba en el convento de Sant'Arcangelo, a los pies de Castel Sant'Elmo, en medio de las verdes y famosas viñas del *Lacrima Christi*, con una estupenda vista sobre el arco de mar. A lo lejos, de día y de noche, los destellos del sol y de la luna sobre el agua hacían centellear aquel golfo encantador, entre las islas de Ischia y Capri.

Generalmente por la tarde, en cuanto los compromisos de la Corte lo permitían, toda la cuadrilla iba a la Taberna del Crispano, extramuros de Porta Capuana, en el Borgo Sant'Antonio, o bien al mesón del Cerriglio, a Levante. Allí los amigos del joven Duque se entregaban a interminables partidas de dados y de *baseta* con otros tantos disolutos jóvenes napolitanos. A menudo perdían grandes sumas y, cortos de dinero, comenzaron a pedir préstamos a Moisés da Corteolana, el famoso usurero.

Noche tras noche la deuda contraída con él se hacía cada vez mayor. Al principio Moisés se conformó con la palabra de los jóvenes, de los que no dudaba, pues eran los amigos de tan ilustre personaje, pero al aumentar la suma el usurero estaba cada vez más intranquilo y, al final, pretendió un reconocimiento por escrito de la deuda. Fue entonces cuando empezaron los problemas. Los cinco, insolentes por naturaleza y descarados gracias a su confianza en la protección del Duque, comenzaron a buscar pretextos. No querían reconocer por escrito su compromiso, sosteniendo que con los nobles de su rango era suficiente la palabra dada. Luego llegaron incluso a poner en duda el monto de los préstamos recibidos. El pobre Moisés, al límite de la desesperación, perseguía por doquier a los cinco con la esperanza de obtener al fin la suspirada declaración escrita.

La cuestión parecía no tener solución y ponía en un aprieto a toda la camarilla, que no veía de buen grado la continua persecución de aquel judío, que se empeñaba en alternar lastimeras súplicas a la corrección con las amenazas más oscuras. Los jóvenes del grupo sabían que aquel hombre tenía razón en protestar, pero nadie quería entrometerse en un asunto en el que estaban involucrados los íntimos amigos del Duque.

En el mismo convento también se habían alojado otros invitados. Entre ellos, un Príncipe moro, que venía desde un desconocido país de África, punto de partida de largas caravanas cargadas de especias preciadas, venenos y raras y perfumadas maderas. Las drogas se utilizaban, además de para los perfumes, para elaborar preparados medicamentosos que eran la especialidad de los doctores de la cercana Universidad de Salerno.

Ya desde tiempos muy remotos, se trasvasó allí la extraordinaria sabiduría de los médicos árabes de Sicilia, desarrollándose la Schola Salernitana, conocidísimo faro del saber que iluminaba las escuelas de medicina de toda Europa. El joven Príncipe africano aparecía en la Corte aragonesa de tanto en tanto para ocuparse de los intereses de su padre, el Rey, y negociar los envíos de nuevas caravanas. Era un moro de tan extraordinaria potencia y belleza que las señoras de la Corte competían para no perderse la ocasión y probar una experiencia tan exótica. Les excitaba la idea de conocer a fondo a ese bello ejemplar, tan distinto de sus hombres, y de desnudar a alguien vestido de manera tan singular. Además, y al decir de las entendidas, llegaba precedido por una fama muy particular y turbadora referida a las dimensiones y la resistencia de sus atributos.

El príncipe Ibn Mansour Al Amid, éste era su nombre, viajaba en muchas ocasiones a Salerno presentando a los ilustres doctores las novedades de su país en especias, drogas y venenos cada vez más potentes. Vestía a la turquesca, con calzones de seda bordados de plata, muy amplios y con bullón por debajo de las rodillas, sobre los que llevaba una *loba* larga hasta el suelo, de color azul, forrada de piel fina y con una amplia capucha. De las grandes aberturas laterales salían las mangas del jubón carmesí, bordadas en oro y cerradas por cadenillas y agujetas también de oro. A diferencia de los milaneses y los napolitanos, calzaba unos rojos *borceguíes* de cordobán con la punta vuelta hacia arriba. En la cabeza llevaba un gran turbante de seda amarilla con perlas y blancas plumas de garza.

Fue él quien propuso al grupo una excursión a Ravello, situada en lo alto sobre la costa amalfitana, como huéspedes de los nobles Rufolo, en cuya residencia ya se había alojado otras veces en sus viajes a Salerno. Con una galera puesta a su disposición por el rey Fernando, los jóvenes partirían de Nápoles al anochecer y, tras una noche de navegación en dirección a la estupenda península sorrentina, desembarcarían en Amalfi para luego, a lomo de mulo, remontar el sendero que trepaba hasta Ravello.

A los milaneses y a otros amigos del Príncipe moro se añadieron algunos napolitanos. Así se formó una comitiva de unos cincuenta jóvenes, que embarcó en el muelle cercano a Castel dell'Ovo hacia la hora décima del día, cuando ya tocaban el véspero. Los acompañaban muchos servidores y esclavos, además de un escuadrón de arqueros milaneses, como protección, al mando de un alto oficial. Moisés da Corteolana pidió unirse al grupo con la excusa de intentar establecer relaciones comerciales, por cuenta del duque Ludovico, con la poderosa familia de los Rufolo, pero todos sabían que en realidad el judío se proponía no dar tregua a sus cinco deshonestos deudores.

La velada era tranquila y el dulce clima invernal de Nápoles ya sabía a primavera. Soplaba una ligera brisa, y las velas no siempre estaban tensas, por lo que, de vez en cuando, se oían los gritos del *Cómitre*, que ordenaba poner los remos en el agua o levantarlos según la intensidad y la dirección del viento. Cuando el viento disminuía, exclamaba:

—¡Adelante! ¡Bajar remos!

—¡Palada!

—¡Derecha!

—¡Izquierda!

—¡Todos juntos!

—¡Bogad!

Los galeotes, todos esclavos moriscos, remaban rítmicamente bajo los rebencazos de los *Sotacómitres*.

Y cuando el viento cargaba, se oía:

—¡Levad remos!

—¡Parad!

Ante tal orden los forzados retiraban los remos y podían descansar.

Era evidente que el Cómitre, en presencia de tan ilustres huéspedes, quería hacer alarde de una chusma adiestradísima y bien ritmada; por eso no escatimaba el látigo de nueve puntas. De vez en cuando se oían las imprecaciones de los Sotacómitres, seguidas del sibilante ruido de los azotes y de los alaridos sofocados de los galeotes.

En el puente, se dispuso una larga mesa a la que los huéspedes se sentaron inmediatamente para cenar después de la partida. Un grupo de músicos y clarineros tocaba dulces romanzas, en boga en el reino aragonés, que recordaban a las músicas de España y las nenias de los árabes de Sicilia.

Se sirvió una comida muy sencilla, de sólo dos servicios. En gran parte eran platos fríos de *credencia*, mientras que las otras pitanzas fueron preparadas en el horno de a bordo. Para el primer servicio, llegaron a la mesa unos cuencos de cuscús con pichones rellenos cocidos en agua de rosas, azúcar y canela, y un jamón hervido en vino, servido con pasas, azúcar y zumo de naranjas agrias.

Luego hicieron su aparición los capones, servidos fríos con limoncillos cortados y azúcar, acompañados de hojaldres de manjar blanco. Para terminar los servidores trajeron unas apetitosas ensaladas frescas y hervidas, con mucha salsa de mostaza suave. El *vino* espumoso de *Gragnano* corría de los cántaros a los bocales, salpicando alegría. Una humeante sopa a la catalana, a base de higadillos asados, pan tostado, canela, jengibre, pimienta y azafrán, cerró el primer servicio.

Dona Andrea estaba sentada en un banco con el príncipe Ibn Mansour Al Amid. Los dos entablaron enseguida una conversación que continuó largamente. Él le hablaba de su tierra, de la ciudad de su padre, en medio de un desierto abrasador, y de las caravanas que surcaban el mar de arena.

El segundo servicio presentó una *menestra* caliente *a la húngara*, preparada con leche y muchos huevos, a los que se habían añadido zumo de naranjas agrias, una onza de canela, media de jengibre, un poco de azafrán, agua de rosas y azúcar. Se introducía todo en una vasija de vidrio o de mayólica, bien untada de mantequilla, para que se cociera al baño María. La menestra estaba lista cuando quedaba trabada como una cuajada.

Un buen guiso, a mitad de la cena, era lo ideal para que los comensales se preparasen para degustar el resto de las viandas; en efecto, los jóvenes se dispusieron de buena gana a atacar un pastel de conejos enteros, seguido de una olla podrida, una torta de alcachofas y cardos, una paletilla de carnero a la parrilla con salsa de vinagre rosado, unos buñuelos de dátiles y unas bolitas de almendras enharinadas y fritas en manteca de cerdo. Los dátiles habían estado a remojo en agua de rosas desde la tarde anterior, después se pasaron por el cedazo y al final se añadieron unas almendras, castañas secas y un manojito de mejorana, todo muy bien machacado.

La cena llegaba a su fin con la pizza real, una especie de torta amasada con cinco variedades de queso fresco y tres tipos de ricota, huevos, almendras, agua de rosas y azúcar. Una vez mediada la cocción, se quitaba la corteza y se cubría con una pasta de azúcar y almendras amalgamadas. Apenas estaba lista, se aromatizaba con almizcle. Era excelente para predisponer a los comensales a degustar las inmejorables tortas dulces y las bellas composiciones de fruta seca y confitada que, con algunas copas de resolí de azucenas, cerraban el banquete servido en la nave.

Antes de que el cielo comenzara a hacerse demasiado oscuro, la galera pasó al través de Pompeya. Con la incierta luz de la tarde, el cono del Vesubio parecía el manto azul de una Virgen extendido para proteger todos los declives y los verdes valles que lo circundaban. Cuando la galera se preparó para doblar Punta Campanella, en ese breve tramo de mar que separa la península de Sorrento de Capri, el aire refrescaba, y las tinieblas, de levante a poniente, conquistaban el cielo. Algunas damas empezaron a sentir el frío de la noche y se refugiaron en la carroza de popa. El armazón de madera sostenía el *cuero de Córdoba* de las paredes y del techo curvo. Así, se creaba una especie de gran habitación protegida del viento y de la intemperie. Grandes cojines de seda en el suelo permitían pasar la noche e incluso descansar un poco.

Los Caballeros permanecieron fuera, envueltos en sus capas de piel de ardilla o de zorro. Alguno más friolero bajó al puente inferior, aunque allí tenía que soportar los miasmas del sudor, los excrementos y las llagas purulentas de los cuerpos desnudos de los galeotes encadenados. En realidad, el tufo también llegaba hasta el puente superior, pero allá arriba, al aire libre, era más soportable.

La galera se deslizaba sobre el agua calma, empujada solamente por el céfiro de la noche, mientras abajo los galeotes moriscos, ya retirados los remos, reposaban como podían sobre los bancos a los que estaban encadenados.

Algunos de esos desgraciados cantaban una nenia de sus países lejanos, compuesta con notas de dolor y de nostalgia. En el puente, apoyados aquí y allá en la batayola, algunos huéspedes seguían mirando las escamas brillantes que los reflejos de la luna dejaban en el agua.

El Príncipe africano y Dona Andrea escuchaban juntos el canto de los galeotes, que a él le traía a la memoria su ciudad, tan llena de sol, perdida en la anaranjada arena del desierto y ceñida por cegadoras murallas blancas.

Ibn Mansour Al Amid le hablaba de las moradas calcinadas por la luz deslumbrante del mercado en el inmenso descampado de tierra batida a extramuros, donde ciertos días se reunían los hombres del desierto con sus camellos y sus mercancías, procedentes de quién sabía dónde. Después de largos tratos bajo el sol ardiente, nacían los acuerdos para las caravanas que surcarían miles de leguas de arena abrasadora y gélidas noches estrelladas en el inmenso desierto, siempre apuntando hacia septentrión, hasta vislumbrar a lo lejos las verdes y frescas aguas del océano.

Dona Andrea estaba fascinada por la descripción de esos mundos lejanos y por la voz profunda que aquella noche le parecía aún más arcana. Ahora el Príncipe parecía hablar consigo mismo:

—...Y los mediodías, cuando se oye el zumbido de los abejorros y la calura hace vibrar el aire en las terrazas, en las plazas y a lo lejos, en el horizonte, sobre la arena ondulada como un mar; a esa hora todos se apresuran entre los blancos muros de las callejas sombreadas por cañizos y hojas de palmera. Cada uno desea sumergirse en la penumbra de las casas bien protegidas de las flamas del sol y, recostado sobre los aireados lechos de tallos vegetales entrelazados, sorbe pequeños vasos de té a la menta mientras espera la tarde.

Durante esas horas, él también permanecía tendido en la oscuridad de su habitación del palacio de su padre, escuchando los grillos y las cigarras. Pequeñas esclavas bereberes le preparaban la hirviente infusión de menta, lo refrescaban con sus abanicos de paja y estaban atentas a todas sus voluntades. Pero el calor excita el sexo de las mujeres y debilita el deseo de los hombres. Así, en su ciudad se espera la sombra fresca de la tarde para salir de los patios de las casas. Entonces, una vez disminuido el calor, bulle el comercio y se cierran los tratos.

Luego, con la oscuridad, desciende el hielo de la noche y de pronto, brillando en el desmesurado azul del cielo, se esparcen inmensos puñados de estrellas amarillas del desierto. En ningún otro lugar del mundo las estrellas son tantas y tan brillantes.

—Una vez al año —proseguía el Príncipe—, al alba del día del sol, ese en el que más dura la luz, mi padre, el Rey, se presenta ante su pueblo desde la albarrana del palacio. Todos los súbditos, con sus blancas túnicas, se reúnen en la polvorienta plaza y esperan. Cuando el sol comienza a alzarse en el cielo, en la terraza más alta aparece el gran Rey, totalmente cubierto con relucientes láminas de oro. En ese momento el sol, al batir en las placas doradas, reverbera sobre los súbditos postrados en el suelo. Al alzar los ojos no ven a su Rey, sino un remolino de reflejos de oro, como si el sol mismo brillase desde las albarranas de palacio. Así, cada año se renueva el pacto entre él y sus gentes. Un día seré yo quien aparezca cubierto de oro en lo alto de la muralla. En mi tierra todo es inmutable desde hace siglos y todo permanecerá inmóvil para siempre. En esos pueblos la llama del sol ha borrado el tiempo.

Dona Andrea, muy cerca del príncipe Mansour, escuchaba embelesada su voz, que incluso parecía envolverla físicamente. Se sentía inquieta por su presencia, por los reflejos sobre el mar y por la triste nenia que llegaba desde los bancos de los forzados. Era plena noche cuando, tras haberle rozado el rostro con ambas manos, lo abandonó para ir a descansar en la cámara de popa, con una mirada que prometía mucho y que presagiaba una decisión ya tomada.

La galera llegó al puerto de Amalfi cuando el sol ya clareaba detrás de los montes. Casi todos los habitantes bajaron a los muelles para recibirlos. Aquel grupo de guapos y elegantes jóvenes, que venían de la capital y que llegarían a Ravello a lomo de mulo para una gran fiesta, despertaba curiosidad y sumisión. El homenaje de dulces, de suave vino de Salerno y de canastos rebosantes de espléndidos limones y cidros subrayó el calor de la acogida.

Los *Curiales* de Amalfi llegaron al puerto con sus trajes de ceremonia para ofrecer a la noble comitiva un ligero desayuno de bienvenida antes de que afrontase la subida a Ravello.

Les presentaron sopas dulces de ciruelas secas, de dátiles y de uvas de Corinto, servidas calientes sobre un lecho de rebanadas de pan. Deliciosamente apetitosos resultaron los canutillos de huevos frescos y las tortillas rellenas de canela, azúcar y pasas. En su preparación se utilizó un poco de mantequilla, zumo de naranjas agrias y agua de rosas y, antes de servirlos calientes apilados uno sobre otro, los espolvorearon con azúcar y *cinamomo*, y para ablandarlos los rociaron con zumo de naranja.

Tortillas de almendras picadas, huevos y azúcar, hechas con mantequilla fresca, se sirvieron también templadas, una vez más, con el habitual zumo de naranjas.

La leche de vaca recién ordeñada se calentaba en bocales para obtener la nata, es decir, la crema que, mezclada con azúcar fino, se servía en escudillas de vidrio bien cerradas hasta el último momento para que el aire no la agriara.

Además, en las mesas había nueces en conserva de vino tinto, bizcochos con malvasía, *mostillos* napolitanos, rosquillas de monjas, tartas de pera moscarda con mazapán y de membrillos, huevos batidos en vino blanco servidos con rebanadas de pan debidamente embebidas en vino y con poca mantequilla fresca, además de buñuelos de queso graso, preparados con miga de pan rallado, ablandada en leche de cabra, harina y flores de saúco fritas en manteca de cerdo. Los limones, aderezados con esencia de cidra y cortados en rodajas, se servían con sal, agua de rosas y azúcar.

Por último se sirvió pulpa de capón en gelatina con zumo de membrillos, pastel frío de pernil de chivo, lomo de ternera asada, bien troceado y condimentado con limoncillos, alcaparras y azúcar.

Después de esta degustación, cada uno se acomodó de buena gana sobre una mula y comenzó la larga subida que los llevaría al gran banquete nocturno en casa de los Rufolo. El estrecho sendero trepaba por las pendientes de las profundas vegas y por los verdes desfiladeros de los montes pespunteados de trapiches para el aceite y de molinos de agua.

Dona Andrea ya no se separaba de su bello moro, y sus mulas subían juntas.

Por su parte, Dona Isa estaba atareada chismorreando con dos nobles napolitanos que trotaban alrededor de ella e, insaciable, saboreaba con antelación la velada en casa y en compañía de los Rufolo, aunque tampoco olvidaba a la hermosa Evelyne, con la que seguía su delicada e íntima relación, iniciada desde que salieron de Milán. Aunque continuaba intercambiando ocurrencias cada vez más audaces con la pareja de fogosos cortejadores, se volvía a menudo hacia la amiga por la que parecía sentir, además de un vínculo afectivo, un sentimiento de protección. Pero ella cabalgaba serena y alegre al lado del diplomático veneciano Zane dei Roselli.

El legado Zane dei Roselli era un elegante noble de la República véneta, proveniente de una familia de origen paduano. Rubio, de ojos claros, vestido a la manera rebuscada típica de su ciudad, llevaba magníficas jorneas de *terciopelo rizado* ribeteadas en oro y con cintos enjoyados de mucho valor. Las jorneas caían por delante y por detrás, hasta la mitad de la pantorrilla, con voluminosos y elegantes pliegues, y estaban completamente abiertas en los dos lados. El collar, por el que se hacía pasar la cabeza, lo adornaba en invierno con piel de visón, de marta o bien de armiño, según el color de la jornea. Los bordes, abiertos del todo en los costados, dejaban ver el corto *farseto* de brocado oriental, con ambas mangas ornadas de perlas y joyas.

Era evidente, por su vestimenta, que en su ciudad la abundancia de las preciadas sedas orientales estaba favorecida por el ingente comercio. Las largas calzas con suela eran de seda de vivos colores.

Como todos los jóvenes, en la entrepierna llevaba

una braga para contener sus atributos. Este indumento habría debido esconderlos, pero, en realidad, los destacaba. La braga era de los mismos colores que las calzas, pero dispuestos de manera contraria. Los colores y los dibujos de la seda que le fajaban las piernas indicaban su pertenencia a una de las Compañías de Calza, congregaciones de jóvenes y vividores nobles que se formaban en Venecia. Pero él no parecía un juerguista, su actitud era siempre reservada y muchas veces velada por la tristeza.

Desde los primeros días de viaje, Zane dei Roselli había establecido una relación discreta y continua con Dona Evelyne, no obstante la presencia de la leonada circasiana, su amante, que siempre estaba con él.

Ésta era una mujer esplendorosa, de unos veinticinco años, que se decía nativa de las colinas del Cáucaso. Tenía una gran masa de cabellos color cobrizo con reflejos rubios, que hacían resplandecer sus grandes ojos verdes, vivaces e incitadores. La boca tenía un hermoso color rojo natural, y su rostro, sutil y armonioso, reflejaba espléndidos tonos. No necesitaba afeites ni blanquetes, pues la naturaleza ya se los había proporcionado maravillosos. Una rareza en aquel tiempo, porque la moda exigía maquillajes espesos que, a menudo, convertían a las damas en maniquíes pintados. El cuerpo esbelto y los movimientos elegantes le conferían un encanto inmediato e impetuoso. Su actitud provocadora y disponible hacía que, cuando prestaba un mínimo de atención a alguien, éste cayera inmediatamente en las redes de su seducción. El único que parecía no emocionarse con ella era precisamente su hombre, lo que asombraba a muchos. Pero quizá la costumbre podía haber atenuado la pasión.

El legado de Florencia, Manetto dei Portinari, era un guapo joven de cabellos castaños. Como muchos florentinos, tenía los ojos claros, heredados no se sabía de quién, y cosechaba notables éxitos amorosos. Últimamente había encontrado en la Corte de Nápoles a una española que se convertiría en su compañera fija. Doña Juana, mujer del marqués Padilla y Cabrera de Valladolid, acreditado en la Corte de Aragón, era alta, no demasiado joven, pero aún muy atractiva. La marquesa tenía una hija de quince años, Inmaculada, que iba siempre con ella.

Doña Juana vivía sola en la Corte aragonesa, porque su marido la había abandonado. Desde hacía tiempo la descuidaba y se dedicaba sobre todo a la cría de caballos, además de a las actrices y cantantes de su país.

Las mulas de Manetto dei Portinari y de las dos españolas viajaban todo el tiempo cerca, y el vínculo de simpatía entre el joven y la noble dama era ya evidente a toda la compañía.

Durante la subida los jóvenes, eufóricos por la aventura de Ravello, que prometía ser agradable, intercambiaban sus ocurrencias y bromas, pero sobre todo trataban de crear el ambiente para una velada excitante.

Thierry de Commynes, el legado de Borgoña, desde que se inició el ascenso trataba con mucha familiaridad a algunos jóvenes arqueros de a pie que acompañaban a las mulas. También él se preparaba, a su modo, para la fiesta anunciada para aquella noche.

Los cinco amigos del duque Gian Galeazzo cortejaban, como siempre, a la circasiana, aunque sin pasar por alto a algunas nobles napolitanas. Detrás de todos, aferrado a su mula, marchaba en silencio Moisés da Corteolona.

La subida, con alguna que otra parada, duró seis horas, y sólo hacia la hora décima de la tarde la caravana llegó a la plaza de la catedral, en Ravello.

El sol descendía ya tras las cimas de los montes, tiñéndolos de rojo y dorando los mármoles de la iglesia y de los palacios encantados que le hacían de corona. Ravello era un lugar mágico por su posición y por la belleza de sus casas patricias, erigidas siglos atrás.

Algunas construcciones fueron edificadas por arquitectos árabes durante la conquista, para convertirse luego en propiedad de nobles cristianos. La más extraordinaria era el palacio de los Rufolo, que compuesto de varios edificios moriscos contaba con más de trescientas habitaciones. La entrada, a través de un portal en arco agudo, se abría sobre la plaza de la catedral para dar paso a una alameda de plantas, flores y vegetación tan densa que, incluso de día y no obstante el sol, allí reinaba una extraña penumbra. Al paseo se asomaban torres moriscas, claustros apenas visibles, fuentes árabes, corredores inmersos en la sombra y pequeños pabellones. El conjunto parecía un lugar hechizado, fuera del tiempo, donde toda delicia era posible y la impiedad estaba permitida.

Al fondo, en el umbral del palacio, los Rufolo esperaban a sus huéspedes. Su presencia hacía aún más irreal la atmósfera.

Eran dos jóvenes altos, esbeltos y bien parecidos, de tez ligeramente aceitunada, tan iguales que hasta llevaban los mismos trajes; dos gemelos tan idénticos que ni siquiera la madre que los engendró habría podido distinguirlos. Llevaban el cabello corto, densamente rizado y entrecano, a pesar de su tierna edad. Seguramente un poco de sangre árabe habría quedado en sus venas, quizá a causa de una de las tantas correrías de esos malditos y fogosos piratas. De sus antepasados normandos conservaban unos sorprendentes ojos claros, cuyo color celeste sobre los rostros aceitunados parecía iluminarse de una luz conscientemente irónica. Ante aquella visión las señoras, aunque fatigadas por la dura subida, sintieron acelerarse, de golpe, los latidos del corazón, y las damas más emotivas advirtieron unos ardores tan placenteros como inoportunos.

En medio de los dos gemelos había una mujer joven y alta. De tez bastante oscura, asemejaba una hermosa gitana. Con un brazo se apoyaba sobre el hombro de uno mientras con la otra mano ceñía amorosamente la cintura del otro.

Melita tenía el cabello negro azabache, era esbelta y poseía un hermoso cuerpo andrógino, con caderas estrechas, espaldas anchas y pechos pequeños. Bajo los arcos perfectos y negros de las cejas, unos ojos oscuros como la pez y brillantes parecían siempre enfebrecidos. Una hermosa nariz puntiaguda y unos labios no demasiado carnosos le daban un aire casi de desafío. Una leve pelusa le oscurecía apenas el labio superior. Tampoco ella, como la circasiana, lucía en el rostro blanquete o cinabrio. Ni siquiera los ojos estaban marcados con bistre.

Vestía una larga y amplia *cota* floreada, como lucían en verano ciertas campesinas, y llevaba encima una almilla corta, abierta por delante y sin mangas, toda arabescada en oro. Dos babuchas azules, a la turquesca, completaban su extraño vestuario. Impresionaba por su perfume de sensualidad feroz, casi desesperada e insaciable. Era una bella y extraña criatura, que podía infundir temor a ciertos hombres y alarmar a muchas mujeres.

Sin embargo no había en ella doblez o herencia de pecado; al contrario, emanaba de ella una pureza animalesca y una atávica experiencia de vida.

Los huéspedes fueron recibidos con gran señorío y cortesía. Inmediatamente después se les condujo a las habitaciones que les habían asignado para acicalarse antes de la cena y de la gran fiesta. Al atravesar los claustros moriscos, fragantes de flores, y los corredores, llenos de sombras, para alcanzar uno de los trescientos cuartos del palacio, muchos advirtieron una extraña sensación de inquietud y un ligero vértigo, como si hubieran caído en un mundo de seducciones desconocidas, al límite de lo místico.

—No hay nada extraño —dijo Melita, como si hubiera intuido la agitación, mientras acompañaba a Dona Isa a su habitación—. Es la atmósfera de Ravello la que confunde. Aquí, uno es presa del mismo impulso que te invade en Asuán, en el Nilo alto, o en Ouazarzate, en el valle del Dra. En estos lugares, los hombres sienten que se duplica su deseo, y las mujeres como si se les humedecieran sus virtudes.

Esas palabras y la voz ronca y profunda de Melita aumentaron la agitación de Isa.

—Aquí, a menudo me sucede que no consigo esperar a que lleguen mis hombres y, si no hay alguien que pueda ayudarme, debo satisfacerme sola y rápido, allá donde me encuentre. Verás como te ocurrirá lo mismo si te quedas un tiempo en este lugar y en este palacio.

Las dos mujeres llegaron a la habitación de Isa. La extraña gitana se le acercó en silencio, sonriendo le rozó los labios con un beso y desapareció en el corredor.

Isa advertía que los latidos de su corazón se aceleraban. Se sintió envuelta en un sortilegio e incapaz de dominar sus emociones. Por primera vez probaba una sensación de impotente inferioridad frente a una mujer. Era la criatura más auténtica e incontaminada que jamás había encontrado. No estaba acostumbrada a tanta sinceridad vital. En la Corte cada uno enmascaraba sus pensamientos y usaba los sentimientos sólo en su propio interés o placer.

¿Cómo ha podido intuir mi estado de ánimo, sin que yo le haya dicho nada?, pensaba. ¿Por qué esa especie de gitana me ha dicho esas cosas? ¿Por qué se ha marchado inmediatamente después de haberme turbado, si ya intuía lo que yo sentía?

Mientras tanto, Dona Andrea había bajado desde su estancia al patio para encontrarse con Ibn Mansour

Al Amid, su imponente moro, que la esperaba. El atardecer llegó derramando por doquier sus sombras violetas. Salieron a un jardín de palmeras y cedros, donde los olorosos limones embriagaban todos los espacios, y se acercaron a la balaustrada sobre el precipicio, que parecía querer absorberlos.

Allá abajo el espectáculo era fantástico. El valle descendía más de mil pies bajo el palacio y se extendía hasta el golfo encantado de la costa amalfitana. Por levante aún se entreveía la península sorrentina, suavemente iluminada por los últimos resplandores de poniente. A lo largo del arco de la costa, en las aldeas pequeñas, como Maiori, Minori, Atrani o Conca dei Marini, centelleaban algunas luces tenues, mientras en lo alto del cielo se iluminaban las primeras y escasas estrellas del anochecer.

Estaban en silencio e inmóviles, entrelazados en la semioscuridad. Ella lo mantenía apretado, con los brazos metidos en las aberturas laterales de la loba. Luego introdujo las manos bajo la turquesca y deslizó los dedos sobre su pecho y sus hombros. Era una piel muy distinta de las que había conocido hasta entonces, sérica, lisa y sin vello, con una aterciopelada suavidad bajo la que se advertía, poderosa, la turgencia de los músculos.

Le rozó los pezones y se dio cuenta de que, por delante, los calzones de seda a la turca se movían. Contribuyó a ese movimiento y quedó sorprendida por la dimensión del deseo del moro. Era una percepción nueva, no acariciaba algo rígido o impersonal, como le había sucedido con el ardor de tantos jóvenes varones, sino algo vivo y palpitante, insólitamente dúctil, como una larga y amistosa serpiente, lista para acomodarse en su cuerpo.

Incluso cuando estuvieron en su cuarto, Andrea lo sintió grande y flexible en su interior, moviéndose como si le hurgase dentro. Pujaba en ella mucho más profundamente de cuanto nunca hubiera podido imaginar. Una sensación desconocida le vaciaba el cerebro y la conducía continuamente hasta el umbral más allá del cual de repente sobrevenía impetuoso, aunque largamente anunciado, el placer. Era suficiente que lo sintiera penetrar dentro de sí para que todo su cuerpo comenzara a temblar y a precipitarse, enseguida y una infinidad de veces, en las profundidades del desfallecimiento.

En palacio y en el patio la fiesta había comenzado. El gran salón para la comida era de un hermoso estilo morisco, con haces de finas y elaboradas columnas que sostenían las bóvedas. A lo largo de las paredes, se abrían algunos pabellones decorados a la turca, con cómodos sofás apoyados en todos los muros. Un lado daba al vasto patio, lujurioso de vegetación. En el centro había una fuente árabe de chorro minúsculo, enlosada con pequeños azulejos de España.

Alrededor corría un porticado repleto de matas de rosas, de ciclámenes y de rododendros. Sostenidas por las columnas del pórtico y semiescondidas por la vegetación, había armaduras de formas muy distintas, unas bastante antiguas, otras más recientes, las de torneo decoradas suntuosamente, y las más sencillas de combate; de metal brillante, en medio de plantas y flores, parecían recordar que aquel lugar era un oasis de paz, aunque estuviera rodeado por la crueldad de los tiempos.

En un ángulo del salón los gemelos Rufolo, recostados sobre un inmenso diván árabe lleno de cojines, observaban a su mujer, que se contoneaba al ritmo de las notas de una orquestina de turcos que tocaban melodías llenas de añoranzas y de lamentos eróticos. Ambos hermanos mantenían una actitud distanciada, casi burlona, como si estuvieran seguros de que Melita derramaría alrededor el embrujo de su animalesca sabiduría, envolviendo al resto de los jóvenes con su sensualidad mágica.

Esclavos sarracenos reemplazaban continuamente las fuentes de la mesa. Árabes ataviados con trajes de su país daban vueltas por el salón, rellenando las copas de los invitados que danzaban o descansaban sobre los cojines de seda de mil colores dispuestos por todos los rincones.

En un momento dado, Melita se acercó a Dona Isa, que sobre un sofá se dejaba cortejar por dos napolitanos, secundando su audacia. La tomó de la mano y suavemente la condujo a bailar con ella.

Todas las miradas apuntaban a las dos extraordinarias criaturas, la nórdica y la gitana, que no escondían su recíproca fascinación y transformaban esa *danza baja* en un claro preliminar amoroso. Durante un buen rato siguieron con sus cuerpos la rítmica ondulación de la música sarracena, en un crescendo de languidez y excitación que atraían las miradas y los sentidos, hasta que, exhaustas y excitadas, salieron juntas al patio y desaparecieron en medio de los limoneros, sobre un lecho cubierto de telas y flecos orientales rodeado de naranjos y viburnos.

Cualquier cosa que hiciera aquella fascinante gitana, cualquier actitud que asumiera, nada impuro o vulgar parecía rozarla. Personificaba con naturalidad las fuerzas más elementales y atávicas de la condición humana, y quien estaba a su lado no podía dejar de advertirlo. Cada uno de los presentes se sentía extrañamente embestido por una ráfaga de aire limpio que incluso provocaba aturdimiento. Una insólita tensión corría ya por todo el grupo... demasiado vehemente, aunque, a su modo, incorrupta.

En tanto, sobre la larga mesa del centro de la sala, fueron colocados, en perfecta simetría, los platos del primero de los tres servicios, a base de potajes de higadillos y crestas de gallo, de col y costillitas de cerdo, de carnero y escorzonera, de granadas y hierbecillas, además de las tortillas de hongos, de almendras y de manzanas reinetas con miel.

Siguió una gran cantidad de tortas saladas, como las costradas de calamares, de pollo, huevos y hierbas montañesas, bien espolvoreadas de azúcar y cinamomo, de queso picante y de queso dulce, torta de yemas de huevo, ñoquis, potaje de nata y albóndigas de ternera. Ciertamente, tampoco faltaron los platos de manjar blanco de pollo con almendras o con salsa de rosas. En el centro de la mesa sobresalían las botellas de resolí de muchos colores y sabores.

Dona Evelyne siempre estaba al lado del legado de Venecia, quien se ocupaba de ella, aunque parecía muy alejado de la fiesta.

En cambio su mujer, la circasiana, cuando comenzaron las muy vivaces *danzas altas*, se lanzó a una *gallarda española* con el conde Uberto dei Pirovani, entre los aplausos de los demás amigos del Duque, marcando así sus pasos punteados y sus volteretas, mientras palpaban a las hermosas napolitanas que habían conquistado durante la subida a lomos de mulo.

El vino corría incitando a la risa y a la confidencia, mientras que para el segundo servicio llegaban a la mesa los confites de distintos sabores, *spongate*, tortas de mazapán y platos desbordantes de tortillas con pulpa de pollo y magníficas *tortas reales*: la torta real de carne de faisán, la famosa torta real de pulpa de pichón, conocida entre los napolitanos como «pizza de boca de dama», y las costradas de mollejas de ternera, de jamón, los platos de pollo con zumo de limón y las crepes. Eran unas viandas riquísimas y aromatizadas, espolvoreadas con las especias del Duque, cinamomo, jengibre blanco, clavo y azúcar blanco.

Los dueños de la casa, con su antigua sabiduría, ofrecieron platos exquisitos, si bien no numerosos, porque no querían que los jóvenes Caballeros y las damas, demasiado saciados, se sintieran entumecidos durante los bailes o en los sucesivos y previstos juegos de amor. Además, durante toda la noche se servirían otras comidas y nuevas bebidas para quien lo necesitara.

La noche había sembrado de zonas oscuras el salón comedor, los pabellones y el patio que los coronaba. Las sombras, que resistían a la sinuosa luz de las antorchas, hacían más audaces los gestos de los jóvenes y de sus mujeres, también excitadas por los aromatizados vinos. El banquete y las danzas proseguían en una atmósfera cada vez más irreal y desgarradora.

El hebreo Moisés, sentado en un rinconcito, masticaba algo lentamente mientras seguía con la vista a sus desgraciados y achispados deudores, a los que su presencia les era del todo indiferente.

En un ángulo apartado, el legado mantuano, Basso Folchini, que tuvo que renunciar a Isa, se dejaba mimar por dos pequeñas esclavas delgadas y ágiles como dos cabritillas bereberes.

Poco a poco, la atmósfera, al principio tan vivaz, se fue transformando en torpe y silenciosa. Todos los presentes estaban recostados en los sofás de los pabellones, en grupos pequeños que se movían lentamente mientras entre las notas de la música se oían jadeos, susurros y suspiros.

El embrujo del gran edificio morisco y la magia de la original mujer que lo habitaba envolvieron a los jóvenes huéspedes, que esa misma noche intuyeron lo cerca que estaban de las fuentes de la vida.

En realidad, fueron pocos los que se acercaron a las viandas cuando llegó a la mesa el tercer servicio, durante el cual se ofrecieron potajillos de sardinas frescas, de lecha de lubina, potaje de colas de langostinos, pastelillos de lucio, buñuelos de anguilas, salchichas de pescado y caldo de sepias. Cesó también la música y, poco a poco, en el palacio inmerso en la oscuridad se hizo el silencio. Sólo las fuentes árabes de los patios hacían sentir el gorgoteo de sus sutiles bocas.

En una mañana que se presentaba espléndida y al toque de mediodía, los huéspedes adormecidos afrontaron con dificultad la luz deslumbrante del sol invernal de Ravello. Muchos se retrasaban, en especial las damas, y la fatigada columna de los que parecían náufragos, aunque espléndidamente vestidos, salió del gran arco ojival de acceso y se arrastró silenciosa hacia la catedral.

La solemne función estaba a punto de empezar cuando los primeros jóvenes se tumbaron cansinamente sobre los bancos. Con lentitud llegaban también otros miembros del grupo. Las damas enmascaraban mejor el esfuerzo nocturno ayudadas por la tupida capa de blanquete y los toques de carmín en los labios y pómulos. Los Caballeros parecían más pensativos y agotados.

La catedral era espléndida. La despojada claridad de los muros hacía resaltar la rica policromía del mosaico del suelo y los refinados mármoles de los púlpitos. Mientras desde el coro se extendían por todas partes las hermosas notas de un canto gregoriano, muchos se preguntaban si la estupenda noche transcurrida había existido realmente. El color oro claro del sol invadía toda la catedral a través de las grandes ventanas e iluminaba las nubes de incienso que se elevaban desde el altar, haciendo brillar los dorados paramentos sagrados de los celebrantes.

Cuando, al fin, con los últimos cantos concluyó la ceremonia, algunos invitados no habían llegado aún a la iglesia. Quizá habían tenido más dificultades que otros para recuperarse del adormecimiento del vino y de la larga velada.

Las hojas del portón se abrieron de par en par y, deslumbrados, salieron todos a la plaza calentada por el sol. Las campanas sonaban a fiesta mientras las estrechas vegas circundantes restituían el repique repetido varias veces.

Después de la ceremonia en la catedral, un banquete de despedida, a la usanza árabe, esperaba a los huéspedes en el palacio. Luego volverían a Amalfi y desde allí, con la misma galera, regresarían a Nápoles. Los dos inquietantes e indescifrables gemelos Rufolo, con su dama, se unirían al grupo, pues formaban parte de los nobles que debían escoltar a Isabel hasta Milán.

La comida era de un solo servicio, compuesto enteramente de platos y dulces árabes. Se dispusieron en la mesa codornices a la uva, ensalada de sesos, pichones rellenos, pollo al vinagre y pollo con pistachos.

Luego fue el turno del ragú de cordero a la miel, del hígado de cordero con higos y del cordero *confit* al limón, a cuya carne cocida y salteada con especias, ajo, aceite y cebolla se había añadido abundantemente miel, pasas, albaricoques y almendras picadas antes de dejarlo *mijoter* al menos durante una hora. Así, la carne quedaba blanda y tierna, cubierta con su salsa dulce. Se servía en platos hondos con guarnición de *bourghour* con mantequilla y arroz. Los platos se alternaban con alcachofas a la naranja, ensalada de berenjenas y una refrescante y antigua invención de los árabes de Sicilia, el sorbete de melón de invierno, para el cual se mezclaba la pulpa del fruto con menta triturada y leche fermentada con sal y pimienta.

Cerraba la comida una serie de ricos dulces a base de sémola, miel, canela, pétalos de rosa y flores de naranjo, unos bizcochos llamados «dedos de Zenobia», los *kataïf* o rosquillas con miel, la tarta con crema de almendras, el helado con miel, la confitura de pétalos de rosa y de granadas, y los *bâqlâwâ*, galletas de almendras y pistachos.

A la fuerte tensión emotiva que todos vivieron la noche anterior, había sucedido una lánguida calma mezclada con la añoranza de la ebriedad ya pasada.

Dona Andrea, que no se separaba de su moro, continuaba acariciándole el pecho y ciñéndole los costados como si quisiera probar y degustar cada centímetro de su piel.

Dona Evelyne y Zane dei Roselli comían en el mismo plato y cada vez estaban más ajenos a la atmósfera del palacio y de la compañía.

Olvidada por su hombre, la circasiana seguía coqueteando con audacia entre el grupo de amigos del Duque y de los jóvenes pajes. Dona Isa, como siempre, parecía haber olvidado lo sucedido durante la noche y no prestaba atención a los dos napolitanos con los que, tan intensamente, había compartido sofá y gracias. Ellos se daban cuenta del cambio y no conseguían reconocerla como la mujer desenfrenada y enamorada que habían tenido entre los brazos pocas horas antes.

Algunos Caballeros y doncellas no habían salido aún de sus habitaciones. El conde Uberto dei Pirovani estaba entre los que no habían llegado a la catedral, ni siquiera para asistir al final de la función, y sus amigos lo buscaban, sin demasiada convicción, pues quién sabía a cuál de las trescientas habitaciones del palacio habría ido a dormir la violenta borrachera de la noche.

Madre e hija españolas atendían a Manetto dei Portinari, el toscano, llevándole bocados selectos de la mesa y copas de vino y de hipocrás. Evidentemente la marquesa estaba muy agradecida a su hija por haber acogido tan bien a su amante y por mostrarse tan servicial con él.

Casi al final de la comida, uno de los dos gemelos

Rufolo batió las palmas, y desde el patio porticado entraron los músicos con instrumentos relucientes, tocando una canción ritmada por tamborcillos.

Desde el fondo, detrás de ellos, sobre unas andas doradas a hombros de cuatro esclavos sarracenos, avanzaba la inquietante Melita, que solamente cubría su desnudez con lujuriosos y embriagadores sarmientos de limoneros mezclados con el verde intenso de sus hojas.

Un aplauso divertido saludó la sorpresa por la aparición de esa criatura singular, emocionante, sutil y turbadora de hombres y de mujeres. La inesperada visión se abría camino, avanzando entre las plantas y flores del pórtico soleado, cuando se oyó un estruendo de objetos metálicos precipitándose al suelo. Las andas, al pasar, golpearon una de las tantas armaduras semiescondidas por la vegetación del porticado.

El arnés, que no debía de estar bien sujeto a la columna, al caer se dividió en numerosos pedazos que rodaron por las losas de terracota.

Pocos instantes después, se elevó un grito entre los presentes. En medio de quijotes, hombreras, panceras y brazales esparcidos por el suelo, se vio el cuerpo de un joven que yacía boca abajo. Lucía una magnífica jornea dorada y una gran mancha de sangre coagulada oscurecía el dorso. Antes aún de que le dieran la vuelta para verle el rostro, sus amigos comprendieron. Se trataba del cadáver del conde Uberto dei Pirovani, uno de los amigos íntimos del duque Gian Galeazzo Sforza, y había sido asesinado con una puñalada en la espalda.

El joven rostro exangüe conservaba una expresión serena. En sus vestidos no se advertía ninguna huella de lucha, no eran visibles rasguños ni contusiones. Parecía haber pasado, trágicamente, de la ebriedad a la muerte.

3

Cuando la galera que regresaba desde Ravello con la comitiva de jóvenes entró en el muelle del puerto de Nápoles, algunos arqueros milaneses, al mando de un Oficial, se esforzaban haciendo señas al piloto para que se apresurase.

La mayoría pensó que su presencia estaría relacionada con el asesinato en Ravello, del que sin duda ya se habrían enterado. La muerte del joven pesaba como una losa sobre todos, envuelta en un misterio de lo más inquietante porque, inmediatamente después de descubrir el cadáver, el jefe de los arqueros mandó alejar a los presentes y, un instante más tarde, el cuerpo había desaparecido. El silencio cayó sobre el trágico suceso, aunque, por parte de los compañeros del joven, no se había olvidado. Era inútil pedir noticias a los soldados. Quizá aquel Oficial esperaba a la comitiva para indagar. En cambio, apenas echaron la pasarela sobre el muelle, el Oficial subió a bordo con algunos de los suyos y ansiosamente empezó a buscar a Moisés da Corteolona. En cuanto lo encontraron, lo prendieron y, haciéndole bajar a tierra a toda prisa, lo metieron en una carreta con cuatro caballos que esperaba en el puerto desde hacía horas.

Del asesinato, ni una palabra.

—Rápido, maestro Moisés, el conde Sanseverino os aguarda con urgencia. Está a punto de comenzar la cuenta de la dote de la duquesa Isabel y debéis controlar las monedas de la cifra pactada. Vos ya conocéis el carácter de mi jefe. Soporta muy mal las esperas, especialmente en ocasiones tan importantes.

La carreta corrió veloz hacia el palacio real de Castelnuovo. Moisés, sostenido por los arqueros, fue obligado a subir casi volando por la escalinata y, jadeante, se encontró en medio de la sala de la notaría, abarrotada de personajes que parecían muy importantes. Estaba confuso y apurado. De todos modos, comenzó a prodigarse en reverencias dirigidas a todos los presentes, tratando de no descuidar a nadie. Sólo después de concluir tan fatigoso ejercicio, logró comprender quiénes eran aquellas personas, lo cual no contribuyó a tranquilizarlo.

La sala estaba llena de altos dignatarios de las Cortes de Nápoles y Milán.

En un trono pequeño estaba sentado el duque Alfonso, hijo del Rey. El Príncipe heredero tenía fama de ser un verdadero bruto e incluso tenía el aspecto físico de serlo.

Con su padre había urdido una conjura contra los barones infieles, invitándoles a un falso banquete nupcial. Una vez en la sala, mandó cerrar las puertas y los hizo prisioneros para después llevárselos encadenados a Ischia. Aquí, en los calabozos del castillo, fueron estrangulados más de treinta. Entre ellos se encontraban los ex ministros, el conde de Policastro y el de Sarno, además de los ilustrísimos personajes de la nobleza más rica del reino, como eran los príncipes de Altamura y de Bisignano.

Se murmuró que el verdadero ideador de la masacre no había sido el padre, sino precisamente él, Alfonso. Por una nimiedad infligía torturas espantosas, y su cólera y sus sanguinarias venganzas causaban horror aun cuando en las demás Cortes, pensaba Moisés, seguramente la crueldad no era una mercancía escasa.

Alfonso era una persona muy desagradable, muy musculoso, con cuello de toro y ojos tan saltones que siempre parecía estar a punto de explotar en un ataque de rabia. Ante él eran pocos los que no sentían desazón e inquietud.

A su lado, sentado también en un sillón dorado, estaba el imberbe Hermes Sforza, todo vestido de negro. Su rostro adolescente descollaba pálido sobre el traje de luto y casi desaparecía bajo el gran bonete de terciopelo negro con bellísimas plumas blancas. De pie, ante una mesa larga, estaba Galeazzo Sanseverino, conde de Caiazzo, a su lado el *protonotario* ducal Cristoforo Lampugnani y otros notarios lombardos. Además lo flanqueaban dos cortesanos milaneses muy influyentes, Antonio y Ambrogio da Corte.

El conde de Caiazzo era un hombre alto y bien parecido, con un físico vigoroso, robustecido por sus continuos esfuerzos en las cacerías y torneos. Más famoso por sus conquistas femeninas que por sus victorias en los campos de batalla, era conocido por la arrogancia y soberbia con que trataba incluso a los hombres más autorizados de la Corte.

Su padre, Roberto, fue desterrado del Ducado de Milán por estar implicado en la trama de Cicco Simonetta y se refugió en tierras del rey de Francia. La cosa no había preocupado mucho al joven Sanseverino, que no tuvo escrúpulos en ponerse al servicio del mismísimo Ludovico el Moro.

Esa mañana, vestía una jornea de terciopelo negro con árboles y leones bordados, calzas negras, costosas botas de piel de vaca a la lombarda y el bonete de seda fruncida, adornado con vistosas plumas, también negras. Se había adecuado a la imposición del rey Fernando poniéndose el traje de luto prescrito, pero de la jornea forrada sobresalía la típica camisa de hombre labrada, cuyas mangas estaban diseminadas de perlas y diamantes.

Sobre el pecho y en forma de cruz, brillaban las armas de su linaje y de los Sforza que, elaboradas con oro y piedras preciosas, pendían de una cadena de oro y granates con la inscripción LUDOVICUS LUX repetida varias veces. Efectivamente, el Moro tenía el apelativo de Duque, pero no de Milán, sino de Bari. El título de *dux*, ligado al nombre de Ludovico y ostentado por el jefe de delegación, que debería representar al estado de Milán, confirmaba los rumores que acusaban al Moro de usurpación de poder.

A los napolitanos todo este asunto les resultaba muy molesto, precisamente porque estaba sucediendo en su palacio real y durante un acto oficial que precedía al matrimonio de Isabel con el auténtico duque de Milán. Y éste era el clima que se estaba creando entre las dos partes.

Los notarios napolitanos ocupaban muy dignos el otro lado de la mesa. Al igual que sus colegas milaneses vestían los típicos ropones de terciopelo negro con las *lechuguillas* en el cuello y los birretes de fieltro a la *capitanesca*.

Cuando maese Moisés llegó, ya se había dado lectura al acta verbal de la dote de la Duquesa, firmada en su momento por el rey Fernando y por el ministro y poeta Pontano. El documento encargaba a los herederos del banco «*quondam Ambrogio Sannocchi e Soci di* Siena» de Nápoles que en el momento del matrimonio «pagaran en dinero contante y sonante» 80.000 ducados «*boni aurei et justi ponderis*» y aplazaran para más tarde la entrega de los 20.000 ducados restantes. El pago se efectuaba en mano a Hermes Sforza Visconti y a Galeazzo Sanseverino, actuando el duque Alfonso como procurador del rey Fernando.

Sobre la mesa se colocaron diez cofres labrados en plata. Los hombres de Alfonso comenzaron a contar los ducados de oro según los iban extrayendo. Moisés, como siempre que se manejaba aquel preciado metal, estaba muy concentrado. Casi inmediatamente tuvo una sensación de desazón. Su sensibilidad de cambista lo mantenía en guardia.

A medida que avanzaba la cuenta, las gotas de sudor comenzaron a surcarle el rostro, aun cuando en la gran estancia no había ninguna chimenea encendida. Notaba que algo no funcionaba en esas monedas. Del amplio bolsillo de su garnacha extrajo un estuche, lo abrió y sacó unas grandes gafas de madera de boj cuyos lentes habían sido fabricados en Venecia y eran de lo mejor que había en Italia. Con la mano izquierda sostuvo las dos patillas, que estaban unidas por la parte de abajo, y abrió los lentes hasta la altura de sus ojos. Se acercó cautamente a la mesa y la sangre se le heló en las venas.

—¡Por Belcebú, estas monedas están cercenadas! —murmuró.

¡Estaba atrapado! Denunciar el engaño significaba una posible muerte a mano de los vengativos aragoneses, al quedar desautorizados en presencia de una asamblea tan solemne. Callar significaba, con certeza, recibir por parte del Moro la cárcel de por vida, tras una buena dosis de tortura. Ni siquiera venía al caso hablar de valor. Eligió el peligro incierto ante el cierto. Ahora su problema era cómo avisar a Sanseverino en presencia del temible Alfonso.

El sudor le caía por todas partes cuando se acercó temblando a Caiazzo y, con un dedo, le tocó la negra manga a bullón plagada de joyas. El Conde lo miró fastidiado por el roce de aquel judío.

Moisés tragó saliva y le volvió a tocar la manga. Esta vez Sanseverino se volvió hacia él con aire interrogante y molesto.

—¿Puedo... Excelencia? ¿Puedo... deciros algo..., perdonad la osadía..., al oído?

El Conde estaba asombrado por la audacia.

—¿Y bien? —dijo conteniendo las ganas de darle una lección.

Moisés, que ya no sabía si estaba vivo o muerto, acercó la boca al oído de Su Excelencia, pero la voz no le salía.

—Las m... nedas están ...nadas.

—¿Qué carajo refunfuñáis? ¡Encima oléis a ajo!

Ahora todos los ojos apuntaban a él. El judío estaba casi desfallecido y, haciendo acopio de todas las fuerzas que le quedaban, le dijo al oído:

—Las monedas están cercenadas.

Sanseverino se puso en pie, como si le hubieran clavado la punta de una misericordia en el costado. Asió a Moisés por un brazo y lo arrastró al fondo de la sala.

—¿Estáis seguro?

—Me temo que sí, Excelencia —respondió el cambista, cuya sangre comenzaba, aunque lentamente, a descongelarse—. Para tener la certeza debería pesarlas en mi pesillo, pero acabo de llegar directamente desde Amalfi y, al partir, lo dejé en mi habitación.

—Corred a buscarlo; uno de mis oficiales os acompañará.

Susurró algo a su ayudante, que a su vez aferró al judío por un brazo llevándoselo afuera.

La cuenta avanzaba, pero Alfonso, al ver los movimientos de los soldados de Caiazzo y de su experto en monedas, debió de intuir algo. Quizá los milaneses estaban a punto de descubrir la estafa. Tratando de aparentar indiferencia, aunque traicionado por la tensión de su rostro, se despidió del grupo y, utilizando como excusa unas audiencias en la Corte, abandonó apresuradamente la sala de la notaría, seguido por sus nobles y por la guardia de Corps.

El recuento continuaba con normalidad, pero los notarios milaneses, ya advertidos por Caiazzo, trataban de alargarlo. Por fin Moisés volvió llevando en la mano un pesillo de orfebre.

El Protonotario ducal, muy diplomático, después de aclararse la voz y tratando de quitar importancia al procedimiento que estaba a punto de solicitar, comenzó diciendo:

—Señores notarios, aun cuando la duda no pueda subsistir, como sus señorías ya saben, es costumbre pesar algunas de las monedas. Es evidente que se trata de un mero acto formal, cuyo único fin es poder mencionar el peso en el acta que, al final de este acto, será nuestro deber redactar.

El estupor fue enorme entre los togados. Poner en duda la palabra del Rey era absolutamente inconcebible. Pero los milaneses, a pesar de haber utilizado un tono cortés, seguían insistiendo. En particular Antonio y Ambrogio da Corte presionaban para que se verificara el contenido áureo. Al final, y casi a la fuerza, Sanseverino cogió un puñado de monedas y se las entregó al maese Moisés. En la sala se respiraba un ambiente helador, nadie osaba moverse. Mientras tanto, el hebreo se disponía a pesar el primer ducado.

En ese momento, el pesillo capturó la atención de todos. Sobre un platillo, Moisés puso unos pesos pequeños equivalentes a la quilatación exacta de las monedas. En el otro colocó el primer ducado. La moneda no consiguió reequilibrar el pesillo. La cantidad de oro era inferior a la muestra que estaba en el otro plato. A pesar de que el pobre Moisés dio con un dedo unos golpecitos al platillo de la moneda, para asegurarse de que el pesillo no se había bloqueado, inexorablemente la balanza no se movía.

¡No! El ducado pesaba menos del *justo pondere*. A continuación se controlaron una segunda, una tercera y una cuarta moneda. Ninguna llegaba al peso justo.

—¿Falsas? —preguntó Sanseverino entre el silencio de la sala. Aunque la pronunció a media voz, la palabra pareció rebotar de una pared a otra.

—Falsas, no, Excelencia, cercenadas. El borde ha sido raspado para recuperar el oro.

Ya no parecía posible salir de la situación sin ocasionar un drama. Los notarios napolitanos, probablemente ignorantes de todo, se encontraban en un grave apuro.

Rojo de ira, el Conde no pudo contenerse.

—Vuestro Rey y su hijo son unos la... —No acabó la frase. El Protonotario ducal le había apretado la muñeca tan fuerte que le hizo daño.

Con razón o sin ella, esa palabra no debía pronunciarse o acarrearía consecuencias desastrosas. El mismo Caiazzo empezó a darse cuenta de la gravedad en el momento en que la palabra estaba saliendo de sus labios, consiguiendo frenarse a tiempo.

Una vez más, micer Antonello de Petrucis fue quien desbloqueó la situación, esforzándose por ser natural.

—No me parece oportuno terminar de redactar el acta en ausencia del augusto príncipe Alfonso. Es casi mediodía, y todos estamos cansados y hambrientos. Propondría suspender la ceremonia ahora y finalizarla mañana.

La sensación de alivio de los presentes ante el aplazamiento fue evidente. Los napolitanos, horrorizados por lo que habían visto y, es más, por lo que podrían haber oído, asentían vistosamente, mientras observaban con complicidad y admiración al Protonotario milanés.

Tras intercambiar unas breves y apresuradas palabras de despedida, todos los presentes salieron sin mirar hacia atrás; unos, felices por evitar el enorme apuro, los otros meditando represalias terribles por el intento de estafa en perjuicio de su Duque.

Las personas que presenciaron la escena habían sido demasiadas y, no obstante los esfuerzos, la noticia se propagó por toda la Corte como un cubo de aceite arrojado sobre la superficie del mar.

Si los milaneses no hubieran procedido al pesaje, les habrían estafado nada menos que 15.000 ducados de los 80.000 pactados en el contrato dotal. ¿Qué pretendía conseguir Alfonso?

—¿Por qué creía que era posible casar a esta Duquesa sin dote? —comentaban entre sí los milaneses.

Era un escándalo enorme, pero había que sofocarlo de alguna manera, porque el matrimonio no podía ser objeto de discusión. Era preciso que Alfonso y su padre tuvieran la posibilidad de salir de aquel desgraciado asunto con el menor deshonor posible. Había que inventar un pretexto formal para volver a empezar el recuento desde el principio, con la esperanza de que, mientras tanto, los aragoneses sustituyeran las monedas cercenadas por otras con su justo peso.

Por parte de los milaneses, fue micer Branda Castiglioni, embajador permanente en la Corte de Aragón e inmejorable diplomático, quien recibió el encargo de afrontar el tema con toda cautela. Su deber era pedir audiencia a Alfonso y, sin dar importancia a lo sucedido, rogarle que permitiera recomenzar la cuenta de los ducados, pues un atolondrado notario milanés había extraviado los documentos donde se habían apuntado las cifras.

Alfonso estaba tan furioso que utilizó todos los pretextos imaginables para insultar con violencia al Embajador y a los lombardos en general. Al final, como si estuviera concediendo un gran favor, dio su autorización para que se reanudase la ceremonia desde el principio.

La nueva sesión quedó fijada para el día siguiente. Alfonso, ciego de rabia porque su estafa había quedado al descubierto, consideraba responsable a Sanseverino, como si hubiera sido él quien hubiera urdido la trama. Seguramente una de esas noches habría ordenado estrangularlo, pero no estaba seguro si su padre aprobaría una venganza consumada en su propia ciudad. Sin embargo, el insulto atroz que Caiazzo había estado a punto de proferir tendría que haberse lavado con una venganza rápida, aunque no habría sido demasiado prudente enfrentarse abiertamente al duque Ludovico; quizá más adelante, cuando el traidor hubiera puesto los pies fuera del Reino de Nápoles.

Sea como fuere, entre las dos comunidades se había abierto una brecha cuyos efectos no tardaron en manifestarse. Si bien era cierto que los amoríos y las amistades aún existían, a menudo también volaban insultos y amenazas entre ambos grupos.

Los napolitanos trataban con benevolencia al pobre Hermes, pero contra Sanseverino se había puesto en marcha una especie de ostracismo. En cuanto podían, al Conde lo ignoraban ofensivamente, procurando en todo momento que llegaran a sus oídos presagios maliciosos y augurios de desgracias, sin que él jamás pudiera saber exactamente cuáles serían y cuándo se concretarían.

De todos modos, se celebró el nuevo encuentro y la ceremonia se desarrolló en un clima de sospecha y de sordo resentimiento. Alfonso se hizo representar por un barón, y Hermes delegó también en un noble lombardo. Con gran satisfacción de los milaneses, las monedas se habían cambiado por ducados nuevos, esta vez *boni et justi ponderis*.

Nadie osó mencionar la sesión del día anterior y, con alivio de todos, se consiguió redactar el tan suspirado documento que sancionaba el pago de la primera parte de la dote. Por tanto, el matrimonio podía tener lugar.

Era el 21 de diciembre cuando, en la sala del trono de Castelnuovo, decorada con austeridad española,

Hermes Sforza, hermano menor del novio, Gian Galeazzo, desposó por poderes y en nombre de éste a Isabel, colocándole el anillo nupcial en el dedo y consagrándola así nueva duquesa de Milán. Sin embargo, la atmósfera de la ceremonia quedó empañada por el luto por la muerte de la bondadosa y virtuosa princesa Hipólita, madre de la novia.

El obispo de Como, Antonio Trivulzio, durante la celebración del sacramento declamó las virtudes de Isabel y, con oportuna adulación, exaltó no tanto las cualidades del novio, tal como las circunstancias habrían requerido, como las de su tío Ludovico el Moro, aludiendo que había sido para él un buen tutor.

No obstante el luto, la recién casada Isabel, vistiendo un traje napolitano, y la mismísima reina Juana, luciendo uno castellano, quisieron bailar una breve danza baja en honor de los huéspedes.

Con semejantes simbolismos formales, las Cortes se enviaban mensajes y advertencias cifradas, que no siempre eran amistosas.

A pesar de la tensión que se había creado, las fiestas, los bailes y las noches en blanco continuaban en las tabernas.

En las conversaciones entre los milaneses se intentaba evitar el tema del muerto que apareció dentro de la armadura en Ravello. Pero el engorroso recuerdo estaba presente a todas horas en la mente de sus cuatro amigos, turbando los ánimos y creando angustia e incertidumbre también al resto de los jóvenes de la compañía. Por más que se esforzaran, no conseguían tener siquiera una vaga idea de quién podía ser el asesino y por qué había actuado de aquel modo. Así, en el grupo aumentaban el desconcierto y la depresión, alimentados por el silencio que se había impuesto.

Al salir de Milán, la consigna de Ludovico el Moro a sus hombres había sido que nada debía alterar la armonía de las bodas. Por eso Sanseverino ordenó a los milaneses que, durante todo el viaje, no trataran el tema del asesinato del joven conde Uberto dei Pirovani. Sólo los amigos y conocidos directos del desaparecido osaban, en voz baja, aventurar conjeturas.

Por desgracia, las amenazas de Caiazzo no tenían eficacia entre los napolitanos, que recordaban de manera continua la muerte del Conde, hablando en voz alta de ella para hacerse oír por los milaneses, insinuando también que los lombardos se habían matado entre sí. Sin embargo, como sucede a menudo, con el paso de los días, el trágico evento se vio atenuado por la excitación de los festejos y la inminente partida de las naves.

La imponente comitiva de jóvenes nobles de ambos sexos, de oficiales, de soldados, de pajes, de servidores y de esclavos había entablado inevitablemente muchas relaciones tanto sentimentales como de amistad.

Además de los lombardos, cuatrocientos napolitanos, con sus vasallos y cortesanos, se disponían a acompañar a su Duquesa a Milán.

Habían surgido muchos amores, algunos apenas en sus inicios, otros ya en rápido declive, y otros más se habían convertido en verdaderas pasiones.

Pero no sólo amores, también disputas, odios, conflictos de intereses y celos acababan de transformar a aquella inmensa comitiva en un pequeño y animadísimo universo, donde las emociones que agitaban al mundo exterior asumían una forma más intensa y excitante.

Cada uno, amase u odiase, era consciente de que todo terminaría al final del viaje, cuando después del solemne banquete de Tortona se llegara a Milán y a su castillo, donde el cortejo se dispersaría.

La sensación de final inminente de un mundo, aunque fuera de su pequeño mundo artificial, exasperaba los sentimientos y los deseos, acelerando las conspiraciones y los tratos, dado que también se hablaba de negocios, porque con el matrimonio entre los príncipes se abriría un nuevo tráfico entre Nápoles y Milán. Por tanto, era previsible que las relaciones comerciales, a diferencia de las amorosas, continuaran también después del final del viaje.

Los Legados formaban un grupo bastante unido, junto con los cuatro amigos del Duque que habían quedado. Después de la muerte de su compañero, tampoco ellos podían eludir la atmósfera de tensión y provisionalidad.

La relación entre el legado toscano, Manetto dei Portinari, y la marquesa Juana de Valladolid ya había desembocado en un amor arrebatador. Morena, esbelta e inmejorable bailarina, tenía esa edad en la que las mujeres se preocupan menos de esconder una relación. Como único y frágil biombo utilizaba la presencia de su hija quinceañera, por la cual se hacía acompañar cada vez que debía encontrarse con su amante. Su esperanza era que la presencia de la muchacha salvara al menos las apariencias, evitando que las malas lenguas del grupo de vividores desocupados chismorrearan demasiado, aun cuando en el fondo tampoco le importaba en exceso.

La Marquesa tenía el porte orgulloso de las castellanas, un cuerpo espigado y un largo cuello, que sostenía una cabeza más bien pequeña, con un rostro de pómulos altos. Los cabellos negros, brillantes y pegados a la nuca, estaban divididos por una raya en el medio. Los ojos marrón claro y los dientes blanquísimos hacían pensar en un hermoso felino. Pero era sobre todo el porte lo que la distinguía.

Tenía el busto erecto, con los esbeltos hombros bien hacia atrás, y eso le confería un aire de desafío contra todos y contra todo. La actitud altiva quedaba subrayada por el extraño movimiento de la cabeza cuando alguien le dirigía la palabra y ella consideraba desagradable o inoportuna esa intervención; entonces volvía la cabeza con calma hacia su interlocutor, manteniendo los ojos entornados, y luego la bajaba abriendo lentamente los ojos, mientras lo miraba con descaro de arriba abajo. Sólo en ese momento regalaba al infeliz una sonrisa entre irónica y despreciativa, acentuada por sus dos expresivas arrugas a los lados de la carnosa boca. Tenía poco pecho, pero era cuanto bastaba para rellenar el ajustadísimo vestido a la española. Estaba lejanamente emparentada con la familia real y la conciencia de esta ascendencia, aunque no era directa, se reflejaba en la expresión arrogante de sus claros ojos color avellana, que podían engañar a la mayoría, pero no a los que se daban cuenta de cómo ardían de pasión.

La hija quinceañera, Inmaculada, era en todo similar a ella, el mismo talle, aunque más delgado, los mismos cabellos negros, los mismos ojos claros y el mismo mentón, con el labio inferior ligeramente saliente, que daba a ambas una expresión siempre un poco enfadada. Respecto a su madre tenía un aire más burlón y una sonrisa más maliciosa. Sentía un gran afecto por su progenitora, pero a menudo tendía a competir con ella.

Durante la estancia de los milaneses en Nápoles, la Marquesa y el florentino no se habían separado nunca, y era fácil prever que así sería también durante el viaje de regreso, ya que que la Marquesa y su hija formaban parte de la escolta de Isabel hasta Milán. Los Legados de Mantua, Borgoña y Venecia, amigos de Manetto dei Portinari, podían vislumbrar a cualquier hora del día y de la noche a la hermosa Marquesa introducirse furtivamente en la celda del convento donde, al igual que el resto de los amigos del grupo, se alojaba el florentino. La hija acompañaba a la madre hasta la portezuela, la observaba desaparecer por el jardín que llevaba a la habitación de su amante y regresaba sobre sus pasos.

Pero durante los últimos días en Nápoles, los amigos notaron que la hija ya no la acompañaba. No estaba claro si el Legado florentino le gustaba de verdad o sólo lo hacía para desafiar a su madre, el hecho es que Inmaculada comenzó enseguida a provocarlo de todas las maneras posibles. Durante las recepciones siempre estaba alrededor de él, prodigándose en mimos y galanterías. A menudo alternaba comportamientos gentiles con ostentosas descortesías sin motivo.

Luego, en los bailes, como inmejorable danzarina que era, trataba de atraer su atención con la agilidad de sus pasos y la elegancia de sus movimientos y lo provocaba sin pausa mirándolo continuamente. A veces hacía alarde de una intimidad con él que la madre interpretaba como afecto hacia su amante, pero que los demás consideraban excesiva, comenzando a pensar que la muchacha se desvivía, de un modo demasiado manifiesto, por acabar en su cama. Por fin una tarde los amigos vieron que la joven se introducía rápida y ligera en el cuarto del florentino, inmediatamente después de que la Marquesa hubiera salido. Estas visitas se hicieron cada vez más frecuentes, hasta el punto de que los amigos, al ver salir a la madre, esperaban ver aparecer a la más joven y fresca hija.

Las idas y venidas de las mujeres se habían convertido, también para Manetto, más que en una costumbre, en una droga que poco a poco lo había conquistado completamente. Estaba desconcertado por la sensación de amar a la misma persona en dos edades diferentes.

La madre, obviamente, no sabía nada de lo que sucedía a sus espaldas. Inmaculada, en cambio, cuando después de haber hecho el amor se relajaba charlando con su amante, lo asediaba con preguntas sobre su rival y sobre a cuál de las dos amaba más. Poco a poco, comenzó a preguntarle detalles cada vez más íntimos de su relación entre él y su madre. Las preguntas que, por una parte, turbaban al florentino, por la otra lo intrigaban hasta hacerle perder, lentamente, el sentido de lo que estaba ocurriendo. La jovencita lo había comprendido y, para excitarlo aún más, durante sus encuentros le proponía, con mucha libertad de lenguaje, comparaciones picantes que evocaban situaciones fantasiosas. Esta infantil morbosidad acababa siendo sobremanera provocadora para Manetto, que estaba plenamente seducido por ella. Inmaculada era, sin duda, la más descarada y, a veces, en la plenitud de la pasión, cabalgaba sobre él incitándolo como si fuera un animal de combate, mientras se comparaba con su madre. En los momentos de intimidad, cuando estaba con una, Manetto se sorprendía confundiéndola con la otra y esto le producía un extraño aturdimiento, manteniéndolo en un estado continuo de excitación psíquica, además de física. En efecto, las dos mujeres estaban felices por haber encontrado un amante verdaderamente satisfactorio.

Los tres vivían esa aventura rodeados de una atmósfera que ellos mismos habían creado y que los estrechaba en un abrazo casi sofocante. También la madre, aunque no era consciente de lo que ocurría, percibía la extraña morbosidad de su relación. La hija estaba orgullosa de haber creado semejante ambiente y se ilusionaba con dominarlo, porque *ella sabía*, pero en realidad ninguno de los tres estaba en condiciones de sustraerse al torbellino que los arrastraba.

Ahora ya no se daba el caso de que la madre saliera del convento sin que la hija, después de poquísimos minutos, no recorriera el mismo camino. Pero con el paso de los días Manetto, pese a su notable buena voluntad, comenzó a dar señales de agotamiento.

Poco después los tres partirían de regreso a Milán. Los amigos se preguntaban cómo se las apañaría en una nave tan pequeña, sin espacio que permitiera un mínimo de intimidad y presionado por esas dos endemoniadas mujeres.

La marquesa Juana, en cambio, estaba feliz y excitada por el viaje, durante el que siempre tendría a su amante al alcance de la mano. La hija, por su parte, ya estaba preparando los planes para continuar saboreando el agradable placer de lo prohibido. A este respecto hacía a Manetto un montón de preguntas sobre la nave y sobre cómo se alojarían.

A veces una duda rápida como un relámpago asaltaba la mente del florentino, que a pesar del aturdimiento conservaba su espíritu lascivo y profano; quizá Inmaculada se comportaba así porque, sin saberlo, deseaba que su madre la descubriera. En algunos momentos, el joven tenía también la sensación de que la Marquesa sospechaba cuanto estaba sucediendo, pero se negaba a abrir los ojos para no romper el embrujo de ese amor tan importante para ella. Manetto dei Portinari, de manera muy realista, presentía que nubes tempestuosas amenazaban su horizonte, pero estaba subyugado por la envolvente ambigüedad de la relación.

Esta situación hacía que el florentino tuviera cada vez menos tiempo para sus amigos Diplomáticos, que a menudo se reunían para beber y jugar a las cartas en una hostería cercana, con los compañeros del Duque.

El elegante conde de Commynes estaba muy atareado acompañando a sus queridas amigas a las recepciones u organizando paseos por los estupendos alrededores de Nápoles, donde era agradable encontrar hospitalidad en las villas de campo de la aristocracia napolitana. Era fácil tropezarse con antiguos restos de edificios o de templos semidestruidos pertenecientes a la fabulosa civilización de la Roma Imperial y, a veces, los visitaban con curiosidad y admiración. Mientras tanto, el legado de Borgoña no perdía de vista a algunos pajes imberbes que formaban parte de la expedición. Pero el Conde encontraba también el modo de hacerse amigo de jóvenes golfos, con brillantes ojos oscuros y sonrisa maliciosa, que en muchas ocasiones poseían una popular y bribona belleza. Vagaban por el puerto y los barrios viejos en busca de pequeños trabajos por cuenta de algunas señoras o de algún comerciante.

A esos alegres pobretones no les disgustaba conceder sus gracias a aquel gentil señor, tan perfumado y generoso. Por su parte, el borgoñón se sentía muy feliz por el encanto de los lugares, el clima y también por la cálida gracia mediterránea de los jóvenes a los que conseguía acercarse.

Dona Isa y Dona Evelyne seguían con su historia a base de delicadas ternuras. Incluso en la dulzura de su relación, a veces durante las noches serenas en el convento de Sant'Arcangelo, alcanzaban momentos apasionados en los que indagaban las profundidades de su amor sin futuro. En la exploración de las más íntimas sensaciones de sus jóvenes cuerpos consumían lentas horas en las que las susurradas confidencias sobre sus esperanzas y deseos se alternaban con las caricias más íntimas, hasta la culminación de los viajes que, en largos instantes delirantes, separaban sus almas de sus cuerpos. Muchas veces repetían tales experiencias hasta dormirse abrazadas en el reposado silencio de la noche.

A pesar de todo, Dona Evelyne, al despertarse, sonreía pensando que también ese día volvería a ver al veneciano, tan taciturno y lleno de fascinantes tristezas.

La relación con él, si bien impalpable, le proporcionaba la alegría de la pureza, que, sin saberlo, siempre había deseado. A diferencia de la relación con Isa, que, aun siendo muy tierna, le dejaba un poso de angustia, aquélla con Zane dei Roselli, a pesar de ser incompleta, le calentaba el corazón y, cada vez más, se daba cuenta de que al estar cerca de él la tibieza de Nápoles era más tibia, las iglesias que visitaban de la mano eran más umbrías y los barrios populares llenos de ruidos y rumores resultaban más joviales.

Isa, siempre rodeada de admiradores, los complacía sin parsimonia, pero la esencia misma de su ser no permitía que ninguno tuviera derechos sobre ella. Era una actitud que exasperaba a sus amantes.

En el momento en que se entregaba a un hombre, Isa daba la impresión de ser su esclava de amor, pero después de esos maravillosos instantes de abandono, cuando volvía a encontrarse con los que habían sido sus compañeros de una hora o de una noche, mostraba hacia ellos una alegre amistad, como si sus relaciones no hubieran ido nunca más allá de una cordial camaradería. Su comportamiento, tan espontáneo y natural, era mal aceptado, especialmente por los napolitanos, que en cada ocasión se ilusionaban con la idea de que la intimidad de una fugaz relación les diese algún derecho sobre ella. No era ni una táctica ni un cálculo. Ser libre en sus elecciones y en sus actitudes estaba en su naturaleza, y no comprendía por qué los hombres tomaban su sabiduría amorosa y la intensidad de sus sensaciones por promesas de amores duraderos. Ante las recriminaciones de los amantes decepcionados abría de par en par sus ojazos, de un celeste casi transparente, y exhibía su sonrisa de chiquilla, enseñando los blanquísimos dientes como un conejillo. Luego, con un golpe de cadera, se volvía y se alejaba riendo.

Dona Andrea con Ibn Mansour Al Amid vivía un momento arrebatador, y la necesidad de él no la abandonaba nunca. Pero le asombraba el hecho de que en ese delirio, mientras que lograba recordarlo todo de su amante, cada olor, cada trozo de piel, la tensión de cada músculo que ella había acariciado, debía esforzarse por recordar su rostro. Eso no era amor, y ella lo sabía, sólo era un éxtasis físico, que sin embargo la hacía incapaz de pensar y la arrollaba cada vez más.

En vez de recordar su rostro estaba obsesionada por el miembro largo y sinuoso que él hacía culebrear dentro de su cuerpo, robándole el alma y el cerebro. Más de una noche había tenido un sueño, siempre el mismo. Se encontraba en la ciudad de él, invadida de luz, en medio de la plaza polvorienta, iluminada por las reverberaciones del desierto circundante, esperando, postrada en el suelo, como todos los demás súbditos. Sabía que cuando el sol, surgiendo del horizonte de arena ondulada, hubiese llegado a una cierta altura, Mansour aparecería en la terraza más alta de su palacio.

A medida que el sol subía en el cielo, sus rayos la calentaban cada vez más y hacían vibrar el aire que la rodeaba. Su emoción crecía en la espera de que él apareciera, como su padre, cubierto de refulgentes láminas de oro. Y he aquí que, cuando su excitación estaba en su apogeo, él aparecía en lo alto del palacio, reluciente de placas de oro que reflejaban la fulgurante luz del sol, la deslumbraban con sus relámpagos rutilantes y le procuraban perturbadores estremecimientos. Pero no era a él a quien veía allá arriba, era su miembro el que se le aparecía enorme, cubierto de escamas cegadoras que la aturdían con la luz insoportable de cien soles. En ese punto explotaba en ella un gran orgasmo y de inmediato despertaba empapada y jadeante, con la gélida añoranza de un maravilloso sueño desvanecido.

Esta obsesión la había apartado un poco de la compañía. Los demás se daban cuenta de que ya no mostraba el mismo interés por las diversiones y las conversaciones de los amigos y que, a menudo, no participaba, como tampoco su moro, en las excursiones del grupo a extramuros.

En las tardes en que estaba libre de los banquetes de la Corte, la comitiva se dirigía muy gustosamente a la Taberna del Crispano, en el viejo Borgo Sant'Antonio.

Allí los jóvenes se sentían más a su aire, podían cantar y danzar los bailes populares del momento. Luego, hacia las primeras horas de la mañana, cerradas las puertas de la taberna y retirados los demás clientes, a menudo se liberaban de muchos escrúpulos y cada uno podía entregarse a cualquier placer.

En esos trances la circasiana se desataba, pero sobre todo era Dona Melita, ya normalmente dotada de un temperamento poco común, quien revelaba del todo su naturaleza de inquietantes y cautivadores poderes. Era fácil darse cuenta de que lo que emanaba de esa criatura no era sólo una exasperada sensualidad, sino algo más misterioso, como un fluido fortísimo que modificaba la atmósfera misma del lugar en que se movía. En ciertos momentos, irradiaba un aura que provenía de su inteligencia animal y dominaba la voluntad de los demás con el embrujo de un ser superior, dilatando, en quien sufría su influencia, los confines de la sensibilidad y el frenesí.

Melita tenía una enorme ascendencia sobre los varones que la rodeaban, pero todavía más sobre las hembras que percibían su poder de abrir de par en par, en lo más íntimo de ellas, las puertas de un sentir nuevo y distinto. El influjo que ejercía sobre los demás y los comportamientos que su ser inducía en ellos la habrían llevado fácilmente a la hoguera por brujería, si no hubiera sido la mujer de los dos poderosísimos e intocables Rufolo, a quienes gustaba lo que esa inquietante y extraordinaria criatura lograba suscitar en los demás y se complacían ofreciendo la mujer a los amigos y a las amigas con un señorial y casi burlón distanciamiento.

Una noche, en la Taberna del Cerriglio, al final de una cena muy animada, retirados los extraños al grupo, Melita fue transportada por sus dos hombres sobre una mesa, entre las frutas, los jarros de vino y la comida y, boca arriba, con las faldas levantadas, se concedió, como si debiera saciarse en un inalcanzable desafío, a todos los que estaban presentes, hombres y mujeres. Al final, cuando parecía casi extenuada, llamó también a los mozos de la taberna, los cuales, primero vacilantes y luego tranquilizados por las provocaciones de los demás, cumplieron la obra con el ímpetu de su edad.

Con los vestidos húmedos por el sudor, el vino y todo el líquido ardor que esos hombres le habían echado encima, pareció saciada y, tras acercarse a los gemelos, se apoyó en sus rodillas y se entregó a un sueño profundo e inocente.

En los numerosos palacios reales aragoneses se sucedían espléndidos banquetes ritmados por los característicos formalismos de la Corte. Pero las normas protocolarias y el complejo ceremonial español eran estrictamente observados sólo en la primera parte de los convites; luego, a medida que los ánimos y los sentidos se calentaban, la etiqueta de la Corte se aflojaba con el vino y las galanterías. La atmósfera primero se relajaba y después degeneraba gradualmente, como en cualquier otro banquete, por más que fuera principesco, alcanzando esas bajezas que, tan a menudo y sabiamente, los predicadores estigmatizaban.

El rey Fernando quiso sorprender a toda costa a los milaneses con el fasto y la opulencia de su hospitalidad. La suntuosidad de los festines debía rebatir la riqueza y la elegancia inalcanzables de las modas exhibidas por los lombardos, mientras se les había permitido, con sus vestidos entretejidos de oro, perlas y diamantes.

Además, la Corte de Nápoles sabía perfectamente que en el castillo de los Sforza de Milán trabajaba el célebre Cocinero, maese Stefano de Rossi, cuyo padre, maese Martino, había escrito una colección de recetas de su arte. El manuscrito había inspirado al bibliotecario papal, el conocido humanista Platina, que lo imprimió en un libro que se hizo inmediatamente famoso en todos los países y Cortes. Por eso, incluso en la abundancia y el rebuscamiento de la comida, los lombardos eran temibles y el desafío era arduo.

Sin embargo Nápoles no estaba por debajo de Milán en cuanto a celebridad en el arte de la cocina. Aquí trabajaba el gran cocinero Ruperto da Nola, un partenopeo ya españolizado, también autor de un importante libro de ceremoniales y recetas en lengua catalana, el *Libre del coch*. En el texto estaban condensadas la cultura de la mesa española y la de Italia del sur, integrada por las importantes experiencias culinarias de los árabes de Sicilia y los refinamientos de los míticos califatos de Sevilla, Granada y Córdoba.

El maestro Ruperto mostraría a esos presuntuosos lombardos de lo que era capaz la cocina de la Corte aragonesa. En las comidas, pues, se quería sorprender a los huéspedes y, por tanto, no había que reparar en gastos; ésta había sido la orden del Rey.

Los soberbios lombardos debían regresar a sus fríos castillos del norte con la visión de las suntuosas mesas de Aragón en los ojos y el exquisito sabor de las buenas cosas de España en la boca. Estaba iniciándose un histórico desafío a distancia entre las dos grandes escuelas del arte de la cocina y las normas ceremoniales, tan distintas entre sí. Se enfrentaban la cultura de la gran España y la refinada elegancia de las Cortes renacentistas de Italia. Los demás, los alemanes, los flamencos (también muy ricos), los ingleses e incluso los franceses, no podían considerarse unos faros de la cultura del buen vivir y del buen comer, hasta el punto de poder competir con tan importantes tradiciones. Quizá sólo el relevante desahogo y señorío de la Corte ducal de Borgoña no habría salido malparada de la comparación entre las dos grandes escuelas de Italia. En el salón de honor de Castelnuovo, en la mesa alta del rey Fernando, ocuparían su puesto la reina Juana, el príncipe de Calabria Alfonso, Hermes Sforza, Isabel, nueva duquesa de Milán, el obispo de Como, Antonio Trivulzio, y el arzobispo de Nápoles, Alessandro Carafa.

Una gran tarima, cubierta de preciosas alfombras de Oriente, realzaba la mesa real por encima de todas las demás. Otras dos larguísimas mesas bajas corrían, partiendo de la mesa alta, a lo largo de los lados de la sala. Aquí ocuparían su puesto los demás invitados, distribuidos según un rígido orden protocolario: los más importantes se sentarían cerca de la mesa real y los otros cada vez más lejos. Los últimos eran los artistas y los ultimísimos los poetas, según una vieja costumbre que se remontaba a los angevinos.

Como era bien sabido y era justo que fuese, nunca se servían viandas de la misma calidad a todos los comensales. El pobre Boccaccio, muchos años antes, se había lamentado desde Nápoles de la mala posición que le había sido asignada en la mesa de su amigo Acciaiuoli, ministro de los Anjou, del pésimo nivel y de la escasez de la comida destinada a los poetas.

La mesa del rey Fernando se abastecería de comida abundante, rebuscada y de inmejorable calidad. También los Embajadores de los distintos principados estarían bien servidos, con platos más que suficientes; luego, poco a poco, comenzarían a reducirse tanto la cantidad como la calidad de las comidas y bebidas. A los últimos comensales les servirían las sobras de las fuentes de las primeras mesas, y a los ultimísimos, las sobras de los platos donde habían comido los de rango más elevado.

La entrada del rey Fernando y la reina Juana se produjo de forma solemne, precedida por los toques de las trompas y el sonido de pífanos y tambores. Los cortesanos y servidores se arrodillaron, los invitados esperaron de pie con la cabeza descubierta. El gran chambelán se levantó rápidamente para acompañar a la pareja real a la mesa.

Después hizo su entrada el duque Alfonso, seguido

por quienes ocuparían un sitio en su mesa. Cuando los príncipes estuvieron sentados, los criados de la Casa Real se levantaron y comenzaron a servir la mesa alta. Sólo entonces los huéspedes de las mesas bajas podían volver a ponerse los birretes y sentarse.

Según las órdenes promulgadas por el Rey, los Caballeros llevaban traje de luto, pero los milaneses y su séquito habían hecho coser las joyas que adornaban las mangas y los bonetes de sus estupendos y variopintos vestidos a los trajes negros. Las perlas y las piedras preciosas resaltaban aún más sobre el fondo oscuro de las sedas y los terciopelos. Sobre todo los birretes, que el ceremonial imponía tener puestos durante toda la cena, refulgían por las plumas, las hileras de perlas y las grandes piedras preciosas coloreadas.

El rey Fernando y su hijo, el brutal Alfonso, estaban bastante molestos por la contramaniobra de los milaneses, pero no habían encontrado un pretexto convincente para prohibir el uso de las joyas que tanto los fastidiaban.

En torno a la mesa real se movía toda esa parte de la Corte que se ocupaba del oficio de boca.

El grado más alto era el de *Mayordomo*, es decir, el mayor de la casa, que dirigía la marcha de las residencias reales como un padre se ocupa de sus hijos. Tenía poder sobre el resto del personal del palacio, desde los criados que se ocupaban de las salas hasta los que trabajaban en la cocina.

El responsable directo de las recepciones era el *Maestresala*, funcionario muy importante porque supervisaba el buen estado de las decoraciones y la platería, así como los uniformes del personal y su aseo. Además, se ocupaba de su salario. El Camarero era una especie de secretario cuyas tareas concernían a la cámara de su señor, velaba por su descanso, perfumaba sus camisas y pañuelos y mantenía en orden las pellizas reales. Dado que estaba siempre en estrecho contacto con el soberano, que a veces le hablaba o incluso bromeaba con él, debía ser una persona de buena condición social y de absoluta confianza. Durante los banquetes debía estar siempre cerca de él para cualquier necesidad.

Los trajes del señor eran responsabilidad del *Guardarropa*, quien controlaba también que estuvieran planchados, almidonados, bien lucidos y limpios; por eso lo seguía por doquier e intervenía si una indumentaria, por cualquier motivo, se había ensuciado o solamente estaba en desorden.

Las bebidas eran ofrecidas al soberano por el Escanciador, que probaba cualquier líquido que pudiera llegar a la augusta boca, para controlar que no contuviera veneno. De él «se requería una extrema seriedad», ya que, en efecto, habría sido intolerable que «a un Escanciador se le escapase una carcajada». También tenía que ser «una persona de aspecto muy limpio, particularmente en las manos».

También el *Caballerizo*, según el ceremonial, debía mantenerse siempre cerca del Rey por lo que pudiera suceder, mientras que el Veedor, es decir, el vigilante guardián, tenía el encargo de controlar las cantidades de las mercancías, los gastos de la Corte y en particular las cuentas del *Despensero* y del Cocinero con sus ayudantes de cocina.

El Trinchante, por último, un personaje de gran importancia en cualquier banquete, era de origen noble y expertísimo en su arte, que consistía en cortar con precisión y destreza las carnes de toda clase que se servían a su príncipe.

La incisión debía realizarse según reglas bien precisas y siguiendo las líneas indicadas en los dibujos de los numerosos tratados de ese arte. Los *pavos* requerían un corte especial, distinto del previsto para los faisanes, las grullas o los ciervos; cada animal debía ser trinchado del modo que le era propio, fuera jabalí o ternera de leche o bien gamo o cochinillo.

Además el Trinchante debía respetar unas reglas especiales en la preparación de los bocados reales. Muy elegante en sus vestimentas y gestos, limpísimo, debía saber afilar a la perfección los numerosos cuchillos que formaban su especialísimo equipo.

Era fundamental que las hojas fueran muy cortantes y se mantuvieran relucientes y «libres de todo rastro de grasa y de herrumbre». Por si era necesaria, llevaba en el cinturón un estuche con la aguzadera, una varilla de madera de salce, mojada y engrasada con polvo de amoladura. Este utensilio le permitía dar el último y delicadísimo afilado a las hojas.

Cuando el Trinchante rebanaba una carne, solía adelantarse graciosamente con los pies juntos y realizar su obra con el menor número posible de cortes, sin ensuciarse nunca con jugo o grasa; éstas eran las reglas.

Había varias escuelas sobre el modo de trinchar, y los milaneses esperaban el momento de las carnes para juzgar. Por la elegancia del Trinchante, la precisión de su trabajo y, sobre todo, por la escuela que seguía, todo verdadero gentilhombre podía valorar el refinamiento de la Corte.

En cuanto el Rey estuvo sentado a la mesa, el primero en moverse fue el servidor de aguamanos; llegó con un aguamanil de plata cubierto con una tobaja bordada y una palangana también de plata, fue hacia el Maestresala y se arrodilló. El Maestresala, tras acercarse a su señor con una tobaja sobre el hombro, después de las debidas reverencias, besó el paño que estaba sobre el aguamanil, lo puso sobre la mesa delante del soberano y apoyó encima la bacía. Con la izquierda vertió el agua sobre las augustas manos, con la derecha cogió la toalla que tenía sobre el hombro y, tras besarla, la ofreció a su Rey. Apenas hubo ejecutado su tarea retiró la palangana y, después de algunas reverencias, devolvió todo al servidor de aguamanos.

La ceremonia se repetía con el agua de rosas.

Los invitados milaneses más importantes también habían tenido, si bien de un modo más sencillo, su agua de rosas para las manos.

Ahora que el rey Fernando y sus huéspedes de honor habían sido homenajeados suficientemente, podía darse inicio al banquete.

La decisión del rey Fernando de obligar a todos al luto más estricto no ayudaba desde luego a crear un marco de jovialidad en torno a la cena. Los Caballeros de negro y las damas veladas y de duelo conferían un aspecto surreal a la sala porque, no obstante el forzado pesar, el brío y la hilaridad eran generales.

Una extraordinaria sucesión de viandas comenzó a llegar a la mesa real y a las mesas bajas que estaban más cerca de ella. Primero se llevó la fruta en grandes cestos decorados con papeles de varios colores, adornados con figuras alegóricas doradas y plateadas; membrillos cocidos, peras, pasas de uva e higos secos de Nápoles y de Esmirna; castañas asadas a las brasas, naranjas agrias, cidras, limones y frutas confitadas, nueces y avellanas llenaban los cestos suntuosos y variopintos.

Luego llegó el turno de los ocho guisos: guiso de manos de carnero, una menestra de almendras y enebro machacados y disueltos en caldo de carnero con trocitos de pata del mismo animal, con el añadido de leche de almendras y azúcar en abundancia.

El segundo de los guisos que se sirvieron fue el de asadura, para el cual se cocían en una olla aparte las vísceras de un cabrito que, tras ser cortadas en daditos, eran sofritas en tocino con cebolla. En ese punto se añadían, muy bien machacadas en un mortero, unas almendras tostadas, y el hígado del cabrito, asado a la brasa, con un buen trozo de miga de pan embebido en vinagre blanco. Pasado todo por el cedazo se diluía con caldo graso, se hacía cocer con una salsa de especias y, por último, se servía en las escudillas, poniendo en cada una de ellas un par de huevos. Era importante que la menestra tuviera un vago sabor a vinagre.

Después fue el turno de un guiso denominado *el primo, el segundo, el tercio*. Este último era a base de cilantro verde finamente desmenuzado y machacado en el mortero con cilantro seco, almendras y nueces tostadas; luego se hervía el compuesto con salsa de especias variadas, añadiendo mucho azafrán, un buen caldo graso y después vinagre y azúcar; cuando la menestra había alcanzado la debida consistencia se servía espolvoreándola con abundante azúcar y canela.

Más tarde hicieron su aparición los potajes de *capón armado*, luego la sopa de hígado condimentado y más guisos, de sémola y de farro. Se lavaba el farro dos o tres veces en agua fría y después, en una olla con caldo de gallina, se hervía hasta mediada la cocción; entonces se añadía leche de almendras y azúcar (que fuera del bueno), y se mantenía sobre el fuego hasta que espesara. Tras dejarlo reposar, se servía con canela y azúcar. «Era un guiso tan delicado que podía ser útil incluso a los enfermos.»

Con el estómago puesto a punto por las menestras ahora era fácil afrontar las comidas más nutritivas.

Por eso llegaron a las mesas numerosos pasteles, en verdad soberbios, como el de cabrito con berenjenas y también las renombradas berenjenas a la morisca, que primero se freían y luego se cocían con queso rallado, cilantro molido y caldo graso. No faltaban las calabazas fritas con relleno y caldo de carne, además del arroz en cazuela al horno.

Las viandas eran presentadas a la mesa alta con muchas reverencias, cambiando la servilleta en cuanto uno de los ilustres convidados se limpiaba los labios después de haber bebido un sorbo de vino. Cada vez, las servilletas, los cuchillos, los saleros y cualquier otro accesorio eran debidamente besados de rodillas, antes de ser posados sobre la mesa real.

Las copas de vino las llevaba a la mesa el Escanciador, que se acercaba cuidándose mucho de mantener el caliz por encima de su nariz a fin de que en el caso vituperable, pero posible, de un estornudo nada indeseable cayera en el vino. Para el agua, el Escanciador se acercaba con la copa en la mano derecha y la jarra en la izquierda, hacía una reverencia con la mayor elegancia posible, entregaba el cáliz al rey Fernando, pasaba la jarra a la mano derecha, vertía con gracia el agua, volvía a pasar la jarra a la mano izquierda y, por último, después de las debidas reverencias, se retiraba.

Para los nobles, las copas eran de plata u otro metal, pero el Rey y los grandes señores sólo bebían en cálices de finísimo vidrio selicornio, pues según los sabios, que estaban seguros de ello, el cristal se quebraba de inmediato al contacto con cualquier bebida que contuviera veneno.

Se estaba llegando a la parte central de la comida.

El gran banquete bullía de animación; bebiendo buen vino y comiendo todos esos bienes de Dios, las lenguas se soltaban y las relaciones se hacían más confidenciales. Las salsas, los jugos y las grasas comenzaban a ensuciarlo todo; hasta el mantel, donde todos se limpiaban las manos y la boca, estaba ya cubierto de manchas.

Comenzaban a volar, lanzados de un comensal a otro, los primeros trozos de miga de pan modelados en formas obscenamente alusivas. También los confites y los bizcochos estaban siempre presentes en las mesas desde el principio hasta el final de todo banquete. Alguien particularmente hábil conseguía arrojar los confites en los amplios escotes de las damas y después con grandes voces reclamaba su restitución, entre el griterío de los vecinos. Algunos, escupiendo vino con la boca, conseguían hacer llegar pequeños chorros hasta los demás invitados. Al principio de la comida los comensales habían encontrado sobre la mesa, además de los bizcochos y los confites, varios tipos de confituras y por doquier platos de manjar blanco.

El manjar blanco (así se llamaba en Italia) era una crema densa hecha de carne blanca de pollo, harina de arroz, almendras blancas, leche de cabra y agua rosada. Todo ello se machacaba largamente en el mortero y luego se cocía a fuego lento en un puchero donde nunca había sido cocida ninguna otra vianda. El manjar blanco se usaba como acompañamiento de casi todos los platos, especialmente los de carne.

Las viandas más importantes del banquete estaban por llegar, dado que un hombre de bien no podía considerarse debidamente alimentado si no comía una cierta cantidad de caza y carnes variadas, que eran estimadas como la parte seria de todo festín.

Los Caballeros milaneses estaban al acecho de la llegada de los asados y los cocidos, porque en ese punto habrían debido exhibirse los esperados Trinchantes.

Cuando llegó el gran momento, precedido por pífanos y tamborileros, entró el cortejo de los sirvientes que llevaban al hombro, sobre angarillas, enormes bandejas con todo tipo de carne: pavos con sus plumas y colas en forma de rueda, terneras doradas, cochinillos rellenos y asados, grullas, faisanes, cabritos, ciervos y jabalíes con su piel.

Por último, antecedido por sus ayudantes, hizo su entrada el Primer Trinchante, elegantísimo con su jornea de seda negra bordada en plata. Tenía un gran bonete con plumas negras de garza, adornado con perlas, y en el cinto llevaba el espadín, *signum distinctionis* de su rango de Caballero.

Avanzó casi a paso de danza hacia el Rey, hizo una profunda inclinación, con gran maestría se quitó el bonete, que agitó varias veces en señal de reverencia, volvió a ponérselo en la cabeza con un amplio gesto y se acercó con gravedad a la pequeña mesa que sus asistentes le habían preparado y sobre la cual habían dispuesto grandes trozos de carne. Otros ayudantes le ofrecían, abierto, el gran estuche en el que estaban los cuchillos y tenedores trinchantes de su arte.

Toda la sala prestaba atención al espectáculo que estaba a punto de comenzar en la mesa real, mientras otros Trinchantes menores servían las mesas más importantes. Los milaneses ya estaban sonriendo con malicia, se habían dado cuenta de que no se trataba de un Trinchante al aire, es decir, de un Trinchante a la italiana. En efecto, no había escapado a sus ojos que los ayudantes habían puesto un tajo sobre la pequeña mesa.

El Caballero, en tanto, continuaba su rito. Había elegido con cuidado un cuchillo y había extraído del estuche que llevaba colgado a la cintura la aguzadera. Después de un último afilado de la hoja, comenzó a cortar con unos pocos golpes seguros el cabrito que estaba sobre el tajo y con el tenedor trinchante procedió a disponer las rebanadas, a medida que las separaba, en el plato del Rey, que un ayudante arrodillado tenía frente a él.

El Trinchante había usado el tajo para apoyar las carnes, en vez de levantar el trozo y, en el aire, rebanarlo tal y como el decoro de una Corte civil habría requerido. Los lombardos no esperaron más para burlarse de los napolitanos y los españoles. Habían empezado a comentar en voz alta, con tonos cada vez más elevados, la incivilidad de ciertos pueblos y la injustificada vanagloria de ciertas Cortes.

Con trozos de carne ensartados en los tenedores trinchantes de mesa, mantenidos bien altos, fingían cortarlos en el aire con sus cuchillos para mofarse de los aragoneses. Era indecoroso, decían, que el rey Fernando y su hijo, con sus aires españoles, ni siquiera tuvieran a su servicio a un Trinchante al aire de alta categoría. Ya verían los presuntuosos napolitanos de qué era capaz una Corte civilizada y elegante como la de Milán.

No se necesitaba mucho más para inflamar los ánimos y desencadenar una riña. En efecto, un español de la Corte, el conde Ramiro de Guzmán y Barriga, arremetió contra uno de los amigos del joven duque Gian Galeazzo, el marqués de Crema Michelangelo Zurla, que claramente intentaba provocarlo. Ya estaban desenvainando sus espadas cuando de una parte y de otra los amigos se lanzaron a frenarlos, rojos de cólera. Insultos, gritos de mujeres, empujones, órdenes secas de los jefes de los arqueros de ambos bandos, y el tumulto se calmó de la mejor manera posible. Casi por la fuerza los contendientes fueron reconducidos a sus escabeles, pero ahora la tensión estaba en el ambiente; aunque en voz baja, las partes siguieron lanzándose motes lascivos e insultos.

Los bufones, los prestidigitadores y los músicos habían recibido la perentoria orden de distraer con sus exhibiciones, siempre que surgieran disputas, a los comensales más alterados y pendencieros, desplazándose de un punto a otro del salón, donde parecía que su presencia era más necesaria. En tanto, otros Trinchantes, ayudados por sus asistentes, cortaban y distribuían grandes trozos de animales de todo tipo a las mesas más cercanas a la mesa alta y, luego, poco a poco, a las demás.

Los comensales de menor rango debían esperar y conformarse con las carnes que los primeros habían rechazado. Los funcionarios subalternos de la Corte y los artistas, que estaban acomodados al fondo de las largas mesas, sólo ahora recibían los restos de las menestras, ya frías, que se habían servido en las mesas más importantes.

Terminados los asados y los cocidos, empezarían los platos de pescado, de los cuales el mar de Nápoles era tan pródigo. Los pescados y los frutos de mar, como es universalmente reconocido, son poco nutritivos y es recomendable comerlos en gran cantidad para extraer el justo sustento. No pesan en el estómago, es más, ayudan a digerir bien las carnes; sin embargo, es oportuno hacer preceder también estos alimentos de un buen número de guisos.

Por eso el experto Ruperto da Nola había hecho una menestra de calamares y jibias. Después de haberlos lavado bien y una vez mediada su cocción, los había dejado macerar con almendras, pasas de uva y piñones. Luego había completado la preparación haciéndolos hervir en el caldo de pescado con vinagre y hierbas.

Un guiso de sémola, cocida en caldo de gallina, con el añadido de leche de almendras, parecía a propósito para renovar el apetito.

No podía faltar la menestra de cebolla, llamada cebollada, que se servía caliente en escudillas junto con un par de huevos; si alguien lo deseaba, la espolvoreaba con azúcar y canela.

Sólo los comensales más voluntariosos conseguían degustar todas las viandas que aparecían en las mesas. Muchos comían apenas una parte de las numerosas hileras de platos que se habían puesto ante ellos y se limitaban a probar los demás. Especialmente las jóvenes damas, a diferencia de las voraces matronas, hacían ademán de desdeñar muchos alimentos. Pero el tiempo a disposición para el banquete era oportunamente largo y, ayudados por las abundantes libaciones, al final quien más quien menos hacía honor a los platos.

No aprovechar las comidas que se ofrecían era, en verdad, un crimen contra la carestía. ¿Quién habría rechazado en ese momento un caldito de jibias y pulpos enriquecido con pan tostado, nueces y avellanas y aromatizado con zumo de naranjas agrias?

Un caldo de pescado cerraba la serie de menestras aptas para estimular el apetito. El pescado bien lavado y frito en abundante aceite se dejaba enfriar. Luego se doraban unas cebollas cortadas en el mismo aceite, junto con almendras peladas, uvas secas, *helenio* y ciruelas. Pimienta, azafrán y otras especias le conferían un inmejorable toque de sabor. Por último, todo ello se cocía con vino y vinagre. En cuanto estaba listo se añadía el pescado previamente frito y se servía endulzado con arrope. Así, con nuevo vigor, los comensales podían disponerse a degustar los extraordinarios platos de pescado que estaban a punto de llegar.

Sobre los dones de Neptuno cocinados por Ruperto da Nola, los milaneses no podían tener nada que objetar. Antes que nada, se sirvió el manjar blanco de pescado, una nueva receta adecuada para los platos de pescado, preparada con carne de langosta machacada en el mortero, almendras, harina, agua rosada y azúcar.

Las andas que estaban apareciendo con los productos de la pesca y los platos preparados con frutos de mar eran verdaderamente impresionantes. Precedidos por toques de clarín y redobles de tamborcillos, llegaron a la gran sala *triunfos* de langostas, atunes enteros asados, lampreas empanadas, grandes alosas con enebro y vinagre, guiso de esturiones con enebro y cilantro, perca a la parrilla, congrios a la cacerola o cocidos a las hierbas con vinagre y también pequeñas sardinas a la cazuela, preparadas con enebro, azafrán, perejil, hierbabuena, almendras, piñones, hierbas aromáticas varias y vinagre. Para cocinarlas de la mejor manera había que cocerlas a las brasas más que al horno; en el momento de comerlas debían ser aromatizadas con pimienta y zumo de naranja.

Entre las aclamaciones generales llegaron a las mesas triunfos de rodaballos y lenguados, calamares, merluzas cocinadas de cinco maneras distintas y, por último, montañas enteras de ostras.

Las ostras se freían, luego se dejaban macerar en zumo de naranja con pimienta y hojas de laurel. También las había fritas con cebolla, hierbas aromáticas y vinagre.

En tanto, los convidados de las últimas mesas trataban de roer los huesos que, por más que descarnados, aún conservaban pegados trocitos de carne y nerviecillos que habían quedado pegados, además de los esqueletos de las volátiles que los trinchantes no habían conseguido pulir del todo.

Los sirvientes que tenían la tarea de llevar las sobras de las primeras a las últimas mesas, durante el trayecto, introducían con destreza en los amplios bolsillos de sus libreas divisadas las mejores sobras para llevárselas a casa. Así, desaparecían los trozos de carne más grandes, raciones de pasteles y hasta de manjar blanco.

Incluso al escanciar los vinos se respetaba la rigurosa jerarquía habitual entre las distintas mesas. El vino excelente era para el Rey y los convidados de alcurnia, el bueno para las primeras mesas; para las demás un vinillo ligero y, por último, para las últimas se servía el sacado de los toneles que, por haber cogido aire, sabía a vinagre; de todos modos, diluido con agua era una bebida que saciaba la sed.

Como era natural, a pesar de los choques entre las dos facciones, los jóvenes Caballeros estaban cortejando, correspondidos, a las damas excitadas por las copiosas libaciones, y muchos, ayudados por las numerosas zonas de sombra de la sala, estaban empeñados, con bastante desenvoltura, en amorosas ocupaciones. La escena que se presentaba era más bien extraña: centenares de personas compungidamente vestidas de luto se contorsionaban en una orgía totalmente desinhibida de comida y sexo. En la sala la confusión y el ruido eran ya altísimos y casi todos, hombres o mujeres, estaban borrachos. Muchos bancos estaban vacíos y detrás de las columnas, con la complicidad de la penumbra o incluso de la oscuridad, entre grititos sofocados y carcajadas, todos se abandonaban por doquier a las más exuberantes y variadas cópulas.

Era el gran momento de los postres. Hicieron su aparición en las mesas frutas confitadas, panes de nueces con melaza, turrones españoles, bolitas de piñones, mazapán de almendras, que llegaba de Sicilia, y una gran cantidad de dulces árabes cubiertos de miel y almendras tostadas y trituradas. Calabria había ofrecido figuras de guerreros, caballeros y damas de dos palmos de altura, estupendamente realizadas con frutos secos de graciosos colores: higos, manzanas, albaricoques, ciruelas, castañas, nueces, almendras y avellanas.

Los dulces y los postres no pueden considerarse verdaderas comidas, sino más bien un acompañamiento ligero que, al final de cualquier banquete, predispone para una buena digestión y propicia un sueño tranquilo y reparador.

Tocaron nuevamente las trompetas y resonaron los pífanos. He aquí, traídas a hombros por servidores en librea, escenas de batallas navales contra los sarracenos, grandes construcciones de mazapán que representaban los asaltos de los cruzados contra las fortalezas moriscas de Oriente, de colores vivos y llenas de guerreros, caballos y ballesteros. En cada victoriosa nave de turrón o en cada castillo de pasta de almendras conquistado a los sarracenos, flameaba el estandarte de la Casa de Aragón en pasta de azúcar. Pusieron un gran número de ellas sobre las mesas.

Rápidamente las admirables construcciones fueron despedazadas y comidas; los puentes levadizos, las almenas y los revellines se usaban también como proyectiles de una mesa a otra entre aplausos, gritos y carcajadas fragorosas.

En ese momento, incluso los lombardos debieron admitir que el rey Fernando había hecho las cosas a lo grande y que el banquete había sido espléndido, pero los que estaban más ligados a la tradición tenían, de todos modos, varias críticas que hacer.

Ante todo no se había hecho la habitual escansión de la cena en servicios, a los que seguían los intermedios, como se acostumbraba en sus Cortes. Después de cada serie de comidas, habrían pretendido que hubiera unos intervalos para que los huéspedes pudiesen alejarse de la mesa, regocijados por músicas y entretenidos por bufones y prestidigitadores. Sólo al final de un intermedio podía servirse otro grupo de viandas, y así sucesivamente.

Objetaban, además, que las comidas habían sido aromatizadas con pocas especias, lo que, además de disminuir el gusto de los alimentos, parecía una clara falta de consideración hacia los huéspedes. En efecto, el uso o, mejor, el abuso de especias de todo tipo era, en la práctica, independiente de la calidad del plato al que se habían añadido. Los carísimos condimentos como la canela, el macis, el cilantro, el almizcle y todos los demás eran una señal de deferencia del dueño de la casa hacia el invitado. Cuanto más importante era el huésped, mayor era la cantidad de especias que se añadían a las recetas. Así, al menos, se comportaban en las Cortes del norte.

También criticaban el excesivo empleo, a su juicio, de almendras machacadas y agua de rosas, lo que denotaba, decían con desprecio, una fuerte influencia de la cocina árabe.

Y luego estaba la cuestión del Trinchante.

Por último, lo más grave y ofensivo de todo: el escaso empleo del azúcar. Este carísimo dulce debía ser rallado con gran abundancia sobre cada plato, fuera de carne o de pescado, como homenaje al convidado y como señal de alta consideración hacia él.

Sin embargo los huéspedes extranjeros olvidaban que la Corte de Aragón sufría la influencia de la refinada civilización árabe y de ese genial innovador que era el gran cocinero Ruperto da Nola. El Cocinero, siguiendo la tradición oriental, había abandonado la arcaica costumbre de rociar con especias de manera indiscriminada, prefiriendo dosificarlas según las efectivas necesidades de la receta y acaso sustituyéndolas por hierbas aromáticas y sabores menos devastadores. El libro que había escrito se amoldaba sin sombra de duda a estos nuevos criterios. Además, en las Cortes españolas no era frecuente el antiguo uso de los servicios para escandir los banquetes.

Sin embargo, los milaneses, como todos los nórdicos, aún estaban ligados a las viejas usanzas y no llegaban a apreciar la novedad de esa cocina más sencilla y de sabores más diferenciados. El abuso de las especias ocultaba toda diversidad de gusto y hacía similares incluso las preparaciones más diferentes.

Al margen de cualquier cosa que se hubiera querido objetar, la cena había resultado un éxito indiscutible y era imposible no admitirlo.

La satisfacción de los aragoneses era palpable y ahora se permitían ser corteses con los lombardos, ofreciendo a sus huéspedes bocados selectos y dándoles a beber de sus mismos bocales. En efecto, casi todos se habían declarado satisfechos y saciados, y a los que aún no lo estaban los napolitanos continuaban proponiéndoles nuevas delicias expresamente preparadas para llenar los últimos vacíos de las vísceras.

Por último, había llegado el momento del solemne brindis de los novios. Un grande y bellísimo cáliz nupcial de oro fue llevado a Hermes y a Isabel. Ambos jóvenes, después de haber alzado la copa y haberla hecho girar hacia los comensales en todas las direcciones, auguraron para sí mismos y para los presentes todos los parabienes. Luego, entre la conmoción general, bebieron juntos el tradicional hipocrás de rosas, que según el uso marcaba el final de todo festín nupcial.

Cada uno de los comensales tenía ante sí un jarro de hipocrás, y la respuesta al brindis de los novios fue un gran grito augural que se elevó de toda la sala. A continuación todos bebieron y el soberano, seguido por los notables de las mesas altas, se retiró en medio de una profusión de inclinaciones, genuflexiones, toques de trompetas, redobles de tambores y sones de tuba.

Era la hora primera de la madrugada.

Pero en la gran sala, que ahora se había transformado en una orgía, la fiesta continuó durante toda la noche, cada vez más cansinamente, hasta que la clara luz del alba invernal de Nápoles penetró a través de las bíforas ojivales. Sólo entonces, deslumbrado por las manchas de color del sol, que atravesaba las vidrieras policromadas, cada uno, de repente, se sintió invadido por la sensación de agotamiento y de íntima melancolía que inevitablemente acompaña el fin de toda noche como aquélla.

4

Un galopillo había llevado a la mesa un inmejorable salami cocido en vino *Pignolo della Morra*, que se producía no lejos de Tortona, acompañado con nabos rojos y coles condimentadas con una salsa de agraz y miel. Disponía los platos sobre la mesa con meticulosa lentitud, mientras maese Stefano bramaba de impaciencia y trataba de ayudar al tabernero a ordenar los platos para que se diera prisa. No podía seguir esperando sin conocer el contenido del mensaje.

Después de un tiempo que al Gran Cocinero le pareció interminable, el hostelero terminó de ordenar la mesa y, tras hacer algunas inclinaciones, volvió a zambullirse reculando en la cocina. Por fin Trotti podía poner a su amigo al corriente de cuanto había sabido.

—La carta es muy breve. Mi enviado, ese Ludovico Terzaghi que vos conocéis, habitualmente me manda largos y minuciosos despachos que, inevitablemente, llegan a nosotros cuando los eventos hace tiempo que se han desarrollado, pero esta vez se ha apresurado a entregar la misiva al correo y se ha limitado a escribir unas pocas líneas. Me comunica que durante una excursión fuera de Nápoles, a una localidad llamada Ravello, uno de los amigos del joven Duque murió en circunstancias misteriosas. Por ahora no se sabe quién es el asesino, y los hombres de Sanseverino han impuesto a los milaneses que no hablen ni siquiera entre sí de lo sucedido. Con el próximo envío tratará de hacerme llegar un despacho con noticias más detalladas.

Maese Stefano se había quedado con la boca abierta. Estuvieron un buen rato en silencio.

—Excelencia —preguntó luego el Cocinero, preocupado—, ¿la carta no dice nada más?

—No; por desgracia la carta no dice nada más. Ya sabíamos que los milaneses y los napolitanos no se llevan bien y que el rey Fernando haría incluso lo imposible para asombrar a los nuestros con fiestas, con bailes en sus castillos y con platos que parece han sido verdaderamente excepcionales. Pero ahora nos enteramos de que también ha habido un muerto. Esto me parece extremadamente peligroso. Auguraba que todo terminaría en uno de los previstos desafíos de opulencia y riqueza que las Cortes a menudo emprenden entre sí; en suma, un duelo de banquetes, pero no de muertos.

—No sé qué decir. La cosa ha empezado mal —comentó el Gran Cocinero, primero mirando desconsolado las carnes que tenían en la mesa y luego escrutando a su amigo. De pronto le pareció evidente que pensaban lo mismo: las noticias recibidas de Nápoles eran gravísimas, pero no suficientes para quitarles el apetito.

—¡Una cena es una cena! —exclamó, y siguieron comiendo.

—Esta terrible manía de descollar, ¡incluso en la mesa! —continuó el Cocinero—. Algo sé de comidas. En la Corte tienen un Gran Cocinero, el famoso Ruperto da Nola. Quizá por eso que el ilustrísimo señor Ludovico Sforza da tanta importancia al banquete de Tortona.

—Todos hablan de ese banquete y, si no me equivoco, incluso el Moro se ha interesado personalmente

—añadió Trotti, que prefería no seguir hablando de la trágica noticia.

—Es verdad, querido Embajador, ¿sabíais que el duque Ludovico, cuando dio las órdenes para la cena al Gran Senescal, quiso que también yo estuviera presente?

—Sí, me lo imaginaba porque en Milán se han hecho muchas suposiciones, pero nadie ha sabido decirme cómo se desarrolló exactamente la escena.

—La cosa al principio parecía muy sencilla —comenzó el Gran Cocinero—. Una hermosa tarde, hace diez días, llegó a la cocina el Gran Senescal, el señor Gian Giacomo Vincimala, con el traje de las audiencias y ese aire suyo de señor de rango, y me dice que me prepare de inmediato porque nuestro señor Duque nos espera... «¿A quiénes espera?», le pregunto. «Me espera a mí, y también a vos, maese Stefano, para unas comunicaciones importantes», me dice con su habitual condescendencia.

»Me costaba creerlo, el duque Ludovico me mandaba siempre las órdenes para las comidas a través del Gran Senescal. Para ser breve, tuve que ponerme mi mejor jubón, con un bonete de terciopelo carmesí, y nos precipitamos a la sala de los Scarglioni en la planta superior del castillo. Las piernas me temblaban, pero no había nada que hacer; ésas eran las órdenes. Esperamos bastante, y al final se abrió la puerta, entraron seis arqueros con uniforme de gala e inmediatamente después el duque Ludovico, con ese poeta de la Corte que me parece se llama... Tac... Taccone, y con ese otro joven pintor florentino de barba rubia...

—¡Ah! ¿Queréis decir el maestro Leonardo da Vinci?

—Sí, precisamente ese toscano es el que me diseñó un magnífico asador que gira solo. De inmediato el Gran Senescal puso una rodilla en el suelo y yo, figuraos, hice lo mismo, y por poco pierdo el equilibrio y me caigo. El Duque tendió la mano al Gran Senescal para que se la besara y luego le hizo señas de que se levantara; a mí ni siquiera una mirada. Yo seguía con la rodilla en el suelo, esforzándome mucho para mantener la estabilidad, pero lo que dijo se me quedó grabado en el cerebro, a pesar de que hablaba como un Obispo en la iglesia. —El Cocinero, imitando al Duque y esforzándose por usar palabras difíciles, continuó—: «Señor Gian Giacomo, nuestros correos nos informan que en Nápoles el rey Fernando y el duque Alfonso, su hijo, nuestros amadísimos hermanos en la fe de Cristo, además de abuelo y padre de nuestra dilectísima sobrina Isabel, que está a punto de llegar, están haciendo grandes honores a nuestros enviados.» —El Cocinero prosiguió remedando el habla ampulosa del Duque—: «Bailes, comidas y espectáculos excelentes y, por encima de todo, los banquetes preparados por ese gran maestro de las exquisiteces de la mesa que se dice es el cocinero Ruperto da Nola, Gran Cocinero de aquella serenísima Corte.

»Ahora bien, todo esto nos llena de alegría y reconocimiento hacia el Rey y el Duque, pero nos obliga, y es grata obligación, a corresponder con la misma moneda a sus atenciones y a su opulenta hospitalidad, ofreciéndoles un recibimiento que sea digno de ellos y del gran linaje de los Sforza. Por encima de todo, sería nuestro deseo presentarles el banquete más extraordinario del que se tenga memoria en cuanto la comitiva, con la recién casada, la duquesa Isabel, ponga el pie dentro de los confines de nuestro Ducado. Por tal motivo hemos establecido que este evento, que, estamos seguros, será recordado en las crónicas, tenga lugar en Tortona, primera aldea importante del Ducado que tendrá el honor de dar la bienvenida a nuestra dulce sobrina. Tortona es feudo de nuestro queridísimo recaudador de impuestos, el conde Bergonzio Botta.»

—Maese Stefano trató de recordar las palabras exactas del Duque—. «No dudamos de que nuestro excelente Gran Cocinero...»

»Dijo exactamente esto y, dirigiéndose hacia mí, que seguía arrodillado, con la mano enguantada me hizo señas de que me levantara, después continuó...

—El Gran Cocinero se esforzaba por hablar como su Duque, pero le resultaba difícil. Repitió lo que Ludovico el Moro había dicho a continuación—: «Nuestro maese Stefano, tan renombrado, incluso más famoso que el excelente Ruperto da Nola, conseguirá que el orgullo de la Casa de los Sforza no se vea en absoluto humillado por el de los aragoneses. Es más, esperamos que, en el recuerdo del nombre y la fama de su gran padre, el difunto maestro Martino De Rossi, sabrá ofuscar, con su arte, cualquier otra cosa que se haya hecho en Nápoles. Sería muy vergoñoso para nosotros admitir que no hemos sabido honrar como deseamos a los nobles napolitanos que acompañarán hasta aquí a nuestra amada Isabel.» —En ese punto, el Gran Cocinero estaba aturdido del todo con aquel difícil hablar y sentía que el sudor le caía por la espalda, empapándole la camisa. Continuó reproduciendo el discurso del Duque—: «Lo que nosotros deseamos no es un banquete sencillo, por opulento que sea, sino algo más, algo jamás visto antes. Toda la cena será un triunfo no sólo de viandas, sino también de música y de poesía. Así lo ha sabiamente sugerido nuestro querido maestro Leonardo, con el cual vos, egregio Gran Senescal, os pondréis oportunamente de acuerdo. También el rimador Baldassarre Taccone, aquí presente, discípulo del poeta de la Corte maestro Bernardo Bellincioni, prestará su obra y la de sus ayudantes para el logro de tal evento, que esperamos sea excepcional. También con él, señor, os pondréis de acuerdo oportunamente. Estamos seguros de que nadie traicionará nuestra confianza. Desde este momento, cualquier cosa que necesitéis, estáis autorizado a cogerla, y tenéis permiso para pedir lo que queráis en nuestro nombre y sin vacilaciones. Cualquier obstáculo que se os interponga, por parte de quien sea, para la consecución de los fines de que hemos hablado, deseo nos sea referido. Id con Dios, señor Gian Giacomo, y que la Virgen Santísima os ayude.»

»Y salió de la habitación seguido por los suyos. Yo me sentía más muerto que vivo. La voz no me salía del gaznate, pero con fatiga conseguí preguntar al Gran Senescal qué quería decir el señor Duque —continuó Maese Stefano.

—¿Qué quería decir? —repitió el Gran Senescal, que había perdido bastante de su proverbial soberbia—. Quería decir que el señor duque Ludovico se muere de rabia y quiere superar en riqueza e imaginación cualquier fiesta napolitana. Pero, sobre todo, quería decir que, si no lo conseguimos, nos jugamos el trasero. ¡Eso quería decir! ¡Esa mención a la protección de la Santa Virgen no deja dudas, maese Stefano! Pobres de nosotros si erramos.

Las palabras de Vincimala y aún más el hecho de que se hubiera dejado llevar, él, tan aristocráticamente compuesto, por un vocabulario casi vulgar lo habían aterrorizado.

—Llegué con fatiga a la cocina del castillo, las piernas apenas me sostenían, me parecía tener fiebre y, después de haber bebido unas grandes tazas de vino ardiente con abundante cinamomo, me metí de inmediato en la cama con paños fríos en la cabeza. Al día siguiente supe por fin qué había inventado aquel loco pintor florentino.

»El maestro Leonardo da Vinci, con los Sforza, además de pintar y esculpir, se ocupaba del sistema hídrico de los canales de Lombardía, proyectaba las defensas militares y, asimismo, organizaba las fiestas y los entretenimientos teatrales. Para la ceremonia de Tortona sugería que todo el banquete fuera ritmado con los versos de un poema, escrito para la ocasión, en el que los dioses del Olimpo, las ninfas y muchos otros personajes de la mitología, mientras declamaban, servirían la mesa de los Duques danzando, ayudados por comparsas y bailarines. Cada personaje llevaría la vianda que le era más acorde. *Exempli gratia*, Diana cazadora llevaría la caza, Neptuno los frutos de mar y el resto toda suerte de viandas.

»En tanto, los músicos deberán acompañar el desarrollo del poema con melodías apropiadas. Es algo jamás realizado y que me parece imposible. ¿Cómo hay que hacer para preparar, como corresponde, un plato que debe estar listo y cocinado en su punto, al tiempo que se recita una determinada cuarteta del poema? Cada vianda debería ser estudiada para que los tiempos sean respetados y además la poesía debería escribirse de acuerdo con la cocina, dando la posibilidad de disponer los platos en el momento en que la divinidad los presente, así decían esos sabihondos. Yo no soy poeta, pero me pregunto cómo se hace para escribir un poema decente, cuando debe ser concertado con el *Cocinero*, con el *Senescal*, con el *Credenciero* y también con el Bodeguero, además de que con el Trinchante. ¿Qué clase de poesía podrá ser? ¿Y qué clase de exquisiteces puedo preparar en estas condiciones? Maldito sea ese loco inventor florentino al que llaman el maestro Leonardo. Él sugiere, pero si las cosas no salen como los Duques esperan, no es él quien se la juega. Y pensar que hasta me caía simpático por lo del asador que os he mencionado.

—¿Y qué hicisteis? —preguntó con interés Trotti.

—Qué quiere, Excelencia, nos arremangamos y nos pusimos manos a la obra. Con el poeta elegido por Bellincioni, Taccone, su pupilo, y con el Gran Senescal, preparamos una lista de platos para los servicios. De tanto en tanto, para complicar las cosas, el maestro Leonardo da Vinci metía el pico en nuestro trabajo sugiriendo o corrigiendo algo. Los músicos, por su parte, comenzaron a ensayar, y a mí no me quedó más remedio que arriesgar, con este loco banquete, mi reputación e incluso quizá mi libertad.

Con sólo hablar de ello la garganta se le había quedado seca y para recuperarse escanció otro bocal de vino.

Seguían sirviéndose de todo cuanto había en su mesa, aun cuando la noticia del muerto de Ravello había alterado la serenidad de su charla. Tras haber degustado la cabeza de ternera con salsa picante de ajo y jengibre, pensaron en la pierna de cerdo rellena.

La velada era larga y en la taberna podrían dedicarse con calma, a pesar de todo, a su pasatiempo favorito: contar chismes de la Corte e intercambiar confidencias al respecto. Solían hacerlo ciertas noches después de la cena, en el castillo de los Sforza en Porta Giovia. Cuando los banquetes concluían y el silencio caía sobre aquella espléndida y rutilante Corte, se quedaban en una sala pequeña cerca de la cocina. Ambos consideraban que sentarse a la mesa era un acontecimiento casi sagrado.

Maese Stefano preparaba una pequeña mesa para ellos dos (a veces admitían también a algún que otro amigo) y servía algunos manjares especiales que, a lo largo del día, había preparado precisamente para la ocasión, junto con una buena botella de vino.

Podía ser una lonja de lechón asado con higadillos, hierbas, tocino y especias, o bien unas deliciosas albóndigas de ternera con especias dulces, zumo de naranjas dulces y clavo machacado, o también jamón cocido en vino y aromatizado.

El Diplomático tenía unos cuarenta y cinco años y era un poco más joven que el Gran Cocinero. No muy alto, más bien regordete y algo calvo, ostentaba dos magníficos bigotes que cuidaba, rectos y delgados, tratándolos con un compuesto de origen árabe elaborado a base de resina de un árbol de aquellas tierras, mezclada con cera de abejas y colofonia. Tenía la costumbre, cuando estaba pensativo, de enroscar ora una punta ora la otra de sus cuidadísimos bigotes.

Era de una elegancia refinada y de una cultura profunda, aunque no ostentosa, que afloraba en su oratoria como las gemas raras en una mina muy rica. Grandísimo gastrónomo, incluso se ocupaba personalmente de la cocina. En su opinión, el placer de lo hermoso y lo refinado lo incluía todo, desde la literatura, la arqueología y la pintura, hasta los escotes floridos y sedosos de sus numerosas conquistas femeninas, que no separaba nunca del placer de la mesa. Antes de convertirse en Embajador en la Corte de los Sforza había ejercido de diplomático ante numerosos príncipes, siempre por cuenta de su señor, el duque de Ferrara.

Maese Stefano, en cambio, había heredado de su padre una complexión grande y robusta, acentuada por cierta rotundidad de las carnes y, en particular, del vientre. Tenía una espesa cabellera un poco rizada que tendía al rojizo claro y que llevaba peinada hacia atrás, como si estuviera corriendo siempre contra el viento. Perilla y bigotes hacia arriba adornaban la cara redonda. Toda su robusta estructura denotaba sus orígenes pero, a pesar de su lugar de nacimiento, había adquirido modos muy urbanos, gracias a la larga familiaridad con la Corte. También el habla se había afinado por las no irrelevantes lecturas y por el trato con sus cultos amigos, pero había mantenido intactos la perspicacia y el sentido del humor popular de sus valles. Era famoso por los proverbios que intercalaba en sus intervenciones y que con su agudeza hacían agradable y compendiaban su innata sabiduría. Como su padre, en la Corte era una leyenda y, como él, aunque modesto, nunca era humilde o servil.

Los dos amigos, aun cuando físicamente eran muy distintos, en algunos aspectos se parecían. Al verlos no era difícil entender que ambos amaban la buena cocina y, en general, los placeres de la vida. Al tratarlos uno se daba cuenta de que, si bien de extracciones sociales distintas y de culturas diferentes, los animaba el mismo sentimiento de tolerancia hacia el prójimo y la misma filosofía vital.

Poco a poco, la pasión común por las buenas cosas de los fogones y la bodega los hizo amigos. De aquí había nacido una profunda estima y una confianza recíproca que asombraba a muchos, pero que en realidad se basaba en el mutuo aprecio de su inteligencia lúcida y penetrante, siempre velada de ironía, y en el reconocimiento de su corrección. Los unía, además, la curiosidad casi morbosa por todas las intrigas de la Corte, tanto políticas como amorosas. Intercambiando las informaciones que el Diplomático recibía del ambiente más elevado con las directas e íntimas que al Gran Cocinero le llegaban a través de la servidumbre, que obviamente tenía ojos y oídos por doquier, podían descubrir cualquier trama y enredo, incluso el más íntimo y celosamente guardado. Cuando era necesario, maese Stefano, con la excusa de algún manjar insólito y especial o de un jarro de vino excepcional, lograba atraer a la pequeña habitación anexa a la cocina a los personajes de los que se esperaba alguna jugosa noticia y hacerlos hablar sin despertar sus sospechas.

Incluso las damas más sofisticadas e ilustres caían en sus redes tejidas para la ocasión con exquisitos dulces y resolíes de violeta o jazmín, que les mandaba a través de alguna de las graciosas e intrigantes criadas que le eran fidelísimas.

De este modo, el Embajador podía controlar la

exactitud de ciertas noticias y enviar, casi todos los días, a su señor, el duque de Ferrara, sus despachos, famosos por su minuciosidad y autenticidad.

Por su parte, maese Stefano adquiría cada vez más autoridad; al corriente de todo secreto, podía desenvolverse mejor en la difícil e insidiosa Corte de los Sforza.

Su sólida relación estaba basada en un recíproco respeto por las funciones y la dignidad de cada uno. Así como el Cocinero principal, a pesar de la familiaridad y la evidente afectuosidad de su amistad, siempre concedía a su amigo la deferencia formal debida a su rango, Trotti jamás se hubiera permitido tratarlo como a un subalterno, reconociendo sus notables dotes de carácter y su maestría profesional.

—Desde luego que la creciente rivalidad entre el duque Ludovico y la Corte de Nápoles es incomprensible. Yo a ese hombre no lo entiendo, aunque lo admiro —comentó Trotti, que evidentemente estaba rumiando lo sucedido en Nápoles.

—No me explico qué está ocurriendo, Excelencia. El Moro elige, de entre los más bellos, cuatrocientos gentileshombres y damas para que acompañen hasta Nápoles al hermano del duque Gian Galeazzo, el guapísimo y joven Hermes, en su desposorio por poderes con la nieta del rey Fernando e hija del heredero al trono Alfonso. Sin duda, lo hace para asegurarse la alianza del Reino de Nápoles, pero al mismo tiempo se muere de rabia y envidia y quiere humillar a sus huéspedes. Yo, verdaderamente, no lo entiendo. Además, micer Trotti, en todas estas vicisitudes el duque Gian Galeazzo, que, si no me equivoco, es el auténtico y único duque de Milán, ¿no tiene nada que decir?

El Diplomático no respondió, pues el tabernero estaba llevando a la mesa otros cocidos: carne roja de muslo, nerviecillos, morcillo, salchichones, tetillas de vaca y un buen capón entero. No faltaban el agraz y una escudilla con salsa de miga embebida en aceite y vinagre y espolvoreada con ajo y pimienta. Sobre otros platos había frutas almibaradas picantes, manjar blanco, frutas confitadas de Génova, botes con diversas especias, cinamomo, pimienta, comino y una gran escudilla de ajada.

La política del Ducado era un tema muy grave y delicado, pero los dos amigos pensaron que, por el momento, era más interesante hincarle el diente a un trozo de morcilla caliente cocida con salsa de miel y mostaza.

El astuto hostelero había previsto la llegada de muchos personajes importantes a Tortona y se había organizado para ofrecerles lo mejor. En tiempos normales nunca habría estado tan abastecido.

A la espera de que el tabernero se alejase, podían atacar el capón hervido, antes de proseguir sus discursos.

Sólo entonces el Diplomático, acercándose más al Gran Cocinero, casi como para hablarle al oído y bajando mucho la voz, comentó:

—En verdad, el duque Gian Galeazzo no cuenta nada. Es cierto que es el único duque de Milán, pero desde hace años ha delegado todo el poder en su tío Ludovico. El Moro se hace llamar Duque, pero lo es de Bari, no de Milán. Desde hace ya tiempo, como bien sabéis, el duque Ludovico ha alejado de la Corte a la madre de Gian Galeazzo, Bona de Saboya, relegándola al castillo de Abbiategrasso, con el pretexto de que se había convertido en la amante de uno de sus cortesanos. ¿Y el fin de Cicco Simonetta, el ministro predilecto de Bona, no lo recordáis? Fue arrestado y decapitado con una maniobra, a decir poco, cínica. De esta manera, el terreno quedaba despejado y él, en calidad de tutor, tenía en sus manos todo el poder. El duquecito Gian Galeazzo tenía once años cuando, delante de todo el consejo del Ducado, pronunció la famosa declaración: «Habiendo partido mi madre, quiero que el señor Ludovico, mi tío, sea mi tutor...» Fue así que el señor Ludovico, que había organizado la puesta en escena, se convirtió de hecho en el duque de Milán, sin tener el título. Luego mandó al Duque, que hoy cuenta veinte años, a vivir al castillo de Vigevano con esos mismos amigos descerebrados que en este momento están en Nápoles con la delegación milanesa.

»En Vigevano Ludovico el Moro, utilizando a sus hombres, alentó al Duque y a sus amigos a una perversa vida de orgías y a toda suerte de vicios para conseguir debilitar su deseo de inmiscuirse en el gobierno y en los asuntos del Ducado.

»Ahora, el joven Duque ya no cuenta y, desde luego, no es él quien ha decidido desposar a Isabel. Las malas lenguas dicen que Gian Galeazzo se ocupa poco de las mujeres, más bien está inclinado a otras amistades, como en parte lo están también sus desgraciados amigos.

—Pero, Excelencia, la duquesa Isabel, la tierna novia que está a punto de llegar, ¿sabe todo esto? —preguntó maese Stefano con su sano realismo campesino.

—¿Qué queréis que sepa ella, si apenas tiene dieciocho años? En los ambientes principescos, cuando conviene y con astucia, se logra ocultar a los interesados las verdades más evidentes. Entre la gente del pueblo las cosas son distintas; no consiguen mantenerse los secretos. En las Cortes el secreto es la linfa de la política y la diplomacia. La recién casada sólo sabe que el Duquecito es un muchacho guapísimo, lo que es cierto. De él sólo ha visto retratos y también una magnífica medalla realizada por Caradosso. Los dos están prometidos desde que eran niños, sin haberse visto nunca. Por tanto, el Duquecito sólo conoce algunas efigies de la futura esposa, entre otras el bellísimo dibujo realizado por Boltraffio. Sea como fuere, desde hace años los dos novios se mandan, de vez en cuando, retratos y preciosos regalos.

—Pero ¿es posible, micer Trotti, que un joven de esa edad y esa importancia se deje agarrar por las narices de este modo por su tío?

—¿Qué queréis que os diga, maese Stefano? El Duque, ciertamente, no piensa en el poder. Pasa su vida entre las borracheras y la caza, rodeado de un montón de putas y embrutecido en orgías de toda clase. Cada banquete se transforma en una bacanal y también en algo mucho más abominable. Él se deja vivir en su castillo de Vigevano, que ahora es su único reino. En todo caso, son sus cinco amigos los que comienzan a preocupar al duque Ludovico, porque traman y conjuran. Querrían que el joven Duque, su compañero de orgías, pretendiera, si no todo, al menos una parte de su poder. Obviamente este manejo no agrada a Su Excelencia, el señor Ludovico.

—De las fiestas indecentes en el castillo de Vigevano he oído hablar yo, pero no sabía que también hubiera intereses políticos de por medio —interrumpió maese Stefano.

Había llegado a la mesa un buen trozo de espalda de vaca mechada con tocino de cerdo, acompañado de ajada, perejil, alcaparras y vinagre. Los dos amigos la encontraron francamente bien. Desde luego, eran comidas sencillas, y sobre todo ideales para confabular en la mesa.

Maese Stefano recordaba que su amigo, al comienzo de la velada, le había hablado de las mujeres que estaban en la Corte de Milán y estaba interesado por saber más.

—Excusadme, micer Trotti, volviendo a las damas de la Corte, me parece que se comportan de una manera muy... —Se interrumpió un momento, perplejo—. Muy... en definitiva, quiero decir que esas nobles damas, según vuestros relatos, parecen bastante desenvueltas.

A pesar de su familiaridad con esos ambientes, maese Stefano seguía siendo un hombre de los valles. A él le parecía normal que las encantadoras criadas de las que se rodeaba no le negaran sus gracias, pero las actitudes ligeras de las grandes damas continuaban asombrándolo, porque en el fondo mantenía un alto concepto, muy poco realista, de los comportamientos de la nobleza.

—¿Acaso esas señoras no tienen maridos, padres y hermanos?

—Pues claro que tienen maridos, padres y hermanos —comentó con una sonrisa irónica el Embajador, que amaba hacer alarde de su elegante cinismo—. Son precisamente ellos los que las mandan a la Corte, sobre todo a las más bonitas para que, con sus gracias, o mejor, concediendo sus gracias, los ayuden en el *cursus honorum*. Las damas de la Corte no hacen más que cumplir con su deber, aquello para lo que han sido adiestradas desde pequeñas, lo que no significa que no busquen, cuando se presenta la ocasión, poner de acuerdo el deber con el placer.

»¿No pensaréis, maese Stefano, que esto sucede sólo en la Corte de Milán? Ocurre en todas las cortes principescas. Las damas de compañía al principio son jóvenes y hermosas, o al menos muy brillantes y están en el palacio del Príncipe para dar lustre a la Corte. En realidad, son enviadas a los centros de poder para cuidar de los intereses de sus familias y para procurar títulos, tierras y prebendas a sus parientes más cercanos. Lo hacen muy bien del único modo que conocen y que parece ser también el más eficaz. Además, por medio de ellas sus familias se mantienen informadas con detalle de todo lo que sucede, lo cual, en este ambiente, como bien sabéis vos, es algo muy importante.

»Cuando envejecen, permanecen en la Corte sólo aquellas que han sabido sustituir la belleza física, ya lejana, por una astuta sabiduría, cosa que, junto con el conocimiento de todas las reglas y subterfugios de la galantería, las hace indispensables a las princesas como damas de compañía y confidentes. Esto sucede en la Corte de Milán y en la de Florencia, en la Corte de Este y en la de Francia y en la Corte del Sacro Romano Imperio tanto como en la papal. Es más, la papal está aún más abarrotada de hermosas señoras, porque no se trata solamente de contentar a Su Santidad y a algunos de sus dignatarios, sino de mantener buenas relaciones con los numerosos cardenales del Sacro Colegio y con sus acólitos.

Cuando micer Trotti dejó de hablar, maese Stefano permaneció largamente en silencio. Algo lo había aturdido, y al fin sintió la necesidad de preguntar:

—¿También en la Corte papal suceden, de verdad, las mismas cosas?

—Por desgracia, sí; es más, parece que es aún peor. Quizá sea precisamente por eso por lo que hay tanto mal humor en los países germánicos contra la Corte de Roma, que muchos consideran la antecámara del infierno. Por los despachos confidenciales que llegan a las cancillerías de media Europa, provenientes de las ciudades alemanas, he sabido que el mal humor y el fermento están aumentando en aquellas tierras y, de veras, no me asombraría si un día u otro acabara sucediendo algo gordo.

Sin duda, esta última consideración no tranquilizaba al Gran Cocinero, que tenía un ánimo auténticamente religioso. El Diplomático comprendió la turbación de su amigo y trató de poner una nota de serenidad en su conversación.

—En cualquier caso, la Corte de Milán no es sólo un gran lupanar como todas las demás. Es también un extraordinario centro de refinamiento y cultura. Y eso se debe precisamente a la sabia dominación de los Sforza y, en particular, a la de Ludovico el Moro. Él es, por naturaleza, una persona sensible e interesada por la belleza y por las artes, pero además de eso estimula la exaltación de los valores culturales de su Corte. Así, intenta hacer olvidar, y que quede entre nosotros —en este punto Trotti bajó aún más la voz—, que es un usurpador. Todas las Cortes de Europa lo saben. Por eso, va comprando por todas partes los códices miniados más extraordinarios que se pueden encontrar en el mundo para la biblioteca del castillo, se rodea de intelectuales de gran talla, como el maestro Leonardo da Vinci, Bramante y muchos otros, y promueve obras públicas de enorme prestigio, como los trabajos de la catedral, la cartuja de Pavía y el castillo de Porta Giovia.

En efecto, esto, además de un placer, era también una exigencia fundamental para un gobernante en su situación. No había que olvidar que todo Príncipe, fuese güelfo o gibelino, veía con extremo desagrado a un usurpador, porque temía que el ejemplo pudiera ser adoptado en su propio dominio. Sobre esta premisa, muchos se mostraban, de palabra, amigos del Sforza, pero en realidad desconfiaban de él. Entonces él intentaba deslumbrar por todos los medios, con la riqueza y el esplendor de su Corte, a los Príncipes de Italia y a los ultramontanos. Presentándose como el protector de las artes y las ciencias, esperaba hacer olvidar que ejercitaba el poder ilegalmente. Además, temía la comparación con ese despiadado y sanguinario tirano que había sido su hermano Galeazzo Maria.

El Cocinero principal estaba impresionado por las palabras de su amigo. Estando presente en la Corte, había aprendido a intuir ciertas cosas, pero al oír que una persona como Trotti, al que estimaba muchísimo, pensaba lo mismo, constataba con dolor que sus dudas se transformaban en certezas. Por otra parte, en Milán nunca habían podido hablar tan libremente; en Porta Giovia hasta las sombras conseguían oír y contar.

—Pero no hay duda alguna de que nuestro duque Ludovico es muy distinto de su hermano —dijo en voz baja maese Stefano, aferrándose a una esperanza y mirando a su alrededor para saber si alguien escuchaba—. Dios lo perdone, pero se dice que Galeazzo Maria era un ser deshonesto e inhumano. Yo serví al hermano de nuestro Duque e intuí que era un loco sanguinario. Una vez, un arquero cansado de tanta sangre y de tanta muerte cambió de oficio y vino a trabajar conmigo en la cocina. Me refirió cosas terribles, que me costaba creer. Parece que el difunto Galeazzo Maria, casi siento escalofríos al decirlo, había ideado la que él llamaba la *Infernal Cuaresma*. El horrendo procedimiento consistía en martirizar a sus enemigos, cada día, con una tortura distinta, de modo que sobrevivieran al menos cuarenta días. Un día cortaba a aquellos desgraciados las orejas, otro les despellejaba la espalda y la cubría de sal, después les vaciaba los ojos o les rompía los brazos y así sucesivamente. Parece que incluso los esbirros a su servicio, después de un tiempo, ya no se sentían con ánimo para continuar. Me costaba creer tales horrores. ¿Vos pensáis, Excelencia, que estas cosas eran ciertas?

—Por desgracia, lo eran. —En la Corte el Embajador nunca hubiera llegado a decir tanto—. Los hechos eran aún más espantosos, porque, según se murmura, parece que a menudo él quería asistir a estas torturas para deleitarse. No hay que asombrarse de que luego Lampugnani y los demás lo mataran. Incluso los nobles que no habían participado en la conjura, después de la muerte del tirano, se sintieron aliviados de aquella pesadilla. Ya han pasado trece años del sangriento delito que se consumó en la iglesia de Santo Stefano y todavía muchos lo recuerdan.

Con cautela maese Stefano aventuró una pregunta que no habría tenido el valor de hacer a ningún otro y en ningún otro lugar:

—Pero, Excelencia, ¿cómo es, de verdad, nuestro señor Duque?

El Diplomático parecía preguntarse si podía hablar libremente. Al final se decidió.

—Desde luego, el señor Ludovico no es así, a pesar de tener un espíritu complicado, difícil de entender y de juzgar. Desde hace años estoy en contacto con él casi cada día, pero aún no consigo intuir ni lo que piensa ni lo que quiere de veras. La personalidad de este Príncipe es compleja y contradictoria.

Ludovico el Moro, que tenía treinta y siete años, era, en apariencia, un hombre resoluto, dotado de un porte majestuoso y elegante, con una expresión viril, acentuada por una gran nariz aguileña de emperador romano. Sin embargo, las fosas nasales realzadas, los labios delgados, los ojos salientes, el mentón graso y cierta flaccidez de las carnes le conferían un toque femenino que se reflejaba en su carácter titubeante cuando tenía que adoptar decisiones importantes. Trataba de esconder su desenfrenada ambición tras una actitud dulce y bonachona, pero, en realidad, para alcanzar sus objetivos no se conformaba con la intriga y el doble juego, sino que traicionaba muchas veces y a varias personas al mismo tiempo. Llegaba a un punto tal que, incluso él mismo, perdía el hilo de Ariadna de sus propias miras y ambiciones.

En esto demostraba la genialidad típica de los italianos de siempre, sobre todo en aquellos tiempos, en que la maquinación y el doble juego casi se habían convertido en un fin, más que en un medio. Su política nacía de la tradicional amistad con los Médicis de Florencia, que inmediatamente después traicionaba. Estipulaba tratados con Venecia y con el Papa, acuerdos que luego desdecía sin conseguir enmascarar sus propias intenciones, ya fueran en los territorios venecianos o, en parte, en los papales. En cuanto a Nápoles, oscilaba entre alianzas, concesiones y hostilidad mal celada. Con el fin de usar la influencia de Nápoles como contrapeso de la potencia vaticana, inicialmente había intentado establecer vínculos de matrimonio en primera persona con alguna de Aragón, para luego recurrir (cuando aún los dos eran niños) a un contrato de matrimonio entre el desautorizado Gian Galeazzo y la nieta del Rey, Isabel. Trataba de mantener relaciones amistosas con el rey de Francia, pero al mismo tiempo azuzaba en su contra al duque de Borgoña.

—A pesar de sus contradicciones, su religiosidad casi beata y la crueldad con sus enemigos, no se puede negar que el Moro es un gran príncipe —quiso precisar Trotti, quizá espantado de su excesiva sinceridad.

En honor a la verdad, había que admitir que, en pocos años, el duque Ludovico había transformado la economía del Ducado. Entonces Lombardía era una de las regiones más ricas de Europa. Tenía tierras bien irrigadas gracias a los canales construidos por él, según el diseño del maestro Leonardo, hilanderías famosas en todo el mundo y talleres de armas y fundidores de bronces milaneses que eran la envidia de todos los Príncipes del continente.

El Embajador prosiguió gravemente:

—Hay que esperar que toda esta abundancia no suscite la codicia de los grandes estados cercanos a Lombardía. Si estos poderosos reinos se movieran, sería una gran desgracia para el Moro y su Ducado.

Las poderosas naciones que se habían formado en Europa, en particular Francia y España, forzando el hambre de sus gentes, habían organizado ejércitos permanentes, bien armados y disciplinados, constituidos por sus propios súbditos. Francia, especialmente, estaba armándose con una sorprendente rapidez.

Sin embargo, el Moro, al igual que todos los príncipes italianos, confiaba en su oro y recurría al viejo sistema de contratar tropas mercenarias al mando de capitanes ventureros, pero, lamentablemente, más de una vez se comprobó cuál era el grado de fidelidad de tales ejércitos. Cuando las cosas se ponían feas, las tropas a sueldo no tardaban en pasarse al enemigo, si eran mejor pagadas.

—Sea como fuere —continuaba Jacobo Trotti—, el Moro se está convirtiendo en el punto de referencia de todos los principados italianos y, si su política tiene éxito, se convertirá en el verdadero señor de Italia. En su ambicioso plan, podría ser bloqueado, porque carece del valor del verdadero condotiero y porque en Italia tiene dos grandes enemigos. El primero es el Papa, que siempre ha azuzado, uno contra otro, a los Príncipes italianos y, apenas ve surgir un nuevo poderoso, estrecha alianzas con el resto para conseguir abatirlo. El segundo, eterno y mortal, enemigo es Venecia, cuyos gobernantes temen, por encima de todo, que alguien consiga coaligar, sino a todos, al menos a una parte de los Príncipes de la península. Esto significaría el final de su predominio e independencia. El Duque ostenta amistad hacia la República Serenísima, pero los venecianos desconfían cada vez más de él y harían cualquier cosa por eliminarlo. El Moro lo sabe, pero esconde su aversión hacia ellos, haciendo alarde de la habitual máscara diplomática. Precisamente por eso el Sforza se muestra siempre obsequioso con el Embajador ducal y su séquito. En ocasión de las bodas del joven Duque, con un gesto teatral, incluyó una embajada de la República de Venecia entre los delegados que enviaron a Nápoles.

—Pero esta vez, con este matrimonio, nuestro Duque se está acercando a lo que quería, es decir, a convertirse en el Príncipe más importante de toda Italia —se apresuró a comentar el Gran Cocinero, orgulloso de que su amo estuviera haciéndose tan importante.

El Diplomático no era tan optimista:

—No estoy seguro de que, de ahora en adelante, el camino del Duque sea fácil, aun cuando me cueste creer en las profecías del maestro Ambrogio da Rosate. Con independencia de lo que dice el astrólogo y de las noticias de esta noche, veo nubes oscuras en el horizonte del Ducado de Milán. Hay demasiado odio en torno al Duque y, en el fondo, también este matrimonio se funda en una serie de ambigüedades. La alianza con el Reino de Nápoles no es, desde luego, sólida, como demuestran los sucesos que hemos conocido.

—Pero ¿qué demonios ha visto en las estrellas el maestro Ambrogio? —preguntó ansioso el Gran Cocinero.

Antes de responder, el Embajador meditó largamente:

—Aún no se había establecido la fecha del viaje a Nápoles y ya el maestro Ambrogio había dicho de todo para disuadir al Duque de que prosiguiera con la alianza matrimonial con los de Aragón. Parece que las estrellas eran decididamente contrarias, es más, preveían desventuras tanto en el futuro de los novios como en el del mismo dominio lombardo. Se estaba verificando el triste influjo de la *coniunctione di Marte*. Decía el astrólogo que a veces, y éste parece ser el caso, espíritus maléficos tejen tramas, de origen lejano, para dañar a las personas o incluso a países enteros, induciéndolos al error. Los desafortunados creen vivir una época feliz, inmersos en los placeres y los pecados del mundo, ignorando que poderes arcanos están preparando su ruina y la de aquellos que los rodean. El maestro Ambrogio incluso ha llegado a decir que las estrellas le han confiado cómo *el árbol de la Muerte* arraigaría en el jardín de esos jóvenes, a la espera de que brotaran sus *gemas*...

—¿Qué son *las gemas* de la muerte?

—¿Qué queréis que sean, mi querido maese Stefano? Qué queréis que sean... Sin embargo, a pesar de que el Duque sigue siempre los consejos del astrólogo y no toma ni la más pequeña decisión sin consultar con los astros, esta vez la razón de estado le ha parecido tan fuerte que se ha mostrado impertérrito y ha querido proseguir a toda costa.

Maese Stefano se había quedado muy impresionado por el hecho de que una parte, aunque fuera mínima, de las profecías de Ambrogio da Rosate se hubiera probado cierta con los hechos. El Gran Cocinero se sentía muy ligado a la casa de los Sforza, a la que su familia servía desde hacía muchos años y, seguramente, estaba preocupado por la idea de que las demás predicciones, las más funestas, también se pudieran verificar. Los dos amigos permanecieron en silencio un buen rato, mientras terminaban de sorber el vino de sus bocales.

El tiempo había transcurrido sin que se dieran cuenta y desde las escarpas del castillo en la colina se oyó el grito de las rondas que anunciaban la hora sexta. Los dos amigos bebieron aún otro vaso de resolí de moras, que el tabernero había llevado como colofón a la cena, dejaron algunas monedas sobre la mesa y se encaminaron pensativos hacia la salida con sus cálidas indumentarias. Acababa de pasar la medianoche y fuera los dos ayudantes de maese Anselmo los esperaban pataleando y frotándose las manos por el hielo.

—Feliz noche, maese Stefano.

—Feliz noche —replicó el Gran Cocinero—, la velada se ha pasado en un abrir y cerrar de ojos. Como dicen en mi región, *né a l'ostaria, né in lecc no se ven mai vecc...*

—¿Qué habéis dicho? —preguntó Trotti.

—Por Baco, es muy fácil; en la hostería y en la cama, nunca se es viejo.

Micer Jacopo hizo un gesto gracioso y subió a la carreta para regresar al castillo.

Maese Stefano se encaminó, con su acompañante, por la calleja oscura que lo llevaba a la casa de su huésped. En tanto, el viento había vuelto a soplar y hacía revolotear la nieve, tan rala que apenas conseguía blanquear el fango helado de las calles. El día siguiente sería una dura jornada para él, pero el frío, que maese Stefano sentía dentro, no venía del viento ni de la nieve, sino de una inquietud que se estaba adueñando de su sencillo corazón montañés por los infaustos presagios y las nuevas que acababa de oír.

Ahora, escrutando la oscuridad, le parecía que también esa noche los perversos espíritus de la muerte remolineaban junto con los copos de nieve en el aire negro.

5

La tarde del 29 de diciembre del año del señor de 1488 el Rey, la Reina y su hijo Alfonso, príncipe de Calabria, aparecieron, con toda la Corte, en el gran balcón que, en dirección a la ciudad, se asomaba a la explanada iluminada por mil antorchas, delante de Castelnuovo.

El espectáculo que se presentaba ante sus ojos era extraordinario. En el descampado, vasto como una plaza de armas, se había construido una gran colina artificial, recorrida por paseos con setos, fuentecillas y prados donde pastaban vacas, ovejas y cabras, que hacían más realista la escena, árboles y matas sembrados por todas partes.

Sobre la parte alta de la loma se había edificado una construcción similar a un verdadero castillo con torretas, muros, almenas y puente levadizo, de tales dimensiones que habría podido contener a todo un escuadrón de soldados.

A los pies de la colina se extendía un magnífico jardín, diseñado geométricamente con setos regulares. Tres fuentes, la central más grande y las dos laterales más pequeñas, coronaban la parte inferior del prado.

En la zona llana se habían plantado dos cucañas altas y untadas con mucho sebo. En la cima de una de ellas habían colgado un traje de campesino bellamente bordado, con calzas, zapatos, sombrero y todos los demás accesorios. Sobre la punta de la otra, despuntaba un magnífico traje de aldeana, también éste con cintas de oro y todo lo demás. Se convertirían en propiedad de aquellos que fueran los primeros en trepar a los palos, escurridizos por el sebo.

En torno a la montaña y en doble fila, estaba formada una compañía de arqueros que iluminaba con teas y, a duras penas, mantenía a raya a la gran multitud de harapientos que se amontonaban para invadir la colina. La familia real estaba complacida por el inmejorable trabajo de los arquitectos y artesanos de la Corte y por la propia magnanimidad hacia esos pobres desesperados, llegados en tan gran número, con ocasión de las bodas de su nieta Isabel. Los andrajosos aclamaban a la augusta esposa, mientras continuaban presionando para entrar en el recinto.

Desde lo alto el Rey hizo una señal. De inmediato los tambores comenzaron a redoblar y los soldados, casi arrollados, permitieron por fin a los desenfrenados pobretones, hombres, mujeres y niños, que conquistaran la colina de madera y cartón piedra. Y, entre la diversión de la Corte y de los Caballeros, tuvo inicio el saqueo.

Porque, en efecto, lo que hacía tan apetecible y distinta de cualquier otra la pequeña montaña era que todo, paseos, setos, fuentes y el edificio mismo, estaba hecho de buena comida. Los setos eran de jamones, las calles estaban empedradas de queso, la casita tapizada de mortadelas, salamis y *butiros*; de las fuentes brotaba vino tinto y blanco; todo estaba allí para cogerlo y llevárselo a casa. Bastaba apoderarse de algo y defenderlo de la avidez de los otros desesperados. Cada uno luchaba por arrancar los jamones de los arbustos, por desencajar el queso de Morea de las columnitas y el resto de los quesos de las balaustradas, por desprender de los muros los largos festones decorativos de salchichas alternadas con mortadelas pequeñas.

Enormes trozos de tocino mezclados con queso cubrían los paseos y se podían desgajar fácilmente, aunque evitando ser arrollados por los otros desesperados que iban llegando. Muchos se arrojaban al lago tratando de capturar las ánades y ocas que nadaban en el agua y de atrapar toda suerte de peces grandes que culebreaban bajo la superficie.

Había salamis y *quesos de búfala* por todas partes, incluso en los prados donde vacas, cabras y corderos desconcertados intentaban pastar, en vano, porque en aquella hierba no encontraban nada apetitoso para ellos. También estos animales se podían llevar a casa, pero había que disputárselos a puñetazos. En torno a las bestias más grandes se desataron violentas peleas. Había quien tiraba de las pobres vacas por los cuernos, el rabo o las patas, y las cabras y los corderos también corrían el riesgo de ser descuartizados vivos.

Las piezas más pequeñas, en cambio, eran más fáciles de transportar, y los más ansiosos escapaban para poner a seguro capones, gallinas y patos, mientras otros asaltaban el castillo tratando de arrancar los quesos, tocinos, jamones, salchichones, hogazas de pan blanco, butiros y todos los demás bienes de Dios. Había panes de todas clases y toneles de vino por doquier. De las tres fuentes, la central manaba vino tinto y las dos laterales vino blanco.

La lucha entre los infelices era feroz, y los nobles huéspedes encontraban muy divertido observar de lo que eran capaces esos pobretones y, aún más, sus mujeres, por arrancarse de la mano un jamón o un salchichón. En las batallas que se habían desencadenado para apoderarse de los bueyes, los cerdos y las ovejas había habido heridos e incluso algún muerto. Pero el rey Fernando, que en estas ocasiones era magnánimo, había decidido que las familias de los que habían perdido la vida fueran resarcidas con dos jamones, dos quesos y dos grandes frascos de vino.

Entretanto, muchos jóvenes intentaban escalar las cucañas. Los primeros, al estar los palos muy resbaladizos por el exceso de sebo, cayeron al suelo y se rompieron algún hueso. En cambio, otros dos más expertos esperaron a que los más ingenuos trepadores hubieran quitado gran parte del sebo y luego, aunque con dificultad, alcanzaron la punta y se apoderaron de los preciosos regalos.

Entre la diversión y las carcajadas de la Corte, en poco tiempo todo lo que era comestible y desmontable se volatilizó, y las familias se alejaban en grupitos con las carretas y los sacos repletos de toda clase de delicias.

Incluso los niños trataban de llevar algo a casa, quién un salami, quién, con dificultad, un gran frasco de vino, quién escondía, manteniéndola bien apretada, un ánade. Lo importante era no dejarse robar por los mayores; por eso había que tener buenas piernas para correr, o bien estar muy cerca de algún pariente. En las intensas peleas, algunos niños habían sido pisoteados y ahora las madres gritaban y lloraban mientras los transportaban en brazos al convento cercano buscando quien pudiera curarlos.

Cuando todo se acabó, sobre la colina artificial no quedaban más que algunos niños y algunos viejos mendigos que hurgaban entre las ruinas, esperando encontrar algo comestible. La escena era más sugestiva debido a las teas; iluminados por aquellas luces inciertas que sólo en parte desbarataban las sombras de la noche, los últimos andrajosos vagaban como fantasmas infelices, aun sabiendo que ya no había nada con que quitarse el hambre.

Para la gente del pueblo esa velada había sido un espléndido acontecimiento que recordarían durante mucho tiempo y también la Corte se había divertido mucho. Ya era la hora sexta de la noche cuando la familia real se retiró y los húespedes se dispersaron por sus alojamientos.

A la mañana siguiente, la familia real al completo se dispuso, con gran pompa, a partir a caballo de Castelnuovo. Los aragoneses que debían acompañar a la nueva Duquesa a Milán, además de los cuatrocientos de la embajada lombarda, esperaban en la explanada. Fue allí donde se formó el imponente cortejo que se puso en marcha, a través de las barriadas más populosas de la ciudad, para alcanzar Castel Capuano, Castel Sant'Elmo y Castel dell'Ovo, pasando por la plaza de la catedral hasta llegar al Muelle Grande. Allí estaban ancladas once galeras, escoltadas por una carraca de los Caballeros de Rodas y por un buen número de bajeles pequeños y veloces como las fragatas y los jabeques.

El Heraldo Mayor, con la sobreveste real, y el *camarlengo* Ettore Carafa, con las armas de los de Aragón, precedían a los trescientos guardias reales a caballo con armadura de desfile, que sostenían los escudos con el emblema del Reino de Nápoles. Sus comandantes avanzaban bajo los estandartes de las armadas reales, que flameaban con la brisa fresca de la mañana.

El Rey había concedido que, para la cabalgada, no se respetase el luto, y todos los trajes eran de grandísimo valor y, «amén de la riqueza suya, sólo por ser de brocado o de otros paños de oro y plata, con relucientes encajes de oro y adornos de recamo, eran aún más hermosos de ver uno a uno, enriquecidos con espléndidas joyas».

Resonaban los clarines de los músicos y de los heraldos al llegar la procesión de los hombres de la Iglesia, encabezada por los arzobispos y los obispos con vestiduras pontificales. La capa aguadera del Arzobispo era de damasco blanco entretejida con motivos de ángeles y pájaros; los demás con águilas, leones, radiantes y llamas, o bien con imágenes de la Piedad, la Virgen María, la Magdalena, Dios Padre y figuras de santos. También el bajo clero tenía preciosas capas, dalmáticas y casullas.

Inmediatamente después de los religiosos, seis clarineros a caballo, con clarines de plata, tocaban a intervalos regulares para anunciar el paso de la familia real.

Ocho nobles, cuatro vestidos de rojo y cuatro de oro, sostenían las astas del baldaquín de seda roja y oro bajo el que marchaba el rey Fernando sobre su caballo blanco, vestido de terciopelo pardo con acabados de pelo de lince. En la cabeza llevaba la corona, en la mano derecha el cetro y en las vestiduras tenía entretejidas las empresas: el armiño con el lema «probanda» y la rosa de oro con el lema «ante siempre Aragona».

Lo seguían a caballo el Caballerizo y los escuderos que portaban el estandarte real, el yelmo de desfile, el escudo y la espada.

Bajo otro baldaquín marchaba la reina Juana, sentada sobre unas andas sostenidas por dos caballos, cuyo paso a la española evitaba a la ilustre dama toda sacudida. Iba vestida con una *gonela* de raso negro con bordados de oro rizado y tenía el cuello y el pecho embellecidos con ricas y hermosas joyas; sobre la cabeza llevaba un sombrero peloso de seda negra en el que ondeaba un penacho rojo.

Altivo marchaba el príncipe Alfonso, con una vestimenta de terciopelo *cetí* verde con bordados de oro, guantes perfumados y un sombrero cuya pluma estaba sujeta por una magnífica gema. También él llevaba bordadas las empresas de la casa de Aragón.

Fernandito, hermano de Isabel, estaba a su lado, vestido con una jornea blanca con botones de oro, bajo la cual se entreveía una espléndida camisa adornada, alrededor del cuello y sobre el pecho, con galones de oro.

Bajo un baldaquín de raso brocado, salió Isabel, al lado de Hermes y acompañada por angelitos que, a su paso, lanzaban abundantes, variadas y perfumadas flores. Los angelotes vestían graciosamente trajes de seda, oro y plata bordados, e iban cargados de anillos, piedras preciosas y collares. En la cabeza lucían coronas de plata muy adornadas y en los hombros llevaban pegadas unas delicadas alitas de plumas.

La Duquesa, «*bella et pulita que parecía un sol*», vestía un mantillo de seda blanca sobre el vestido de lampazo con fondo de tafetán. Hermes tenía una jornea y, sobre los hombros, una larga *hopalanda* de *terciopelo rizado*.

Era todo blanco: baldaquín, vestidos y caballos. Sólo dos manchas de color brillaban en aquel candor. Los dos jóvenes llevaban colgados del cuello, con una cadena de oro, un enorme rubí en forma de corazón de un rojo resplandeciente como la sangre. En aquella época cada rubí balaje, llamado *spigo*, estaba valorado en veinticinco mil ducados: eran los presentes que el duque Ludovico el Moro había hecho a los novios con ocasión de la boda.

En doce carretas seguían las nobles damiselas de Isabel, con notoria fama de vírgenes, vestidas con largas y también blancas cotas con manteletas a la turca, que llevaban en la mano los símbolos de la castidad, la fortuna y el amor conyugal.

A continuación venían los barones del Reino, gentileshombres, feudatarios y cortesanos, todos resplandecientes con sus sayones en brocado de oro.

Los bonetes de los Caballeros de ambas Cortes llevaban sobre un lado una medalla de oro con la efigie del príncipe que era su señor.

Los miembros de la embajada milanesa, con sus

trajes de colores vivaces y fulgurantes de joyas y de perlas, estaban guiados por Galeazzo Sanseverino, conde de Caiazzo, que llevaba un elegante jubón bordado de ardilla, del que sobresalían las mangas en forma de ala, decoradísimas y pespunteadas de gemas. En la cabeza llevaba un capuchón de brocado de oro, del que pendía una *beca* larga que descendía sobre un hombro y, formando un círculo sobre el pecho, caía detrás del otro hombro.

A estos nobles se unían los Embajadores, flanqueados por sus jóvenes Legados, mientras que las damas que los acompañaban seguían en las carretas.

Las nobles napolitanas iban de verde y azul, con un *brial* ajustado, una saya de seda con *terciopelo* negro *frappé* y una ropa de *brocado* rico, cinto de oro, espumilla negra de seda de Holanda bordada en oro y plata y sombrero de seda brillante.

Las damas milanesas se distinguían por la elegancia fastuosa de las manteletas de brocado de oro, ricamente guarnecidas en el cuello con encajes. Estaban enlazadas con fibias y ojales de plata dorada forrados de armiño. Llevaban los cabellos recogidos en una larga y gruesa cola con una crespina de cintas doradas, que descendía por la espalda hasta la cintura.

Por último venían los pajes en librea, mitad de la casa Sforza, mitad aragonesa.

Se habían erigido arcos a lo largo de todo el recorrido de la gran cabalgata que, a través de los barrios de Nápoles, conducía al puerto.

Según un cronista de la época:

> El arco triunfal erigido a la salida de la plaza de la catedral tenía unos veintitrés brazos de altura, con una puerta redondeada en la cima y cornisas dóricas en las bóvedas a modo de capiteles, mientras que el resto estaba construido con piedras rústicas

coloreadas en claroscuro. Bajo la parte cóncava del arco había hermosísimos festones cargados de verduras y frutos entrelazados, verdaderos y falsos, sostenidos con hermosas fajas de papel coloreado en torno a un mascarón en cartón piedra, envuelto en broncíneo papel de estaño. Sobre la parte frontal de la puerta corría una cornisa compuesta, ennoblecida aún más por un edificio superior con ornamentos y frisos en los cuales descollan solemnes palabras latinas con los augurios para los augustos novios.

Otros arcos construidos en piedra o con tablas de madera, de una o incluso tres puertas, se encontraban al principio de las calles más importantes que conducían desde la catedral hasta el mar. Eran construcciones riquísimas en decoraciones, estatuas e inscripciones augurales. Los arcos, a menudo de tres puertas con columnas, base y capiteles de orden corintio, estaban cubiertos con drapeados rojo y oro, según las enseñas de los de Aragón.

Prosigue el cronista:

> Había cintas de papel de color oro que subían por las columnas y a lo largo de los bordes y frisos, y cornisas que llegaban hasta las plantas superiores de las casas, y en la cima de todo se veía el arquitrabe que, de distinta forma, estaba cargado de estatuas en cartón piedra, apoyados en pedestales dorados, que representaban unas veces ángeles, otras santos, y a veces las virtudes cardinales.
>
> De factura similar otras figuras o escenas de vida estaban reproducidas en cartón piedra en los nichos encima de las puertas y en las pilastras.
>
> Papeles de distintos colores, que colgaban a modo de velos, hacían agradable la vista y más la hacían los festones constituidos por mascarones dora-

dos en relieve que colgaban de hermosas maneras, sostenidos bajo el vano de la puerta con entrenzados de plantas y verduras entrelazadas y con papeles de colores enroscados. Todos los arcos tenían magníficas decoraciones de frutos verdaderos o pintados en relieve, en todo semejantes a los naturales.

Sobre cada una de las puertas, en las bóvedas o en las pilastras había guarniciones y frescos al temple de escudos sobre los que estaban impresas y bien pintadas del lado izquierdo las armas de los de Aragón y del derecho las de los Sforza. O bien había cartelones con versos, anagramas, elegías y otras composiciones poéticas similares, escritas en alabanza y honor de los novios. Los ornamentos estaban muy graciosamente pintados y variados en los significados.

El imponente cortejo, antes de dirigirse al Muelle Grande, atravesó los barrios de Decumano Mayor, Decumano Menor, del Mercado y de la Marina. La gran multitud aplaudidora amontonada a los lados de la calle era contenida por una ininterrumpida hilera de soldados.

Delante del Castel dell'Ovo se había erigido un pabellón admirablemente decorado con ramajes, flores y árboles enteros, al punto de parecer un jardín sobreelevado. El cortejo se detuvo y en el palco se recitó y mimó un epitalamio compuesto por el joven humanista Gabriele Altilio, el dulce Altilio de la Academia Pontaniana, tan apreciado por el mismo Pontano.

Según los hexámetros del finísimo latinista, al nacer el rosado día, Isabel, la virgen aragonesa, ahora de los Sforza, zarpaba hacia su esposo, mientras todo el pueblo napolitano se agolpaba contra los muros y a lo largo del golfo encantado. Acudían a saludarla en las desembocaduras del Sebeto las ninfas de Posillipo, del Gauro, de Literno, de Nisida, de Baia, del Vesubio y de Sarno.

Doce bellísimas y procaces muchachas, que representaban a las discípulas de la ninfa Parténope, donosamente danzando y cogiéndose de la mano, entonaban el himno nupcial. Las doncellas dirigían a Himeneo la ritual invocación, cuyo origen se pierde en el tiempo:

Dicite Hymen, Hymen, Hymen ter dicite, Ninphae!

Luego comenzaron a cantar las futuras voluptuosidades de las que gozaría la recién casada, entre las mantas de púrpura sidonia y ceñida por los brazos de su legítimo esposo, ofreciéndole el tierno pecho en cópulas precursoras de una serie gloriosa de reyes. Ante estas palabras la duquesa Piccolomini, que seguía de cerca a Isabel, vio cómo el rostro de su dulce princesa se ruborizaba al oír anunciar las delicias con las que ella había soñado, con tanto ardor, aunque sin saber en qué consistían.

Después las agradables ninfas se lanzaron en una larga disertación sobre las bodas de la antigüedad evocando a Venus, Juno y Minerva, portadoras de sus dones a la duquesa de Milán, admiradas de sus valores. Aquí, el dulce Altilio recordó la gran cultura de la novia (en efecto, él mismo había sido su preceptor), además de las dotes de su carácter que, «superando su sexo», la acercaban a las cualidades de un hombre.

Después de haber expresado su lamento por la partida de tan dulce criatura, las muchachas cantaron que siempre recordarían los juegos, los cármenes y los bailes que habían organizado virginalmente juntas. Bajo su planta de loto preferida las laboriosas ninfas habrían escrito: «Soy el regio loto de Isabel, hónrame.»

Llegando a su fin, el epitalamio recitaba que ya era

menester que la real y divina Isabel partiera para encontrarse con su anhelado esposo, dejando a todos desolados por la pérdida. Surcaría las aguas del mar Tirreno remontando las itálicas playas en la alta proa de la nave, al igual que Venus y Tetis.

Durante la representación alguien cercano a Sanseverino, aprovechando la muchedumbre de los Caballeros que asistían al espectáculo, había gritado:

—¡Muerte violenta a Caiazzo!

Y poco después otra voz había exclamado:

—¡Pronto el cerdo pagará por su soberbia!

Las amenazas, aunque en falsete, habían sido proferidas de modo que el interesado las oyera claramente, pero no pudiera localizar a quien las había pronunciado.

El Conde se había girado prontamente sobre la silla, volviendo la mirada en todas las direcciones, pero su caballo estaba inmovilizado en medio de la multitud de las cabalgaduras que, con dificultad, los jinetes trataban de mantener frenadas; nada que hacer. Se trataba, sin duda, de un napolitano que, aprovechando la confusión, pretendía amenazarlo por la afrenta hecha al rey y al príncipe Alfonso en el asunto de las monedas cercenadas. No era la primera vez que esto le sucedía a Sanseverino.

Renovando la invocación *Dicite Hymen, Hymen, Hymen ter dicite, Ninphae!*, la representación llegó a su término y el cortejo volvió a ponerse en marcha, encaminándose hacia el Muelle Grande. Llegó al puerto mientras las campanas anunciaban el mediodía y el dulce sol de Nápoles, que calentaba hombres y cosas, iluminaba las galeras que oscilaban en la cuenca portuaria, movidas por la brisa de la tardía mañana invernal.

En el Muelle Grande se había montado un palco con arcos de flores y ramas de limoneros y naranjos; aquí, recibidos los presentes de la ciudad de Nápoles, la Duquesa saludó entre lágrimas al rey Fernando, a la reina Juana, a su padre, el príncipe Alfonso, y a toda su Corte, y con acentos desgarradores se despidió de sus jóvenes compañeras de juegos y confidencias.

Mientras la Duquesita subía con su séquito a la galera real que la conduciría a Génova al encuentro de su destino de esposa y de primera dama de Milán, comenzaron las operaciones de embarque de toda la expedición. Los más de ochocientos miembros de la comitiva se distribuyeron, llenándolas por todas partes, en las restantes diez galeras genovesas y en la carraca de los Caballeros de Rodas, que con su potente armamento de sesenta cañones hacían de escolta contra los terribles sarracenos, siempre al acecho. El terror a los moriscos angustiaba a todo navegante, y la pesadilla de las continuas incursiones y maldades que seguían a éstas era tan espantosa que paralizaba incluso la capacidad de reacción de muchos. Llegaban los piratas, en sus ágiles flotillas inesperadas y furtivas, escalaban veloces las colinas sobre las que estaban resguardados los burgos y los muros que habrían debido defenderlos, y comenzaba el horror. Los hombres aptos, las mujeres y sus niños eran deportados como esclavos, los demás, violados y asesinados. Eran horrendamente famosas las torturas para hacer confesar dónde estaban sepultados los tesoros de las iglesias y los castillos, así como los míseros bienes de las familias a las que estaban matando cruelmente.

Se había establecido embarcar a la Duquesa en la imponente galera real, en lugar de en la más armada y mayor carraca, porque esta última, durante una bonanza de viento, podía convertirse en una fortaleza, siempre temible, pero inmóvil. Sin remeros, podía desplazarse sólo por medio del velamen; la galera real, en cambio, con sus galeotes escogidos tenía mayores posibilidades de escabullirse y, por tanto, de alejarse durante un eventual ataque enemigo. Además, la carraca, en caso de peligro, debía detenerse en defensa de todo el convoy con el fuego de los propios cañones.

Cuando la Duquesa subió a bordo, el Cómitre ordenó a los Sotacómitres que los trescientos setenta y ocho galeotes (tantos eran los remeros en una galera real) ejecutaran los habituales ejercicios de habilidad y de saludo que estaban reservados a los personajes más importantes.

Al son del silbato de plata de los Sotacómitres, aquellos desgraciados galeotes, aún vestidos, se alzaron de golpe de sus bancos. Comenzaban a oírse el pitido y el chasquido de los azotes, pero ningún grito de dolor; en presencia de la familia real, gritar por los rebencazos era enfrentarse a una muerte inmediata. Otro toque de silbato, y al unísono los centenares de galeotes, como monos amaestrados, se levantaron el gorro rojo al tiempo que se doblaban en una inclinación; otro pitido y exclamaron en perfecta sincronía:

—¡Hua! ¡Hua! ¡Hua! —Era el tradicional grito de bienvenida.

Otro pitido y los desventurados se sentaron. Luego, siguiendo el ritmo escandido por el silbato, se recostaron sobre los bancos, levantaron en perfecta vertical la pierna derecha, la encadenada, luego la izquierda y así sucesivamente, siempre con un sincronismo sorprendente, alentado por los azotes soportados en silencio. Luego se pusieron de nuevo en pie y alzaron ora un brazo ora el otro para saludar y, después de tres «¡Hua! ¡Hua! ¡Hua!», por fin se volvieron a sentar.

Ahora el espectáculo había terminado y se podía partir.

Tres pitidos y los trescientos setenta y ocho galeotes encadenados se desnudaron, permaneciendo sólo con un par de bragas concedidas excepcionalmente por la presencia de la Duquesita.

Los forzados de las demás embarcaciones debían estar completamente desnudos durante toda la bogada.

El frío no era un problema, a pesar de que era invierno. La nave estaba a punto de zarpar, el esfuerzo los haría sudar de inmediato y, además, tenían que permanecer desnudos para recibir mejor los latigazos. Antes de guardarla, cada uno había sacudido muy bien su propia indumentaria: el reglamento lo exigía. Así, la mayor cantidad posible de piojos caía al mar, que se entreveía entre los bancos y las bancadas de la cámara de boga.

Llegó la orden:

—¡Soltad!

Se soltaron las amarras y algunas vergas empujadas contra el muelle hicieron alejarse la galera real lo necesario para poder posar los remos en el agua.

—¡Palamenta igualada!

Y los remos fueron apoyados en los escálamos y mantenidos apenas sobre la superficie del mar.

—¡Palada izquierda!

Los veintisiete remos de la izquierda impulsaron el agua sólo de esa parte, y la nave avanzó hacia la derecha, separándose aún más del muelle.

—¡Boga juntos!

Y toda la palamenta, los cincuenta y cuatro grandes remos, empujaron a la vez la galera real.

El veloz casco estaba deslizándose hacia la embocadura del puerto mientras, en señal de despedida a la nieta del Rey, que dejaba su ciudad, desde las baterías y las fortalezas atronaban los cañonazos y en la mágica cuenca de Nápoles los ecos y los estruendos se reflejaban y cruzaban centenares de veces.

A lo largo del muelle los últimos pasajeros esperaban el embarque; las chalupas de seis bogadores, destinados a las galeras, fueron y vinieron muchas veces hasta que todos estuvieron en las naves.

Según lo establecido, el grupo de los Legados y las damas que viajaban con ellos subieron a bordo de la carraca de los Caballeros de Rodas.

Los equipajes fueron cargados durante toda la mañana, por lo que, en poco más de cuatro horas fue posible embarcar a los huéspedes y el convoy pudo moverse hacia septentrión.

El mar estaba levemente agitado y soplaba un siroco que hinchaba bien las velas. El viento que llegaba de través y la fuerza de los remos permitieron que la flota apuntara hacia el cabo Miseno.

A última hora de la tarde comenzó a refrescar. En la galera las damas se repararon de la brisa en las cámaras de popa.

Los Caballeros estaban en torno a la cámara o en el castillo de proa, el *tamburro*, donde se encontraban las piezas de artillería. El espacio estaba repleto de *moyanas*, *pedreros* y *falconetes* con sus pólvoras y municiones; en el centro estaba el gran cañón de cubierta que apuntaba hacia proa y tenía un alcance de una milla.

Las bocas de fuego, por el momento, servían de asiento para los Caballeros, que estaban embozados en sus amplios tabardos de felpa forrados de piel. Los capuchones, del mismo tejido, les protegían la cabeza. Miraban desfilar la costa por el lado derecho de la embarcación.

Isabel, apoyada en la batayola de la galera real, con lágrimas en los ojos, veía empequeñecerse los lugares de su infancia, esa ciudad donde estaba sepultada su madre, Hipólita, las rocas bien conocidas, Castel Capuano, donde había disfrutado de alegres horas de juegos y de estudio y donde había pasado tantos momentos deliciosos escuchando a Pontano, que conversaba de poesía con Altilio, Sannazzaro y Cariteo. Allí se había formado en el gusto a la poética latina y en su melodiosa y cantarina métrica.

Y el Vesubio, allá al fondo, se entreveía cada vez más celeste con sus oscuras pendientes boscosas. Le vino a la memoria Fernandito, su hermano, que había compartido con ella los juegos y las lecciones del dulce Altilio, y las lágrimas le cayeron por el rostro.

Los servidores se acercaron a ella con platos de carnes asadas, de manjar blanco y un caliente guiso de almendras y carne de cabrito tierno machacada y bien espolvoreada de azúcar. Pero Isabel sentía que no podría tocar la comida: la agitaban demasiadas angustias.

El dulce sueño de ver a su guapo Duque, a su tierno esposo, con el que había intercambiado tantas delicadas cartas, le parecía ahora ofuscado por negros presentimientos. Por casualidad, había oído a alguien insinuar que el castillo de Milán no era un lugar feliz. En esa hora, de golpe, las palabras oídas por azar le volvían a la mente y le infundían un indefinible sentimiento de miedo por aquella Corte refinada, pero desconocida.

Anochecía y cabo Miseno estaba cerca. Procida e Ischia estaban justo allí, enfrente, mientras que Nápoles ya quedaba lejana y, aún más distante la querida península de Sorrento, azulada entre la niebla vespertina. Poco después, doblado el cabo, también Posillipo y Pozzuoli, como su amada ciudad, habrían desaparecido, quizá para siempre.

Alcanzada la punta de Procida, las olas que se iban haciendo más altas distrajeron a Isabel. Venían de popa; el viento había aumentado y las velas hinchadas tiraban con fuerza de las jarcias.

Los Sotacómitres indicaron que se dejara de remar, y los galeotes recibieron la orden de dejar los largos remos y de vestirse.

Mientras la oscuridad de la noche ya escondía el perfil de la costa, el viento siguió aumentando y las naves, cabeceando, avanzaban deprisa, impulsadas en la popa por el fuerte siroco de diciembre.

En un momento dado el Cómitre se acercó al duque

de Amalfi y le gritó algo al oído. El Duque fue hacia su princesita y, después de una profunda inclinación, exclamó tratando de superar el silbido del viento:

—El comandante dice que, si el siroco continúa aumentando, habrá que resguardarse en Gaeta. Antes del alba podría cambiar a lebeche y no quisiera encontrarse en medio del golfo con ese viento. También los Cómitres de los demás bajeles han señalado, con las lantias, la misma preocupación.

Isabel no respondió, extendió los brazos, se envolvió en su capa y entró en la cámara.

Nápoles y el perfil del Vesubio habían desaparecido en la oscuridad ventosa, y le parecía haber entrado también ella en las tinieblas de su nueva vida.

En la hora segunda de la noche, los Cómitres habían tomado su decisión y el convoy apuntaba ahora hacia el puerto de Gaeta, con el mar que batía a popa. En efecto, el viento había virado a lebeche y la temperatura era menos fresca; también las nubes se estaban clareando, y por momentos astillas de luna se reflejaban en la superficie agitada de las olas.

El mar subía con el paso de las horas. El viento empujaba las olas hinchadas contra las popas de las embarcaciones y hacía aumentar su velocidad pero, cada vez que las naves superaban la cresta de una ola, las proas se enfilaban en la hondonada sucesiva y parecía que se precipitaran dentro.

El cabeceo crecía con el reforzamiento del viento, y a bordo la mayor parte de los huéspedes sufría mareos. Había pasajeros tendidos por doquier, y los vómitos corrían por el puente.

Los veloces jabeques y las fragatas se habían adelantado para anunciar la llegada de la escuadra y hacer despejar los amarres.

Surgía el día cuando el convoy entró en la calma de la amplia bahía protegida. En el puerto se veía, sobre los muelles, a las autoridades y a la población a la espera de la Princesa.

En lo alto de la colina que dominaba el poblado surgía, sombría y siniestra, la imponente ciudadela de las milicias de su abuelo, el Rey.

Se habían organizado banquetes con los discursos de rigor, pero Isabel no quiso participar en ellos e incluso se negó a descender de la galera real, que, bien atracada en el muelle principal, estaba inmóvil en el puerto.

La parada sirvió para mandar a los galeotes hacer aguada, es decir, renovar las provisiones de agua y recoger más leña.

A bordo, agua y leña nunca eran suficientes; la primera para beber, lavar los puentes, hacer la comida y curar las heridas, la segunda para el hogar, que era la cocina de la embarcación, y para disolver la pez en caso de infiltraciones en el casco.

Las galeras encontraron amarre en el puerto, mientras la carraca de los Caballeros de Rodas, imponente y protectora, se balanceaba anclada en la bahía entre Gaeta y Formia.

Aquella gran nave, en la que se encontraban los Legados, tenía una longitud de unos treinta y nueve metros y una anchura de doce, disponía de dos puentes armados, donde estaban emplazadas sesenta piezas de artillería, además de las poderosas cañas de crujía, que disparaban desde proa y popa a lo largo de todo el eje de la embarcación.

La carraca no tenía bogadores y era impulsada por un poderoso velamen distribuido en cuatro mástiles, además del bauprés, que prolongaba la proa. El primero era el mástil de trinquete, luego, avanzando hacia popa, el de la vela mayor y el mástil de mesana, seguido justo al final de la nave por el de buenaventura. Las dos velas anteriores eran cuadradas, mientras que las últimas eran latinas, es decir, triangulares. Escudos especiales y corazas protegían a los soldados y a los arcabuceros que estaban en los puentes. Una carraca era una verdadera fortaleza flotante.

Al día siguiente, al atardecer, las olas comenzaron a disminuir de intensidad y fue posible regresar al mar con rumbo noroeste impulsados por un buen viento. Por la mañana el tiempo, muy mejorado, y el tibio sol invernal del Tirreno favorecieron la reanudación de la vida normal a bordo.

En las galeras los forzados descansaban tendidos sobre los bancos a los que estaban encadenados. Algunos aprovechaban el momento de calma para realizar pequeños trabajos manuales, como cestitas, tallas en madera y estatuillas de santos. La venta de tales objetos les proporcionaría el poco dinero necesario para el vino y las putas, cuando les fueran concedidas.

A la hora quinta del día, los taberneros comenzaron la distribución del rancho. A los galeotes les correspondían, en los días magros, 742 gramos de galletas y, en los días crasos, además de las galletas, un gramo de aceite, 50 de castañas y 40 de arroz. Cada dos días, si las condiciones del mar lo permitían, se servía un guiso caliente de habas con el polvo de las galletas que había quedado en el fondo de los sacos y los barriles.

Cuatro veces por año, en Navidad, en Pascua, en Pentecostés y en Carnaval, se distribuía una ración de carne. En ocasiones especiales, les correspondían algunas medias pintas de vino. En caso de boga prolongada, de emergencia o de batalla, para evitar que los galeotes perdieran el sentido, los Cómitres, los Sotacómitres y los taberneros pasaban por los bancos con cubos de vino en los que mojaban las galletas metiéndolas en la boca de los galeotes, que debían seguir remando bajo los azotes, cada vez más violentos a medida que aumentaba el peligro.

No todos los bogadores eran esclavos; algunos debían expiar penas impuestas por los tribunales. Luego estaban los buenaboyas, unos desgraciados que, para pagar deudas o bien porque no sabían hacer nada mejor, se enrolaban como galeotes. Tenían derecho a un mísero sueldo y a una comida que incluía un poco de carne y un poco de queso o bacalao, pero sobre todo les correspondían algunas pintas de vino. Podían llevar mostachos, lo que los diferenciaba de los demás galeotes, que debían estar completamente rapados, sin barba ni bigotes. Además, los buenaboyas realizaban misiones de confianza para los Sotacómitres, y durante las batallas se les desencadenaba para combatir.

—¿Dónde encuentran a tantos galeotes? —preguntó Dona Isa al piloto de la carraca mientras, con sus amigas, apoyada en la batayola, observaba el rítmico bogar de las galeras del convoy en una pausa de viento.

El viejo marinero, feliz de que una dama tan hermosa le dirigiese la palabra, fue mucho más locuaz que de costumbre e hizo alarde de sus competencias.

—Hay tres especies de esclavos que se capturan o se compran: los moros, los turcos y los negros. Los moros sarracenos son los mejores galeotes porque ya están acostumbrados a las privaciones y las fatigas. Los turcos son demasiado ricos, habituados a las comodidades y dulzuras de la vida; no sirven para nada. Los negros, aunque son de constitución robusta, son los peores, porque la mayor parte de ellos muere al poco tiempo.

—¿Por qué los negros se mueren enseguida?

—De nostalgia —respondió lacónico el piloto. Y añadió—: En general, el año más difícil es el primero después de la captura, y muchos no sobreviven a este período. Por eso es preciso usar cierta moderación para habituarlos a las fatigas y a la perra vida de los galeotes. Pasado el primer año, cuando se han habituado, pueden durar incluso mucho tiempo.

—Pero quizá se es demasiado cruel con ellos —afirmó con vehemencia la mujer, impresionada por las palabras que acababa de oír.

—Creo, señora, que tenéis razón. Los Sotacómitres demasiado violentos no son recomendables, porque pueden impulsar a los galeotes a intentar una revuelta o bien a preferir hacerse matar a continuar con una existencia tan arrastrada.

Dona Isa y las demás damas estaban horrorizadas por lo que habían oído, y aún más por la naturalidad con la que el anciano piloto hablaba de las crueldades que se practicaban en las naves.

Sólo pocos de los ochocientos huéspedes estaban acostumbrados a los viajes por mar; es más, para la mayor parte de ellos ésa era la primera experiencia de navegación y bastaban pocas oscilaciones y cabeceos para indisponerlos a casi todos.

Ahora, en cambio, con el mar más calmo y con el sol que resplandecía, las damas, ayudadas por sus sirvientas, habían vuelto a ocuparse de sus vestidos y a maquillarse el rostro según la moda en boga. También en la carraca el buen tiempo favorecía el regreso de las viejas costumbres.

En ésta, como en todas las naves, se participaba en esos juegos de azar que estaban severamente prohibidos, pero que se practicaban y toleraban en todas partes. El puente debajo de cubierta, atestado de cañones y de municiones, era de hecho una timba. Cuando el estado del mar lo permitía, estaba abarrotado de jugadores que se concentraban en la baseta, los dados, o el sacanete. Entre los más encarnizados apostadores estaba Antonio Carazzolo, el jefe de los arqueros de Sanseverino; habría debido ser él quien castigara a los jugadores ilegales, pero, en realidad, pasaba los días y las noches perdiendo o, a menudo, ganando a las cartas.

También los cuatro amigos del joven Duque pasaban horas jugando, siempre controlados por Moisés da Corteolona, quien una vez más esperaba que una afortunada ganancia los indujera, por fin, a hacer honor de su compromiso. Lo había intentado de todas las maneras, tratando de apelar a su sentido del honor, probando despertar su piedad y, finalmente, los había amenazado varias veces, pero todo había sido inútil; los cuatro malvados seguían negando incluso la existencia misma de la deuda.

Con el buen tiempo los jóvenes reanudaban sus relaciones sentimentales y amorosas, olvidadas por los mareos. En la carraca las esclavas extendían al sol los pesados vestidos de las damas, húmedos por la salinidad, y peinaban a sus señoras.

Entre los que más habían vomitado estaba Basso Folchini, el joven diplomático mantuano, que, una vez liberado de tan absorbente ocupación, se dedicaba con similar empeño al cortejo de algunas briosas criadas.

Melita, que no había sufrido en absoluto por la borrasca, más vital y enigmática que nunca, permanecía durante horas mirando las olas, abrazada a sus dos fascinantes gemelos Rufolo, también muy cortejados por el resto de las damas.

Mantenía siempre cerca a un jovencísimo paje, Geraldo da Serravalle, que la miraba con ojos soñadores. Ella le dejaba apoyar la cabeza en sus rodillas, mientras charlaba y coqueteaba con sus muchos cortejadores.

La extraordinaria mujer estaba ahora contando a Dona Isa y a Dona Evelyne cuán turbada se había sentido en Ravello, en el primer encuentro con su compañía, a pesar de que todos le habían parecido muy agradables.

—Sentí aletear sobre vuestro grupo un espíritu de muerte, que contrasta con vuestra juventud y vuestras ganas de vivir. Hay eventos referidos al destino de alguno de vosotros, eventos ya decididos por los espíritus maléficos, que, sin que lo sepáis, os han hecho sus cómplices. Tengo miedo de miraros a los ojos, porque temo descubrir quién es el predestinado. Trato incluso de no mirar vuestras manos, que quizá me desvelarían vuestros arcanos destinos. Ahora, en esta nave, en este momento, siento que los espíritus malignos se agitan en lo alto, sobre las vergas y en medio de las jarcias sacudidas por el viento.

Y no fue más allá. Se apoyó en el hombro de uno de los gemelos y, con la vista vuelta hacia la cima de las velas, pareció haber interrumpido todo contacto con el mundo que la rodeaba. Quienes la escuchaban o sólo estaban alrededor de ella recibían de esa singular criatura muchos más mensajes de los que sus palabras decían y, establecida la relación con ella, les llegaba profundamente al alma y a los sentidos.

Dona Isa y Dona Evelyne sintieron un escalofrío, instintivamente se pusieron más cerca, interrogándose con los ojos, preguntándose si su amor podía ser un refugio suficiente para mantener alejados esos nefastos influjos. Habían pasado la noche sobre los cojines de la cámara de popa, intercambiando caricias y luego durmiendo tiernamente abrazadas. Ahora ya no ocultaban la amistad que las unía, pero más allá de sus amores nocturnos, durante el día, cuando los Caballeros salían de los improvisados refugios, los ojos azules de Evelyne todavía seguían a ese guapo veneciano que la correspondía, mostrándose del todo indiferente a la fogosa dama que lo acompañaba.

Para Evelyne el sentimiento que experimentaba por el joven véneto era muy distinto de la atracción que sentía por Isa, y un hecho no perturbaba para nada el otro.

La leonada compañera de Zane dei Roselli estaba siempre con los amigos del duquecito Gian Galeazzo; la seguían por doquier, y ella distribuía equitativamente entre ellos sus gracias.

No siempre era armoniosa la relación entre los cuatro; a veces estallaban agrias discusiones que tenían como pretexto los celos por la circasiana, pero durante esas lites los jóvenes se acusaban, aunque no explícitamente, de muchas cosas, incluida la muerte de su amigo en Ravello. En efecto, si bien el tema nunca se abordaba de manera manifiesta, cada uno de ellos sospechaba que el otro era el asesino.

La circasiana, dado que resplandecía el sol invernal, había dado inicio a una complicada operación. La guapa mujer, asistida por los cuatro voluntariosos amigos, se había teñido los cabellos de un rojo oscuro, utilizando un polvo verdoso que había suscitado gran maravilla entre las demás huéspedes; a las amigas les había explicado que la misteriosa sustancia se llamaba «henné» y venía de los países más recónditos de Arabia.

Había buscado un gran sombrero de paja, del que separó el casquete y se puso sólo el ala alrededor de la cabeza, haciendo pasar por encima los cabellos y esparciéndolos en torno. Había permanecido así al sol durante horas. De este modo su cabellera había perdido gradualmente el violento color de la henné para asumir la clásica tonalidad rojo-oro de las damas venecianas, tan cantada y retratada por poetas y pintores. Con el recurso del ala del sombrero conseguía no broncearse el rostro. Las aristócratas aborrecían todo colorido: su preocupación era no perder la absoluta palidez de la cara, la cual las distinguía naturalmente de las campesinas y las pescadoras. La complicada operación había sido seguida con gran curiosidad por las otras damas, que no podían resistirse a espiarla y a pedirle detalles.

La marquesa Juana de Padilla y Cabrera y su hija se ocupaban de su Manetto, mimándolo y sirviéndolo en todo. Cuando la campana anunciaba la hora de las comidas, se afanaban por prepararle una mesa improvisada.

No había ni mesas ni sillas, y cada uno se apañaba

como mejor podía apoyándose en las velas amontonadas o en los rollos de jarcias. Incluso se hubiera podido organizar un auténtico banquete, pero era preciso que el viento amainara un poco porque, con esa brisa fuerte, el gobierno de las velas obligaba a mantener despejados el puente superior y los únicos espacios que se podían utilizar para una mesa.

Las dos españolas iban por turnos al fogón, esperando a que las viandas estuvieran listas para llevarlas calientes a su hombre, y no permitían que fueran los criados, siempre tan lentos y torpes, los que lo sirvieran.

Cuando llegaba la tarde y la penumbra caía sobre los amasijos de mesas, cañones, barriles y jarcias, que descendían por todos los lados como largos líquenes en una floresta fantástica, la Marquesa madre siempre encontraba un rincón donde extender su manto forrado de ardilla, al que arrastraba al florentino.

La costumbre de la vida en común de toda la compañía había eliminado muchos de los habituales pudores y reservas; por tácito acuerdo cada uno trataba de dejar a los demás toda la intimidad posible en semejantes trances, esforzándose por no inmiscuirse en los asuntos ajenos.

Pero Inmaculada no conseguía esconder su irritación mientras su madre cortejaba a *su* hombre y en esos momentos se volvía intratable y huraña con todos. A veces se acercaba furtivamente a los dos amantes, escondida entre los rollos de cabos, las jarcias y los cabrestantes, hasta oír sus suspiros y los gemidos de su madre, luego se retiraba al rincón más alejado de la nave para sollozar y meditar atroces venganzas.

Cuando la Marquesa, ya saciada, se retiraba para dormir en la cámara, la hija se precipitaba sobre el esquivo Manetto y, sin atender a razones, lo tiraba de la mano para llevarlo al puente inferior y, haciendo caso omiso de los numerosos marineros y soldados que miraban, oculta sólo por la penumbra, pretendía de él el mismo ardor que había desplegado con su madre.

El Legado, muy azorado, trataba de aducir mil excusas: la presencia de ojos indiscretos, la prudencia hacia su progenitora, incluso escrúpulos morales. Pero cualquier excusa era inútil y, si no quería que los grititos de la muchacha atrajeran aún más la atención, debía recurrir a toda su energía residual, demostrando cierta actividad. Era un joven con intenciones honestas y finalmente había entendido que, si quería ser ecuánime, debía dosificar su ardor con la Marquesa, porque inmediatamente después sería menester entretener también, del mismo modo, a su exigente retoño. Inmaculada, por su parte, se lamentaba a menudo de tener que conformarse con las sobras de la otra.

Manetto dei Portinari maldecía las naves, especialmente la que lo albergaba, porque, además de producirle mareos, le impedía espaciar esos encuentros, que con el paso de los días se hacían cada vez más agotadores.

Dona Andrea vivía su extraña aventura a caballo entre el sueño exótico y el irrenunciable placer físico que su moro le procuraba. Había algo de lo que no dudaba: estaba totalmente presa de aquella relación y pensaba con inquietud en la hora de la separación definitiva, que no tardaría en llegar.

Ibn Mansour tenía que proseguir su viaje, enseguida, desde Milán hasta Venecia para concluir sus negocios y de allí regresar a su tierra lejana. Andrea ni siquiera lograba imaginar cómo y con quién podría llenar el vacío que se crearía en ella al perderlo. Trataba de vivir plenamente cada momento que pasaban juntos. Acariciaba, con deseos de recordarla, su piel, tan tersa y musculosa. Cuando lo sentía moverse dentro de ella le parecía que esa parte de él buscaba a tientas cada una de sus fibras más íntimas y se angustiaba con la idea de que, un día, su cuerpo ya no conseguiría recordar esas sensaciones.

Gracias al buen viento, el viaje hasta el puerto de Civitavecchia se desarrolló veloz y agradable. Allí, tras veinticuatro horas de navegación, fue necesario detenerse y aprovisionar las naves.

A esperar a la Duquesa acudió el cardenal Ascanio Sforza, tío del novio, que había llevado consigo a tres de los mayores exponentes del Sacro Colegio: los cardenales Pietro de Fuso, Rafaele Riario y Giovanni Jacopo Sclafenate. Con ellos también estaba el protonotario Ibleto de Fieschi. Debido al viento favorable, la parada en Civitavecchia fue muy breve y probablemente por eso, con gran disgusto de los milaneses, no llegó a tiempo el protonotario Giovanni Alimento Neri, representante oficial del Papa, lo que se juzgó una falta de consideración hacia los Sforza.

Al caer la tarde, se pudo reemprender el camino, apuntando las proas hacia el norte. El convoy se detuvo para cenar en Porto Ercole y luego hizo una nueva parada en Piombino.

La escuadra avanzaba con los veloces jabeques y fragatas, que iban adelante y atrás, como perros de caza, con la carraca siempre en el centro y preparada para disparar en todas las direcciones.

Alrededor de la nave más grande marchaban las galeras que, a su vez, rodeaban y protegían la real, en la que iba embarcada la Duquesa. En caso de ataque sarraceno, las diez galeras se habrían enfrentado al enemigo para permitir que la real se escabullera, protegida por los cañones de la carraca.

Estos barcos eran bajeles extraordinarios, largos y estrechos, que veloces surcaban el agua impulsados por las velas latinas y, en caso de ausencia de viento o de querer desarrollar mayor velocidad, también se utilizaban los grandes remos.

El casco tenía una longitud media de cuarenta y siete metros y una anchura poco inferior a los ocho metros. Los dos flancos llevaban encajadas unas postizas, una a la derecha y otra a la izquierda, una especie de balconadas que corrían a lo largo de toda la nave a ambos lados y sobresalían casi dos metros por encima del agua. En las postizas se situaban los bancos de los galeotes, los apoyos para sus pies y las vigas externas sobre las que estaban empernados los toletes para los remos.

Generalmente en cada lado encontraban sitio veinticinco remos, cuya longitud variaba entre quince y veinte metros. Cada pala era maniobrada, según el tipo de casco, por un mínimo de tres a un máximo de seis galeotes encadenados. Sólo las galeras reales tenían siete forzados por remo.

Cuando bogaban, los galeotes estaban obligados a orinar y defecar sin dejar el remo, por lo que sus excrementos caían sobre el fondo del casco. Era considerada falta muy grave dejar o aflojar la boga, por cualquier motivo, porque si alguno perdiera el ritmo, los remos de ese lado chocarían uno contra otro, rompiéndose y produciendo una desastrosa ruptura del ritmo.

Además, el espacio entre los bancos era muy reducido, para que cupiera la mayor cantidad de remos posible, y cuando los remeros de una fila empujaban su pala hacia adelante, los galeotes del banco anterior, a su vez, tenían que plegarse hacia adelante para no golpear o recibir el pesadísimo remo en la cabeza. Por estos motivos, había que evitar a toda costa el mínimo error y, cuando se producía, era necesario castigarlo con extrema severidad. Si un galeote se desvanecía durante la boga, el reglamento preveía que fuera muerto, enseguida y atrozmente, a rebencazos ante toda la chusma.

Con el ocaso del sol, la violencia del mar empezaba a atenuarse y durante toda la noche la escuadra avanzó sacudida por las olas, manteniendo siempre la ruta.

Cuando todos pensaban que el puerto de Pisa ya

estaba cerca, aunque no del todo a la vista a causa de la bruma que precedía al alba, se entrevieron dos jabeques que regresaban de una avanzadilla enarbolando las banderas de alerta máxima.

Una vez alcanzada la escuadra y situados al lado de la carraca, gritaron:

—¡Flota sarracena, proveniente del golfo ligur! ¡Pronto estará sobre nosotros!

El alba rompía.

Era evidente que la escuadra bereber navegaba casi en dirección opuesta a la cristiana; por eso el contacto se produciría muy pronto.

No pasó mucho tiempo y entre la Gorgona y la Capraia, con la alborada bajo un cielo de nubes grises y bajas, se perfilaron en poniente las esbeltas siluetas de una formación de bajeles sarracenos con sus características velas triangulares. La audacia y la crueldad de los berberiscos eran conocidas por todos, y a bordo de las galeras el pánico se propagó enseguida. Cada uno, de pronto, fue presa del atávico terror por la violencia, los estupros y el horror de la esclavitud de los que tanto había oído hablar.

El convoy se dispuso en línea de defensa y trató de aumentar la velocidad a pesar de la fuerza de las olas. Incitados por los azotes, los galeotes fueron obligados a desnudarse y a disponerse en los remos. Los buenaboyas, sustituidos por esclavos de reserva, dejaron los bancos y subieron a cubierta para armarse. Los forzados, en cambio, permanecieron encadenados por un pie al entarimado y, si se producía un hundimiento, se irían a pique con la nave; era un eficaz sistema para incentivar su interés por salvar la nave. Los Sotacómitres ordenaron aumentar la boga mientras seguían aullando:

—¡Arranca, arranca! —Para ser más persuasivos, multiplicaron los latigazos.

Los *Nobles de popa* se situaron, como era tradición, alrededor de las cámaras para la extrema defensa de las damas.

Las veloces galeras árabes y la flota de la Princesa se acercan fatalmente cada vez más. Ambas escuadras navegan a vela y a remos. Los cristianos intentan ganar Pisa, donde encontrarán protección, lo más rápido posible, mientras que los sarracenos tratan de interceptarlos en alta mar, intuyendo que las falucas pretendían llegar a costa, a toda marcha, para llamar en su ayuda a los bajeles que se encuentran en el puerto.

Ahora la velocidad alcanzada es la máxima para las dos marinerías. No se puede azotar más a los galeotes, no por piedad, sino porque, aumentando los golpes, alguno perderá el sentido y entonces será el desastre para la nave.

En las galeras cristianas todos se movilizan. Los artilleros preparan las bocas de fuego, los Cómitres y los Sotacómitres, ayudados por los taberneros, van pasando entre los bancos y, como pueden, meten galletas embebidas en vino en la boca de los galeotes, tensos hasta el espasmo. No es una maniobra fácil. Si durante la boga el bizcocho no entra en la boca desencajada del forzado en movimiento, hay que volver a intentarlo. Estos bocados les darán un suplemento de fuerza durante al menos media hora. Luego se vuelven a oír los gritos:

—¡Arranca, arranca! —Y los golpes.

En las postizas se ha desatado un infierno.

Llagados por las continuas recaídas sobre los bancos y por los latigazos, chorreantes de vino, sudor y sangre, muchos galeotes se orinan y cagan encima por el esfuerzo inhumano.

En una de las galeras un Sotacómitre ha perdido el

control, se ha excedido y un forzado se ha desvanecido. Es una situación dramática, los remos se superponen, hay heridos. La nave reduce velocidad y, entre gritos bestiales y silbidos de látigos, remeros de reserva se precipitan a sustituir a los heridos. La ley es tajante; el galeote desmayado debe ser muerto, a rebencazos, en el acto.

Mientras la embarcación vuelve a aumentar su marcha, atan al desgraciado al tabernáculo de popa, y dos Sotacómitres comienzan a azotarlo. Durante un momento el desdichado grita, luego se retuerce y cae, los latigazos descubren el blanco de las costillas y a continuación, cuando se entrevén las vértebras, la función ha terminado, trágica admonición para todos. Si aún no está muerto se ahogará. Arrojado al mar, su cuerpo flota durante un momento alejándose con la estela de la galera, que ahora navega veloz. Luego sus compañeros lo ven hundirse para siempre.

Mientras tanto, las flotas están cada vez más cerca, pero cuando las separan sólo unas pocas millas, y las tripulaciones y los nobles napolitanos y milaneses son presa del terror, se produce el milagro. Los barcos sarracenos empiezan a desviar ligeramente su ruta y, desfilando hacia el sur en sentido opuesto a la marcha de los cristianos, primero se acercan y luego los superan en un silencio grávido de angustia.

Quizá sea la imponencia del convoy la que los disuade. Quizá sea la vista de las banderas de San Jorge, que ondean en las vergas de las galeras genovesas. Quizá les impida agredirlos el tácito acuerdo que liga a sarracenos y genoveses, y que a ambos conviene respetar. O bien la mar está demasiado agitada para permitir un abordaje provechoso.

Pero también pueden ser las enseñas y el armamento de los cañones y bombardas de la carraca de los Caballeros de Rodas los que los han desalentado. El hecho es que los berberiscos renuncian.

En el momento del adelantamiento las dos formaciones desfilan muy cerca. Alguien dice que ha conseguido distinguir los turbantes de los moros sobre la *amurada*. Desde luego, son muy reconocibles las banderas verdes con la medialuna blanca, que tanto terror siembran en el Mediterráneo, logrando enmudecer incluso a los más osados. Hasta quien estaba vomitando se detuvo.

En torno a la cámara de la Princesa, que sufre por las incomodidades de la navegación, se han colocado, para protegerla, los gentileshombres napolitanos y los Nobles de popa, que sin embargo no consiguen esconder los temblores del miedo.

Como una pesadilla, la visión ha pasado silenciosa y se ha alejado hacia el sur, engullida por el horizonte, que el viento había aclarado.

En las galeras turcas los galeotes cristianos, aunque embrutecidos por la esclavitud y los azotes, tienen sin duda los ojos humedecidos: a una milla de distancia han pasado sus hermanos de fe, que están yendo a abrazar a sus mujeres e hijos. Ya no volverán a ver sus casas, morirán encadenados al banco o arrojados al mar cuando ya no tengan fuerzas.

En las barcas de la Princesa muchos piensan, con rabia, que sólo a una milla de distancia, a cada uno de aquellos remos, están encadenados seis desgraciados hermanos cristianos, capturados en una batalla o durante las correrías por las costas, obligados por la fuerza a servir en condiciones inhumanas a los infieles. Por el número de palas se puede entender que son miles.

También los galeotes sarracenos de las naves cristianas saben que a una milla pasan sus hermanos mahometanos. Esperaban que un ataque pudiera salvarlos. En cambio, ahora a todos los encadenados a los remos no les queda más que la mortal decepción por el sueño irrealizado y la desesperación ante el futuro que les espera.

El terror disminuye en las naves, que ahora vuelan seguras hacia Pisa. Es una aventura que quien la ha vivido contará durante muchos años, haciendo estremecerse de miedo a los que la escuchen aterrorizados durante las veladas invernales de los castillos.

El mar empieza por fin a reducir su fuerza. Fuera del puerto de Pisa, con la salida del sol, se entrevén algunas naves que van al encuentro del convoy y en las que se han embarcado Piero de Médicis, hijo de Lorenzo, señor de Florencia, y otros miembros de su noble familia, Giacomo Guicciardini y Pietro Filippo Pandolfini, Embajadores ya conocidos por los milaneses, y Paolo Antonio Soderini, de la más antigua nobleza florentina.

Las naves pisanas se ponen a la zaga de la flota de la duquesa de Milán y la escoltan hasta el puerto. Las galeras y la carraca, cuando el viento ya se ha transformado en una fuerte brisa, amainan las velas y sólo maniobran con las más pequeñas.

Primero atraca, festejada por la multitud, la galera real de Isabel, con la vela que muestra las armas del Reino de Aragón. Siguen las genovesas con la cruz roja y el emblema de San Jorge. Por último, la carraca de los Caballeros de Rodas, con la vela de trinquete, que lleva el famoso estandarte, terror de moros y piratas, con la cruz octogonal blanca sobre fondo escarlata.

Cuando la carraca en la que viajan los diplomáticos entra en el puerto, de la multitud agolpada en los muelles se elevan gritos de horror; una especie de extraña enseña humana se destaca sobre la blanca cruz de ocho puntas.

A medida que el galeón se acerca, en el muelle aumentan los gritos. El cuerpo de un ahorcado pendiente de una cuerda está inmóvil en el centro de la cruz blanca, apoyado en la tela hinchada por la brisa.

A bordo los pasajeros y los tripulantes no entienden el sentido de esos gritos. En efecto, la silueta del hombre colgado está escondida a sus ojos por la curvatura de la vela. En tierra, el horror se difunde también entre las autoridades venidas para rendir homenaje a la esposa del Sforza. Todos están fulminados por la macabra imagen.

Pero el espectáculo dura poco. Dada la alarma, el comandante de la carraca ordena a los marineros que bajen al ahorcado. Un ex bagarino, un tal Nicolò da Voltri, sube ágil hasta la cofa y baja el cadáver. Es el cuerpo exánime de un joven elegante con una gran mancha de sangre en la espalda. Ha sido acuchillado por detrás y luego izado por el cuello hasta el centro de la vela.

En la nave reina ya la confusión más completa.

Los pasajeros, muy afectados por el viaje, se amontonan junto a la pasarela para descender por fin a tierra firme; un instintivo e irrefrenable miedo los empuja a alejarse de inmediato.

Algunos huéspedes, entre otros el grupo de diplomáticos, acuden al puente de la nave y lo que ven los aterroriza y desconsuela. Es el cuerpo de Michelangelo Zurla, marqués de Crema, otro de los amigos del duque Gian Galeazzo.

También él, como Uberto dei Pirovani, ha sido asesinado de una puñalada por la espalda y exhibido de manera espectacular.

En el rostro no tiene ningún signo de terror, como si hubiera expirado sin advertir el peligro.

6

Las noticias del viaje, los comentarios y las inevitables maledicencias llegaban a Tortona con los pocos jinetes que, partiendo de Nápoles, atravesaban poco a poco toda la península, por caminos helados y desfiladeros nevados. A ellos se confiaban los despachos para la Corte de los Sforza y para los Embajadores. Otros Caballeros y dignatarios estaban llegando desde Milán y Lombardía.

Venían cansados y casi congelados, y la mayor parte acababa por buscar algo de comer antes de arrojarse sobre un poco de paja y reposar. Desde luego, Tortona no ofrecía muchas posibilidades de hospitalidad. El burgo, sin hosterías ni habitaciones donde dormir y con dos tabernas más bien míseras, no podía dar alojamiento conveniente a las más de ochocientas personas que debían llegar. Aparte de los personajes más importantes e ilustres, para los cuales ya estaban dispuestas cómodas habitaciones en el obispado, en el castillo o en casa de algunos nobles de los alrededores, los demás se daban cuenta enseguida de que su estancia sería penosa. Había que apañárselas, acaso buscar apoyo en los propios conocidos.

Se había corrido la voz de que maese Stefano había llegado y que ya estaba trabajando para preparar el banquete. Así muchos, antes aún de procurarse un alojamiento, trataban de acudir a él para comer algo caliente.

Luego le pedirían al Gran Senescal que les asignara un lugar donde pasar la noche y un establo para hacer reposar los caballos.

Maese Stefano había previsto la afluencia de muchos visitantes ocasionales y había hecho disponer dos mesitas de nogal oscuro con bancos a cada lado de la gran escalera que llegaba hasta los semisótanos donde se encontraba su reino. Al colocar así las mesas, hacía que los huéspedes permanecieran cerca de la escalera y no vagaran por la gran cocina.

Un Cocinero está habituado a soportar muchas cosas: el calor de los fuegos, los humos, los olores de la grasa que crepita, la ignorancia de los ayudantes, los arrebatos de ira de los amos y sus malos caracteres, pero, sin duda, no acepta que los desconocidos correteen en torno a los fogones y los albañares.

Al respecto la consigna a los Cocineros Principales, a los veinte Cocineros y a los treinta oficiales de cocina, además de a los galopillos fue rigurosísima:

—Si los Caballeros desean comer algo, se les servirá, pero que no se atrevan a alejarse de las mesas a ellos destinadas. ¡Mucho cuidado!

Sólo Trotti tenía acceso libre a las cocinas, como amigo íntimo de maese Stefano y porque era considerado uno del oficio, un gastrónomo que sabía más que muchos Cocineros.

También el tratamiento reservado a los huéspedes había sido bien precisado por maese Stefano.

—Para empezar, se dará de comer sólo a los nobles, sean Marqueses o Condes, a los Caballeros y a los jefes de las compañías de escuderos. Los demás, si son afortunados, tendrán que encontrar algo caliente en los campamentos militares, en las tabernas o en las casuchas del pueblo. También entre los inoportunos admitidos en las mesas de la cocina debe mantenerse la jerarquía. A los nobles de bajo rango, a los simples Caballeros y a los oficiales, sólo un poco de caldo caliente de callos y algún trozo de pan de centeno para mojar dentro, más un bocal de vino local, que cuesta poco.

Para los personajes más importantes, además de la sopa de callos, en los fogones hervía un estofado de carnero con judías y nabos condimentado con la grasa de los asadores que había caído en las graseras. A ellos les correspondía el *vino dell'Oltrepò* y a los privilegiados también una loncha de cerdo rellena de huevo, apio, castañas, ciruelas, hierbas variadas, pimiento, azafrán, cinamomo y enebro, todo ello bien espolvoreado con azúcar.

De sus amigos, maese Stefano se ocupaba personalmente. En estos casos, preparaba unas exquisiteces capaces de resucitar a un muerto en un fogón dispuesto en un rincón apartado; pasteles de ojos de cordero, de tallarines con jugo de asado, miel y canela, con la corteza azucarada, espolvoreada de pimienta y canela molida...

Estos tallarines los había traído secos desde Milán: bastaba un hervor de agua y sal, y helos aquí listos para las distintas preparaciones.

Para Trotti, maese Stefano siempre tenía reservada una sorpresa, pero la preparaba de modo que ninguno de los Caballeros se diera cuenta. Hizo calentar bien una sartén de hierro con el fondo muy espeso, apenas untada de manteca de cerdo refinada dos veces. Luego, tras coger de la vejiga colgada del techo algunas cucharadas de caviar del Po en salmuera, lo desaló en agua tibia, añadió pan rallado bañado en leche, un puñadito de hierbas olorosas, un poco de cebolleta bien desmenuzada con el cuchillo y una gota de agua. Entonces agregaba unos huevos con una pizca, apenas una pizca, de jengibre, lo batía y echaba en una sartén muy caliente la cantidad contenida en un cucharón de madera. El tiempo de recitar un réquiem y, con un golpe de muñeca, hacía saltar y dar la vuelta a la tortillita, que era grande como la hostia del cura y de medio dedo de espesor.

Otro réquiem, mucha pimienta y cinamomo machacado, al plato y a cocer otra; micer Trotti estaba servido. Un vaso de buen vino de Jerez joven y seco era el complemento justo. Pero que Trotti no se hiciera ver por los demás; tenía que conformarse con comer solo en una mesita cerca de los fogones secretos. El Cocinero esperaba en silencio el dictamen de su amigo palpándose irónicamente la perilla.

Micer Jacopo no había probado nunca las tortillitas de caviar y, para su dignidad de gran *gourmet*, ¡la sorpresa que le había preparado su amigo era un golpe durísimo!

Dejó disolver en la boca la tortillita, que por fuera estaba ligeramente cocida, pero por dentro era delicadísima y muy tierna. No pudo contenerse.

—¡Es un manjar de dioses!

Luego, cuando sintió en el paladar el gusto de aquel vino seco español, casi se le saltaron las lágrimas. Se levantó de la mesa, se dirigió a maese Stefano y lo abrazó.

—Sois un genio, maese Stefano, como vuestro padre y quizá aún más. Pero —añadió— estas exquisiteces deben probarlas sólo nuestros amigos, que sabrán apreciarlas: para los demás serían un desperdicio.

Y volvió a sentarse. Comió otras dos tortillitas masticando lentamente, para saborearlas como merecían, y luego tomó un último trago de Jerez junto con maese Stefano, sin dejarse ver por los que sorbían el caldo de callos, o como dicen en Milán la «busecca».

Maese Anselmo, el viejo Cocinero de los Botta, asistía estupefacto a la extraordinaria organización de los Cocineros de Milán, que a las órdenes de maese Stefano habían transformado el sótano de su castillo en una cocina impresionante y equipadísima. Seguía trotando, lleno de reverencia y admiración, detrás de su ilustre colega, tratando de ser útil y de ofrecer su conocimiento sobre los lugares y sus gentes.

En tanto, los treinta oficiales cocineros, que algunos años atrás fueron seleccionados en los valles más allá de Bellinzona para formar parte del equipo de maese Stefano, daban de comer en las mesas grandes a los nobles y a los Caballeros. Mientras servían no podían evitar oír las conversaciones de los huéspedes. Toda noticia o indiscreción que pudiera parecer interesante era referida de inmediato a maese Stefano, curioso como una mujer.

Cuando los comensales hablaban en voz baja, y era en estos casos cuando surgían las confidencias más sabrosas y picantes, fingían reordenar la gran mesa o bien añadían un poco de vino en los bocales. Se esforzaban para que nada escapara a sus oídos, porque sabían que así harían feliz a su jefe y obtendrían su reconocimiento.

Un correo de los Sforza, recién llegado, se puso a buscar a alguien que le indicara dónde estaba el embajador de Ferrara que, según le habían referido, se encontraba precisamente por allí. Trotti surgía en ese momento desde el fondo de la cocina, y el mensajero lo reconoció al momento por su elegante garnacha y sus rectos bigotes untados con pomada. Se le acercó para entregarle un pliego con los habituales sellos de lacre.

—De parte del caballero Terzaghi, Excelencia. Ha viajado junto con los despachos ducales, desde Nápoles hasta aquí, a carrera abierta por toda Italia. El Caballero tenía mucho interés en que vos, micer Embajador, tuvierais las noticias de inmediato.

—Os lo agradezco. Debéis de estar muy cansado —dijo el Diplomático, que notó las botas sucias de fango y el uniforme empapado—. Sin duda ahora querréis comer algo. Maese Stefano, ¿querríais hacer servir algo a este magnífico joven?

—Ciertamente, Excelencia. Maese Anselmo, por favor, servid a ese Caballero, que es un hombre de micer Embajador.

Estas palabras fueron suficientes para que el viejo jefe de cocina tortonés y los demás Cocineros entendieran que el joven debía ser tratado con consideración.

Micer Trotti se sentó en un rincón apartado de la gran mesa y comenzó a leer el largo despacho.

A medida que avanzaba en la lectura asumía un aire cada vez más serio, preocupado. Luego llamó con una seña a maese Stefano y lo hizo acomodarse a su lado.

—Han llegado más noticias sobre los sucesos de Nápoles. Me informan de que allá abajo las cosas siguen yendo mal entre milaneses y napolitanos y me refieren los detalles de una fuerte disputa de Caiazzo con el Rey y el príncipe Alfonso. Parece ser que los cequíes de oro de la dote marital de la Duquesa estaban trucados. Pero hay mucho más. Como ya sabemos, también ha habido un muerto. ¡Y qué muerto! Se me confirma que se trata de un amigo del Duquecito, uno de la desgraciada banda de Vigevano, el conde Uberto dei Pirovani. Fue asesinado durante una excursión que la compañía hizo a Ravello, en los dominios de los Rufolo. El cadáver lo habían ocultado en una armadura. Aún no se ha descubierto al asesino. Alguien ha hecho desaparecer de inmediato el cadáver, pero todos siguen hablando del asunto, aunque los hombres del Moro, con Sanseverino a la cabeza, han tratado de acallar los chismorreos. Esta actitud podría derivar de la consigna que el Moro dio a Sanseverino en el momento de partir, diciéndole que nada debía perturbar la alegría de la expedición, «ocurra lo que ocurra», ni siquiera en el lamentable caso de que las profecías de Ambrogio da Rosate, de algún modo, se confirmasen. Me pregunto quién puede estar interesado en matar a un incapaz como el condecito de los Pirovani, que sólo se dedicaba a las juergas y a las crueldades. Si el homicidio se hubiera producido en Vigevano, teatro de sus perversiones, podría pensar en la venganza de un allegado de una de las desventuradas muchachas que cayeron en las redes de esa pandilla fuera de Dios, pero en Ravello esto no es lógico; los parientes de esas infelices no tienen ni siquiera los medios para llegar a Milán. No consigo imaginarme otros enemigos. Hasta ahora nadie ha encontrado una posible causa del homicidio. —El Diplomático se interrumpió pensativo—. No existe un delito sin móvil —continuó diciendo—; además, ni siquiera puede ser el resultado de un arrebato de ira entre jóvenes Caballeros, porque no se explicaría la puesta en escena del cuerpo metido en la armadura. De verdad no consigo entenderlo. El asunto es demasiado extraño y me temo que aún dará que hablar.

Tampoco a maese Stefano le agradaba admitir eventos graves sin causa y por eso la vicisitud lo turbaba y despertaba su curiosidad más allá de lo que habría merecido la muerte de aquel corrupto Conde.

Así, por medio de los despachos de Terzaghi, o a través de los chismes de la cocina, maese Stefano y Trotti se enteraban, poco a poco, de cualquier detalle que sucediera durante el viaje.

Mientras los dos amigos estaban aún comentando los hechos, irrumpió en la cocina el conde de Caiazzo con el jefe de los arqueros y otros de sus hombres, precedidos por el gran estruendo de chatarra de sus armaduras. Tras abandonar la expedición en Pisa, había venido, a toda velocidad, a galope tendido directamente hasta Tortona.

Los arqueros lo rodearon y de pronto empezaron, con malos modos, a echar del local a todos los presentes, salvo a los Cocineros y a los mozos.

Sanseverino se sentó en una de las mesas ya despejadas y ordenó al jefe de los arqueros, Carazzolo, que pidiera inmediatamente algo de comer al Gran Cocinero.

A maese Stefano no le agradaba ni la arrogancia de ese hombre ni que hubiera traicionado a su padre filofrancés, aunque fuera para entrar al servicio de los Sforza.

También a Trotti, aunque con más consideración, se le pidió que se alejara. Mientras pasaba a su lado, maese Stefano le susurró al oído:

—Si pudiera, le metería veneno en el plato a este soberbio maleducado, pero ¿qué puedo hacer? Le daré de comer lo peor posible y lo haré esperar un buen rato.

Trotti hizo una señal a maese Stefano, como invitándolo a moderarse, porque comenzaba a dar signos visibles de impaciencia ante la violenta irrupción.

El Gran Cocinero guiñó el ojo a Trotti y se volvió hacia un ayudante.

—¡Una espléndida cena para el señor Conde, y rápido! —exclamó en voz demasiado alta.

El ayudante lo captó al vuelo y, con mucha calma, se encaminó hacia los fogones. Otro mozo se acercó al tonel que maese Stefano le había indicado con una señal del mentón, llenó una jarra con mediocre vino local y la posó, con mucha deferencia, ante Caiazzo, junto con un bocal de barro y una gran hogaza de pan.

Pero Sanseverino tenía otras cosas en la cabeza. Llamó otra vez al jefe de sus hombres.

—¡Vete a ver si Ambrogio da Rosate ya está en el pueblo y si lo encuentras, tráelo aquí enseguida!

—¿Ambrogio el alquimista, Excelencia?

—Sí, desgraciado, el médico astrólogo del Duque, ¿quién si no? Creo que ya ha llegado de Milán, ¡vamos, date prisa!

Poco después el oficial regresó con Ambrogio da Rosate jadeante y preocupado:

—Servidor vuestro, Excelencia.

—Sentaos aquí, junto a mí —le ordenó Caiazzo.

—Pero, Excelencia... no me parece correcto...

—No seáis idiota, Ambrogio. Acercaos y sentaos. Debo pediros algo muy importante.

Maese Stefano hizo entonces un gesto al más espabilado de sus mozos para que se acercara a la mesa donde los dos hablaban en voz baja; el mozo comprendió al vuelo y fue a verter lentamente el vino en el bocal.

Otro fidelísimo del Cocinero llevó una escudilla de callos humeantes cubiertos de queso rallado, mientras Sanseverino empezaba a decir:

—Hace días que casi no duermo y apenas como. Quizá sepáis que el duque Alfonso y su padre, el rey Fernando, debían entregarnos 80.000 cequíes de oro por la dote matrimonial. ¿Y qué tramaron esos dos embrollones? Nos dieron la cantidad de cequíes convenida, pero después de haberles cercenado una buena cantidad de oro de los cantos. Por suerte, nos dimos cuenta al instante; aunque fue motivo de una furibunda disputa con los napolitanos. Al final, esos felones tuvieron que quedarse con los cequíes cercenados y nos entregaron otros nuevos, con el peso justo. Desde ese momento no me doy paz. En Nápoles algunos cortesanos, fingiendo dirigirse a otros, musitaban amenazas de muerte que ni siquiera eran demasiado veladas. Decían que no tolerarían la afrenta que, según ellos, yo habría dirigido al Rey y a su hijo. Como sin duda os dais cuenta, Ambrogio, serían ellos los ofendidos, no nosotros. Pero lo más preocupante sucedió durante el viaje en la nave. Una tarde, mientras estaba a punto de acostarme en la yacija que los míos habían preparado, encontré un papel con la amenaza de que llegaría a Milán «con los pies por delante», y añadía que ni siquiera merecía una puñalada, sino que pasaría de vivo a muerto sin siquiera decir un *amén*. Según vos, ¿qué significa?

—Indudablemente, Excelencia, me duele decirlo, pero parece que tienen la intención de envenenar a Su Señoría.

El maestro Ambrogio estaba contento de darle un disgusto a ese altanero de Caiazzo. El Conde era el único que en la Corte lo trataba con poco respeto, a pesar de que también él era un noble, si bien de modesta condición.

—Es exactamente lo que pensé y desde entonces me veo obligado, día y noche, a cubrirme las espaldas. Por eso no he querido continuar el viaje por mar y he decidido alcanzar Tortona a caballo, pues aquí me siento más protegido. Vivo siempre rodeado de mis arqueros más dignos de confianza. Cuando duermo tengo a cuatro hombres en mi misma habitación y a otros fuera, junto a la puerta. Trato de comer cosas sencillas y cocinadas por personas de mi confianza y hago probar todo lo que como y bebo por alguno de mis patanes. Por desgracia, el Duque, nuestro señor, tan generoso y magnánimo en ciertos aspectos, nunca me ha asignado un Credenciero experto que probase comidas y bebidas antes de llevármelas a la mesa. Sólo un auténtico experto en el oficio podría reconocer los venenos que actúan con retardo; con mis catadores improvisados vivo aterrorizado de morir envenenado.

Los Cocineros y los mozos que lo servían escuchaban todo con la máxima atención, mientras llevaban a la mesa carnes, pizzas y pasteles, corriendo de vez en vez a referir a maese Stefano el fragmento de conversación que habían oído.

—Quiero saber, Ambrogio, dado que vos sois un gran físico y alquimista, si de verdad existen estos potentísimos venenos y cómo es posible defenderse de ellos. —Cuando terminó de hablar, Caiazzo llamó a Carazzolo, le tendió su copa de vino y le dijo—: ¡Prueba!

Luego cogió los trozos de carne y las demás comidas que tenía en los distintos platos y los hizo probar por otros de sus sicarios.

El maestro Ambrogio se alisó varias veces la barba, se aclaró la voz y comenzó:

—Tengo la obligación, Excelencia, de citar la *Theriaca* y la *Alexopharmaka*, del gran Nicastro da Colofone.

Sanseverino no tocaba la comida y estaba atentísimo.

—Nicastro divide sabiamente los venenos en cuatro especies: venenos de la sangre, venenos que detienen el corazón, venenos que detienen la cabeza y venenos que paralizan los miembros.

—Adelante, Ambrogio, no os alarguéis y habladme de los más usados en Nápoles.

—Hay algunos en particular conocidos en ese Reino desde tiempo inmemorial: la sandáraca, citada incluso por Aristóteles, el agua tófana, el polvo del Papa, el polvo de sucesión, el agua de Perugia, el polvo de Egipto y la cicuta de Grecia. —Y Ambrogio, orgulloso de su sabiduría, dejó de hablar durante un momento.

—Sí, de acuerdo —dijo ansioso Caiazzo—, pero ¿cómo puede uno percatarse de cuándo se han añadido a una comida o a una bebida? Porque no es seguro que el catador muera de inmediato. El veneno podría hacer efecto con cierto retraso y uno comería un plato envenenado sin sospechar y con la tranquilidad de que el catador, en ese breve lapso de tiempo, aún no ha muerto. ¿Tienen olores o sabores especiales estos venenos?

Sentando cátedra, Ambrogio sentenció:

—Cada uno tiene una característica y, a menudo, un olor y un sabor inconfundibles.

Sanseverino, habitualmente tan presuntuoso y poco proclive a prestar atención a lo que los demás le decían, quedó con un trozo de carne ensartado en el cuchillo y la boca abierta, escuchando como un diligente alumno.

Siempre dando gran importancia a sus palabras, el alquimista prosiguió:

—El agua tófana sabe a pimienta, el polvo del Papa es dulzón y sabe a miel; el de Perusa es fácil de descubrir porque tiñe de azul y sabe a hierro; el de Nápoles, que es uno de los más potentes y se extrae de un tubérculo egipcio, tiene un buen olor a almendras y es inconfundible, lo conocían incluso los antiguos faraones.

Caiazzo cerró la boca y tragó, manteniendo aún la comida a media altura. Trató de recomponerse y preguntó:

—Y si por desgracia alguien ingiriese uno de estos venenos, ¿cómo podría conjurar la muerte?

El maestro Ambrogio esperó un poco antes de responder. Luego, levantando la vista hacia el techo y juntando las manos, dijo:

—Dios nos salve, hay que evitar con sumo cuidado que alguien ingiera un bocado envenenado, pero en ese deprecativo caso hay que remitirse a la sabiduría del *De remedio venenorum*, de Pietro d'Abano. El gran Pietro sugiere, excusad Excelencia, vomitar como sea lo comido y bebido para luego ingerir una gran cantidad de leche recién ordeñada, ¡cuidado!, recién ordeñada, y después recitar, si hay tiempo, diez *Pater Ave Gloria* a santa Sofonisba de Pérgamo, protectora de los envenenados.

En este punto Caiazzo, visiblemente afectado, posó el bocado en el plato sin haberlo probado y se puso a vociferar que esa comida era una porquería y que se le había pasado el apetito de solo verla.

De pronto, se levantó y, seguido por el ruido de chatarra de sus arqueros, subió por los peldaños de la escalera y desapareció.

Ambrogio, que apenas había hecho ademán de levantarse para hacer una reverencia, se volvió a sentar en el banco, bebió lentamente el bocal de vino que nadie había tocado y se marchó.

Los ayudantes habían referido a maese Stefano

todo lo que sus oídos habían captado, en especial la última parte de la conversación. Él, sacudiendo la cabeza, se encaminó hacia los fogones y murmuró:

—Menos mal que no ha tocado la comida ni el vino; de otro modo, si le hubiera dado dolor de estómago, la culpa habría sido mía. Esperemos que Satanás en persona lo haga reventar.

Aquellos a los que Sanseverino había hecho salir volvían a la cocina en grupitos, junto con los recién llegados.

En tanto, poco a poco el gran local se había transformado en una verdadera fragua. Casi todos los fogones estaban preparados, los albañiles daban los últimos toques bajo la mirada atenta de los tres Cocineros; de los diez hornos, dos ya estaban encendidos y cinco ya estaban listos.

Se habían instalado cuatro grandes albañares de mármol contra la pared, hacia el exterior. La gente de la aldea traía en cubas el agua del río y la vertía en una enorme tina que habían dispuesto en el patio. De allí, por medio de tubos de plomo, se alimentaban los albañares de la cocina.

Doce asadores se emplazaron a lo largo de las paredes, pero entre todos descollaba un extrañísimo artilugio mecánico de grandes dimensiones.

El embajador Trotti charlaba con monseñor Ottaviano da Melzo, alto prelado milanés y gran limosnero de la Corte de los Sforza, conocido por su glotonería y su grueso vientre. Era muy inteligente y agudo y formaba parte del grupito de los amigos íntimos y estimadores de maese Stefano.

Le gustaban los clásicos latinos y griegos tanto como la buena cocina y el buen vino. Acababa de llegar de Pisa, tiritando y cansado por el largo trayecto en carreta a través de Lunigiana y los pasos del Apenino, para preparar las ceremonias religiosas en la catedral. Los dos se acercaron al Gran Cocinero, que daba las últimas indicaciones a los ayudantes preocupados en montar la extraña máquina hecha de tornillos, ruedas y cadenillas.

—¿Veis, micer Trotti, este extraordinario asador? —empezó diciendo con orgullo profesional maese Stefano—. Pues bien, no necesita mozos para hacerlo girar. Es una asombrosa invención del maestro Leonardo da Vinci, que lo ha diseñado. Es increíble, sólo lo mueve el calor de la madera que arde debajo, sin ninguna mano humana.

—Lo que decís, maese Stefano, parece imposible, si no supiera que sois una persona seria...

—Sin embargo, a fe mía, lo he visto girar solo con mis propios ojos. Si me permitís, os cuento cómo funciona. Mirad ese disco allá en lo alto, dentro de la campana; lo han cortado en gajos para formar muchos triángulos inclinados...

Quedaba claro que esta vez el Cocinero se complacía asombrando y mostrando a su amigo que también tenía conocimientos y saberes a medio camino entre la ciencia y la magia.

—Pues bien, según me han explicado, es el calor el que, al subir, choca con los triángulos haciéndolos girar. A su vez las cadenillas y las ruedas dentadas que veis mueven los asadores, que como sin duda habréis notado son nada menos que cuatro. Me ha explicado el mismo maestro Leonardo que es parecido a un molino de agua, pero, en vez del agua, son el aire caliente y el humo los que suben. Además, las ventajas son muchas: ante todo se evita saciar la hambruna de los voraces mozos encargados de hacer rotar las manivelas de los asadores. Luego, cosa aún más importante, se evita un inconveniente muy habitual: el muchacho se distrae o, incluso peor, se duerme, y la carne, expuesta a la llama, se quema. Con esta extraordinaria invención cuanto más fuerte es el fuego más rápido gira el asador y vice-versa. Hay que decir que ese pintor toscano, si no se entrometiese demasiado en los asuntos de la cocina ni en los preparativos de este maldito banquete, en verdad sería un gran hombre.

Trotti se mostraba sinceramente admirado ante la invención. En cambio, monseñor Ottaviano da Melzo parecía contener su indignación y al final estalló.

—Es verdad, se trata de una máquina extraordinaria, casi infernal, pero precisamente por eso me pregunto adónde iremos a parar. Ni la Santa Biblia, ni los Santos Evangelios nos autorizan a tomar estos inhumanos caminos que desconocemos adónde nos conducirán. En el Génesis, Dios nos condena, por el pecado original, a ganarnos el pan con el sudor de la frente; con el sudor, está escrito, no con el aire caliente. Me parece un sacrilegio, como sacrilegio sería, para las mujeres, querer parir sin dolor; ¡es el Génesis el que lo ordena! Estoy asustado con todo este incontrolable desorden. Si el hombre sigue por este camino, no es difícil prever terribles calamidades y castigos divinos para las generaciones futuras.

Maese Stefano estaba mortificado de verdad al oír aquellos razonamientos tan severos, aunque atendibles, del insigne prelado. Se había sentido muy orgulloso de su prodigioso asador, pero ahora ya no estaba tan convencido.

—Francamente, se me había escapado el detalle de la Biblia. Querrá decir, monseñor, que cuando haya acabado esta comida iré a confesarme, pero ahora lo necesito y además es tarde para sustituirlo; que *Domine Iddio...* me perdone.

—Desde luego, la culpa no es vuestra, maese Stefano. Es el demonio quien enorgullece al hombre y lo impulsa en la búsqueda de objetos modernos más allá de los senderos trazados por nuestros padres y las Sagradas Escrituras. Todo esto nos llevará a la ruina.

Micer Jacopo posó una mano sobre el brazo de

maese Stefano y, sin que el apocalíptico monseñor lo viera, hizo una mueca como queriendo decir: «Olvidadlo, no le hagáis caso, dice simplezas.»

Los dos amigos se entendieron al vuelo y, para zanjar el tema, el Gran Cocinero hizo servir a ambos unas tazas humeantes de caldo con *Barbero* piamontés, bien cubiertas de queso.

En la cocina los hombres intentaban trabajar deprisa, el tiempo era poco. En las columnas, entre un capitel y otro, se tendieron maromas robustas de las que se colgaron salamis, jamones, mortadelas, sobrasadas, cestos de longanizas, morcillas, vejigas con manteca de cerdo y con mantequilla, canastos con todo tipo de queso, sardo, parmesano y romano, para defenderlos de los voraces ratones del castillo, de los gatos y perros que correteaban por todas partes.

Ahora los mozos colocaban algunos morteros de bronce grandes, con asas de roble y tres pies de altura, que se empuñaban con las dos manos. Cada embutido debía ser no sólo triturado, sino machacado largamente, para que rezumase bien el jugo de sus componentes y se amalgamase todo el relleno. Sin este tratamiento los embuchados sabrían a poco. Maese Stefano recordaba cuántas veces su difunto padre había repetido: «Comida machacada vale doble que la picada.»

A menudo pensaba en su gran progenitor. Ahora, sentado en un rincón oscuro de la estancia, volvía a ver a su padre, el experto Cocinero mayor, que al lado de los fogones le enseñaba a él, entonces joven, los más celosos secretos del oficio, que lo habían hecho famoso en todo el mundo. Aunque había pasado mucho tiempo, recordaba aún la colegiata de San Martino Viduale, a poca distancia de donde había nacido.

Su familia era originaria del valle de Blenio, una profunda vega que, partiendo de la llanura de Biasca, en Bellinzona, lleva hasta el paso del Lucomagno. El camino Francigena recorre el valle en toda su longitud y conduce desde el territorio del Ticino hasta más allá del desfiladero alpino.

Al otro lado del desfiladero del Lucomagno está la cuenca del Rin; a escasa distancia empieza el curso del Ródano y, un poco más a septentrión, se encuentra el valle del Danubio. Así, a través de ese paso, desde la llanura lombarda se alcanzan Alemania, Francia y todos los países de levante. Superando el desfiladero, se desciende a Biasca, a Bellinzona y, luego, a la gran ciudad de Como. En dirección hacia Italia, a través del Ticino, se llegaba, por fin, a Milán en la llanura del Po y aún más abajo a las tierras del sol.

La excepcional posición geográfica de esa vega escondida y de la solitaria colegiata había favorecido la formación de una verdadera cultura cosmopolita del arte de la mesa.

Desde niño, Stefano había visto transitar a lo largo del camino, en la otra orilla del río Brenno, que recorre todo el valle, caravanas de carros y mulos que, cargados de mercancías, subían hacia el paso o descendían cansados desde los países extranjeros de tramontana. Desde la ventana de la casita donde habitaba con su familia en Grumo, un pequeño arrabal con sólo cuatro casas, Stefano también observaba los cortejos de nobles vestidos de terciopelo y oro. Se encaramaban hacia el paso con sus damas sentadas en las tambaleantes carretas y escoltados por soldados armados con corazas relucientes y coloridos estandartes ondeados por el viento que descendía de los montes.

Todavía, después de tantos años, quedaban en sus ojos las imágenes y en sus oídos los relatos de los ancianos que contaban de lejanos países, más allá del desfiladero. Un mundo donde vivían reyes y emperadores de fábula, que alguna vez habían atravesado también su tierra.

En tales ocasiones los cortejos eran inmensos. Los

oros y platas de los escudos, los bordados de los pendones y las oriflamas reales relampagueaban en medio de un remolino de sedas y colores. Los caballos iban enjaezados con petos relucientes y gualdrapas de colores. De niño, en una tarde de invierno, estaba seguro de haber visto pasar la caravana con los Magos, de los que tanto había oído hablar en Navidad.

La colegiata de San Martino Viduale, de los frailes Humillados, se encontraba un par de millas más abajo de su aldea. Era un grupo de edificios con iglesia, refectorio, cocinas amplias y una hostería para pasar la noche. Tenía grandes salas, con mesas muy largas, para comer antes de afrontar el paso o tras haberlo atravesado. Las cocinas, que eran muy espaciosas, contaban con bodegas famosas por sus vinos y con enormes fresqueras para conservar la comida.

Las caravanas traían los toneles de Borgoña, del valle del Rin y de los viñedos a orillas del Danubio. También desde Italia llegaban los vinos más preciados, junto con los de las tierras de Oriente como Morea y Candía.

En invierno, el paso permanecía cerrado durante tres o cuatro meses, mientras que el resto del año el tráfico por el camino era continuo. Con el tiempo los mercaderes, los jefes de las expediciones e incluso los mulateros se acostumbraron a detenerse, antes o después del paso, en esa colegiata hospitalaria de la vía Francigena, cortada a pico sobre el río y con una bellísima vista sobre el valle. Pero no era el panorama lo que atraía a los viajeros. Con los años la hospedería se había hecho famosa por su cocina.

Los clientes que allí se detenían eran muy exigentes, ya se tratara de nobles, de Caballeros, ricos mercaderes o de sencillos arrieros, conocidos desde siempre como buscadores de buenas mesas. Con esos largos y fatigosos viajes, los mulateros ganaban bien y el único lujo que se permitían era comer y beber hasta la saciedad.

Por allí pasaban lombardos, italianos, franceses, alemanes, magiares, flamencos y cualquier otro extranjero que eligiera ese desfiladero en sus viajes de negocios. Cada uno pedía la especialidad de su tierra y los cocineros del valle, poco a poco, se las ingeniaron para satisfacer las exigencias de todos.

A veces, incluso durante la estación cálida, ocurría que el paso se hacía impracticable por una nevada fuera de temporada o por un intenso mal tiempo; entonces había que refugiarse en la hostería durante dos o tres días seguidos. En esos casos era necesario variar las comidas, contentando, al mismo tiempo, los gustos más heterogéneos. Así, la gente del lugar acabó siendo experta y capaz de satisfacer, en modo excelente, las peticiones de gentes procedentes de ambientes y de países muy distintos.

El valle de Blenio pertenecía al Ducado de Milán; por eso era inevitable que la fama de esos Cocineros no llegara a la Corte. Entonces, los Cocineros más capaces del valle comenzaron a trasladarse hacia la capital del Ducado y hacia las demás ciudades. Así nació, gradual y espontáneamente, una nueva cocina italiana que se había enriquecido con la experiencia de otros muchos países y, a través de los hombres del valle, se estaba difundiendo por doquier.

Maese Stefano recordaba que el tío de su padre, llamado Stefano como él, había sido durante mucho tiempo rector de la colegiata. En el año del señor de 1442, su padre, que recibió el nombre de Martino debido a la hospedería, lo sucedió en el cargo. Rápidamente se hizo famoso y fue nombrado Cocinero mayor en la Corte del gran duque de Milán, Francesco Sforza. Allí permaneció largo tiempo, para luego pasar al servicio del noble Gian Giacomo Trivulzio, célebre capitán de las tropas milanesas.

Ya desde que trabajaba en la colegiata, su padre,

Martino de Rossi (quienes hablaban en latín lo llamaban *de Rubeis*), había comenzado a anotar en una minuta las principales recetas de su arte, pues quería dejarlas a su hijo, Stefano, si continuaba sus pasos.

Luego, en la Corte de Milán, hizo amistad con un célebre humanista, amante de la buena cocina, Bartolomeo Sacchi, bibliotecario de Su Santidad el papa Sixto IV, que estaba de visita en Lombardía. En el ambiente de los literatos se le llamaba «Platina», por el nombre del pueblo donde había nacido: Piàdena.

Fue precisamente Platina el que tradujo, en un inmejorable latín, las recetas de Martino, embelleciéndolas y completándolas. Luego, en Venecia, entregó a la imprenta su manuscrito, que comenzaba así: «*De honesta voluptate et valetudine*.» El libro se hizo famosísimo en todos los países de la cristiandad. Por vez primera, la reciente invención alemana de micer Gutenberg se utilizaba para imprimir un volumen de recetas. Corría el *anno domini* de 1475. Platina reconoció, muy correctamente y sin reticencias, haber recogido las recetas del *Magister Martinus*, pero cometiendo una imprecisión lo definió como un *Novocomensis*, es decir, nativo de Como. Stefano estaba molesto por la confusión entre Como y su amado valle de Blenio, pero se sentía orgulloso de la obra de su padre y de ser su continuador.

En la colegiata de San Martino Viduale se comía verdaderamente bien. Stefano lo recordaba a la perfección, aun cuando en aquellos años todavía era demasiado joven para ser admitido en los fogones. Por tanto, sólo realizaba pequeños encargos, tratando de aprender el arte y las recetas, como la del famoso caldo lardero de caza, preparado con vino tinto aromatizado a base de salvia y especias y espesado con yemas de huevo y pan tostado y machacado. Al final, se añadía una salsa de sangre de caza cocinada con asaduras majadas en el mortero.

Stefano recordaba haber visto, mientras estaba escondido detrás de un arcón, a más de un cardenal de la santa romana Iglesia, con el gran manto escarlata como el solideo, mirar alrededor circunspecto y luego untar el pan en lo que había quedado en la escudilla. Los purpurados, al igual que los Príncipes, no dormían ni en carreta ni sobre paja, como los demás, sino que eran huéspedes en el convento de la colegiata.

Servían las mesas jóvenes lozanas del valle, de mejillas blancas y rojas como melapias, que movían las caderas de un modo que, incluso en él, aún chiquillo, suscitaba extraños pruritos. No siempre las criaduelas reaccionaban con el debido rigor a los propósitos de ciertos ricos mercaderes y, sobre todo, de los grandes prelados. Gracias al comportamiento de aquellas doncellas, empezó a entender muchas e interesantes cosas sobre la vida y las mujeres.

A menudo los personajes importantes, al levantarse de la mesa después de una opípara comida, pedían como conforte un hipocrás caliente con canela y clavo —se decía que era sobremanera digestivo— o un delicado resolí de azucenas. Entonces, las sirvientas contritas, diligentes y seguras de sí mismas, sin apresurarse demasiado, se dirigían a las celdas con la bandeja en una mano y un candelero en la otra para poder afrontar las oscuras escaleras y los fríos pasillos del convento. Volvían al refectorio sólo después de cierto tiempo, ruborizadas, con un aspecto muy digno, contoneándose y sacando pecho, como si esos peldaños las hubieran hecho subir en la escala social.

El joven Stefano notó varias veces que las muchachas, al regresar de aquellos encargos, con la mano en el bolsillo del mandil, movían algo que parecía un montoncito de monedas. En cambio, lo que lo desconcertaba era el tono ofendido y la dureza con los que defendían sus virtudes ante los mulateros y los carreteros, que aunque fueran criados de grandes señores estaban visiblemente cortos de bayocos. Al respecto aún le parecía oír a su padre, que decía a borbotones: «*Dona che mena l'anca, se l'è minga 'na pütana poch ghe manca...*»

Le quedó para siempre esa idea de que «una mujer que menea la cadera, si no es una puta, poco le falta». Éstas fueron sus primeras lecciones de la vida.

Por el contrario, los frailes humillados enseñaron a Stefano a leer y a escribir, así como el poco latín necesario para entender los textos sagrados y algún que otro clásico. De vez en cuando sucedía que los huéspedes se olvidaban algún libro; entonces se apoderaba de él ávidamente y trataba de leerlo como podía.

Desde los tiempos de la colegiata de San Martino, su padre ejercitaba su noble profesión con dignidad y autoridad absolutas. No era fácil que se acercase a la mesa de alguien para saludarlo o para aconsejar un manjar. Cuando lo hacía era porque la persona valía la pena o porque le era simpático. Sus consejos se aceptaban siempre de buen grado, y él daba la impresión de que, al desplazarse desde la cocina, concedía un gran privilegio.

El *civero* de liebre y jabalí era una de sus especialidades. Lo preparaba dejando macerar bien las carnes en el vino que le traían desde Borgoña y luego, con ese mismo caldo aromatizado y espesado, confeccionaba la salsa que a todos parecía única en la cristiandad.

De entre sus muchas menestras, eran famosas las de membrillos, las de mazapán y las de limón, así como las tortas de garbanzos rojos, de pescado y las *tortas blancas*. En fin, durante la Cuaresma solía preparar la torta papal, las tortillas con flores de saúco, la tarta de dátiles con almendras, aunque sus especialidades de vigilia eran muchas más.

De repente, una voz distrajo a Stefano de sus recuerdos y nostalgias. Era la de Trotti, que estaba ante él con aire preocupado.

—Maese Stefano, por desgracia hay otras novedades de la comitiva en viaje, malas nuevas. —El Embajador hablaba con la voz más grave que el Cocinero le hubiera oído jamás—. No conozco muchos detalles porque la noticia proviene de un despacho secretísimo dirigido al duque Ludovico en persona, pero algo he podido saber; parece que hubo otro muerto. Otro amigo del Duque. El marqués de Crema, Michelangelo Zurla. Parece que lo encontraron colgado del mástil de una nave al llegar a Pisa.

Y se dejó caer en el banco al lado de maese Stefano, en el rincón oscuro de la gran cocina.

—Pero ¿quién puede tener un comino de interés en matar también al marquesito Zurla? —preguntó el Cocinero, como hablando consigo mismo.

—Tratemos de ser lógicos —dijo el Diplomático—. Lo he pensado y me parece que podemos lanzar cuatro hipótesis. La primera es que lo haya matado el usurero Moisés da Corteolona para atemorizar a los otros tres amigos del Duque e inducirlos a saldar la fuerte deuda que los cinco contrajeron con él en Nápoles. Estos desventurados incluso negaban su existencia. Es todo cuanto Terzaghi me refiere en su despacho. Pero me parece una hipótesis carente de sentido. No creo que Moisés sea la persona; además, en tal caso, podía haber pedido humildemente ayuda a su amo, el Moro, en lugar de cometer un acto tan loco y arriesgado. Pero también se podría ver el asunto desde otro punto de vista: que haya sido el príncipe Alfonso quien matara a los amigos del joven Duque para apartarlo de su nefasta influencia y de sus especiales hábitos sexuales, incompatibles con el feliz y fecundo matrimonio de su hija. Alfonso es un auténtico bruto y sería capaz de esto e incluso de más, pero si el inductor es él hay que esperar que ordene matar a otros, si no a toda la pandilla de disolutos. Con estos crímenes pretendería liberar a la novia de sus viciosas presencias. La tercera posibilidad —añadió Trotti bajando mucho la voz— es que haya sido el Moro el que mandara matarlos pensando en atemorizar a los tres amigos restantes para que dejen de incitar al Duque, su compañero de juergas, a recuperar al menos una parte del poder sustrayéndoselo a su tío.

—De acuerdo, micer Trotti, pero ¿por qué matar con toda esta puesta en escena? Además, ¿por qué a dos? ¿Por qué precisamente en este viaje, con todos los Diplomáticos del mundo presentes? No, excusadme, pero hay algo que no me convence.

—Aún hay otra posibilidad, que quizá sea la más atendible —continuó el Diplomático—; quizá sean los mismos amigos del Duque, que, luchando entre sí, se eliminan recíprocamente para asegurarse una mayor influencia sobre él. Parece que en Nápoles, después de la muerte de su compañero, han estallado entre los jóvenes algunas disputas furibundas.

—No, no; hay algo en todas estas explicaciones que no me suena bien —concluyó maese Stefano, sacudiendo la cabeza con ese campesino sentido común que nunca lo abandonaba—. Es sólo una sensación, pero siento que detrás de todo esto quien mueve los hilos es el diablo. ¿Recordáis, micer Trotti, las extrañas palabras de Ambrogio da Rosate a propósito de este viaje y del matrimonio?

—Por supuesto que las recuerdo y aún las tengo bien claras en mi mente, pues me impresionaron mucho. Ahora, a la luz de los últimos y funestos eventos, aquellas premoniciones de desgracias me parecen plagadas de significados arcanos que van incluso más allá de los dos asesinatos y que podrían llegar a involucrarnos a todos.

Ambos amigos se sentían atraídos por el conocido misterio de las muertes y comenzaban a apasionarse por la idea de descubrir la verdad de aquellos inexplicables hechos. Lo hacían con los medios limitados que tenían a su disposición, las informaciones que Trotti lograba de los mensajeros y las que se podían sonsacar a los huéspedes que frecuentaban la cocina. Pero sus mentes funcionaban bien, en especial cuando razonaban unidas.

7

El muerto bajado de la verga causó una gran zozobra en el muelle. Gritos de horror, órdenes frenéticas, un ir y venir de arqueros. El puente donde se encontraba el cadáver del joven marqués de Crema fue despejado brutalmente. Ya nadie podía acercarse. Ni siquiera los tres aterrorizados supervivientes del grupito de Vigevano, que protestaban en el embarcadero tratando de hacer preguntas a los oficiales de Sanseverino. Inútilmente se desesperaban, nadie quería decir nada, porque nadie tenía libertad para hablar.

Los jóvenes, después del segundo homicidio, empezaron a temer que el asesino siguiera una línea que pasaba a través de su grupo, pero no lograban intuir ni la lógica ni la razón por la que tanto horror les afectaba tan de cerca.

Las únicas respuestas que daban los oficiales eran: «Es un suicidio, se trata de un suicidio... —Y añadían en tono amenazador—: Hasta que todo lo sucedido esté aclarado, está prohibido hablar. Polemizar sobre ello será considerado un acto de grave falta de lealtad hacia los Duques.»

No quedaba más que callar, aunque en el círculo de los amigos más fieles se murmuraban las conjeturas más fantásticas sobre los crímenes.

Parecía claro que los dos acontecimientos tenían elementos comunes: ambos muertos eran jóvenes, nobles lombardos y pertenecían al grupo de los amigos del duquesito Gian Galeazzo.

También Sanseverino, representante de Ludovico el Moro en la expedición, respondía con dificultad a los jóvenes que se mostraban cada vez más alterados y ávidos de noticias:

—Es una coincidencia, sin duda alguna. El conde Uberto ha sido asesinado por cuestiones del corazón, y la muerte del marqués Zurla, descubierta aquí, en Pisa, ha sido consecuencia de un momento de desaliento por las fuertes pérdidas en el juego. Aun cuando estimo que no tenéis nada que temer, de ahora en adelante mis arqueros os protegerán siempre. No hay peligro, pero de todos modos intentad estar siempre en grupo.

Las palabras del conde de Caiazzo no eran convincentes y sus argumentos, en contraste evidente con la realidad de los hechos, no tranquilizaban a nadie.

Por su parte, el Conde ordenó, en estricto secreto, una investigación sobre los huéspedes de la carraca, porque estaba seguro de que allí se ocultaba el atroz asesino.

La nave transportaba a una notable y variada cantidad de personas: nobles napolitanos y milaneses, diplomáticos, arqueros de ambos estados, marineros, esclavos, siervos, funcionarios de la Corte e incluso prelados; por tanto, un control minucioso resultaba difícil, si no imposible. ¿Cómo localizar a un homicida, si ni siquiera se podía intuir el móvil de sus crímenes? En cualquier caso, debía tratarse de alguien que podía moverse a placer entre aquellos jóvenes.

El único dato cierto era que todos los presentes en Ravello la noche del primer homicidio estaban embarcados en la carraca. Pero ¿cómo continuar indagando sin crear alarma y sin que las delegaciones extranjeras lo supieran?

Las condiciones del tiempo seguían empeorando. Sólo entonces fue evidente que la parada en Pisa duraría algunos días.

Los huéspedes, ya desembarcados, se dispersaron por el poblado. Cada uno trató de aprovechar la pausa forzosa para recuperarse de las peripecias del viaje, que desde Nápoles los hizo atracar en la que, en otro tiempo, había sido una hermosa ciudad.

Más de uno encontró alojamiento en casa de amigos o parientes, algunos en las hospederías; otros se acomodaron en los hospitalarios prostíbulos que también ofrecían lecho y comida.

Pisa presentaba al visitante un aspecto singular. Villa rica en monumentos extraordinarios, en aquel tiempo estaba habitada por poco más de ocho mil almas.

El puerto se iba alejando de la ciudad a causa del continuo enterramiento, y el dominio de Florencia había sofocado su actividad mercantil. La imponente catedral con su campanario circular, el camposanto con sus maravillosos frescos, la universidad, conocida en el mundo entero, y otros cien monumentos embellecían aún más la ciudad. Pero las casas y los palacios estaban vacíos, y un sentimiento de sombría tristeza aleteaba sobre todas esas maravillas desiertas.

Después de la ocupación de los florentinos, casi un millar de los más destacados ciudadanos fueron obligados a trasladarse como rehenes a Florencia. En los años sucesivos otros, para sustraerse a las vejaciones de los dominadores, emigraron con sus familias a las vecinas Lucca y Siena, o bien a otras más lejanas, como Génova, Nápoles y Palermo, allá donde encontraran asilo y buena acogida. Tuvieron que abandonar sus viviendas, de las que se adueñaron de inmediato los florentinos. La guarnición militar, para mantener bajo control la ciudad, se estableció en la vieja y en la nueva ciudadela, erigida a toda prisa junto a Porta San Marco.

Los ocupantes habían destruido zonas enteras del antiguo centro; casas, iglesias y campanarios fueron arrasados para obligar a los habitantes a trasladarse a otras partes.

Los cronistas narran:

> En Pisa los negocios iban muy mal. Sus habitantes se han reducido. Sospechan tanto de sí mismos que han perdido el ánimo. Incluso los campesinos, constreñidos al mínimo que la tierra les da, quisieran salir de su angustia y someterse al diablo... en conclusión, Pisa está muy mal...

Los amigos del Duque estaban alojados en el cuerpo de guardia, donde se encontraban los cuarteles de Sanseverino y de sus arqueros. Por su parte el conde de Caiazzo, tras las amenazas recibidas en la nave, no había tenido ánimos para proseguir el viaje por mar y partió enseguida hacia Tortona, confiando a los oficiales subalternos la investigación, que de hecho estaba encallada.

Los dos Rufolo y su hermosa Melita se habían alojado en la Casa de las Cien Lámparas, donde numerosas y complacientes mujercitas recibían a ricos mercaderes pisanos y florentinos. En otros tiempos ésta fue la morada de una de las tantas familias nobles extinguidas aun antes del advenimiento de la señoría de los Médicis.

El burdel tenía muchas salas para banquetes con grandes bañeras, donde incluso se podía comer en las tinas de agua caliente, deleitándose con la dulce compañía de las señoras huéspedes. Las muchachas de la casa eran particularmente doctas en hacer agradables las abluciones y los banquetes que las colofonaban.

En las espaciosas salas había enormes camas con baldaquín y cojines de pluma. Una pared estaba ocupada por una monumental chimenea con un tronco que mantenía caliente la estancia. Casi en el centro de la habitación, encontraba su sitio una tina oval de nogal espeso reforzada con aros de hierro.

En una de las salas la bañera oblonga era tan grande que en sus lados podía contener cómodamente ocho parejas de hombres y mujeres sentados, con el agua hasta por encima del ombligo. En medio de la tina corría, de una orilla a la otra, en toda su longitud, una mesa larga y estrecha que apenas surgía por encima de la superficie del agua. La mesa estaba puesta con manteles bordados en lino adamascado; había platos, vajilla y bocales de inmejorable factura. Fuentes con dulces, frutas confitadas y *piñonates* estaban listas en la mesa antes de que llegaran los huéspedes.

Los Caballeros y las damas se desnudaban y entraban en la gran bañera, mientras un grupo de músicos tocaba agradables melodías para danzas altas y bajas.

Dada la placidez, los festines en los baños duraban varias horas y hasta los médicos los aconsejaban por las virtudes terapéuticas del agua caliente, en especial si se perfumaba con menta, artemisa, malva y sándalo. Las cenas y los almuerzos en las tinas eran cada vez más frecuentados, pues eran una moda francesa importada desde hacía poco a Italia por los hosteleros borgoñones.

Melita llevó consigo a la Casa de las Cien Lámparas a Geraldo da Serravalle, el paje que había encontrado en la carraca y la seguía siempre como un perrito.

Ese chiquillo, de dieciséis años, vivía junto a la mujer como en un sueño. Alto y enjuto, con la delgadez de los adolescentes, tenía una gran nariz sensual acentuada por el rostro afilado, y un pronunciado hoyuelo le surcaba el mentón. En la palidez huesuda del rostro destacaban los ojos, negros, sentimentales e inteligentes, y una boca carnosa. Las orejas de soplillo acentuaban su aire de muchacho. Vestía la jornea de los pajes de la

Corte de Milán; en las piernas, muy hermosas, pero flacas, llevaba como era costumbre en los cortesanos de la casa Sforza las largas calzas divisadas, blanca la derecha y rojo oscuro la izquierda.

Las atenciones y carantoñas de una mujer de más de veinte años estimulaban su amor propio y sus sentidos. Sus ojos, intensos y negros, parecían siempre enfebrecidos, aun cuando esa señora sólo se limitaba a acariciarle el rostro delgado e imberbe y a sonreírle con ternura. Lo mantenía cerca, incluso cuando coqueteaba con sus infalibles cortejadores, y le rozaba los cabellos mientras él, con mirada devota, continuaba admirando su rostro y sufría apenas ella dirigía una frase galante a alguien. Parecía que la hermosa señora quería hacerle aprender, poco a poco, las artes del amor cortés y de la seducción.

El segundo día de estancia en Pisa, en una sala de la Casa de las Cien Lámparas, Melita conversaba con un Caballero y Geraldo estaba, como siempre, junto a ella, cuando de repente se interrumpió y se volvió hacia el chiquillo y le preguntó:

—¿Quieres cenar conmigo esta noche?

Geraldo la miró sorprendido, con los oscuros ojos maravillados.

Estaba muy confuso y, al mismo tiempo, asustado por la posibilidad de acudir a una cena de adultos con una maravillosa señora de esa edad. Además, le parecía que su jornea no estaba en condiciones para esas circunstancias. Logró responder:

—Sí, por supuesto, sí... entonces iré a cambiarme de traje.

—No es necesario, no creo que necesites ni jornea, ni jubón, ni ninguna otra cosa. Veámonos aquí a la hora prima de la noche —dijo ella distraídamente. Y reanudó la charla con su cortejador.

Geraldo salió de la sala porque no sabía cómo esconder el rubor que le había encendido el rostro. La cabeza le daba vueltas. No conseguía entender qué le había querido decir. Quizá por primera vez en su vida se sentaría en una mesa de Caballeros y damas, quizá entraría en la sala del brazo de una mujer mucho más madura que él; habría dado cualquier cosa para que sus amigos pajes lo hubiesen podido ver.

Comenzó a vagar por la Casa de las Cien Lámparas y por el jardín; cada vez que se encontraba con alguien preguntaba si ya era la hora prima. El tiempo no pasaba nunca. ¿Por qué Melita no había querido que se cambiara el traje? En su equipaje tenía la jornea tejida de oro, que le dieron para las ceremonias en Nápoles; con ella sí habría hecho un buen papel. Ni siquiera el bonete que llevaba en la cabeza, con forma de pan de azúcar y una plumita roja, estaba a la altura de los uniformes de los Caballeros que, sin duda, encontraría en la cena. Los envidiaba con locura porque estaban tan seguros de sí mismos y siempre preparados para burlarse de un muchacho ingenuo como él. Las manos le sudaban, la cabeza le zumbaba. Temía que durante la cena, para azuzarlo, alguien lo interrogase sobre sus experiencias con las mujeres; ¿qué podría responder?

No quería confesar que nunca había conocido mujer, al menos no en el sentido que ellos entendían. Sabía que eran distintas de los hombres y si bien varios jóvenes amigos suyos trataban de asumir aires de sabihondos, nunca habían conseguido explicarle nada, porque, con seguridad, tampoco ellos eran muy expertos. Sí, una vez en un corredor del castillo de Porta Giovia, había dado un beso a una damisela de la Gallerani, pero ella escapó de inmediato. Luego él tuvo que partir hacia Nápoles y todo terminó allí.

Sabía, porque así lo decían sus compañeros, que el hecho de que él solo consiguiera procurarse placer tenía que ver con lo que sucedía con las mujeres. Pero

¿cómo? Si en la cena le hubieran preguntado algo sobre ese tema, habría muerto. No podía soportar la idea de que su amiga Melita descubriera que ni siquiera sabía cómo estaban hechas las mujeres. Quizá era mejor no ir a esa cena, pero había sido imposible decir que no a la señora.

Entonces decidió que, si le preguntaban algo sobre las mujeres, fingiría sentirse mal y se escaparía. La hora esperada, que parecía no arribar nunca, al fin llegó.

Geraldo entró en la sala donde Melita lo había citado. Estaba vacía. Aguardó con una mezcla de esperanza y temor: esperanza de que no se hubiera olvidado de él, temor de que llegara de verdad. ¿Cómo habría podido competir con todos esos brillantes hombres?

Después de una larga espera, apareció Melita, hermosa, inalcanzable y misteriosa como nunca, con su aire de salvaje de lujo emanando fluidos de misterio y feminidad extrema. Geraldo sintió su corazón a punto de estallarle por los latidos y intentó balbucear algo, tratando de fingir serenidad, pero la garganta seca se lo impidió. Se sintió morir del ridículo, pero ella lo acogió con una gran sonrisa dulce y maliciosa, se acercó y le dio un sonoro beso en la mejilla.

—Ven —le dijo cogiéndolo de la mano—, la cena está lista.

Geraldo tenía las piernas que le temblaban cuando subió, junto a ella, por las escaleras que conducían al primer piso, donde, aunque no había estado jamás, sabía se encontraban los comedores con las tinas para los baños. Ya en la planta superior, la mujer, siempre estrechando fuerte la mano del muchacho, se encaminó hacia una puerta, la abrió y entró. En la habitación no había nadie.

Una chimenea con un gran fuego calentaba la sala y sólo los reflejos de las llamas y las velas de la mesa iluminaban el ambiente, dejando vastos rincones de sombra.

Bajo un baldaquín de seda, Geraldo vio una bañera no demasiado grande sobre la que habían puesto una tabla cubierta con un mantel y lo necesario para una comida para dos. Una gran cama se encontraba en la pared del fondo. Trató de farfullar algo sobre los otros que debían llegar. Melita lo miró sonriendo.

—Nunca he dicho que habría otros. Ayúdame.

Fue hacia la cama y cogió unos grandes cojines que iba arrojando sobre el suelo de alerce, al lado de la chimenea.

—Túmbate encima de la manta de zorro que está sobre la cama.

El muchacho ya no estaba en condiciones de comprender nada, pero sentía que estaba a punto de suceder algo deliciosamente trágico. Obedeció.

Entonces, Melita se recostó suavemente sobre las pieles y le hizo un gesto. Él se acercó y se tendió a su lado mientras el corazón le latía como nunca, con la mente confusa por extraños presentimientos.

Ella se acercó y delicadamente le acarició la frente con los dedos; él entrecerró los ojos y poco después sintió que los labios de ella rozaban los suyos. Se entretuvo también en el rostro. Luego Melita, relajada sobre la piel, empezó a desabrochar con calma la interminable hilera de veintidós preciosos botones de perlas que cerraban su gonela.

Después de un rato, que a Geraldo le pareció no acabar nunca, la mujer lo miró fijamente a los ojos, le sonrió con una expresión maternal, lentamente separó los lados de su larga gonela y, en un susurro, dijo:

—Así es como está hecha una mujer. ¿No era esto lo que querías saber desde hace tiempo?

El muchacho la miraba con ojos desorbitados. No había pensado que pudiera existir nada más misterioso, más bello y, al mismo tiempo, más terrorífico. Entre las dos orlas bien abiertas del vestido veía su cuerpo, oscuro como si estuviera bronceado, su piel lisa, sus pechos con enormes pezones casi negros y sus piernas envueltas en largas calzas de seda roja. Un pequeño cinto de cuero, del que descendían seis cadenillas de plata a cada lado para sujetar las calzas, le ceñía la cintura. En medio, un denso triángulo de reluciente, rizado y negro vello fascinaba y espantaba a un Geraldo jadeante. Permanecía inmóvil con los ojos llenos de asombro y la boca abierta con una expresión de sorpresa, hasta que ella lentamente lo atrajo hacia sí, le hizo posar la cabeza sobre el seno y dejó que su aliento afanoso se calmase. Luego le desató la braga, entre las dos calzas, y contempló su juventud, que fulguraba tiesa. El paje estaba muy avergonzado por lo que le sucedía a su cuerpo y temió que la señora se enfadase. Melita, en cambio, le acarició precisamente allí con la palma de la mano y lo acercó despacio a su gran mancha negra. Poco a poco, Geraldo sintió que se estaba adentrando en una humedad misteriosa e insondable. Una realidad nueva se le estaba revelando y, de pronto, entendió lo que era una madre. Ella, sujetándole las caderas, ritmaba sus movimientos y a la vez los secundaba. Pronto él sintió que le estaba regalando el alma y, de repente, fluyó en ella como una esclusa que abre las puertas de par en par. Melita lo apretó fuerte y Geraldo se dio cuenta de que había entrado en una nueva vida.

Entretanto, la mujer poco a poco lo había desvestido y ahora lo acariciaba por todo el cuerpo con antigua sabiduría, dejándolo reposar aún sobre su seno. Luego lo atrajo de nuevo hacia sí y continuaron muchas veces hasta que él comenzó a emitir un líquido transparente como el agua y las fuerzas le faltaron. Geraldo sentía sus caderas vacías y ligeras como su cabeza.

Después de un larguísimo silencio el paje oyó la voz de Melita, que lo despertaba del sueño.

—Ahora podemos entrar en el baño y cenar, amor mío.

Entraron en el agua que la estufa había mantenido caliente, y Geraldo se sintió renacer ante ese contacto. Melita batió las palmas y unas raudas criadas entraron portando comida y vino. Hicieron su ingreso también algunos músicos, con sus escabeles, y comenzaron a tocar.

Geraldo se sentía azorado por aquellas presencias, pero no quería darlo a entender, y de vez en cuando lanzaba miradas de reojo en dirección a los músicos. Melita lo miró, sonriendo con ternura por su pudor; alargó un brazo a través de la mesa, apoyó la mano sobre la suya y murmuró:

—Son ciegos.

La mesa estaba iluminada por las velas de dos candelabros y por los reflejos de la chimenea. Llegaron a la mesa un pastel de ostras cocidas en vinagre y miel, un platillo de manjar blanco a las rosas, un potaje de pollo con almendras picadas y una pierna de cordero al horno con azúcar y canela. Las sirvientas trajeron una garrafa de *Vignamaggio* de un rojo resplandeciente y lo vertieron en los cálices.

Geraldo vivía lo que ocurría alrededor como un sueño; estaba sentado en un baño, cenando, completamente desnudo, frente a esa estupenda criatura morena que le parecía una diosa, en absoluto turbada por estar desnuda ante él. No podía creer que, poco antes, hubiera gozado de ella y ya estaba temiendo el momento en que despertaría repentinamente de aquel sueño.

Melita cogió la copa donde el Vignamaggio, filtrando la luz de las velas, lanzaba destellos de color rubí; la levantó a la altura de sus labios y, mirándolo entre irónica y maternal, dijo:

—Por ti y por todas las mujeres que vendrán después de mí.

Geraldo quería decir algo, pero estaba demasiado agitado para hablar, pues comprendía, a su manera, que era un momento solemne. Alzó el cáliz de vino y, por primera vez desde que había nacido, vació de un trago todo su contenido.

Ahora ya sabía que se había convertido en un hombre.

En el puerto, era intensa la actividad de las naves que habían llegado de Nápoles. Ante todo era necesario controlar la estanquidad de las carenas. Si había filtraciones de agua, los carpinteros debían calafatearlas con pez y estopa. Después de los fuertes vientos, había que verificar también los velajes, que podían haberse desgarrado, controlar las jarcias, además de las poleas y los cabrestantes, que debían ser untados otra vez con sebo, al igual que los barraganetes de los remos. Era necesario achicar el agua y los excrementos que se habían acumulado en el fondo de las quillas y después repasar toda la nave con agua dulce.

A los galeotes les dieron permiso para lavar sus indumentarias, es más, se les aconsejó que las hicieran hervir para liberarlas de los piojos.

Debido a las largas remaduras del viaje, muchos forzados estaban llagados. La boga de las galeras, con remos grandes de varios bogadores, requería que, en perfecta sincronía, todos los remeros al unísono primero empujaran hacia adelante los remos y luego, en pie, los sumergieran en el agua y tirasen, con gran esfuerzo, hacia sí, dejándose caer, pesadamente, todos a la vez sobre las entabladuras para aumentar la velocidad de la remadura. Estas continuas recaídas sobre los bancos, acolchados con tela y estopa, muy a menudo provocaban a los galeotes llagas que se infectaban con los excrementos que había por todas partes. Apenas podían, los desgraciados se curaban con vinagre o con vino aromático, o bien con hierbas, porque sabían que, si comenzaba la gangrena, su suerte estaba echada. Los harían remar mientras tuvieran fuerzas y luego los desembarcarían en cualquier playa o los arrojarían al mar.

Por eso en las paradas, como la de Pisa, cada uno trataba de curarse como mejor podía, consciente de que era una cuestión de vida o muerte. A pesar de todo, siempre quedaba en ellos algún deseo, es más, había un pensamiento indeleble que los ayudaba a sobrevivir: las féminas.

Trabajaban temporadas enteras haciendo cestillos, silbatos y estatuillas para luego venderlos y procurarse algunas pintas de vino, pero sobre todo trataban de juntar unos bayocos para poder desahogarse, una vez obtenido el permiso, con alguna vieja prostituta.

Los Sotacómitres sabían que la espera de tal sueño convertía en menos frecuentes los intentos de rebelión. También advertían que, después de los encuentros con las prostitutas, la chusma era más fácilmente gobernable.

La homosexualidad estaba muy difundida entre los galeotes, que durante largos períodos no tenían otra posibilidad de elección, aunque para evitar desórdenes e indisciplina era preciso alimentarles, al menos, con la otra esperanza. Por eso, de tanto en tanto, cuando una buena parte de los forzados, con sus míseros comercios, acumulaba el dinero suficiente, se concedía que algunas putas subieran a bordo.

Las prostitutas que se prestaban a la necesidad eran consideradas, en su ambiente, seres inmundos y las demás las evitaban. Se trataba de viejísimas y repugnantes mujeres que, enfermas y aisladas por todos, estaban dispuestas a bajar a ese infierno con tal de seguir tirando un poco más.

En Pisa subieron a bordo, fatigosamente, tres o cuatro, embellecidas vergonzosamente para esconder el esfacelo del rostro y las carnes. Fueron aferradas por los doscientos cincuenta desesperados, desnudadas ávidamente por centenares de manos libidinosas y empujadas sobre los bancos, a los cuales permanecían encadenados los galeotes. Si los hubieran liberado habrían estallado inmediatamente feroces riñas por la precedencia.

Aquellos que tenían los pocos bayocos necesarios, se apoderaban de las desgraciadas e intentaban satisfacer el sueño largamente acariciado, entre los aullidos y alientos de sus compañeros, que como fuera, también querían aprovecharse.

En esa sima obscena de hombres desnudos, entre gritos animalescos y las blasfemias más ruines, quien estaba gozando de sus gracias intentaba, inútilmente, alejar a los demás endemoniados que pretendían usar a sus mujeres en ese preciso momento. Mientras tanto, los de los bancos vecinos, tirando de las cadenas, se tendían hacia las desdichadas tratando de consumar sobre ellas cualquier libidinosidad posible. O bien se agitaban para satisfacerse solos, tratando de ensuciarlas, mientras las tocaban con avidez.

Entre los gritos y las incitaciones más lascivas, las miserables mujeres se prestaban a satisfacer a la vez, como podían, a todos los que estaban encima de ellas y también a los que estaban en torno, hasta que los galeotes de los demás bancos, con alaridos y amenazas, reclamaban sus derechos. Entonces eran trasladadas de un banco al otro durante horas, hasta que acababan exhaustas y chorreantes de semen por todas partes.

Incluso durante aquel embrutecimiento y degradación, las desdichadas y viejas prostitutas, durante unos pocos instantes, despertaban antiguos y dulces recuerdos en las mentes y los cuerpos de los galeotes, ya apagados por el horror de la vida que llevaban. Era Dios quien, en su infinita misericordia, utilizaba también a las viejas mujerzuelas para devolver a los bestializados esclavos musulmanes una llama de alegría, recuperándola de las profundidades del olvido. Había permitido que esos desgraciados se evadieran de su trágica vida, durante un breve instante, ayudándolos a volar sobre el mar hasta los *souk* de sus lejanas aldeas africanas y proporcionándoles la ilusión de que volvían a abrazar a sus ya casi olvidadas mujeres, a acariciar y a sentir de nuevo el fresco olor de su piel, a contemplar otra vez la profundidad de sus ojos.

Dios había regalado a esos miserables un momento humano, antes de volver a ser animales, en ese bullente hormiguero y alrededor de esas viejas y escuálidas abejas reinas.

Al alba del tercer día la flota regresó a alta mar; soplaba un buen gregal fresco que allanaba el mar junto a la costa e inflaba las velas impulsando el convoy en su ruta hacia el noroeste. El gregal, como su nombre indica, llegaba desde Grecia. Ahora Génova parecía cercana y todos se preparaban para las cada vez más inminentes ceremonias de Tortona.

Sin embargo, los viejos pilotos no estaban tan tranquilos.

—Con tal de que no haga el girasol —decían. Difícilmente los demás habrían podido entender su jerga.

Hacia la hora sexta del día estaban al través de Bocca di Magra y el viento, que había cambiado a siroco, levantaba olas pequeñas que parecían querer acariciar la proa de las galeras.

—Ya estamos en siroco —comentaban lacónicos, como siempre, los pilotos, dirigiendo la mirada hacia Siria, de donde procedía el viento. Para ellos esa frase contenía un presagio inquietante.

A la hora octava se desató un viento muy tenso de mediodía que alzaba un poco la mar, pero las naves aún conseguían avanzar a buen ritmo.

—Ya ha hecho el girasol. Han pasado dos horas desde el mediodía. Dentro de poco estaremos.

Los Cómitres de todas las naves, sin ni siquiera consultarse, viraron a babor y se alejaron de la tierra firme.

—Si nos coge el lebeche junto a la costa estamos apañados —fue la única respuesta a quien preguntaba el porqué del desvío de la ruta.

Y puntual, a la hora décima, el temible lebeche comenzó a soplar con las primeras ráfagas cálidas y violentas. La dirección del viento había dado toda la vuelta, siguiendo al sol, de nordeste hasta más allá del sur: había hecho el girasol.

Ahora las rachas eran más fuertes y frecuentes y a los marineros les llegaba, junto con el calor del desierto, el olor de la arena roja. Los griegos llamaban a ese viento lebeche porque, desde su punto de observación, provenía de Libia. El lebeche soplaba hacia tierra y había que evitar, como fuera, que impulsara las naves hacia la costa, donde ya no habrían podido dar bordadas. Ahora la mar se había vuelto muy gruesa y olas enormes golpeaban las naves por delante de la amurada, sacudiendo las estructuras de proa a popa.

Las salpicaduras, cada vez más fuertes, bañaban completamente las cubiertas y los huéspedes buscaban refugio en los puentes inferiores. Tratar de usar los remos era una locura, se habrían despedazado a la primera oleada. Había que proseguir contra el viento y, luego, en el momento oportuno, virar a estribor dejándose llevar por el lebeche y las olas de popa, para después tratar de refugiarse tras las islas del Tino y la Palmaria.

La mar se hacía cada vez más gruesa. Las imponentes oleadas rompían fuerte, barriendo el puente superior y cayendo sobre el otro lado de la embarcación. Si alguien hubiera tenido la desgracia de ser sorprendido en cubierta, habría sido arrollado y expedido al mar;

el manejo de las velas se había vuelto imposible. Las olas que se paraban delante eran como nuevas montañas que escalar y hacían cabecear las naves de manera preocupante. Cada oleada, enorme, era seguida por una hondonada impresionante. A menudo parecía que la nave se dejara engullir por aquellos profundos valles, con la proa que se precipitaba entre las volteretas de la espuma.

En un momento dado, no fue posible avanzar; había que virar de bordo y tratar de refugiarse detrás de la isla, volviendo, como mejor se pudiera, la popa al mar y manteniendo las olas en los llenos de popa.

Ahora los golpes de mar, elevados por el fuerte lebeche, se erizaban como finas cuchillas que, con las crestas cubiertas de espuma blanca y atravesadas por el sol, aparecían verdes. A medida que pasaban las horas el mar se hacía más tempestuoso. El viento arrancaba la espuma de la cima de las olas y la extendía sobre el mar en blancas cintas horizontales. Casi todas las velas estaban amainadas. Sólo las de los trinquetes y los foques pequeños del bauprés estabilizaban aún las embarcaciones, impulsándolas incluso demasiado. Estaban en medio de la tempestad: las oleadas golpeaban las naves en los raceles sacudiéndolas y haciendo gemir maderas y arboladuras.

A bordo, gran parte de los invitados estaban tumbados en los puentes inferiores. Vómitos y lamentos quedaban ahogados por el silbido del viento entre las jarcias y el arrítmico choque de las garruchas, que parecía fueran a romperse con los golpes. Ahora, las oleadas venían de popa y recaían delante de las proas, que entre una cresta y otra, parecían abismarse aún más en los amplios valles. Sólo tras varias horas, mientras caía el sol, en un cielo barrido por el lebeche, por fin se empezó a vislumbrar la azulada isla del Tino.

Alcanzarla significaba la salvación. En pocas horas

todas las maltrechas naves ganaron, con gran esfuerzo, el suspirado reparo, donde, aunque el viento seguía silbando, el mar estaba calmo y los huéspedes exhaustos pudieron por fin reposar.

Quien aún tuvo fuerzas consiguió comer un guiso caliente. Quizá al atardecer del día siguiente, el tiempo fuese mejor y entonces se podría intentar la última etapa.

En efecto, al otro día, al caer la tarde, el viento disminuyó y se tomó la decisión de partir, pero cerca de *Portum Delphini* el golfo estaba aún muy agitado y hubo que repararse de nuevo. Una parte de la flota ancló en esa bahía desprotegida, a la que los lugareños llaman Portofino, mientras los demás bajeles buscaban refugio en las ensenadas más próximas. Hubo otros dos días de espera enervante, antes de afrontar otra vez la mar.

Desde la noche de Pisa, Geraldo trataba de reencontrar en Melita a la criatura incitadora y maternal que lo alentó y ayudó tan dulcemente, pero ella había vuelto a ser la mujer que exhalaba misterio y animalesca sensualidad y que desde el primer encuentro lo había atemorizado.

Como siempre ocupada en embrujar a los cien cortejadores que la rondaban, era amigable y afectuosa con Geraldo, pero el muchacho creía tener otros derechos muy distintos. No podía aceptar ser uno de tantos, sólo pensarlo le resultaba intolerable y lo sacaba de sus casillas.

Soy yo su hombre, se repetía, me ha llamado «amor». ¿Cómo puede coquetear con todos esos hombres que no son nada para ella?

Zumbaba continuamente alrededor de ella, sin acercarse, para no mezclarse con los demás, a los que detestaba. Cada vez más desesperado, le parecía que su existencia había acabado y estaba seguro de que, durante toda su vida, odiaría a las mujeres, criaturas que se habían demostrado desleales e incomprensibles.

Pero bastaba una sonrisa de Melita para hacerle recuperar el aliento y el color. Durante los años que le quedaban de vida nunca amaría a otra mujer, y ya se veía viejo y cansado suspirando y llorando por el gran amor perdido.

Todo entre él y las mujeres había terminado para siempre, estaba seguro. Incluso trató de decírselo. Quizá se mataría, pero ella no parecía muy preocupada por su triste futuro y seguía acariciándolo y sonriéndole mientras lo invitaba a acercarse. Sin embargo, no le reservaba ningún privilegio sobre los demás, y a esto él no se resignaba. No podía intuir lo que esa extraordinaria criatura intentaba enseñarle. Lo entendería sólo más tarde.

Después de un día y una noche de navegación, en el centro del golfo aparecieron al fin las pizarras claras de los tejados de la soberbia ciudad de Génova y una liberadora emoción invadió a los navegantes.

Esa larga y angustiosa travesía por mar llegaba por fin a su término; todos estaban marcados por las desventuras afrontadas, pero sólo sobre algunos aleteaba la lóbrega sombra de los dos jóvenes asesinados.

8

El convoy llegó ante el golfo de Génova casi al atardecer. Para quien venía del mar, la ciudad y sus alrededores daban una impresión de armonía y poder difícilmente olvidable.

A poniente se extendía la larga playa de San Pier d'Arena, con sus casas alineadas hasta casi el litoral.

A levante, las rocas escarpadas de Malapaga protegían sólidamente la ciudad. En el centro del golfo, la vasta cuenca portuaria estaba limitada a un lado por el promontorio de San Benigno, en el que destacaba el Lanterna, el famoso faro, y al otro por el gran muelle externo de Levante.

El puerto estaba repleto de embarcaderos y diques. Gran cantidad de barcos de carga y de guerra oscilaban en sus protegidas aguas.

De espaldas al puerto, Génova se extendía soberbia hacia lo alto, como un anfiteatro de pizarra gris aclarada por el sol y los vientos salobres, rodeada por altos muros almenados, sólo interrumpidos por las torres de las puertas.

En el denso tejido urbano se destacaban iglesias, castillos, torres nobiliarias y la hermosa catedral de San Lorenzo, de mármol blanco y negro.

En primera fila, junto a los muelles, como una gema,

el importante Palazzo delle Compere, de San Jorge, banco y centro de poder comercial de todo el Mediterráneo y de más allá. En torno, en la cima de las colinas que rodeaban la ciudad, se veían los fuertes que, agazapados como si fueran gigantescos gatos, la defendían.

En aquellos tiempos Génova era, de hecho, un protectorado de los Sforza de Milán, por eso la llegada de Isabel de Aragón significaba también la primera visita de la nueva Duquesa a la ciudad. Toda la aristocracia, salvo la del exilio, y el pueblo habían acudido a recibirla con estandartes y pendones desplegados al viento maestral, bajo grandes arcos de flores y de papel de colores.

Los nobles estaban alineados sobre el muelle exterior: a la cabeza, el dux gobernador, Agostino Adorno, con Secondo Sforza, Annibale Bentivoglio y los suyos, luego los Grimaldi, los Fregoso, los Fieschi, los Doria, los Spinola, los Cattaneo, los Giustiniani y así sucesivamente los demás representantes de la aristocracia genovesa. Detrás de cada familia noble estaba alineado el correspondiente *albergo*, es decir, los grupos de aristócratas que integraban la misma parentela o el mismo blasón. Cada uno colocaba en cabeza el linaje más importante. Toda familia de un *albergo* participaba con su cuota en los mismos negocios y en los mismos tráficos; conspiraba en las mismas conjuras y, en el momento de la elección del Dux, todos sus miembros votaban a unanimidad.

El conjunto de los nobles y de sus *alberghi* era una escena de gran sugestión. Los jubones de *terciopelo de Zoagli* de vivos colores tejido con oro o plata, los birretes de paño con gemas y perlas, las vistosas plumas exóticas de tonos encendidos, las calzas divisadas con los colores de los linajes, todo ello dorado por el rojo sol del atardecer, producían una sensación de opulencia y de solemnidad.

La primera nave en acercarse al muelle fue la galera

real de Isabel, impulsada por el batir regularísimo de los remos, orgullo de capitanes y Cómitres y terror de los galeotes, a quienes un error en aquel trance comportaría la más cruel de las desgracias.

Cuando estuvo cerca, ante el grito del Cómitre: «¡Palpad!», los galeotes, en perfecta sincronía, pusieron la punta de los remos en el agua para frenar la velocidad de la embarcación.

Luego ante la orden «¡Levad remos!», todos los levantaron al tiempo. Después ante el mandato «¡Desarmad!», perfectos, como si fueran uno solo, los hicieron desaparecer dentro de la galera, que así pudo acercarse al muelle, entre los hurra de la multitud y los saludos de los *alberghi*.

A medida que se colocaban las pasarelas sobre los muelles, iban subiendo los nobles genoveses, con el dux Adorno a la cabeza, para saludar a la Duquesa, que, sufriendo aún por la travesía, estaba tendida, pálida y sin fuerzas, en la cámara de popa, rodeada de sus damas. De inmediato la princesa Isabel manifestó su intención de aplazar la salida hacia Tortona, pues en esas condiciones no se sentía capaz de afrontar el viaje ni, mucho menos, de encontrarse, tan mal ataviada, con su amadísimo Duque. Se alojaría durante algunos días con los Spinola.

Una tras otra iban atracando todas las galeras y, al final, maniobrando sólo con las velas menores, se acercó, grande y solemne, la carraca de los Caballeros de Rodas. Las veloces fragatas habían llegado hacía ya un buen rato.

Comenzó la estancia en Génova para los centenares de nobles y damas llegados desde Nápoles, que con su séquito superaban las ochocientas personas. Entre las recepciones, las comidas en las moradas patricias y las parrandas en las alegres tabernas, el tiempo pasaba mientras esperaban a que la Duquesa estuviera en condiciones de reemprender el viaje hacia Tortona a través del Apenino nevado.

A pesar de los apremios de Ludovico el Moro, Isabel, con la infantil testarudez que le era propia, no se decidía a partir.

Toda la comitiva experimentaba dos sentimientos opuestos. Por un lado, el deseo natural de poner término al fatigosísimo viaje, y por otro la triste certeza de que ese mundo efímero y brillante, creado durante la larga convivencia, estaba a punto de acabar.

Había sido un período breve e irrepetible que dejaría una huella profunda en su existencia, pero al que, inevitablemente, el banquete de Tortona pondría fin.

También los cuatro Legados bajaron al muelle en compañía de sus damas, del príncipe africano Mansour y de los tres amigos del joven Duque que, cada vez más asustados y desconcertados, miraban sospechosos alrededor, manteniéndose muy cerca de los demás.

Apenas desembarcados asistieron a una escena singular: cuatro arqueros subieron a bordo de la carraca en la que habían viajado y descendieron arrastrando al judío Moisés da Corteolona, esposado e implorante.

—Entonces ¿deberíamos pensar que es éste el asesino? —preguntó poco convencido Manetto dei Portinari—. Menos mal que lo han encontrado, así la historia se puede dar por terminada —añadió con un ademán de alivio el borgoñón, un poco cínico.

Apenas tuvieron tiempo para preguntar a los arqueros adónde lo conducían, cuando el escuadrón desapareció entre las barracas del puerto. Lo estaban llevando a las cercanas prisiones de Malapaga.

Su grupo fue alojado en una hospedería próxima al embarcadero, casi en la playa del barrio de los Peciari. Entre el muelle y el puente de los Borgognoni, los artesanos embreaban las quillas de los bajeles o de las gabarras para hacerlas impermeables. Por todas partes había fuegos siempre encendidos que mantenían hirviendo grandes calderos de alquitrán líquido. Las emanaciones pegajosas de la pez, no demasiado desagradables, se expandían en torno e impregnaban los trajes y los cabellos. El olor invadía también una hospedería que estaba cerca de allí, El Delfín Coronado. El nombre era bastante pomposo, pero el aspecto era más bien modesto.

La marquesa de Valladolid parecía sentir, más que ningún otro, el peso del próximo e inevitable epílogo de su amor; la hija, también consciente de que vivía los últimos días de su aventura, se mostraba cada vez menos prudente en esconder su relación: a veces daba la impresión de querer desafiar a su madre, hasta el punto de que llegaba incluso a enfrentarse con ella. Por su parte, Manetto dei Portinari, que en general era un joven de actitudes muy racionales, ya no conseguía controlar la situación y se dejaba arrastrar por una corriente de sentimientos, cada vez más peligrosos y enredados, a los que ambas mujeres lo habían inducido.

Aunque mantenía su modo indolente y pasivo hacia sus muchos cortejadores, Dona Andrea sólo concedía sus gracias a su hermoso Príncipe negro, del que no se separaba nunca, como si quisiera remediar la brevedad de las horas que le quedaban para compartir con él y, abandonado su natural talante, había asumido una actitud casi audaz.

La compañía seguía con interés las distintas vicisitudes sentimentales de Dona Isa y Dona Evelyne. Esta última no cesaba de cultivar un amor simple, a base de dulces miradas y breves contactos de los dedos o las rodillas, con el taciturno y melancólico Zane dei Roselli. Mientras tanto proseguía serenamente su relación, a un tiempo tierna y sensual, con Dona Isa. Por otra parte, el hecho no parecía molestar ni al veneciano, que sólo tenía ojos y atenciones para la hermosa Evelyne, ni a su espléndida circasiana, que dirigía sus privanzas un poco a todos, con una gracia y una fascinación raras en una criatura nacida en las salvajes pendientes del Cáucaso, lejos de la civilización de las grandes Cortes.

El fervor amoroso del Legado borgoñón despertaba una considerable curiosidad. Thierry de Commynes parecía muy feliz por alojarse al lado del puerto. No se cansaba de admirar desde la ventana de su cuarto a los musculosos mozos que, perfumados de pez y medio desnudos a pesar de la estación invernal, sudaban en torno a los calderos bullentes en la cercana escala de las gabarras. Algunos, situados uno arriba y otro abajo, maniobraban las grandes sierras cortando gruesos troncos de abeto para hacer tablones.

A menudo reclamaba su atención con breves saludos de su aristocrática mano y con graciosos y alusivos guiños. Su admiración tuvo que traducirse muy pronto en algo más concreto, pues sus amigos lo veían a menudo eclipsarse furtivo entre las barracas del puerto.

Cuando regresaba tenía los ojos un poco vidriosos, el andar muy relajado, y olía a suaves vapores de pez. Los amigos, aunque sentían mucha simpatía por él, comentaban con sarcasmo sus encuentros con los vigorosos mozos.

El mantuano, Basso Folchini, había establecido, como tenía por costumbre, una veloz y sabrosa relación con la sirvienta de la hostería, mujer lozana y apetitosa, siempre dispuesta a la réplica lujuriosa en su cantarín y casi incomprensible dialecto ligur.

Los Legados comentaban a menudo los trágicos acontecimientos del viaje y estaban cada vez más convencidos de que Moisés no era el culpable del doble asesinato, aunque no decían nada a los amigos del Duque para no agravar su preocupación. El manso usurero parecía la persona menos indicada para cometer homicidios, y menos aún de ese modo tan inútilmente espectacular. Es cierto que el judío sentía un fuerte resentimiento hacia los amigos de Gian Galeazzo, tan altaneros y, por añadidura, orgullosos de su impunidad, siempre listos para mofarse de él y de su crédito. Pero la idea de asesinar a dos personajes tan conocidos sólo para atemorizar a los demás e inducirlos a hacer honor de su deuda no se correspondía con su carácter, siempre dispuesto a mediar y tan respetuoso de la autoridad de los potentes. No; no podía haber sido él quien desafiara, de manera tan teatral, el prestigio de Gian Galeazzo, que, si bien desacreditado, seguía siendo el duque de Milán.

Circulaba la voz de que partirían al día siguiente, lo que indujo a los cuatro a pedir autorización para visitar al pobre Moisés da Corteolona en las prisiones de Malapaga, en la parroquia de los Santos Nazario y Celso, en lo alto del puerto.

Era una tarde lluviosa, grandes nubes bajas y negras entraban velozmente desde el mar hacia las montañas del Apenino, oscureciendo el cielo ya gris.

—Lloverá —dijo el arquero que encontraron en la puerta de la prisión—; cuando las nubes van a la montaña, coge el jergón que el agua te baña.

Contento de su propia sabiduría, no fue estricto, como de costumbre, en el control de los pases, sino que introdujo sin demora a los cuatro visitantes en el cuerpo de guardia.

Entraron en el tétrico edificio, donde muchos años antes Marco Polo estuvo prisionero y dictó a Rustichello da Pisa, su compañero de celda, las memorias de su extraordinario viaje a Oriente.

Los Legados temblaban de frío y tristeza, incluso bajo las cálidas capas de paño de Prato.

Superado el cuerpo de guardia, recorrieron un largo corredor hediondo al que se asomaban las celdas. Espesas puertas de alerce trabadas con resistentes cerrojos daban paso a los que se encontraban en aislamiento o a los recluidos por delitos políticos o contra la seguridad de la República.

El veneciano Zane dei Roselli comentó con mucha melancolía:

—Quién sabe cuántos, en cada país e incluso en mi propia patria, languidecen, quizá inocentes, en cubículos oscuros y húmedos como éstos, donde están obligados a respirar un único hilo de aire y a ver la poquísima luz que consigue entrar por las bocas de lobo cercanas al techo.

La triste visión parecía haberlo impresionado mucho.

Al fondo del corredor una reja daba acceso a una escalera de pocos peldaños que descendía hasta una gran sala con arcos y columnas, semejante a una iglesia. El suelo era de tierra batida. De pronto, el hedor de suciedad, excrementos y muerte golpeaba como un puño en el estómago.

En la gran sala de tres naves estaban instalados los ladrones, violadores, tahúres y asesinos, todos ellos delincuentes comunes a la espera de condena o ya condenados. Según la gravedad del delito algunos simplemente estaban encadenados por los pies, otros sentados contra el muro, con las piernas abiertas por un yugo que bloqueaba los tobillos y con los brazos atados a las paredes, otros más estaban literalmente colgados de los muros. Además, había algunos, a decir verdad pocos, completamente sepultados en el suelo, sólo con la cabeza fuera de la tierra y destinados a morir en esa posición.

Por la longitud de las barbas, el cabello y las uñas, y por el estado de sus indumentos, se podía inferir desde cuándo se encontraban en esa condición. También se deducía por las llagas que los hierros habían abierto en las muñecas y los tobillos con el pasar de los meses. Grumos de gusanos se movían entre las heridas, pero pocos prisioneros tenían las manos libres para poderselos quitar. Estaban obligados a orinar y defecar en su sitio y ni siquiera podían volverse sobre un costado, pudriéndose así en sus propios excrementos. Algunos que parecían más afortunados no llevaban cadenas ni en las manos ni en los pies, pero sólo porque, durante las torturas, les habían roto las piernas y los brazos y no podían escapar. Desde una habitación contigua se oían, de vez en cuando, los aullidos de los torturados. De noche los gritos acrecentaban las pesadillas de los detenidos.

En toda esa fetidez de efluvios y humores humanos, de podrido, de excrementos y de vapores, entre el lamento de los moribundos, unas figuras femeninas, vestidas de negro y con un largo velo que les ocultaba el rostro, daban vueltas con cestos de mimbre y frascas cubiertas de paja. Eran las damas del oratorio de San Siro, que hacían obras de caridad, visitando a los encarcelados y llevándoles un poco de comida caliente y un sorbo de vino aguado. Se acercaban a los miserables y, con cautela, trataban de lavar las plagas con agua y vinagre. Luego les pasaban un trapo húmedo por el rostro hirsuto y sufriente. A los que no podían mover los brazos para alimentarse, les llevaban la comida a la boca con una cuchara de madera. A los enterrados hasta la cabeza y a los ya próximos a la muerte les daban un poco de aguardiente y algunas cucharadas de polenta de trigo templada, mezclada con miel. Como una sombra marrón, seguía a las pías damas el hábito de un franciscano que pasaba entre los condenados, que no lo insultaban, para confesar, bendecir y absolver a los reclusos e impartir la extremaunción a los moribundos.

Al fondo de la gran sala, sobre un estrado de madera cubierto de paja, estaba tendido Moisés el Judío. Solo tenía un tobillo sujeto a una cadena, lo suficientemente larga como para permitirle ponerse de pie y dar algunos pasos. No había sufrido torturas y lo habían situado entre los prisioneros de respeto. Merecía este privilegio por ser un hombre del Moro y porque los carceleros aún esperaban instrucciones de Milán.

En cuanto vio a los Legados, Moisés los recibió con esa sonrisa triste con que, desde hace siglos, su gente acostumbra aceptar todas las injusticias, como si fueran eventos naturales. Los gentileshombres le habían llevado vino, pan, queso y una capa espesa para echársela por encima. Zane dei Roselli, que parecía el más afectado por la reclusión del judío, le llevó como obsequio un paquete de *fruta confitada*, una especialidad de Génova, y también aguardiente con ruda que, a decir verdad, se usaba como digestivo, y, en cualquier caso, calentaba el estómago.

Intercambiaron con el detenido pocas palabras, porque ninguno sabía qué decir. Debido a las miasmas, a alguno de los Diplomáticos le costaba no vomitar. Cuando salieron a la oscuridad de la noche, las violentas y casi tibias rachas del siroco sacudían la lluvia, que a ráfagas fuertes se metía por todas partes. Lentamente bajaron hacia la hostería, en el muelle de los Borgoñones.

Frente al portón del hostal, sobre la arena de la playa donde estaban los pequeños astilleros para la construcción de cascos y gabarras, el trabajo era vivaz. A pesar de la penumbra, los maestros de hacha seguían martilleando rítmicamente las cepas de madera y los clavos que mantenían unidas las barcazas usadas para desplazar las mercancías en el puerto. Otros, con grandes cazos, recogían el alquitrán que hervía en enormes calderos de hierro, apoyados sobre un trípode, lo que permitía darles la vuelta sobre la arena cuando la pez ya no servía. Bajo los calderos, el fuego debía permanecer encendido día y noche, especialmente en invierno, pues de otro modo el alquitrán se endurecía con rapidez y a la mañana siguiente se habrían necesitado muchas horas antes de poder reanudar el trabajo. Con la pez y la estopa se calafateaban los huecos entre los tablones de las naves. Para sellarlos bien se usaban unos hierros especiales que los maestros de hacha golpeaban con sus ágiles martillos. Luego embreaban toda la tablazón para protegerla del agua y del salitre.

Los Legados, sacudiéndose la lluvia que había empapado sus capas, entraron silenciosos en el Delfín Coronado, mientras aún se oía el martilleo rítmico de los peones.

Los ruidos sólo cesarían cuando la noche se hiciera tan sombría que impidiera a los trabajadores ver la punta del mazo. Al otro lado del puerto, en la colina de San Benigno, se recortaba la silueta de la Lanterna de Génova, negra sobre el fondo del cielo de Occidente, que en esa dirección tardaba en oscurecer. En lo alto del faro, las llamas de la hoguera, que quemarían hasta el alba para orientar a los navegantes nocturnos, comenzaban a derramar resplandores rojos.

Quizá a causa de la extraordinaria visión de la prisión, o por la noche húmeda y tediosa, los jóvenes parecían angustiados por infaustos presagios. De todos modos, más tarde saldrían con las damas, sus amigas, e irían a cenar y a divertirse a la Taberna de la Puerta Soprana.

De vuelta al Delfín Coronado recibieron la noticia de que al día siguiente la Duquesa se pondría en camino, a través de los escarpados desfiladeros del Apenino, para reunirse con su esposo en Tortona.

Cuando dejaron el hostal, la noche ya había caído oscura y ventosa. Las gabarras del embarcadero estaban envueltas por las tinieblas y el silencio. Solamente los fuegos ardían aún bajo los calderones de la pez, que expandía su penetrante olor. El siroco desplazaba hacia los montes densas nubes negras y sólo de vez en cuando aparecía, entre el pasar de las nubes, la débil claridad de una luna velada. El viento silbaba y se introducía por la estrecha calleja que, desde el mar y en empinada pendiente, subía hasta la puerta Soprana, pasando junto a la catedral de San Lorenzo.

El grupo de amigos iba precedido por un siervo que trataba de iluminar el camino con la luz temblorosa de una linterna flamenca. La pandilla tenía que detenerse de vez en cuando para permitir a las señoras recuperar el aliento, pues las suntuosas y largas vestes, desordenadas por el viento, las hacían torpes y pesadas. Mientras, los jóvenes caminaban riendo y bromeando con estrépito, quizá para darse valor, por la callejuela oscura entre ecos y golpes de viento.

De cuando en cuando, en la oscuridad de los callejones, se oía el estruendo de los pasos y las voces de los marineros achispados, que bajaban hacia el puerto. Sus siluetas aparecían de improviso sólo cuando entraban en el haz de luz del Lanterna.

Pasaron junto a la catedral, que inmersa en la oscuridad tenía un aspecto surreal. A la derecha de la fachada se distinguía, a duras penas, el perfil del campanario construido, como todo el edificio, alternando las tan características listas de piedra clara y oscura.

En la base, las tres amplias bocas negras de los portales parecían inspirar las tinieblas, dando la impresión de que la parte superior flotase, gris, en la oscuridad. Arriba, en el centro de la fachada, un enorme y redondo ojo de cíclope parecía mirar fijamente a los viandantes con la claridad de sus radios de mármol blanco. En la parte alta del ascenso, cerca de las torres de la Porta, estaba la entrada a la taberna, iluminada con antorchas resinosas.

Los cuatro Legados, Dona Isa, las dos de Valladolid, Dona Evelyne, Dona Andrea con su Príncipe moro, la circasiana y los tres amigos del joven Duque entraron entre grandes reverencias de los sirvientes. Las señoras se detuvieron en la entrada tratando de arreglarse los peinados y los vestidos deslucidos por el siroco.

La conocida Taberna de Puerta Soprana era muy frecuentada y, durante las noches en que no había cenas o bailes oficiales, muchos de los llegados desde Nápoles se daban cita en ella.

El amplio local, en la planta baja, estaba iluminado con velas y con los resplandores de los hornos y los asadores. La humanidad propia de un gran puerto marítimo presentaba aquí su exótico y variopinto muestrario.

Españoles, africanos, árabes, germánicos e incluso orientales de ojos almendrados se reunían en el mesón para comer y tratar de aventuras y negocios. Clientes de todo tipo ocupaban ya las mesas: capitanes de mar, Cómitres, oficiales de los arqueros, mercaderes, señoras y mujercillas de toda especie y color, todos ellos dedicados a comer, beber y jugar. El vocerío era fuerte y resultaba difícil hacerse entender.

En general, se jugaba a los dados o a las cartas pero, detrás del mostrador del bar entre el bullicio, el biribís atraía a muchos clientes a apostar sus dineros.

Aunque el biribís era un juego de azar prohibido, castigado con graves penas, entre los jugadores también había esbirros y arqueros que no parecían preocuparse por ello. Cuando la flecha, tras girar, se detenía sobre una figura por la que alguien había apostado una suma fuerte, el alarido de los jugadores y de los espectadores sacudía toda la taberna.

Sujetas con cadenas a las vigas negras del techo, había celosías de madera, donde se conservaban jamones, tocinos, salchichones y los más variados quesos, para defenderlos de los insaciables dientes de las gallardas ratas del puerto.

En las paredes pintadas de colores, ya ahumados, se veían ingenuas sirenas de grandes tetas, que se ofrecían a deseosos marineros, y dragones bonachones heridos por belicosos san Jorge mientras, atadas a las rocas, complacientes vírgenes volvían sus ojazos al cielo, desnudas e implorantes.

También dibujados en los muros, junto a los edictos de la Señoría y las prohibiciones legales, había anuncios advirtiendo «hoy no se fía, pero mañana sí», que se exhibían en todas las tiendas de la ciudad. En una pared estaba expuesto un bando de los *Protectores de la Redención de los Esclavos de la Serenísima República de Génova*, que fijaba los criterios para afrancar a los esclavos cristianos pertenecientes a familias indigentes, que no podían permitirse pagar el rescate de sus seres queridos. A tal fin se organizaban colectas por parte de hermandades, parroquias y guildas, pero los hombres y mujeres cristianos reducidos a la esclavitud eran demasiados, y los medios disponibles nunca eran suficientes. Todos los que viajaban por mar vivían con el terror de acabar esclavizados, y bastaba la simple visión del bando para recordarles la horrenda perspectiva. Por eso los marinos que entraban en la taberna trataban de no mirar hacia aquellos manuscritos o se volvían hacia otra parte apenas los veían.

Por entre las mesas, un fraile capuchino de barba larga daba vueltas y pedía un óbolo con un manoseado cesto de juncos sobre el que se leía: «Para el rescate de los esclavos pobres.» La gente de mar, en este caso, era bastante generosa en sus ofrendas.

La calígine de los fuegos y las candelas velaba todo el local. En esa atmósfera densa de olores, humos y alboroto, los sudados mozos llevaban hasta las mesas, con habilidad y manteniéndolas bien altas, grandes fuentes y cuencos de loza cargados de comida caliente y humeante.

Sobre una tarima, un grupo de hombres sin bigotes y con el cráneo completamente rapado, salvo un mechón de pelo en la coronilla, típico de los esclavos orientales, tocaban las nenias eróticas y nasales de sus tierras con extraños instrumentos. Al fondo, una hilera de toneles separaba la zona reservada a la gente común de la de los nobles y oficiales, donde vigorosas muchachas estaban atareadas llevando platos y bocales de estaño y manteniendo limpios los bancos, repasándolos con trapos húmedos. En una de estas mesas, esperando a sus amigos, estaba sentado Lamba Fieschi con dos hermosas señoras genovesas, Obiettina y Ranuccia Fregoso.

El tabernero, muy obsequioso, fue enseguida al encuentro de la compañía y comenzó a ponderar las especialidades del local: los preparados al horno, como las gachas de garbanzos, las hogazas, los rellenos; sus famosos asados de cerdo y de vaca o las empanadas de verduras, de pescado y de ojos de cabrito, los sabrosos rollitos de ternera y la famosa torta genovesa de acelgas con huevos y queso. Por último, los quesos de Piamonte, ya fueran dulces o picantes, y los de oveja de Cerdeña.

En cuanto a los vinos, era suficiente leer los nombres escritos con tiza en los toneles para juzgar su variedad y excelencia: *malvasía perseghina, malvasía dulce de Grecia, romania de Lepanto y vino de Chipre, tinto Garbo, garnacha de Verona, moscatel de Candía, vino de Filleo*...

Entre los dulces, además de las famosas frutas confitadas de Génova, había tarta de membrillo y *canestrelli*. El tabernero explicó a los forasteros que eran unos deliciosos dulces en forma de estrella, con un agujero en el centro, hechos de un tercio de harina, un tercio de azúcar y un tercio de mantequilla. Siendo la época de las fiestas de fin de año, había quedado también un inmejorable *pan dulce de Navidad* con frutas confitadas, piñones y pasas de uva.

El veneciano, que era un buen entendedor de vinos,

echó un vistazo a los nombres y precios escritos en los toneles y pidió, para empezar, malvasía dulce del Peloponeso para las señoras y vino de Chipre para los hombres. Después hizo llevar también *garnacha de las Cinque Terre*.

Comenzaron a llegar a la mesa menestras humeantes de callos de buey cubiertas de queso, hermosos perniles *dorados* de carnero con relleno picante y lardeados de clavo. Luego fue el turno de las, apenas deshornadas, gachas de garbanzos bien pimentadas y de las tortas tibias de acelgas con huevos.

La pandilla empezó a animarse, acalorada por la comida y el vino. Las señoras, con los pómulos y las orejas sonrosadas, concedían licencias cada vez más audaces a sus cortejadores, que a su vez excitados por tanta bebida se mostraban disolutos. La circasiana se dividía con igual ánimo entre el amigo del Duque, el joven marqués Ugoleto, y las ocurrencias de Thierry de Commynes.

El veneciano, Zane dei Roselli, siempre indiferente a las evidentes coqueterías de su bella circasiana, charlaba con Fieschi sobre la situación del tráfico marítimo de Génova, pero no dejaba de seguir con la mirada a su vecina Dona Evelyne. Los dos tenían las manos encima de la mesa y sus dedos, de vez en cuando, se rozaban en una caricia. También sus rodillas se tocaban, y ella sentía, con un estremecimiento de placer y de ternura, el calor del contacto delicado y reticente con el cuerpo de él.

Fieschi ciñó con un brazo la cintura de Dona Isa mientras explicaba al veneciano cómo se había intensificado el tráfico con España y más allá del estrecho de Gibraltar.

—En este momento, nuestros navegantes tienden a llegar hasta las islas Canarias y las Azores, aunque hay quien cree posible avanzar aún más a poniente. ¿Veis a ese que está allá, con barba de navegante, sentado a la mesa con dos pilotos y un Cómitre? Es un capitán de mar, Bartolomé Colón, y está tratando de convencer a alguien, aquí, en Génova, de que financie una expedición ideada por su hermano. Cristóbal, que así se llama, va diciendo por ahí que quiere «buscar Oriente par l'Occidente» e imagina un viaje hacia el extremo ocaso porque es en esa dirección donde espera encontrar Catai. Creo que Bartolomé Colón está aquí precisamente porque confía en encontrar apoyo de la Señoría o del Banco de San Jorge. Pero por lo que he oído, entre nosotros, nadie lo toma en serio. Cristóbal, que ahora se encuentra en España, dice que tiene en su mano pruebas ciertas de la existencia de un mundo desconocido a poniente. Este mundo, según él, sólo puede ser el Catai visitado por Marco Polo. Como prueba, sostiene que a las playas de Madeira el mar ha devuelto el cadáver de un hombre con rasgos de una raza ignota. Según Colón y otros fantasiosos como él, a estas islas, también llamadas *islas Flamencas*, parece que llegan hojas exóticas traídas por el océano y pájaros migratorios que desde Occidente alcanzan sus costas para reposarse. Pero estamos en el año 1489 y hoy en día ya nadie cree en las quimeras de otros tiempos. También yo considero que esta nueva tierra no existe, porque pensar lo contrario sería negar las convicciones de nuestros padres y de nuestros expertos cartógrafos. Tampoco creo que alguien sea tan temerario como para financiar semejante empresa. A lo sumo, se podría descubrir, aunque tengo mis dudas, alguna islita como São Miguel o Lanzarote, y tanto esfuerzo no merecería la pena. Además, es conocido por todos que en un punto dado, hacia poniente, una vez superada Madeira, aparecen nieblas densísimas y se oye un inmenso fragor que crece a medida que se avanza hacia Occidente. Luego se llega al báratro. El mar entonces se precipita en un torbellino de espuma que sube hasta el cielo, y con él naves, hombres y peces caen en un abismo sin fondo, en una inmensa perdición sin retorno. En todo caso, mi familia no tiene ninguna intención de correr semejante riesgo, basándose sólo en unas tan vagas afirmaciones. Pero hay que decir que ese Cristóbal Colón, cuando estuvo aquí, en Génova, al servicio de los Spinola y de los Di Negro, se demostró un magnífico navegante y un hombre temeroso de Dios. Lástima, capitanes así podrían tener riquezas y fama. En cambio, por una fijación maníaca, pasan por visionarios y acaban descuidando a su familia y obligándola a vivir en la miseria.

Entretanto, la alegría había aumentado en el grupo. Doña Juana y su hija, Inmaculada, seguían bebiendo el *vino dulce de Grecia*, mientras ambas se prodigaban en caricias y frases audaces que susurraban al oído de Manetto.

A la mesa seguían llegando *pasas de Morea*, uva moscatel de España, rosquillas, dulces de miel y un cesto grande con piñonates y fruta confitada de Génova. Todos empezaron a lanzarse trozos de dulces, confites y fruta almibarada. Las manos volaban entre los amplísimos escotes de las *vestes a la francesa* y bajo las amplias y complacientes faldas. Risas y falsos reproches cada vez más enérgicos animaban al grupo. Era evidente que cada uno de ellos se preparaba para una alegre y loca velada.

Ya sonaba la hora sexta de la noche cuando, saciados de comida y vino, los amigos se levantaron de la mesa y se pusieron las capas para afrontar los callejones ventosos. El tabernero, cada vez más obsequioso, distribuyó linternas flamencas para adentrarse en las callejas oscuras de la ciudad.

Salieron atravesando Porta Soprana y se encontraron ante una iglesia con el claustro abarrotado de columnas. Aquí los amigos se dispersaron por los callejones estrechos que descendían hacia el puerto. Durante un rato, en la oscuridad de la noche desierta, unos grupos oían a lo lejos las carcajadas y el alboroto de los otros.

Ya ebrios, los amigos del Duque, con la circasiana, Ranuccia y Obiettina Fregoso, buscaban otra taberna donde se pudiera bailar.

Abrazadas al Legado florentino, la madre y la hija de Valladolid bajaban hacia el hostal El Delfín Coronado. Dona Andrea se apretaba bien fuerte a su corpulento moro, mientras que Dona Isa aceptaba gustosa los muy calurosos abrazos de Fieschi, respondiendo al mismo tiempo a las divertidas ocurrencias de Thierry de Commynes.

Los contactos furtivos, aquellas miradas llenas de ternura que iban más allá, dejaban cada vez más perpleja a Dona Evelyne, que durante toda la cena había pensado en su insólita relación con Zane dei Roselli. Se preguntaba por qué todo no se desarrollaba con naturalidad. Sin duda, no era por la presencia de la circasiana, que parecía ocupada en muy distintos asuntos.

Caminaban juntos, cogidos de la mano, mientras él iluminaba con la linterna las callejuelas que descendían hacia los barrios del puerto. Antes de llegar a la catedral, se encontraron en una plazoleta con una pequeña iglesia de estilo antiguo, también decorada en franjas de piedras blanca y negra.

Era la iglesia de San Mateo. A la izquierda de la fachada, un arco ojival daba acceso a un pequeño y elegante claustro. El corredor que atravesaba sus cuatro lados estaba delimitado por un murete en el que se apoyaba, de dos en dos, una serie de finas columnas que sostenían los arcos góticos. En las paredes de la galería estaban enlosadas las lápidas tumbales de los Doria, familia a la que pertenecía la iglesia. En el centro, apenas iluminado por la luz de la linterna, se entreveía un jardincillo con hierbas, flores y un brocal.

En aquel lugar reinaba un silencio pleno de misterio y de gracia. Sin hablar, se sentaron en el murete posando en él la linterna. Evelyne, con la espalda apoyada contra dos de las columnillas, hizo recostar a Zane, le levantó dulcemente la cabeza y se la apoyó sobre el regazo. Él sentía su tierno e íntimo contacto mientras seguía mirando los arcos que estaban por encima de ellos.

Sólo después de un rato cogió lentamente la mano de Evelyne y la besó. Estuvieron así mucho tiempo, saboreando el silencio tranquilo de aquel pequeño lugar sagrado. Ella era feliz, aunque estaba un poco confusa. A pesar de sus esfuerzos no lograba descifrar el comportamiento de Zane. ¿Por qué tanta ternura, tanta atracción, si luego todo quedaba así, sin ni siquiera un beso? ¿Cuándo se decidiría a amarla como ella deseaba? ¿Acaso estaba enfermo o era impotente? Evelyne se daba cuenta de que algo lo inquietaba, lo advertía en su respiración y en su manera nerviosa de mover las manos.

Por fin, como si hubiera madurado una decisión largamente sufrida, Zane se sentó. Le ciñó los hombros con un brazo, la atrajo hacia sí y la besó en la boca.

No era un beso tierno, como ella habría esperado, sino algo ardiente y desesperado al mismo tiempo. Luego el veneciano se levantó, la empujó con dulzura contra el muro del claustro, estrechándola con fuerza, y comenzó a rozarle el cuello con los labios y a besarle la nuca. Escalofríos de placer la hicieron estremecerse mientras no podía dejar de advertir la indudable excitación de él contra su cuerpo. Percibió con claridad que Zane, con ese abrazo, quería transmitirle un tácito mensaje.

Cuando el campanario dio la hora nona de la noche, salieron a la plazoleta de los Doria y se encaminaron por las callejas hacia su alojamiento. De los demás amigos ni siquiera la sombra; quién sabía adónde habían ido para acabar la velada.

Pasaron delante de los calderos de pez del embarcadero y entraron en la hospedería. En el pequeño claustro, algo había cambiado entre ellos y Evelyne lo advirtió cuando, con un largo, casi doloroso beso, se separaron delante de la puerta de la habitación de las señoras.

Se acostó junto a su amiga Isa, que ya dormía. Se sentía cada vez más desconcertada y sólo sabía que Zane la estaba embrujando con su encanto y su silencio misterioso. No estaba habituada a semejante comportamiento; hasta ahora los hombres —o las mujeres— que había conocido siempre trataban de poseer su cuerpo más que suscitarle estremecimientos de amor. Pensando en esto se abandonó a un sueño dulce surcado por recurrentes inquietudes.

La claridad del sol aún no había iluminado el levante, cuando toda la hospedería se despertó con ruidos y gritos crecientes que llegaban desde la playa. Con el débil esplendor del amanecer de invierno, desde las ventanas se distinguía a los maestros de hacha y a los mozos del muelle que formaban un corro, agitándose y vociferando en torno a algo que, entre las tinieblas, no se conseguía ver bien. Llegaron los arqueros y los huéspedes del Delfín Coronado, damas y Caballeros, comenzaron a bajar a la playa embozados como mejor podían. Frente a sus ojos, ante la deslizante luz de los fuegos que ardían bajo los peroles, se presentó una escena irreal.

La gente se amontonaba en torno a una gran mancha circular de pez, sin duda derramada sobre la arena desde uno de los calderos. Era un enorme disco negro en cuyo centro se intuía una extraña protuberancia. La luz antelucana delineaba unas formas que tenían algo de humano. Los más cercanos empezaban a comprender. En el centro del círculo oscuro ya se distinguía el trágico bajorrelieve de un hombre tendido boca abajo y cubierto por la pez. El betún se había endurecido por el frío de la noche y algunos maestros de hacha, con sus herramientas, trataban de levantar de la arena el gran cerco negro.

Casi sin respirar, los presentes seguían el levantamiento de la inquietante forma. Poco a poco, con el uso de picos y palanquetas, el macabro disco comenzó a separarse de la arena y fue enderezado lentamente por medio de maromas y estacas. Cuando, gracias a la fuerza de muchos hombres, se pudo colocar en vertical, un grito de horror se elevó desde la pequeña multitud. En el centro de la esfera, del lado que había quedado apoyado en el arenal, donde la pez no se había infiltrado, apareció, como un espeluznante camafeo, el cadáver de un hombre sucio de arena.

Un arquero se acercó sosteniendo una antorcha y con la otra mano empezó a sacudir la arena de la ropa del muerto que no había quedado encastrada en el betún. Entonces, quedó claro que se trataba de un joven y elegante Caballero. Su jornea estaba empapada de sangre, que debió caerle desde la espalda, porque por delante no había traza de heridas.

Cuando el arquero le limpió el rostro y la luz de la antorcha lo iluminó, apareció el rostro espectral del joven marqués Ugoleto Crivelli. Otro amigo del Duque.

El tercero.

9

—¿Sabríais decirme, micer Embajador, por qué este vino se conserva durante tanto tiempo? Aquí, después de un año o dos, como máximo tres, se vuelve ácido. Sobre todo el de los campesinos, a pesar de que lo trasvasan a unas frascas de loza esmaltadas por dentro, que deberían ser ideales para conservarlo —dijo el Gran Cocinero mientras seguía atareado en el fogón.

—Os diré, maese Stefano, que yo he estado, al servicio de mi señor, en la Corte del duque de Borgoña, y allá las cosas se hacen de un modo muy distinto de aquí, en Italia. Para empezar, como ya sabéis, ellos usan esas botellas de vidrio oscurísimo, casi negro, que no deja pasar la luz; la luz estropea el vino al igual que estropea el aceite de oliva. Además los recipientes de vidrio son más impermeables que las frascas de loza y tienen un cuello tan largo y tan fino que no entraría ni mi meñique. Cuando enfrascan, con la luna adecuada, esto es importante, cubren la boca de la frasca con un tapón de madera blanda, bien embebido en la cera amarilla de abejas y al final lo sellan todo con lacre rojo. En nuestra tierra, las escasas botellas y las frascas se cierran casi siempre con poco cuidado, por eso el vino se vuelve ácido enseguida. ¿Vos sabéis, maese Stefano, que estando en tierras de Francia me dijeron que el primer reglamento del vino de *Saint Émilion*, en la zona de Burdeos, se remonta a antes del 1200? ¡Hace casi trescientos años!

—Acá —replicó el Cocinero— los blancos son los que se conservan peor. Después de dos años ya no están buenos, pero he oído decir que en Borgoña hay vinos blancos que duran cinco o seis años. ¿Es verdad?

—Más aún, caro amigo, precisamente en Borgoña, en la zona de la Côte de Beaune, hay blancos que sólo son buenos si se beben pasados diez o doce años, no antes. Algunos vinos blancos licorosos de la zona de la Gironda pueden durar incluso cincuenta o sesenta años... ¡y no hablemos del vino *galant*, que cocido y saturado de especias dura para siempre!

Y así, entretenidos, maese Stefano y el Diplomático cataban, como expertos, la botella de viejo Borgoña tinto que acababan de abrir dejándolo cerca de un fogón para que alcanzara su justa temperatura.

Trotti, como buen entendedor, hacía girar el líquido en el vaso y observaba con escrúpulo su color rubí, que en los bordes adoptaba tonos amarillos, lo olía durante un buen rato para captar su aroma y, luego, bebía una pequeña cantidad. Lo hacía pasar de una mejilla a la otra y, al fin, lo mandaba al fondo de la boca, contra el paladar, para apreciar su regusto.

—Mirad, querido —continuó micer Jacopo—, estos ilustres vinos no tienen un único sabor, sino un *bouquet* de sabores, como se dice en Francia; muchos sabores en el mismo sorbo que se pueden degustar uno tras otro o incluso juntos. Son bebidas de dioses creadas para pocos...

En ese momento entró de nuevo en la cocina el gran limosnero de la Corte, monseñor Ottaviano da Melzo, quien después de saludarlos se sentó junto a ellos. Aún se lamentaba de las fatigas que había soportado en el viaje por tierra, desde Pisa hasta Tortona, pues quería llegar a tiempo para preparar la bendición de los novios, que se celebraría en la catedral antes del gran banquete.

También al Limosnero, prelado glotón del grupo de amigos de maese Stefano, le estaba permitido acceder a la cocina y apreciar sus especialísimos manjares. Su corpulencia delataba, sin posibilidad de duda, sus inclinaciones gastronómicas. Completamente esférico, bajo la túnica violeta sacaba a pasear una gran barriga que a menudo golpeaba con sus regordetas manos y gesto complacido. Una boquita rosa y una naricilla, que desaparecía entre las dos considerables mejillas siempre muy coloreadas, le daban a su carota rolliza un aire de niño goloso. Sólo los ojos, vivacísimos y escrutadores, contrastaban con el resto. Al caminar lanzaba ora un lado del vientre ora el otro, y las piernas eran las que parecían seguir ese movimiento. Habitualmente mantenía los dedos de ambas manos cruzados y sus cortos brazos apoyados sobre su notable vientre.

Sin embargo, era amablemente culto, y su curiosidad por los textos clásicos le había incluso procurado una justa fama de humanista. Maese Stefano, que a pesar de su amistad siempre tenía un gran respeto por las formas, se levantó de la mesa, pero el prelado lo detuvo.

—¿Qué hacéis, maese Stefano? Por favor, sentaos aquí. —Y le pidió como cortesía que le hiciera servir un poco de aquel caldo caliente con vino que tanto le gustaba.

Los tres estaban sentados a la cabecera de una gran mesa vacía, mientras los mozos se preparaban para desviar hacia otra mesa, enfrente de la escalera, a los que fueran llegando a comer.

—Monseñor, vos, que venís de Nápoles, sin duda sabréis lo que está sucediendo en la comitiva —dijo Trotti con aspecto preocupado.

—Por desgracia, lo sé. No debería saberse ni, menos aún, hablarse, pero lo he sabido. Es algo terrible, pero cuando en un grupo hay tantas criaturas del demonio, todo es inevitable.

Y comenzó a sorber el gustoso, sustancioso y humeante caldo, enriquecido con *Barbero dei Canelli* y espolvoreado con abundante queso, que le sirvieron rápidamente.

—Monseñor, ¿qué queréis decir con estas palabras tan impresionantes? —preguntó maese Stefano, con respeto, afligido por los razonamientos del prelado y curioso como siempre.

—Bien sé lo que quiero decir; no sólo me lo han contado, sino que incluso he tenido la desgracia de ver con mis propios ojos el comportamiento irrepetible de esas mujerzuelas de alta condición social que forman parte del cortejo. Sean milanesas, españolas o napolitanas, siempre son mujeres y, como todas las criaturas inferiores, fácil presa del demonio. Ciertamente, son ellas las provocadoras de las desgracias que nos han acompañado durante todo el viaje. Ellas han favorecido las condiciones para que madurasen los crímenes. Los Padres de la Iglesia, que se han pronunciado una infinidad de veces sobre las mujeres, las han relegado justamente a una posición subalterna del varón y, en esencia, las han definido como auténticos instrumentos del demonio. Tertuliano, que por lo general es benévolo con las mujeres, en el *De cultu feminarum* las acusa sobre todo de haber causado la ruina de la humanidad, lo que exige por parte de ellas una actitud de luto y de dolor penitencial para reparar su pecado original. Las mujeres deben saber que toda su historia estará marcada por la herencia de Eva: «Mujer, debes vivir en estado de imputación perenne.» Eres la puerta del diablo, has profanado el árbol y has arrastrado al pecado a tu hombre, que aunque se resistió, te ha seguido en el pecado sólo por amor a ti. —Casi parecía que predicara desde el púlpito—. Según Graciano, que se remite a san Agustín, la superioridad del hombre sobre la mujer es una verdad que no puede dar pábulo a dudas. Santo Tomás afirma que el hombre está más dotado intelectualmente e incluso declara que el estado original de inocencia del varón y el de la mujer no eran iguales. Orígenes, para estar completamente seguro de no tener nada que temer de las mujeres, criaturas tan cercanas a Satanás, se castró a los veinte años de edad. Todos los Padres de la Iglesia consideran a las mujeres el acecho del demonio y, a través de su pérfida mediación, el mundo del pecado puede incluso infiltrarse en las asambleas de los santos. —El fervor de su arenga no le impedía, de vez en cuando, bañarse la garganta con un buen vaso de tinto de Stradella—. Muy a propósito y según nos cuenta Gregorio de Tours, en el Concilio de Mâcon del año 585 un teólogo pidió confirmar solemnemente que a la mujer no se le aplicase el término *homo* en la plenitud de su significado, y consideró necesario que la naturaleza de la fémina fuera reconocida como intermedia entre el animal y el hombre.

—Sí, pero si no me equivoco, la tesis no fue aceptada —objetó micer Trotti, que como hombre de cultura conocía bien la historia de los concilios.

—Eso no quita —rebatió enojado el prelado—, que los Padres de la Iglesia sigan distinguiendo entre la naturaleza del hombre y la de la mujer. Además, nos lo dice la Sagrada Biblia, es evidente que Dios Nuestro Señor, tomando una costilla del hombre para crear a la mujer, ha querido indicar que ella es un brote del varón y, por tanto, no es del todo humana: sólo una pequeña parte, la que proviene del hombre, lo es. Por eso, los Padres mantienen que la hembra es inferior al varón y, como tal, es presa de las más turbias y fáunicas pasiones, a las que intenta arrastrar también a los hombres. El Creador ha establecido una escala de valores y el hombre está en el vértice. El demonio actúa casi siempre a través de las féminas, porque sabe que son presas más fáciles, en cuanto menos cercanas a Dios.

El Diplomático daba claros signos de desacuerdo.

—Lo siento, querido monseñor, pero pienso que puede darse una interpretación distinta de las palabras del Génesis.

Un sincero estupor se dibujó en la carota del Limosnero. Su garguero temblaba por la indignación y al final estalló:

—¿Cómo es posible que alguien ose dar una interpretación de la Sagrada Biblia distinta de la de los Padres de la Iglesia? ¡Bien sabéis, micer Embajador, que ésta es de por sí una herejía!

Tales discusiones eran frecuentes entre ambos porque, a menudo, Trotti se divertía azuzando al Gran Limosnero hasta hacerle perder los estribos, en especial cuando el prelado hubiera querido saborear en paz un buen plato. Lo hacía de buena fe, para divertirse y divertir a la compañía.

—En cuanto a lo que está escrito en el libro del Génesis —prosiguió impertérrito Trotti—, me parece evidente que el Padre Eterno quiso comenzar la creación por las entidades más inanimadas y menos similares a Él: las tierras, los cielos, las aguas y, poco a poco, los árboles, los peces, los animales del aire y los que pisan el suelo, luego en un crescendo de perfección creó al hombre «a Su imagen y semejanza». Sólo al final, como coronación de toda Su obra, y después del reposo del sábado, hizo Su obra maestra, creando a la mujer y colocándola en el vértice más alto de la escala de los seres «a Su imagen y semejanza». De este modo manifestó que, en el crescendo de Su obra, ella era la más similar a Él. El hecho de que la haya concebido al final, según el orden reproducido por las Escrituras, nos induce a pensar que Dios considera más a la mujer que a cualquier otra de Sus criaturas, confiando en ella para cumplir Su designio en los milenios venideros. Ni a mí ni a nadie nos ha sido dado a conocer lo que hay en la mente de Dios, pero sí se nos ha concedido una certeza sobre Su naturaleza: por el hecho mismo de que es Dios, siempre estaré seguro de que Él es una entidad esencial, coherente y absolutamente eficaz. Por tanto, también la mujer, a la que Él prefiere, debería serlo y, en efecto, lo es. Por su naturaleza, ella pretende directamente ciertos objetivos que cree prioritarios y que parecen coincidir con los fines de la creación, es decir, con los fines de Dios.

Monseñor se había puesto morado y, al tratar de rebatir los argumentos de Trotti, apeló, con deslealtad, a los autores paganos:

—Sois un hereje. Por eso no creéis en lo que dice la Madre Iglesia, pero, al menos, no podéis negaros a aceptar el pensamiento de nuestros grandes clásicos. Tendréis que reconocer que el mismo Eurípides, en su Medea, declara que «las mujeres no siempre saben hacer el bien, pero son expertas en hacer el mal».

El prelado era consciente de la vasta cultura de Trotti, aunque esperaba que su amigo no conociera las obras griegas, que sin embargo él había tenido la fortuna de leer en la biblioteca del cardenal Bessarione. En este caso no habría podido rebatirle.

En efecto, el Embajador quedó perplejo; esta vez el clerizonte había conseguido ponerlo en un aprieto. El Gran Limosnero, poco satisfecho y bajando la voz para que nadie pudiera oírlo, susurró:

—Vos estáis apartado de todas las Escrituras y de todas las enseñanzas de nuestra Santa Madre Iglesia. Yo tendría la obligación de denunciaros a los dominicos para que os asaran vivo; es más, creo que uno de estos días lo haré.

Maese Stefano miraba divertido a los dos amigos y con aire provocador preguntó:

—Pero ¿no es acaso nuestro Embajador un gran amigo de los dominicos y de su protector, el duque Ludovico?

—Bien sé que es amigo de ésos y también del duque Ludovico —respondió Da Melzo, con aire de quien no puede hacer nada ante las injusticias del mundo—; precisamente por eso se permite pronunciar en público semejantes infamias, que a cualquier otro le costarían la vida. ¡Pero un buen día me divertiré encendiendo su hoguera con estas manos mías y será un gran momento para la cristiandad!

El Diplomático, manteniendo una sonrisa imperturbable, aumentó la dosis.

—El impulso que las mujeres sienten de manera tan fuerte y que induce a los hombres a realizar tantas locuras es un estímulo deseado por Dios. Su dedo las dirige y las empuja a actos que vos consideráis reprobables, pero que son la expresión de Sus inescrutables planes. Sin duda alguna, esas actitudes tienden a llevar adelante Su maravilloso designio orientado a la continuación de la humanidad para poder salvarla. En efecto, proseguir la especie es la única y verdadera moralidad.

Monseñor ya estaba al borde del colapso.

—Entonces ¿debería admitir que las atrocidades, a las que he tenido la triste suerte de asistir durante este viaje, eran queridas por Dios y no se oponían a Sus deseos? —Trató de recuperar el aliento y, como si se avergonzara de lo que estaba a punto de decir, prosiguió—: He visto a mujeres adorando el sexo de un negro ante los ojos de todos; a otras pasando de las cópulas más desenfrenadas con los varones a los amores con otra hembra. He visto a madre e hija compartir al mismo hombre; personas dignísimas de confianza me han referido que, en una taberna de Nápoles, algunas damas se han concedido a todos los parroquianos y luego, aún no saciadas y sin recato alguno, a los mozos de la fonda

¿y debería aceptar la idea de que todo eso está en las intenciones de *Domine Iddio*? ¡Estáis loco, micer Embajador!

Trotti, sin alterarse, continuó:

—Estoy dispuesto a admitir que, *de tanto en tanto*, desviarse de la recta vía forma parte de la naturaleza humana. Por eso, a veces puede ocurrir que los comportamientos de las mujeres excedan los designios de Dios, pero estoy seguro de que detrás de su frenesí está Su poderosa mano, que mira a Sus fines. De todos modos, no se puede dudar de que las intenciones del Creador están más cerca de una mujer que concede su sexo que de micer Giotto cuando pinta esos frescos que el señor Limosnero y yo admiramos tanto en el viaje que hicimos a Asís. ¿O quizá creéis que Dios pasa las veladas leyendo la *Divina Comedia*, de nuestro gran padre Dante, para saber cómo son el infierno, el purgatorio o el paraíso? Soy más propenso a creer que, para Él, sólo son idealizaciones fruto de nuestra fantasía, pobres hombres, que torpemente tratamos de comprender un fragmento de la imagen de lo Eterno.

El eminente prelado ya estaba al límite del espanto y del furor por aquellas sacrílegas palabras. Pero Trotti aún no había terminado:

—A menudo, para confirmar la inferioridad de las hembras, se dice que ellas nunca se han puesto a prueba realizando obras como las *Etimologías*, de Isidoro de Sevilla, o que jamás han pintado la *Majestad*, como el gran Duccio di Boninsegna lo ha hecho en Siena. Pero éste es un criterio de medida del todo desorientador. No se trata de menor inteligencia, sino de que las mujeres sienten como primordial imperativo todo lo que atañe a los valores esenciales de la vida en su devenir y consideran accesorias, aunque las aprecien, muchas otras cosas, a las que nosotros, los varones, atribuimos enorme importancia. Además, es incontestable que los hombres somos más propensos a un proceso de transfiguración intelectual del mundo que nos rodea. A diferencia de ellas, nosotros construimos fácilmente *nuestra* realidad ficticia, que no es más que la proyección de *nuestros* sueños. ¿Qué es una obra de arte, sino un sueño cristalizado? Para las mujeres es distinto; sus fines existenciales requieren mantener una visión más objetiva de la realidad que las circunda. Es una necesidad de su naturaleza que nace de la tarea que Dios les ha confiado en el devenir de la creación. Difícilmente se dejan distraer de sus objetivos.

El Diplomático se interrumpió porque, mientras hablaba, se había levantado varias veces para meter el dedo en la salsa de uvas pasas que se estaba cociendo y, al final, se había quemado.

—¡Ahora empieza el castigo de Dios! —comentó satisfecho monseñor.

Sin embargo Trotti, después de haber sumergido el dedo quemado en el agua fría, continuó:

—Es verdad, ellas no son las que construyen *la catedral* de Milán ni la de Pisa o la abadía de Cluny, pero quizá sea porque, en el fondo, saben que es una distracción que las alejaría de las finalidades últimas que Dios les ha asignado. Estos fines requieren de las hembras belleza, gracia, elegancia, coquetería, astucia, sexo, incluso impudicia y muchas otras cosas que nosotros insistimos en considerar fútiles, aun cuando nos atraigan hasta tal punto que estaríamos dispuestos a hacer lo que fuera para disfrutar de ellas. Quizá tampoco Dios le da mucha importancia a esas que nosotros, tan pomposamente, llamamos «obras de arte». Él, inteligencia suprema, no puede más que considerarlas balbuceos de niños soñadores que intentan imitarlo. De la misma manera, las hembras no aman la guerra, que es otra trágica distracción típicamente masculina del devenir. Honor, coraje y heroísmo son virtudes que exaltan al hombre, pero que tienen poco que ver con los designios de Dios sobre la continuidad de los seres vivos; en otras palabras, están alejados de la verdadera moralidad. La guerra, para casi todas las mujeres, es sólo una grave pérdida de humanidad y de tiempo en el transcurso de la vida. Reaccionan como fieras sólo cuando ven amenazados los principios que consideran primordiales. Cuando están en juego tales valores, a los que se sienten consagradas, se vuelven demasiado astutas e imprevisibles para poder ser contrariadas. —Trotti pareció meditar, luego prosiguió—: El sentido de realismo de las hembras se vislumbra también analizando su manera de amar. Los hombres, cuando amamos, intentamos esconder a nuestros ojos los vicios y defectos de nuestras mujeres. Perdemos el sentido de la realidad y transformamos sus carencias en improbables virtudes, haciendo lo posible para que así nos parezcan. En gran medida, somos incapaces de amar a una fémina sin hacer este esfuerzo de abstracción que nos permite no ver sus imperfecciones. Nuestros excelsos poetas, al tener un escaso sentido de la objetividad, suelen transfigurar el objeto de su amor con tal fervor que corren el riesgo de caer en el ridículo. Tienden a elevar a sus mujeres a alturas divinas convirtiéndolas en criaturas carentes de defectos, celestiales e inmunes a cualquier rastro de pecado. Diríase que se han prendado no de una mujer verdadera, sino de la imagen que ellos mismos han creado de ella. Es decir, están enamorados de las muñecas que han fabricado con sus abstracciones y no de seres humanos que tienen la ventura de compartir con ellos el mismo tiempo mortal. Es una forma de pretensión pueril para situarse en el centro del universo que no tiene nada que ver con los designios de Dios ni con la verdadera moralidad de la vida.

Maese Stefano, que estaba atentísimo, se limitó a comentar, según su costumbre, con un proverbio de sus valles:

—*Diné e santité mité de la mité.*

—¿Qué demonios murmuráis?

—Es sencillo; cuando se trata de dinero y de pureza, ¡siempre es mejor calcular la mitad de la mitad!

El Embajador le lanzó una mirada torva por haber banalizado así los conceptos que había expresado y, luego, atacó implacable.

—Jamás me ha sucedido al leer a una poetisa, y las hay muy buenas, que al citar el objeto de su amor le confiriese connotaciones divinas. Es más, a menudo reconocer la humanidad y las imperfecciones de su hombre constituía la esencia misma de la composición poética y el motivo de su dolor y de sus lamentos. En efecto, las mujeres aman de manera más madura y consciente. Pueden adorar a un hombre, incluso conociendo sus defectos; no los transfiguran, los aceptan. A veces incluso llegan a amar al amado precisamente por algunas de estas imperfecciones, que lo hacen aparecer más frágil e indefenso ante sus ojos.

Cuando terminó de hablar, sus interlocutores no sabían qué pensar de esas palabras tan insólitas. Al final fue maese Stefano, con su buen juicio, quien puso voz a la pregunta que estaba en el aire.

—Pero entonces, micer Trotti, si las mujeres son más concretas que los hombres, igual de inteligentes, más astutas, más cercanas al corazón de Dios y, como diríais vos, que sois instruido, más determinadas en perseguir el destino de la humanidad, ¿no son acaso peligrosas para nosotros, los varones?

—Claro que son peligrosas —respondió agudamente el Diplomático, que ahora se disponía a revelar la otra cara de la moneda—. Estoy convencido de que los hombres, en el fondo, siempre hemos sido conscientes de la insidia que ellas representan y también por eso siempre hemos intentado mantener a nuestras mujeres en estado de sumisión. Y hemos hecho bien. Estas criaturas, que interpretan mejor que nosotros la voluntad del Altísimo, también son más resistentes física y psicológicamente. Por esta razón es bueno que no aprendan nunca a leer, a escribir y a hacer cuentas.

»Hay que continuar, tal como siempre hicieron nuestros padres, tratándolas como seres inferiores, estúpidos y frívolos, para que se convenzan de ello. Debemos persuadirlas de que, si no reinaran las virtudes masculinas, el mundo no se sostendría. Debemos afirmar en todo momento y con seguridad que las cosas que hacemos nosotros son más importantes que las que se ocupan ellas. —El Embajador esperaba una violenta reacción del prelado, pero éste callaba, pensativo, y entonces prosiguió—: El hecho de que algunas damas, como nuestra joven Duquesa, sean instruidas y hayan estudiado las Escrituras no es peligroso, porque se trata de excepciones no imitables. Debemos intentar mantener nuestra supremacía, incluso con la fuerza si es necesario, porque de otro modo nosotros, los hombres, nos veríamos arrollados fácilmente. ¡Ay del día en que la actual sumisión desapareciese y ellas se pusieran nuestros pantalones y llevaran la escarcela en nuestro lugar! No quisiera vivir tales tiempos, si es que llegan. Quizá en esas condiciones incluso correríamos el riesgo de volvernos impotentes, perdiendo así nuestra razón de ser.

—Pero entonces ¿en el futuro no hay esperanza para nosotros, los hombres? —preguntó de nuevo el Cocinero.

—Esperanzas para nosotros hay al menos dos: la primera es que las mismas razones que las vuelven tan peligrosas hagan ardua o imposible la unión entre ellas. En efecto, sus objetivos son de carácter extremadamente individual y resulta difícil que encuentren motivos comunes que las unan con vistas a una finalidad conjunta. Para los hombres es distinto, desde siempre tienen tendencia a juntarse para alcanzar sus pretensiones, muchas veces ilógicas, pero comunes a todos. La segunda, y quizá la más importante, se basa en su instintiva resistencia a afrontar una guerra cara a cara.

Trotti calló como si algo se hubiera agotado en él. También el Gran Limosnero estaba confundido, ya no entendía bien dónde estaban la razón y la sinrazón y cuánto tenían de verdad las palabras de micer Jacopo, pero algo le decía que quizá un poco de verdad había.

Maese Stefano pensaba en sus experiencias y en particular en sus criadas jóvenes e ingenuas sólo en apariencia. Pudiera ser que no fueran tan incautas como siempre había creído. Y pensó también en las mujeres de los campesinos de su valle, obligadas a cumplir en la cama el deber conyugal tan sólo como una de las muchas tareas gravosas de su vida, como también lo eran labrar los campos, llevar el heno, ordeñar las vacas y cocinar. Quizá una fatiga peor, porque era por la noche, cuando estaban deshechas por el cansancio y sólo deseaban dormir en el propio lecho. Entendió que tenía la cabeza un poco confusa, pero se sacudió y con su habitual afabilidad comenzó a decir:

—Lástima que de ustedes, señores, el uno esté ocupado en presentar denuncias a los dominicos y el otro deba prepararse para ser asado, porque en caso contrario tendría una sorpresita para que la probaran Sus Excelencias.

—Yo, en verdad, casi podría esperar algunos días antes de hacer asar a este hereje —replicó al instante monseñor.

—En este caso, por mi parte, podría aceptar probar la especialidad de maese Stefano, sentado en la misma mesa con este clerizonte que desea vernos a todos en el infierno.

El Cocinero hizo un gesto y dos mozos, instruidos previamente, llevaron a la mesa un pan recién sacado del horno y un inmejorable *vinillo de Coronata*, originario de las alturas a poniente de Génova y con un delicioso aroma a azufre.

Llegaron a la mesa tres platos de anchoas en salmuera, bien limpias de espinas, cubiertas con un excelente aceite de oliva y con un ligero pellizco de orégano por encima. Otro mozo llegó con una buena trufa de las Langhe y, con un cuchillo especial, empezó a hacer caer finísimas rebanadas sobre las anchoas.

Las protestas de los dos gastrónomos no se hicieron esperar.

—Esta vez, caro Gran Cocinero, os habéis equivocado de veras; son dos sabores incompatibles, me horroriza sólo pensarlo.

Maese Stefano no dijo nada y comenzó a comer tranquilamente. Unos instantes después, también los amigos, no demasiado convencidos, lo imitaron. Ya con la primera degustación, sus rostros cambiaron de expresión: nunca habían probado algo tan paradisíaco. Jamás una trufa había liberado su fragancia con tanta delicadeza e intensidad.

—Si vuestra fe fuera sólo un décimo de vuestras capacidades culinarias, ya seríais venerado en los altares, maese Stefano —logró decir monseñor, entre un bocado y otro.

Y micer Jacopo añadió:

—No pensaba que aún pudierais tenernos reservado algo tan inédito y, al mismo tiempo, tan asombroso. Pero, queridísimo maese Stefano, debéis explicarme algo. Las delicias que de vez en cuando nos ofrecéis, a nosotros, vuestros amigos, son siempre delicadas y exquisitamente sencillas, pues añadís poquísimos condimentos, nada de azúcar ni agua de rosas o cosas similares; en cambio, en los banquetes públicos abundáis en especias, en azúcar y en sabores complicados. ¿Por qué dos comportamientos tan opuestos?

—¿Qué queréis que os responda? Vos sabéis tan

bien como yo que los Príncipes desean, es más, ordenan, que en las comidas haya un gran derroche de gustos exóticos, azúcar y gustos demasiado elaborados. Temen que la sencillez de la mesa sea interpretada como escasez de medios o, peor aún, como demostración de poco respeto por sus huéspedes. ¿Y qué puedo hacer yo? *Cont i superior besogna sempre sbassà el coo.*[1] Ya mi padre intentó modernizar su cocina, ¡pero no hubo nada que hacer!

También el vino de Coronata casaba magníficamente con los aromas y el vago sabor a azufre completaba la magia. Los dos no añadieron nada más para no estropear el encanto de aquel momento.

Así, mientras estaban tranquilos intentando degustar plenamente la delicadeza que tenían en el plato, Antonio Carazzolo, Cómitre Principal de los arqueros de Caiazzo y, por tanto, oficial muy importante en la Corte, entró en la cocina y se sentó a la otra mesa. Al verlo el Gran Limosnero rompió por fin el silencio, que tras las exclamaciones de maravilla, reinaba en su mesa. Con la elegancia propia del hombre de Corte se limpió las manos y la boca con la servilleta y, refiriéndose al recién llegado, exclamó:

—He aquí a hombre muy afortunado, o bien un fullero. Durante la noche en que llegamos a Pisa, nadie conseguía dormir en la carraca debido a las condiciones del mar, y ése organizó una partida de baseta. Jugó todo el tiempo sin parar, siempre ganando. Tenía la banca y, para tranquilizar a los jugadores, dejaba que siempre cortara la baraja una persona distinta, pero no había nada que hacer: seguía ganando. Incluso sus adversarios más acérrimos se rendían y se iban, aunque

1. Con los superiores siempre hay que bajar la cabeza.

inmediatamente los sustituían otros optimistas. Y él seguía ganando. Sólo cuando fue casi de día y se dio la alarma por el avistamiento de una flota sarracena, cogió un saco, metió dentro la fortuna que había ganado y subió corriendo al puente porque tenía que organizar la defensa. De haber podido, sin duda, habría seguido jugando, pues hasta ese momento no se había alejado de la partida desde la noche anterior. Sólo de vez en cuando se ponía de pie, estiraba las piernas y los brazos, pero no se movía de su sitio porque debía vigilar el montón de monedas que había ganado y que cada vez era más grande. Nunca he visto semejante suerte, demasiada suerte; para mí que hacía trampas o bien tenía un cómplice que le comunicaba las cartas de los adversarios. Traté de descubrir su truco, pero no conseguí ver nada anormal, a pesar de que me encontraba a poca distancia de él en una especie de lecho, algo menos incómodo que el de los demás pasajeros, que me habían preparado sobre un montón de velas. En cualquier caso, en mi opinión se trata de un pésimo sujeto.

—Quien con lobos anda... —añadió maese Stefano, que detestaba a Sanseverino, jefe del oficial de los arqueros.

—¿Fue la mañana en que encontraron al segundo muerto colgado en el centro de la vela? —preguntó distraídamente el Embajador.

—Sí, justamente, fue la noche anterior a esa horrenda mañana. ¿Qué pensáis vos de esas extrañas e inútiles muertes?

Stefano y micer Jacopo se miraron de reojo y casi a la vez respondieron:

—Nada. Desde esta cocina es un poco difícil hacerse una idea sobre hechos tan lejanos.

Ambos se quedaron impresionados por la justa observación de que, bajo cualquier aspecto, aquellas muertes parecían inútiles, demasiado inútiles. A menos que... A menos que debajo de esa inutilidad, que parecía tan evidente, se escondiera una trama mucho más vasta.

10

La caravana compuesta por Caballeros y carros de cuatro ruedas se iba formando cerca de la desembocadura del Polcevera, a poniente de Génova. Era una jornada de frío intenso y la nevisca revoloteaba en el aire gris, sin detenerse sobre el terreno. Un viento gélido descendía desde la vega del río, haciendo estremecer a las damas que se arrebujaban entre sus pieles de viaje. El convoy seguiría la antigua vía Postumia, a través de los pasos apenínicos, hasta llegar a Tortona, desviándose después hacia el mar Adriático.

Los pasajeros se preparaban para afrontar cincuenta millas bajo la nieve intentando resguardarse de los rigores del invierno como podían. Los carros estaban cubiertos con espesas lonas impermeabilizadas con cera de abeja y sostenidas con arcos de flexible fresno. Por delante y por detrás, estaban protegidos por cortinajes acolchados. Dentro, a ambos lados, había bancos con cojines en los que, al abrigo de la nieve y del viento, se acomodaron las damas y sus sirvientes. Pero incluso bajo las coberturas, a pesar de los mantos y las pieles, las señoras seguían teniendo frío.

En las carretas más importantes, como la de la duquesa Isabel y sus damas, se dispusieron unas sanseras; eran unos braserillos donde se quemaba sansa, es decir, la hojuela de las olivas, ya exprimida en los molinos para obtener el aceite. En Liguria y en Toscana se usaba como inmejorable combustible, pues se consumía sin llama ni humo, formando una brasa que duraba muchas horas. Ardía dentro de grandes copas de terracota esmaltada, de tres palmos de altura, cerradas con una tapa. Unos oportunos agujeros distribuidos a los lados y en la tapa permitían que el aire alimentara la brasa y que el calor saliera templando el ambiente. Las damas, ateridas, permanecían abrazadas a sus sanseras relucientes y calientes, mucho más apasionadas que si estuvieran con un amante.

El carro de la Duquesa era especial; decorado con tallas doradas, tenía las lonas acolchadas y, en el interior, las banquetas eran de terciopelo de Zoagli, con hilos de plata. Los emblemas de las dos familias, esculpidos y coloreados, se repetían en todo el carro y en la lona.

Los Caballeros que seguían a los carruajes llevaban hucas impermeables forradas con ardilla o zorro, según sus posibilidades. En la cabeza lucían amplios birretes de fieltro orillados de lobo y se cubrían las manos con guantes de oveja con el pelo vuelto hacia el interior. Sobre las largas calzas, con los colores de su linaje, habían extendido mantas y pieles de animales. Algunos por prudencia, especialmente los napolitanos, poco acostumbrados a ese clima, se habían provisto de indumentarias en Génova, ciudad donde se podían encontrar las famosas *hucas pro acqua*, adecuadísimas para los climas invernales.

Los carreteros y los mulateros, que transportaban los enseres, discutían sobre las condiciones prohibitivas en que se encontraba el paso de los Giovi. Comunicaron a los señores su preocupación sobre el tránsito a través de los desfiladeros de los Apeninos, en su opinión demasiado helados y nevados. Pero si por una parte el Moro mandaba desde Milán mensajes cada vez más irritados (y sólo Dios sabía si era prudente hacer irritar al Duque), por otra Isabel, que ya se había restablecido, por fin había decidido partir sin preocuparse de las condiciones del tiempo. Hasta ese momento todo había sido inútil: Isabel no había querido moverse, y cuando se obstinaba, no había nada que hacer. Ahora, en cambio, se sentía en forma y reposada, se había hecho peinar y acicalar, y ya estaba impaciente por encontrarse con su joven esposo.

Hacia la hora segunda de la mañana, cuando ya había amanecido, se formó al fin la caravana y se pudo dar inicio al viaje que, a través de los montes, les conduciría hasta la primera ciudad del tan suspirado Ducado de Milán.

Al principio, el camino bordeaba el torrente Polcevera, luego trepaba hacia los pasos del Apenino. Ya en la primera sucesión de recodos, durante el ascenso, la nieve caía en copos más grandes, depositándose sobre el fango helado y las ramas desnudas de los árboles. Fue forzoso pasar la noche en Campo Morone, a los pies del desfiladero. A la mañana siguiente, temprano, con la oscuridad, toda la larga caravana volvió a ponerse en marcha. Había que trepar hasta el paso de los Giovi y, por seguridad tanto de las personas como de los carros, descender al otro lado antes de que se echara encima la noche.

En uno de los carros más grandes viajaba la hermosa circasiana con Melita y otras señoras; detrás cabalgaban los gemelos Rufolo y los dos amigos del Duque cada vez más obsesionados con el temor por su vida, a pesar de que iban escoltados por los arqueros del conde de Caiazzo, que los seguían por doquier.

Con el arresto de Moisés da Corteolona se había creído que, descubierto el culpable, la pesadilla había terminado, pero el feroz asesinato del tercer noble de la banda de Vigevano había hecho evidente que el homicida estaba aún en circulación y que, ahora sin sombra de duda, precisamente ellos eran los objetivos del criminal. Ya no había nadie que lo dudara, y los dos desventurados jóvenes eran observados como si de unos condenados a muerte se tratara.

El asesino había actuado según una línea de conducta que aún parecía incomprensible, pero seguramente impulsado por motivos precisos. Los muertos eran jóvenes disolutos, unidos solamente por el hecho de ser compañeros del Duque, en sus atroces juegos y por ejercer una gran influencia sobre él.

Ni siquiera eran acaudalados; sus familias, no ellos, poseían las riquezas. No habían tenido amores arrebatadores en común, al menos no tanto como para suscitar tan feroces celos.

Moisés era el único que tenía claros motivos de rencor hacia ellos. Estaba presente en el descubrimiento del cadáver de Ravello y se encontraba en la nave del ahorcado, pero en el momento de la muerte del marqués Crivelli, hallado en la playa de Génova cubierto de pez, tenía una coartada de hierro: estaba encerrado desde hacía días en las prisiones de Malapaga. Si no había matado al tercero, era probable que no hubiese matado tampoco a los otros dos, ya que los tres homicidios parecían llevar la misma firma. ¿Entonces? Cualquier hipótesis que se formulase no tenía como base ninguna constatación real. ¿El duque Alfonso? ¿Ludovico el Moro?

Alguien argumentaba que el asesino podía ser uno de la banda de Vigevano, pero también ésta era una conjetura sin pruebas.

Más acostumbrado a los climas de África que a las nieves de Lombardía, el príncipe Ibn Mansour no iba a caballo sino que viajaba acurrucado en una carreta, la tez gris por el frío, estrechándose a Dona Andrea. En el mismo carro estaban Dona Isa y Dona Evelyne con sus sirvientes y sus abundantes equipajes.

De vez en cuando Zane, acercándose con su cabalgadura, se asomaba al interior y charlaba largamente con Evelyne. En otro vehículo, también sobrecargado de víveres, doncellas y esclavas, las dos damas de Valladolid eran seguidas a caballo por Manetto.

Las divergencias entre madre e hija ya eran frecuentes. Quizá la Marquesa comenzaba a sospechar que el comportamiento de Inmaculada con su hombre no era una sencilla expresión de gentileza. No estaba segura y, sin embargo, la actitud de la muchacha la irritaba. A su vez la joven soportaba mal que *la otra* quisiera poseer en exclusiva al que consideraba su amante.

Los roces entre la mujer y la quinceañera halagaban mucho a Manetto, pero estaba cada vez más preocupado por la evolución de la situación. Con alivio veía aproximarse el final del viaje, porque, considerando todo, temía que de un momento a otro empezasen los problemas.

La caravana llegó al paso de los Giovi en plena nevada, pero los hombres del valle, que habían sido reclutados para la ocasión, mantenían despejado el recorrido. Después de una reparadora distribución de bebidas calientes, que había preparado la guarnición de soldados que controlaban el paso, y tras el cambio de caballos, el largo cortejo inició el descenso hacia la llanura lombarda.

En la vertiente septentrional del Apenino, el frío del invierno era aún más intenso y la naturaleza tenía un aspecto surreal. En los estrechos valles que descendían hacia Pietra Bissara se veían capas de hielo azulado por todas partes. En el suelo y sobre los árboles, la abundante nieve había sido modelada por el viento, creando extrañas esculturas.

La escarcha había resquebrajado ramas y troncos, convirtiéndolos en finas astillas negras que, cubiertas con gemas de hielo, a Isabel le parecieron delgados y adiamantados brazos que imploraban piedad.

La recién casada, aunque excitada por el próximo encuentro con su amado, sentía como si aquel frío, al que no estaba habituada, le posase sobre el corazón una mano helada. Nápoles, Sorrento, Capri, su querida Prócida, con su clima dulce, le parecían un universo de ensueño ya desvanecido, si es que alguna vez había existido.

Ahora se encontraba en una gélida fábula de brumas y relucientes carámbanos que escondían las pendientes de los montes hinchados de nieve. Entre los remolinos de la tormenta, la caravana seguía descendiendo hacia el fondo del valle, a través de la senda helada, que se mantenía abierta gracias a los badiles de la gente del valle. Al paso del carro de Isabel, los campesinos se quitaban con gran respeto los capuchones de tela de saco y humildemente posaban la rodilla en el suelo, sin atreverse a mirar a la que, desde ese día, se convertía en su nueva señora.

En la comitiva, algunos estaban de viaje desde hacía semanas, otros desde hacía meses, pero a muchos esas últimas horas de camino les parecían intolerablemente lentas. En cambio, había quien advertía la angustia del fin ya próximo de ese pequeño mundo que durante todo aquel tiempo se fue creando.

Para la mayoría, la llegada a Tortona coincidía con el epílogo de unos amores que habían sido más intensos precisamente porque desde el principio estaban dominados por un constante sentimiento de provisionalidad.

Hacía poco que la campana del castillo de Milán acababa de dar la medianoche, cuando el portón se abrió para recibir el galope de un escuadrón de arqueros que precedían el cortejo de los Sforza. Tenían el deber de anunciar en pueblos y burgos que su paso era inminente.

Aquella mañana nevosa los señores de la Corte partirían tempranísimo para acompañar al esposo, Gian Galeazzo, hasta Tortona, donde se encontraría con Isabel y los ochocientos integrantes de su séquito, llegados desde Nápoles. Desde hacía días estaban en marcha grandes preparativos a lo largo y ancho de todo el recorrido, incluso en las aldeas más pequeñas del dominio.

En homenaje a la noble cabalgata, que atravesaría los pueblecitos, se estaban montando arcos de frasca con grandes flores de papel de colores y los emblemas de los Sforza y los de Aragón, sostenidos por angelotes y ninfas de cartón que, bajo la copiosa nieve, parecían estremecerse en su desnudez.

En los pueblos más importantes se erigían también palcos desde los que los notables del pueblo intentarían pronunciar algunas palabras de saludo y de bienvenida. Pero la principal orden que transmitía el escuadrón de arqueros era mantener el camino despejado de nieve y esparcir arena y tierra allá donde la senda estuviera helada. De noche eran ya centenares los aldeanos que trabajaban en el camino que llevaba de Porta Giovia a Tortona.

La luz gris del alba lombarda aún no iluminaba la nieve en torno al castillo cuando el cortejo de los Duques salía con paso altivo por el portón de la torreada morada ducal, haciendo crujir las vigas del enorme puente levadizo. Era una larga hilera de Caballeros, de soldados en uniforme de gala y de carros cubiertos para las damas y los equipajes.

Estaban representados todos los oficios del estado de Milán: desde el *Consejo de Justicia*, con Battista Sfondrati, a los miembros del *Consejo Secreto*, entre los que se encontraban los favoritos del Moro, y la *Cancillería Ducal*, con su secretario, Bartolomeo Calco. Con ellos galopaban otros hombres de confianza de Ludovico, además de los capitanes ducales y del general en jefe de los ballesteros.

A poca distancia iban el *Tesorero General*, Antonio Landriani, el secretario de asuntos eclesiásticos, el *Vicario General*, el presidente del tribunal y otros muchos e importantes nobles milaneses. Encabezados por el insigne jurista de la Universidad de Pavía, Giasone del Maino, avanzaban los más ilustres doctores de ese centro de estudios.

Una delegación de Embajadores de los Príncipes de Italia y de las naciones vecinas acompañaba a los señores de Milán. Los seguían los más renombrados artistas de la Corte de los Sforza: los pintores Antonio Boltraffio, Giovanni Ambrogio de Predis, Bernardino de Conti, el miniaturista Gerolamo da Cremona, además de los orfebres Sergregorio da Gravedona y Cristoforo Foppa, llamado «el Caradosso». Tampoco faltaban los principales arquitectos que obraban en Milán.

Formaban parte del escuadrón ducal el pintor florentino Leonardo da Vinci, Donato Bramante y el poeta Baldassarre Taccone, pupilo de Bellincioni. Cerraba el grupo el historiador oficial, Bernardino Corio, cuyo deber era transmitir a la posteridad el memorable evento a través de sus detalladas crónicas.

En el centro, rodeados de arqueros de la guardia en uniforme de gala, cabalgaban Ludovico el Moro, duque de Bari, y a su lado el jovencísimo Gian Galeazzo Sforza, auténtico duque de Milán, además de esposo, aunque lo fuera aún por poderes, de la tierna Isabel.

Los dos Sforza, bajo las amplias capas que usaban para la nieve y que estaban bordadas en oro y forradas de piel, llevaban espléndidos vestidos de terciopelo rico y oro con las mangas y el jubón plagados de piedras preciosas. Una gualdrapa de zorro defendía del frío y de la nieve sus piernas calzadas con seda.

Todos los gentileshombres y los altos dignatarios vestían paños entretejidos con hilo de oro; doradas eran también las gruperas y los jaeces de las cabalgaduras.

Una larga fila de carruajes transportaba a las damas, la primera ante todo era la bellísima Cecilia Gallerani, amante del Moro. El carro de la favorita del Duque estaba decorado lujosamente y a los lados mostraba, talladas, las empresas de su divisa. Esta dama descendía de una familia de la pequeña nobleza lombarda. La naturaleza la había dotado de una extraordinaria belleza, que unida a su donaire y a una viva inteligencia, alimentada por una considerable cultura, fascinaba a poetas y literatos.

El Moro, que estaba muy enamorado de ella, le había regalado las tierras de Saronno y el palacio Dal Verme en la ciudad. Seguía siempre y a todas partes a su Duque, aportando una nota de elegancia y el refinamiento de una conversación docta y brillante. Incluso con ocasión de este viaje Ludovico quiso tenerla cerca, y allí estaba ella con sus doncellas y una notable cantidad de equipajes y vestidos.

Muchos carros más abandonaban el castillo portando otras damas y muchachas de la nobleza de Milán. El cortejo se desplegaba durante algunas millas, cerrado por un denso escuadrón de soldados de la guardia de Corps del Moro, con sus peculiares corazas negras de la fragua de los Missaglia.

Había que alcanzar Tortona antes del anochecer, porque el cortejo que provenía de Génova se estaba acercando. Quedaban por recorrer nada menos que catorce leguas bajo la nieve. Si bien el camino era llano, había que apresurarse y obligar de inmediato a los caballos a mantener un galope sostenido. A lo largo de todo el camino los campesinos espalaban la nieve, que seguía acumulándose, y se arrodillaban al paso de los Duques.

Los gritos de «¡viva!» y los saludos estaban dirigidos, casi exclusivamente, a Ludovico.

—¡Moro! ¡Moro!

Pero Gian Galeazzo no recelaba, es más, a menudo comentaba las aclamaciones con su tío:

—Me parece que todos os quieren mucho, señor tío.

La nieve caía lenta y suavemente en grandes copos, como sucede a menudo en Lombardía cuando el viento está en calma. El cortejo no se detuvo ni en Rozzano ni en Binasco. Los Duques sólo pararon brevemente en la Cartuja de Pavía, aún no concluida, donde los frailes prepararon una comida para los ilustrísimos huéspedes. Los religiosos eran muy fieles al duque Ludovico, pues había reanudado los trabajos de construcción del monasterio; por tanto, dispusieron con premura una suntuosa *imbandisone* compuesta de: *penochiate, biscotti et anchette cum malvasia, gambari cum aceto, pesce in zelatina, carpioni et riso per menestra, pesce a leso cum la peverata, pesce a rosto e peschari cum salsa, pomeranze limoni et ughe, fritate verde et bianche, tartare cum anesi confectura, pome cocte cum zucharo, maroni et amandole monde, confecti de più raxoni.*[1]

Pero la decepción de los monjes fue grande: Gian Galeazzo y su tío y tutor sorbieron deprisa una tisana caliente y, una vez cambiados los caballos, reemprendieron el camino entre los gritos de despedida y los augurios de la pequeña multitud que se había reunido. Entre la neblina, los carros con las damas aún no estaban a la vista.

La caravana, sin detenerse, atravesó Broni, Casteg-

1. Piñonates, biscotes y contramuslos de pollo con malvasía, gambas con vinagre, pescado en gelatina, carpas y menestra de arroz, pescado hervido con pebrada, pescado asado y fritura de pescado con salsa, naranjas amargas, limones y uvas, tortillas verdes y blancas, tortas con confitura de anís, manzanas cocidas con azúcar, castañas y almendras peladas, confetis variados.

gio y Voghera, entre la consternación de los *Cónsules de las aldeas*, que habían preparado mensajes de bienvenida hasta en latín. A su paso, desde cada iglesia, convento y parroquia, el sonido de las campanas saludaba largamente a los Duques que cruzaban veloces la blanca llanura.

Fuera de las aldeas, en los campos nevados, se distinguían los troncos negros de las moreras con las ramas cargadas de nieve, que había dejado de caer sólo hacia las últimas horas de la tarde.

Hacía una hora que había pasado la *completa* cuando, acercándose a Tortona y en la oscuridad brumosa, entrevieron muchas luces al fondo del camino. Los arqueros milaneses, que habían precedido el cortejo, se situaron a una milla fuera del pueblo iluminando el camino con sus antorchas como si fuera de día.

Acompañado por su corte y los próceres locales, el conde Bergonzio Botta, señor del lugar y *Maestro de las entradas* del Ducado, estaba con monseñor Ottaviano da Melzo, Ambrogio da Rosate y con los altos dignatarios de los Sforza y Embajadores que, poco a poco y día tras día, habían llegado a Tortona para el banquete. El grupo a la espera estaba escoltado por la guarnición que en uniforme de gala presidiaba el castillo.

Los saludos y las bienvenidas fueron calurosas. Mientras entraba en el pueblo, el duque Ludovico quiso tener a su lado a Trotti, con el que mantenía buenas relaciones de amistad.

Los señores fueron avisados inmediatamente de que ni siquiera tendrían la posibilidad de comer tras la larga cabalgada, porque las estafetas ya anunciaban que la duquesa Isabel y su séquito ya habían abandonado Cassano y estaban llegando a Tortona. Apenas sin tiempo para cambiar de caballos, cruzaron el poblado a trote sostenido, seguidos por todo el grupo de notables. Había por doquier empavesadas y decoraciones con arcos, palcos de honor, enormes estatuas alegóricas y grandes emblemas de los Sforza y los de Aragón, pero con las prisas nadie los observó. Acababan de salir del burgo, después de haber atravesado el poblado, cuando entre la bruma de la noche vieron las primeras teas del grupo que llegaba de Génova.

En ese momento el duque Gian Galeazzo espoleó a su caballo y, seguido solamente por algunos Caballeros, alcanzó al galope el cortejo de Isabel, que mientras tanto y a pesar de la fría noche, había ordenado levantar la lona que cubría su carruaje. Por fin, a la luz de las antorchas y después de tantos años de espera, los jóvenes pudieron verse. Gian Galeazzo frenó el caballo y se acercó al carro, aún en marcha, desde el que se asomaba, en dulce actitud, la tierna muchacha. Él se acercó aún más para besarla, pero en ese momento su cabalgadura dio una reparada. El esposo tuvo que alejarse para de nuevo regresar enseguida junto a ella. Los presentes se miraron asustados. La ira de un caballo durante el encuentro de dos esposos se consideraba un feísimo presagio de tristeza y desventura que se proyectaba sobre su destino. Pero, en un instante, el Duque desmontó de la silla, saltó sobre el carro y comenzó a besar tiernamente a su esposa, que emocionadísima y entre sollozos no pudo dejar de admirar al guapísimo joven rubio que la acogía entre sus brazos.

El encuentro de los dos bellos chiquillos a la luz de las antorchas, la ternura de ella, la espontaneidad del Duque, unidas a la emoción por el fin del largo y azaroso viaje, habían conmovido a los asistentes. Después de los saludos ceremoniales de los distintos Embajadores, después de los cumplidos y mensajes de augurio, el cortejo volvió a ponerse en marcha, e Isabel y Gian Galeazzo al fin pudieron entrar juntos en Tortona.

Mientras, poco a poco, llegaban los demás. La acogida que el tío Ludovico, regente del Ducado, dispensó a la nueva duquesita de Milán fue especialmente afectuosa; él fue muy galante y pródigo en halagos y augurios por la felicidad de los novios.

El cansancio ya se había apoderado de todos, pero sólo los Duques, los Embajadores y los más altos personajes sabían dónde comerían y dónde se habían preparado sus alojamientos; dormirían en el castillo y en el obispado y cenarían con el conde Botta. En una sala del palacio, además de una mesa suntuosamente dispuesta, ya estaban listos numerosos pajes que se encargarían del servicio de los ilustrísimos comensales.

Para que entraran en calor maese Stefano preparó un caldo espeso de faisán, haciendo hervir durante más de siete horas los huesos despedazados de las aves, junto con tocino magro, pimienta, salvia, hojas de laurel y un poco de canela y clavo.

La breve cena proseguiría luego con caviar untado sobre finas rebanadas calientes de pan tostado; cabrito al ajo, asado y servido con una salsa a base de agraz, huevo, dientes de ajo bien machacados, azafrán y poca pimienta; fricasé de riñón de ternera; pichones rellenos a la lombarda; pasteles de alcaparras; torta de caviar mezclado con verduras finamente cortadas, miga de pan, poca cebolla y poca pimienta; luego trufas y uvas pasas.

Para terminar y predisponer a los huéspedes para un buen reposo, después del largo viaje del día, el Gran Cocinero sirvió las refinadas uvas moscatel de Damasco, lavadas en agua de rosas con azúcar fino y copas de nata batida.

Los demás Caballeros, que habían llegado desde Milán y Nápoles, enseguida empezaron a buscar lugares donde pasar la noche. Se dirigían al *Gran Mariscal*, que trataba de encontrarles un hospedaje. Acababan alojados por todas partes, allá donde fuera posible, en las tabernas o en las casas de los campesinos y, a falta de éstas, incluso en los establos.

Pero había una exigencia común a todos: tenían que comer. Maese Stefano lo había previsto perfectamente y estaba preparado para el asalto de aquellos hambrientos, que además en su mayor parte eran jóvenes.

En el salón donde al día siguiente se celebraría el gran banquete se colocaron largas mesas provisionales con todo tipo de viandas: rabos de carnero con puerros a la parrilla, becadas asadas con pan untuoso, perdices grises a la catalana, *carbonada* de jamón con jugo de limón, sopas de ñoquis y de semillas de cáñamo, lasañas de piel de capón y tortas de castañas y de garbanzos.

En tanto, las chuletas de ternera cortadas finas, machacadas y marinadas en sal e hinojo durante media hora se pasaron por la parrilla y se sirvieron bien calientes.

Además, estaban los nabos armados, que maese Stefano, después de haberlos rebanado, primero los soasaba en la ceniza para luego cocerlos en la sartén en capas alternadas con buen queso graso, a modo de torta.

Los comensales, ya sin frío y casi saciados, terminaron con unas raciones de piñonates y de *savorea*, un dulce a base de azúcar, almidón y agua rosada, y luego aún con ciruelas en almíbar, peras en conserva y confites con almizcle.

Maese Stefano y el Diplomático ferrarés querían aprovechar la llegada de los Caballeros de Génova para enterarse mejor de los eventos intrigantes que habían funestado el viaje. Entonces pensaron en hacer cenar en la gran cocina al grupo de los Legados, a los que Trotti conocía bien, y a sus amigos. En efecto, según los mensajes de Terzaghi, se trataba de los que habían vivido más de cerca los misteriosos hechos.

Así, procuraron que en las dos mesas al lado de la escalera se acomodara, con especial consideración, a los cuatro jóvenes Diplomáticos, las señoras que los acompañaban y los dos amigos del Duque.

Maese Stefano y Micer Trotti se habían puesto a charlar en un rincón en penumbra mientras los sirvientes llevaban a la mesa unos inmejorables panes de pueblo y unas jarras de *vinillo tinto de Broni*, caldo muy rotundo en la boca, aunque después pasaba como agua.

Además de los muchos platos que se habían servido en la gran sala, aparecieron en la mesa grandes platos de sábalos en salmuera recién llegados de Génova en barriletes de madera, con guarnición de cebollas blancas rebanadas muy finamente y condimentadas con vinagre y aceite de la Riviera. Luego fue el turno del jamón asado con salsa densa de mosto de uva y de una gran fuente de mojama de delfín sobre rebanadas de pan tostado.

—He añadido estos platos picantes y salados para que nuestros amigos se sientan inclinados a empinar el codo y, en efecto, veo que las jarras de vinillo de Broni se vacían y se sustituyen rápidamente. El remate final lo darán el *moscato de Asti* y el resolí de moras cuando lleguen a la mesa los platos con dulces —dijo el Gran Cocinero.

Durante un rato maese Stefano y el Embajador, muy atentos, estuvieron en silencio y dejaron que los jóvenes, hambrientos por la larga jornada, se lanzaran sobre esas viandas y vinos tan gustosos. Los dos amigos, tranquilos y burlones como dos gatos al acecho de ratones, miraban con satisfacción cómo los comensales regaban abundantemente las comidas con todo aquel buen tinto ofrecido con tanta generosidad.

—Esperemos a que estén en su punto; sólo entonces tendrán la lengua más suelta —comentó en un momento dado micer Jacopo.

—Así lo creo yo también —replicó Stefano retorciéndose los rojizos bigotillos.

Cuando se dieron cuenta de que el apetito de los jóvenes se había calmado y de que el vino había empezado a calentarles el estómago y la lengua, se acercaron a la mesa y se pusieron a conversar.

El embajador de Ferrara, con aire indiferente, pidió al florentino que le describiera la villa de Ravello y pareció divertirse mucho con la exposición de lo que hizo cada uno durante la memorable noche. Como era inevitable, el relato cayó en el homicidio. Estaba prohibido hablar de lo sucedido, pero el cansancio, la comida y el vino consiguieron vencer el temor que Sanseverino había tratado de infundir en la comitiva.

Manetto, en voz baja para no hacerse oír por los dos amigos del joven Duque, continuó:

—No logro entender cómo un asesino, aunque fuera de constitución robusta, consiguió ceñir una armadura alrededor de un cuerpo, ya sin vida, y cómo pudo erguirlo y atarlo a la columna. Vestirse la armadura es una empresa sumamente complicada hasta para un soldado experto, bien vivo y decidido a ponérsela, figurémonos para un muerto difícil de mover y que se cae por todas partes.

El borgoñón intervino:

—Yo más bien no puedo comprender por qué el homicida, una vez cometido el crimen, se tomó la molestia de volver a vestir a la víctima, si bien apresuradamente, con una coraza, arriesgándose a ser descubierto. ¿Qué quería obtener? El crimen ya había sido cometido. ¿Qué necesidad había de hacerlo tan teatral con esa estrambótica puesta en escena?

—Ah, si es por eso, los otros dos muertos también fueron exhibidos en modo increíblemente espectacular —comentó el veneciano—. Parece que el homicida quiere exhibirse ante todos. Quién sabe si no es uno de los esclavos sarracenos al servicio de la expedición, quizá obedeciendo la orden de algún califa. Actuando así querría hacernos entender, por ejemplo, que las feroces incursiones cristianas en los puertos berberiscos se vengarán precisamente aquí, en nuestra casa. He aquí, pues, la necesidad de ostentar los pobres cuerpos con tanta pompa.

—Entonces, no se trataría ni de una venganza ni de un crimen pasional, porque en estos casos las escenas con los muertos serían inútiles —observó el legado de Mantua, Basso Folchini.

El veneciano no replicó.

Esta última observación debió de impresionar mucho a micer Trotti, porque de pronto quedó pensativo y permaneció en silencio ensortijando, como tenía por costumbre, la punta de su largo bigotillo.

Luego maese Stefano, acercándose a la mesa con un óptimo queso de oveja sardo, preguntó en voz baja quién había tenido el valor de subir hasta la cima del mástil de la carraca para recuperar al segundo muerto que colgaba sobre la vela. Fue Fieschi quien respondió:

—Fue uno de mis hombres, un ex bonaboya que ahora está al servicio de nuestra familia, el que fue el primero en trepar, bajarlo al puente y liberarlo de la gaza. —Hizo una pausa y, después de un buen sorbo de vino Dell'Oltrepó, continuó con la voz ya un poco empañada—: A decir verdad, no se trataba de una gaza normal. La gaza es lo adecuado para apretar; en cambio, era una gaza de amante que, una vez hecha, ni se mueve ni aprieta.

Maese Stefano estaba ansioso por saber más pero, no queriendo despertar sospechas, se puso a hablar de otras cosas. Luego, como si hubiera sentido curiosidad por el extraño nombre, preguntó qué era una gaza de amante.

—Es un nudo que vosotros, los de tierra firme, no conocéis. Aunque es complicado, los buenos marinos lo realizan a ojos cerrados y se llama así porque cuanto más se tira más resiste, como los vínculos entre amantes, pero basta muy poco para desatarlos, aunque estén anudados desde hace mucho tiempo. Lo usan los marineros para asegurar con fuerza las barcas y jamás he conocido a nadie de tierra que lo supiera hacer.

Maese Stefano intercambió una rápida mirada con Trotti, luego desvió la conversación proponiendo una degustación de dulces y piñonates.

Los jóvenes ya estaban un poco achispados y unos se burlaban de las proezas realizadas por los otros durante el viaje: de Dona Andrea por su moro, de Melita por ciertas amistades infantiles, de la circasiana por la extraña tintura de los cabellos con la henné y el sol, de Dona Evelyne porque dividía sus atenciones entre su amiga Isa y los suspiros por el hombre de otra; también se mofaban del borgoñón, por su *familiaridad* con los mozos de a bordo. Todos reían y bromeaban, aunque ya empezaban a ceder al cansancio y al vino. Al final, con fatiga, se levantaron de las mesas y fueron acompañados al lugar donde pasarían la noche. Al día siguiente se celebraría la ceremonia solemne en la catedral y luego, por la tarde, tendría lugar la gran cena nupcial.

—¿Qué decís, micer Trotti, a propósito de lo que acabamos de oír?

—Caro maese Stefano, tengo la impresión de que esos jóvenes, sin quererlo, nos han dado una nueva clave para penetrar un poco más en el asunto.

—Yo también he tenido la misma idea y, además, ha habido algo que no me ha sonado bien. Tenemos que hablar de ello con calma, pero ahora debo subir a la sala donde los genios se están ocupando de organizar el banquete de mañana.

Se despidió de micer Jacopo, salió de la cocina y subió al gran salón. A pesar de que ya era de noche, aún había quien trabajaba.

El maestro Leonardo da Vinci, el Gran Senescal, el poeta de Corte Bellincioni con su asistente, Baldassarre Taccone, el Gran Credenciero, el Gran Bodeguero y ahora también el Gran Cocinero ponían a punto cada detalle y se empeñaban para que el banquete, que tendría lugar en ese mismo local al cabo de pocas horas, estuviera destinado a recordarse como uno de los más memorables del siglo.

11

—¡Apestas como un cabrón!

El escrupuloso *Senescal de la Familia* le asestó un garrotazo en la espalda, mientras los Senescales Menores lo empujaban hacia la puerta de la sala.

—¡Adelante, otro! ¡Muéstrame las manos, patán!

El infeliz las tendió con cautela y recibió un buen bastonazo en los dedos.

—¡Ve a lavarte las manos y las uñas y luego vuelve! —dijo otro Senescal, el que se ocupaba de los Forasteros.

Desde bien temprano los Senescales de menor grado seguían examinando a la masa de campesinos que, esa misma noche, deberían ayudar a los pajes y a los criados venidos de Milán para servir en el banquete, y ya era la hora segunda del día. Dentro de poco llegaría el egregio Gran Senescal, Gian Giacomo Vincimala, y para entonces era preciso que el personal de la sala estuviera en orden.

El jefe era un tipo muy severo y perfeccionista. Si hubiera visto gente demasiado sucia, aldeanos con sarna, con costras en la cabeza o con el cabello graso, se habría enfurecido de inmediato. Estos nobles decadentes que prestaban servicio en la Corte eran más jactanciosos e irascibles que los mismísimos Duques; el Gran

Senescal lo era particularmente con su erre lánguida y sus modos afectados de pederasta. De todos modos, aun careciendo de tierras y de castillos, era un gran señor y, cuando aparecía en la sala para supervisar una cena o una fiesta, era muy temido por sus subalternos y, al mismo tiempo, admirado por su elegancia, porte y refinadas maneras.

Alto y enjuto, con finos bigotes puntiagudos, vestía siempre una amplia garnacha negra con enormes mangas arrocadas, llevaba un birretón de terciopelo también negro, con una pluma blanca, y como único ornamento lucía la gran cadena de oro y el resplandeciente medallón de su grado, con las armas del Ducado en relieve.

Sólo cuando finalizó la selección y todos los temerosos y desorientados aldeanos, aseados y vestidos con la corta jornea del linaje de los Sforza, fueron agrupados detrás de los criados y los pajes milaneses, llegó el egregio Gran Senescal.

Entró en la sala seguido por el Trinchante Mayor y los otros diez Trinchantes Menores, el Gran Credenciero, con sus veinte ayudantes, el Gran Copero Secreto, también él con veinte Escanciadores, el *Copero de Honor*, el Despensero Mayor con sus asistentes y, por último, el Gran Cocinero con sus tres Cocineros Principales. En cambio, los Cocineros, los Oficiales de Cocina, de rango más bajo, y los galopillos se quedaron en la espaciosa cocina donde bullían los preparativos y, al cabo de pocas horas, estarían listos los primeros platos. También estaban presentes el Pífano Mayor y el *Gran Tamborilero*, con sus músicos.

El Gran Senescal se situó en el centro de la reunión sobre una tarima expresamente dispuesta. Cuando estuvo seguro de que también estaban en la sala el poeta de la Corte, Bernardo Bellincioni, con su discípulo Taccone, se aclaró la voz con algún que otro educado golpe de tos y, con tono muy cortesano, empezó diciendo:

—Como todos saben, esta noche tendrá lugar el gran banquete por los faustos esponsales de nuestros jóvenes duques Gian Galeazzo e Isabel, ¡que *Domine Iddio* bendiga sus nombres y su augusta unión! En la cena, además de nuestro bienamado duque Ludovico, participarán muchos huéspedes extranjeros, que tan amorosamente han querido acompañar a la noble esposa hasta nuestro Ducado. La mayor parte proviene del augusto Reino de Nápoles, que ha tenido el privilegio de ser la cuna de la princesa Isabel. Habrá más de ochocientos convidados. Las circunstancias que *hemos citado* hacen de este banquete un acontecimiento totalmente excepcional y digno de permanecer en las crónicas de nuestros tiempos. Su Celsitud el duque Ludovico ha querido que no se tratara de una simple cena, sino de un convite donde poesía, música, danza, arte de la decoración y sapiencia de la cocina se fundieran en una admirable unión. Por tanto, será conveniente que todos conozcan las tareas que deberán cumplir siguiendo las órdenes de su superior y que cada uno sepa cómo se desarrollará exactamente el banquete.

En ese momento, el Gran Senescal adoptó un aire aún más condescendiente. Estaba a punto de hablar de poesía a esa masa de patanes.

—El poeta Baldassarre Taccone, pupilo del augusto aedo de la Corte Bernardo Bellincioni, ha preparado una eximia composición poética —explicó el Gran Senescal, hombre de cultura y de gusto, consciente de que mentía, pero no lo dio a entender en lo más mínimo—, que será el hilo de Ariadna de toda la cena. La preciosa oda se inicia con estas palabras: *Ordine de le Imbandisone se hanno adare a cena. Prima imbandisone*... La declamación de tales versos dará comienzo al solemne festín. Como gran novedad se ha preparado un cuadernillo a prensa, según la nueva técnica del alemán Gutenberg, con la elegía de Taccone. Así será posible poner una copia delante de cada convidado para que pueda seguir los versos del poeta y saber cómo se sucederán todos los preciados platos. Aparte de estas novedades nunca vistas en un festín, esta noche tendrá lugar un típico banquete *all'italiana*, como se celebran en nuestra Corte. Para quienes no estuvieran familiarizados con los usos de las *Cortes gentiles*, nos tomaremos la molestia de dar cuenta de ello.

En efecto, los aldeanos, vestidos de sirvientes, ni siquiera lograban entender de qué estaba hablando ese señor de negro, que sin duda alguna para ellos era un príncipe o incluso algo más.

Vincimala continuó:

—Banquete *all'italiana* significa que, cuando los invitados se sienten a las mesas bajas, ya encontrarán todas las bandejas o fuentes, como se prefiera decir, del primer servicio y cada uno elegirá directamente lo que más le agrade. Toda la comida estará compuesta por cinco servicios. Por tanto, es obvio que en las mesas se dispondrán cinco manteles superpuestos y los invitados se levantarán cuatro veces para otros tantos *intra-metz*. —Al Gran Senescal le gustaba hacer ostentación de cultura y por eso siempre usaba el vocablo francés *intra-metz*, es decir, «entre las comidas», en vez del italiano *intermezzo*, que si bien quería decir lo mismo, a él le parecía menos elegante—. Durante las pausas, los sirvientes y los pajes retirarán los platos del servicio anterior y quitarán uno de los cinco manteles, ya sucio, pues los comensales se habrán limpiado las manos y la boca con él. Luego, las mesas se cubrirán con los platos del siguiente servicio, disponiendo de nuevo todo lo necesario y así durante cuatro veces; ésta será la norma para las mesas bajas. En cambio, en las mesas altas de los Duques y señores más importantes, en esta especial circunstancia y por vez primera, se ofrecerá un servicio especial. He aquí en qué consistirá tan admirable invención; cuando los Duques y los huéspedes más eminentes se sienten a sus mesas, éstas estarán totalmente preparadas, pero, contrariamente al uso, aún no lo estarán las viandas. A las mesas privilegiadas, las bandejas con la comida de cada uno de los cinco servicios serán presentadas por danzarines que, al son de la música, seguirán los versos que, mientras tanto, irá declamando el poeta Taccone. Por ejemplo, Mercurio con sus ayudantes propondrá, a paso de danza, un triunfo de ternera plateado relleno de aves cocidas; Diana Cazadora y sus ninfas, los platos de caza; Neptuno con las náyades y los tritones, los frutos del Océano y así todos los demás. Todo ello, como ya he dicho, siguiendo el *Ordine de le imbandisone* de la composición poética. Un servicio como el que os hemos descrito, con poesía, música, danzarines y divinidades del Olimpo jamás se ha visto en Corte alguna desde que el hombre tiene memoria. Para recalcar la importancia que nuestro señor Ludovico atribuye al banquete de esta noche, os baste saber que se ha dignado dar personalmente sus disposiciones al respecto, repetimos, personalmente a nos y a nuestro ilustre Gran Cocinero, maese Stefano. —Diciendo esto se volvió hacia maese Stefano, que respondió con una cortés inclinación—. Por nuestras palabras —añadió el Gran Senescal, a quien gustaba subrayar su importancia en la Corte usando el plural al hablar de sí mismo—, habréis entendido cuán ardua ha sido y aún será la preparación de la cena; cada plato deberá estar listo puntualmente antes de que el poeta declame los versos que lo anuncian, pero dando tiempo a que los danzarines avancen bailando y lleguen a las mesas altas en el momento exacto. Obviamente, al presentar los distintos tipos de carne, los Trinchantes, siguiendo el ejemplo del eximio Trinchante Mayor, que servirá la mesa de los Duques, trincharán con arte las carnes para el resto de los invitados. Los Coperos, cada uno según su nivel, retirarán de inmediato las copas vacías para reemplazarlas con otras llenas. Será el Gran Copero Secreto quien decidirá la calidad de los vinos que se servirán a cada huésped según su rango.

El tono de su voz daba a entender que ya se había prodigado demasiado con aquel auditorio y que se encaminaba hacia la conclusión.

—Una vez concluido el quinto servicio, es decir, acabados los platos, el Copero Noble tendrá el honor de servir al duque Gian Galeazzo la gran copa nupcial con hipocrás de rosas, con la que el augusto esposo pronunciará, junto con la duquesa Isabel, el tradicional brindis augural y sólo entonces el magnífico banquete finalizará. Debe tenerse muy en cuenta que el Gran Cocinero no sólo deberá preparar especiales las viandas de las mesas principescas, sino también las de todas las demás; habrá comida distinta adecuada a la importancia de los comensales. Por eso *invitamos* a todos a estar preparados y ser premurosos a nuestras órdenes y a las de maese Stefano. Cualquier error o distracción se castigará de manera ejemplar. Dejemos ahora que nuestros ayudantes, los *Senescales* de la Familia y los de los *Forasteros* os den las últimas instrucciones.

Gian Giacomo Vincimala, gran senescal de los duques de Sforza, se calló, lanzó una mirada circular a toda la asamblea, descendió con gesto grave de la tarima mientras los presentes lo reverenciaban con una inclinación y, moviendo imperceptiblemente las caderas, se alejó.

Los dos Senescales Mayores eran menos elegantes que su gran jefe, pero más explícitos y expresivos.

—Por tanto, cabezotas —dijeron—, ya habéis entendido; a la hora undécima, una hora después del véspero, empieza *la batalla*, y pobre del que cometa un error. Comenzaréis inmediatamente extendiendo los cinco manteles sobre las mesas y estirándolos bien con planchas calientes. Luego hay que colocar los adornos y decoraciones en el centro de las mesas, además de las cucharas, los cuchillos y los cuadernillos donde está estampado el *Ordine de le imbandisone*. Los comensales de las mesas más largas deben poder alcanzar los manjares de los distintos servicios sin demasiadas molestias. Para conseguirlo es preciso que todos los platos que componen el servicio estén a disposición de cada grupo de comensales, ocho como máximo. Por consiguiente, cada ocho sitios habrá una serie completa de platos y así se repetirá a lo largo de toda la mesa. Además, para facilitar su acceso, cada serie de bandejas se ordenará según el esquema previsto en estos dibujos. Y vosotros, patanes, debéis aprender de memoria la disposición precisa de las fuentes, estando bien atentos a cuanto os enseñarán vuestros jefes.

Los dibujos que ilustraban la disposición de las bandejas se hicieron circular entre los Senescales Menores, que dirigirían las operaciones.

Como los comensales eran más de ochocientos, para cada servicio tendría más de cien grupos de fuentes. En efecto, por su dignidad no era concebible que un Marqués, un Conde o un Caballero estuviera obligado a pedirle a su vecino de mesa que le hiciera el favor de pasarle un plato. Más inconcebible aún era que alguno de ellos tuviera que levantarse para ir a buscarlo. Esto se refería exclusivamente a las mesas bajas porque en las mesas principescas, como había explicado el Gran Senescal, todo se desarrollaría de otro modo.

Después tomó la palabra el otro Senescal Mayor.

—Ahora vamos a hablar de la conducta de los servidores, tanto de los ya expertos que vienen del castillo de Milán, como de los aldeanos que acabamos de enrolar entre la gente de Tortona. Sabéis perfectamente que a todos los convidados no se les sirven las mismas viandas, ya provengan directamente de la cocina o de la credencia. A los de menor prestigio, que ocupan los últimos sitios de la sala principal, deberá llevárseles la comida que queda en las fuentes de los primeros, después de que éstos se hayan saciado. En fin, para los ultimísimos en orden de importancia, recogeréis, como de costumbre, las sobras de los platos de los demás y formaréis las raciones; nos referimos a los que no cenarán en la sala principal, sino en los comedores adyacentes. Aquí surge el grave problema de siempre; algunos de vosotros tenéis la pésima costumbre de meteros en los bolsillos los mejores pedazos de las sobras para llevároslos a casa, de modo que a los malaventurados últimos no les llegan más que huesos descarnados, mendrugos de pan mordisqueados y cortezas de queso. Os conviene saber que fuera de las salas están los arqueros con unos robustos vergajos, esperando a quien sea sorprendido robando comida que, aunque en parte roída, sigue siendo propiedad ducal. Los deshonestos catarán durante un buen rato la calurosa bienvenida de los arqueros de los Sforza.

Los sirvientes trataban de adoptar un aspecto inocente, aunque para sus adentros ya estaban pensando en cómo conseguir llevarse a casa los mejores bocados sin que los pillaran.

—Y ahora, holgazanes, ¡todos a trabajar que el tiempo apremia! —Después se volvió hacia los que se ocuparían de las mesas altas—. Que comiencen también los ensayos del servicio y de la música y que los danzarines repitan una vez más sus pantomimas manteniendo en buen equilibrio las bandejas que deberán llevar a las mesas.

Desde el día anterior, aún antes de que la oscuridad cayera sobre la neblina de la llanura, en la enorme cocina, el trabajo bullía con el lúcido y rítmico frenesí de los auténticos maestros del arte. Los mozos desplumaban los pavos y faisanes, los carniceros descuartizaban los bueyes que pendían de los ganchos, dividiéndolos con grandes tajos. Colgados de una cuerda estaban las vejigas rellenas de caviar salado del Po.

Algunos Oficiales de Cocina condimentaban las carnes con clavo, pimienta, cinamomo, *cardamomo*, azafrán, nuez moscada, jengibre, *galanga*, regaliz, genciana, *sándalo blanco*, *rojo* y *ciprino*, *taray*, *hibisco*, tomillo y mejorana. Otros mechaban la carne con trocitos de tocino, mientras otros marinaban cuartos enteros de carne de buey con vino aromático, romero y hojas de laurel.

En gran cantidad de morteros, los mozos machacaban las almendras peladas. En otros más se desmenuzaba finamente la carne blanca de pollo que, unida a las almendras y al agua de rosas, serviría para preparar el manjar blanco.

En los hornos las empanadas habían llegado a un buen punto de cocción. Un horno entero estaba dedicado a las de ojos de cabrito; las empanadas rellenas de huevos y de verduras, sazonadas con azúcar en polvo y canela, se cocían en otro; también estaban casi listas las de higadillos de pollo con pimienta y en otros hornos las de zorzales y codornices espolvoreadas de jengibre, clavo y nuez moscada.

En las jaulas colgadas de las bóvedas estaban las alondras, las tórtolas y las palomas blancas que más tarde se introducirían vivas en el cuerpo de los terneros asados, para después salir y sobrevolar la sala en cuanto el Trinchante comenzara a cortar los animales cocinados. Sobre los fogones, al fondo de la cocina, hervían los potajes de róbalos, de sardinas frescas y de carne magra de carnero capón, además de los de asaduras de ternero y de perniles de cerdo. Los jabalíes, los ciervos y la caza, previamente frotados con ajo y lardeados con panceta, estaban macerándose en el salmorejo de vino con especias.

Una parte de la cocina, tres arcadas enteras, estaba dedicada a los dones del mar; doradas, atunes y peces espada hervían en grandes calderos con especias y condimentos. Los peces espada se habían cortado en rodajas, que a su vez se habían rellenado con huevos, frutos de mar, ostras y pequeños langostinos. Luego las rodajas se recomponían y los peces espada, reconstruidos y encorvados en un vigoroso impulso hacia lo alto, saltarían fuera de las olas espumosas hechas con manteca de cerdo azul y clara de huevo montada.

Se preparaban bolitas con alcanfor para meterlas en la boca de los pavos. El alcanfor, encendiéndolo poco antes de entrar en la sala, liberaría llamas luciferinas de los picos abiertos de las aves, produciendo un admirable efecto. Entretanto, los decoradores colocaban las plumas de los pavos en forma de rueda para después poder pegar la cola al cuerpo del ave cuando, al final de la cocción, se la vistiera de nuevo con piel y plumas.

Ahora todos los fogones estaban encendidos, los hornos en pleno funcionamiento y en cada asador se doraban lentamente las carnes. Mientras, los mozos, casi adormecidos si no fuera por los reveses de los Cocineros, recogían la grasa que caía en las graseras con manojos de plumas de oca y la distribuían sobre las carnes chisporroteantes, para evitar que quedaran demasiado secas. Sólo en el momento en que llegaran a su justo punto de cocción —y cada una tenía el suyo— se atizarían las brasas, dejando que el calor del fuego reavivado diese el golpe final. Con tal procedimiento se formaba esa capa crujiente —como decían los borgoñones, grandes expertos en asados—, suavemente socarrada y un poco dura al hincarle el diente. Así se da sabor a la carne roja y tierna, confiriéndole un leve aroma amargo, apenas una sombra, que se funde admirablemente con el perfume a romero y salvia.

En el asador que giraba solo, proyectado por el maestro Leonardo, rotaban lentamente y se soasaban a la perfección varios ciervos que más tarde los doradores revestirían con finísimas láminas de oro. Antes de meterlos en los espetones se rellenaron con castañas, ciruelas, pan tostado embebido en leche y salsa picante; luego se mechaban con lonjas de tocino y clavo. Previamente habían marinado durante doce horas en *Nebbiolo* de Carema.

Terneros enteros, aromatizados con azafrán y canela, se metían en el horno rellenos con gansos, gallinas y capones cocidos. Después había que untarlos con miel y espolvorearlos con cinamomo. Algunos Cocineros preparaban *asados secos* de capón, lomo de ternera y paloma a la parrilla, para comerlos con salsa verde, limoncillos confitados y olivas.

Maese Stefano, en calzas y casaca blanca, con un borde del amplio delantal levantado y remetido en el ancho cinturón de cuero, pasaba de un grupo al otro, sonrojado y chorreando sudor, dando instrucciones a los Cocineros Principales.

—Las cabezas de jabalí, no lo olvidéis, hay que desollarlas sin estropear la piel y después hervirlas en vino con pimienta, clavo, canela y *macis*. Una vez hechas deben servirse enteras, revestidas con su piel, decoradas con flores y con un fuego de alcanfor en la boca.

También los morros de ternera se cocinaban del mismo modo, pero sin despellejarlos.

El Gran Cocinero ponía una atención especial en la renombrada *ternera medio asada y medio hervida*. Esta preparación la supervisaba en persona, pues era una receta que había hecho célebre a su padre y que él había perfeccionado. Su famoso progenitor la descubrió en el texto del romano Apicio, gran experto en cocina del siglo II después de Cristo.

En un caldero a medida, se hacía hervir la mitad posterior de una ternera grande en un caldo graso con todos los aromas. Mientras, la otra mitad sobresalía por un agujero practicado en la tapa de la ollaza y, para evitar que se cociera, se la mantenía fresca con paños mojados. La parte que quedaba cruda se asaba posteriormente en un horno apropiado. Esta vez se hacía entrar en el horno sólo la parte por asar, y la ya hervida salía por la portezuela preservándola del calor, también en este caso, con unos trapos húmedos. De esta manera, el Gran Cocinero podía presentar una ternera intacta, sin haber dividido nunca el cuerpo del animal, mitad hervida y mitad asada, recubierta con láminas de oro y rellena con aves vivas.

En su rincón, los pasteleros se ocupaban de los panes pimentados, panes dulces con trozos de cidro confitado y uvas de Chipre, y rellenaban los fruteros y los *bibelots* con tortas de mazapán, piñonates de Parma y triunfos de fruta confitada de Génova. También con fruta confitada e higos secos se componían figuras de gigantes que combatían contra monstruos, bajeles en medio de una tempestad y trofeos con las armas del Ducado de Milán y del Reino de Nápoles.

Los confites dorados, los plateados y los esponjosos de Holanda rellenaban grandes copas de cristal de Murano, que se acompañaban con bandejas de pastas con sabor a rosa, menta y tamarindo.

Al cuidado del Bodeguero y en bacinas llenas de nieve, se ponían al fresco los vinos y los licores, entre otros, el preciosísimo licor de rosas traído expresamente desde Rodas para el brindis final de los novios.

Con los últimos preparativos del banquete se habían pasado la tarde y toda la noche. Cuando despuntaron las primeras luces del alba y desde el coro de la catedral, llegó hasta el sótano el majestuoso canto de maitines, los Cocineros y los mozos del turno de noche, agotados por la fatiga, fueron reemplazados por los que habían conseguido descansar un rato. Sólo entonces el Gran Cocinero también se concedió un breve sueño; regresaría al trabajo hacia la hora cuarta de la mañana.

Cuando Stefano, puntual y recobrado gracias al reposo, reapareció entre sus hombres, encontró allí mismo a Trotti, como siempre elegante con sus bigotes muy derechos y encerados y aquella barriguilla que no conseguía ocultar bajo su capotín. Lo estaba esperando mientras seguía con interés de apasionado la actividad de los cocineros.

—Hola, maese Stefano, me parece que todos se están empeñando mucho y que las cosas proceden bien.

—Sí, estoy satisfecho —respondió el amigo—, aunque siempre puede torcerse algo. Lo que más me preocupa es que, como sabéis, cada vianda deberá llegar a la sala en el preciso momento en que el poeta declame sus malditos versos.

—Estoy seguro de que lo conseguiréis. Pero ¿no dedicaríais acaso un poco de vuestro tiempo para hablar de lo que los jóvenes Diplomáticos nos dijeron ayer? He hecho algunas reflexiones de las que quisiera poneros al tanto.

—¡Soy todo oídos!

—Pues bien... Sabemos que las tres víctimas fueron asesinadas de una sola puñalada en la espalda, casi misericordiosa... Ninguna de ellas manifestaba en el rostro signos de terror, no tenía los ojos desorbitados, ni la boca abierta de par en par en un grito mudo, lo que hace suponer que el asesino deseaba matarlos de la manera menos dolorosa posible.

—Pero también podría significar que los muertos lo conocían y no tenían miedo de él —comentó Stefano.

—¡Exacto! Además, el veneciano nos ha hecho reflexionar justamente —dijo el Diplomático— sobre la anomalía de estos crímenes. Existe un contraste evidente entre el modo casi discreto de matar y la espectacularidad con la que se han exhibido los cadáveres, lo que hace pensar que no se trata de crímenes pasionales, ni de venganzas. El homicida no se mueve por el odio hacia sus víctimas, sino al contrario... Es como si, después de haber matado con tanta caridad, tratara de llamar clamorosamente la atención sobre su gesto.

—Sin olvidar, querido Embajador, que la puesta en escena no se ajusta en absoluto a la desaparición de los cadáveres inmediatamente después de su descubrimiento.

El Diplomático se quedó un momento pensativo y luego continuó:

—No se puede pensar que quien los ha apuñalado sea una persona distinta de la que ha organizado la puesta en escena. Este último, si no fuese el homicida, tendría que haber esperado a que algún otro matara para luego poner en marcha sus macabros espectáculos, lo cual carece de lógica. Por otra parte, sabemos que no es el asesino quien ha hecho desaparecer los cuerpos, sino que han sido los hombres de Sanseverino. Por tanto, nos encontramos ante un homicida que tiene interés en despertar clamor con sus fechorías, y ante el Moro, que tiene un interés contrario. Entonces es forzoso descartar a nuestro Duque, y lo hago con gran alivio, de la lista de posibles instigadores.

También el Gran Cocinero parecía liberado del peso de tal sospecha y se estiraba la perilla rojiza tal como hacía siempre en los momentos de mayor concentración. En efecto, el diálogo entre maese Stefano y Trotti se estaba haciendo intenso.

—Por tanto —dijo micer Jacopo—, a menos que se produzcan otros crímenes y emerjan otros indiciados, parecería que, a la luz de los hechos, los más sospechosos siguen siendo el padre de Isabel o uno de los mismos jóvenes; el primero para salvar el futuro matrimonial de su hija, el segundo por celos o por envidia.

—En cualquier caso, si así fuera, la cadena de crímenes no se detendría aquí: ¡uno o ambos jóvenes de los que hasta ahora se han librado del asesino podrían estar aún en peligro! —comentó maese Stefano, y prosiguió—: Me parece que hemos llegado a un punto crítico y, según cómo vayan las cosas, quizá logremos entender algo: si los crímenes acabaran, los dos supervivientes podrían haber sido los responsables de este horrible asunto. Si uno de ellos es asesinado y el otro sobrevive, quizá este último sea el criminal. Sin embargo, es posible que la cadena continúe con la eliminación de todos los jóvenes. En este caso, deberíamos sospechar muy seriamente del duque Alfonso.

El Embajador no pudo más que añadir:

—Tenéis razón, pero creo que es determinante llegar a comprender por qué el asesino ha querido presentar tan vistosamente sus actos.

—Desde luego —replicó maese Stefano, con el buen juicio del hombre del valle—, nuestras conclusiones podrían parecer incluso correctas, si no fuera por un detalle que no debemos olvidar y que contradice todos nuestros razonamientos: los últimos sospechosos, el duque Alfonso y los mismísimos jóvenes de Vigevano, no tienen ningún interés por hacer clamoroso el descubrimiento de los muertos, como tampoco lo tiene nuestro duque Ludovico.

Trotti se dio cuenta de la importancia de esta afirmación y ambos se dejaron caer sobre el banco; su investigación parecía haber vuelto al punto de partida.

En realidad, aunque no habían descubierto al homicida, sí que habían llegado a alguna conclusión. Habían conseguido excluir a los que parecían los únicos posibles culpables, además habían intuido que el asesino mataba sin odio y que la clave del misterio estaba en descubrir la razón por la que presentaba de manera tan fantasiosa sus fechorías.

Entre los milaneses que habían participado en el viaje casi ninguno se atrevía a hablar de los asesinatos, pues las amenazas de Sanseverino habían resultado muy eficaces. El Cocinero y el Diplomático estaban entre los pocos que, si bien con prudencia, conversaban sobre el asunto, que para ambos se había convertido en una investigación apasionante.

Presentían que habría nuevos crímenes, pero al no poder hacer nada por conjurarlos al menos trataban de recopilar la mayor cantidad posible de noticias sobre los trágicos acontecimientos, y por ello en la cocina todos los ayudantes del grado que fueran estaban alertados al respecto. Esperaban sonsacar algún indicio más concreto o descubrir un paso en falso del asesino que los orientase hacia la solución del misterio, antes de que fuera el cuarto muerto quien los iluminara.

Entre los jóvenes diplomáticos tampoco se podía evitar que se hicieran conjeturas, aunque con mucha cautela, sobre la identidad del asesino o de los asesinos, porque los dos supervivientes no hablaban de otra cosa. El conde Ridolfo da Pusterla y el caballero Bartolomeo Stampa estaban muy asustados y no se separaban, en parte para protegerse y en parte para vigilarse mutuamente.

Apenas llegados a Tortona lo intentaron todo para ponerse en contacto con el duque Gian Galeazzo, con el fin de confiarse a él y obtener su protección, pero todo fue inútil. Sanseverino, seguramente obedeciendo órdenes del Moro, había colocado una barrera insuperable de arqueros en torno al joven Duque para evitar que las funestas noticias le afectaran durante las pocas horas que pasaría en Tortona y en las que se mostraría en público.

El joven tenía un carácter débil e impresionable y nadie podía prever su reacción frente a la muerte de sus queridos amigos y a las increíbles acusaciones que los supervivientes habrían podido formular. Todo ello podía provocar un escándalo irreparable ante el resto de las delegaciones principescas.

Además se pretendía evitar que la joven e inexperta Isabel, enterada de lo ocurrido, organizara un escándalo que habría sido considerado muy grave en presencia de tantos napolitanos y españoles, que ciertamente no amaban al Moro. No. Era preciso a toda costa que durante algunas horas más no se produjeran contactos directos ni indirectos entre los dos jóvenes y los novios.

En efecto, a Trotti le constaba que Gian Galeazzo no sabía nada porque los hombres más fieles al Moro prácticamente lo habían aislado junto a su esposa en una estancia del palacio episcopal.

Según cuanto maese Stefano pudo saber por la servidumbre, el Duque había insistido repetidamente en ver a sus cinco amigos, pero siempre se le respondía con excusas y evasivas, primero alegando un retraso en su llegada a Tortona, luego explicando que habían sido dignamente alojados en un castillo en las afueras y, por último, citando motivos de protocolo.

Varias veces se había oído a Ridolfo y Bartolomeo discutir con gran vocerío, como si se acusaran el uno al otro, aunque siempre permanecían juntos; darse la espalda podía ser muy arriesgado. Evitaban encontrarse con la gente de Milán y de Nápoles y, a pesar de estar protegidos por algunos arqueros lombardos, no se fiaban ni siquiera de éstos. Sólo se dejaban acompañar por los diplomáticos extranjeros y sus mujeres, personas que merecían su confianza, ya que no tenían ningún interés en eliminarlos.

La circasiana era muy comprensiva con el inquieto Ridolfo da Pusterla, con el que no escatimaba lánguidas miradas y caricias. Durante esos momentos el Conde parecía olvidar la pesadilla que lo amenazaba y por eso le estaba agradecido. El otro, el caballero Stampa, no abandonaba ni un solo instante a sus nuevos amigos, buscando a su lado una seguridad que, sin embargo, no bastaba para tranquilizarlo. Incluso Trotti, siendo Embajador ferrarés y, por tanto, ajeno a las intrigas de las Cortes milanesa y napolitana, disfrutaba con sus desahogos. Mientras, maese Stefano seguía haciéndolos vigilar discretamente por algunos de sus avispados galopillos.

El matrimonio ya celebrado en Nápoles sería ratificado solemnemente en la catedral de Milán. Pero en Tortona los festejos organizados en honor a los recién casados no podían pasar por alto la bendición de la Santa Madre Iglesia.

En el recinto sagrado de la catedral, bajo un palio montado para la ocasión, el amo del lugar, Bergonzio Botta, señor de Tortona, rodeado de obispos y dignatarios, dio la bienvenida oficial a los jóvenes señores de Milán.

En la catedral refulgente de oro y de plata, el himno de los cantores se alzó imponente entre grandes nubes de incienso. Monseñor Ottaviano da Melzo pronunció una docta homilía dirigida a los augustos esposos y al duque Ludovico; después llegó la bendición del obispo de Como, Trivulzio, y al final el majestuoso *tedéum* de agradecimiento.

A la salida, entre los aplausos y los gritos alegres de la multitud, se preparaba el cortejo, pero antes de que los invitados se pusieran en camino, el notario Opizzoni, un pequeño notable tortonés, empujó hacia adelante a su hijo Dertonino, que confuso y titubeante se acercó a los Duques y comenzó a declamar un soneto en homenaje a los ilustres convidados:

Excelso Duca, o Cesare novelo
justicia cum forteza et temperanza
prudencia, fede, carità et speranza
te fano triumfare sempre vivo e belo...[1]

Afortunadamente los modestos versos del notario pasaron desapercibidos a aquel público desatento hasta que, al final de la filatería, en medio del aburrimiento general, concluyó:

Johane Galeazo Duca de pace
Christo te exalta cum prosperitade
e guarda Derthona in tua bontade.[2]

Aunque la poesía iba dirigida al joven Duque, fue el Moro quien con la mano enguantada hizo un distraído gesto de agradecimiento y el notario y su hijo se retiraron satisfechos.

El cortejo sólo pudo ponerse en marcha a la hora sexta, cuando al haber pasado el mediodía todos sus componentes advertían ya los mordiscos del hambre.

Sin embargo, el grupo descendió de la colina desfilando por las calles del pueblo con grandísima fiesta y triunfo. La gente atónita admiraba a los sesenta Caballeros vestidos con brocado y oro y a las cincuenta da-

1. Excelso Duque, oh nuevo César,
justicia con fortaleza y templanza,
prudencia, fe, caridad y esperanza
te hacen triunfar siempre vivo y hermoso...
2. Gian Galeazzo, Duque de paz,
Cristo te exalta con prosperidad
y mira a Derthona en tu bondad.

mas que, cargadas de perlas y collares, lucían suntuosas vestes, todos ellos al compaseo de sesenta y dos clarineros y doce pífanos.

Las calles de Tortona estaban cubiertas con telas blancas y de los muros de las casas colgaban tapices y festones de enebro y naranjas amargas; tanto que en esa ciudadela nunca se vio nada más *hermoso*. De las puertas y ventanas brotaban muchachas y mujeres vestidas con todo el decoro de su condición.

Para contener la exuberancia del pueblo, en las esquinas de las calles que atravesaba el cortejo había de diez a doce soldados.

Una vez atravesado el pueblo, remontaron nuevamente hacia el castillo, donde se celebraría el banquete. A lo largo del camino, se podían ver apostados más de cien *estradiotes* y ballesteros a caballo.

Su Excelencia el duque Gian Galeazzo llevaba una veste de brocado y oro tan rica y hermosa como jamás ninguna lo fue antes. En el bonete brillaban una punta de diamante y una perla redonda más grande que una avellana, mientras que en el pecho colgaba un estupendo balaje.

También la Señora Duquesa iba vestida de brocado y tenía una guirlanda de perlas en la cabeza y joyas maravillosas en las mangas y en el cos; las damas que la rodeaban llevaban trajes riquísimos.

Pero más que ningún otro era el duque Ludovico quien a su paso lograba enmudecer a la multitud fascinada y atemorizada. Lucía una bellísima jornea pespunteada de rubíes y diamantes y tejida en oro con las empresas de la casa de los Sforza.

Sobre el pecho tenía bordada una especie de red en trama de hilos de oro, el *burato* de oro, sostenido por cuatro manos angélicas, dos a los lados y dos en los hombros, donde con letras de oro se leía el lema: «*Tale a ti quale a mi.*»[1]

1. A ti como a mí.

De su cuello colgaba un rubí balaje, llamado *«el marone»*, con el emblema grabado del *caduceo de Mercurio*, que tanto apreciaba como símbolo de paz y prosperidad. En el dedo llevaba el celebérrimo anillo de *corniola* con la efigie tallada de un emperador romano: era el sello que imprimía sobre todas sus órdenes en señal de autenticidad. En la cabeza llevaba un bonete oscuro con un broche de oro con la inicial «M» y una gran perla pinjante. Al regresar de la función religiosa, los Legados y amigos, que estaban especialmente hambrientos, optaron esperanzados por reaparecer en la cocina de maese Stefano, a pesar de que se dijo a todos que el día del banquete no tendría tiempo para dar de comer a nadie, de veras a nadie. Ante la imprevista llegada de los intrusos, los cocineros se precipitaron al final de la escalera de entrada para cerrarles el paso haciendo visibles signos de denegación con la mano y la cabeza. Pero la circasiana y Dona Evelyne, exhibiendo las más seductoras de sus sonrisas, forzaron el obstáculo y se encaminaron directamente hacia maese Stefano.

El Gran Cocinero trataba de rebelarse a sus zalamerías, pero las dos damas lo cogieron suavemente por debajo del brazo, implorándole. Casi inmovilizado, maese Stefano seguía sacudiendo la cabeza, negándose, mientras micer Jacopo, que acababa de llegar, se sentaba a una mesa y observaba la escena sonriente. Sabía que su refunfuñón amigo no se resistiría a las monerías de la circasiana y aún menos a los ojazos gris-azulados y suplicantes de Dona Evelyne.

En un momento dado, forcejeando graciosamente, el Cocinero dijo:

—¡No, y siempre no! —Se contradijo de inmediato—. Quizá, a lo sumo, podría daros sólo alguna cosilla para calmar el hambre y basta, luego ¡todos fuera enseguida! —Lo dijo con el tono más malvado y molesto que pudo... pero lo dijo.

El Cocinero se irritó mucho, porque el Diplomático había estallado en una carcajada. Le fastidiaba que su amigo lo sorprendiera en un momento de debilidad.

—¡Pero daros prisa! —gritó entonces tratando de mostrarse muy brusco, al tiempo que acompañaba a Dona Evelyne hacia una de las mesas, con tal dulzura de modos y tal sentimiento de devoción que sus hombres no le reconocían. Dona Evelyne, al lado de aquel hombretón, aún parecía más menuda y frágil mientras él daba la impresión de protegerla con su corpachón.

Los jóvenes se sentaron ruidosamente en los bancos a cada lado de la escalera y, con alegría, empezaron a comer carne asada, guisos y tortas saladas que, a una señal del Gran Cocinero, los sirvientes habían acercado, junto con unos bocales de buen vino, a las dos mesas.

Con la excusa de ayudar a sus hombres a desembarazarse pronto de aquellos inoportunos bulliciosos, maese Stefano servía personalmente a Dona Evelyne unos platitos de exquisiteces elegidas aquí y allá de entre los manjares ya preparados para la mesa ducal. Durante algunos instantes se quedaba fascinado con los ojos gris-azulados de la mujer y con los hoyuelos de sus mejillas cuando sonreía. Luego, como para recuperarse de un sueño y mientras se atormentaba la perilla, iba de inmediato a dar alguna imperiosa e inútil orden a sus Cocineros Principales.

El paje Geraldo, con ojos adoradores y tristes, estaba sentado junto a Melita, cortejadísima como siempre. La seguía por doquier sin apartarse de ella, soñando en vano con volver a poseerla tan disponible y maternal, como durante la noche en Pisa. Mientras tanto, la circasiana bromeaba alegremente ora con uno ora con otro, en particular con los dos amigos del duque Bartolomeo Stampa y Ridolfo da Pusterla y con Manetto dei Portinari. Al florentino lo vigilaban desde la otra mesa las dos damas de Valladolid lanzándole torvas miradas.

Los jóvenes ya habían comido bastante y la cocina tenía que volver inmediatamente al trabajo sin gente fastidiosa por medio; por eso, maese Stefano, sacudiendo el delantal como si quisiera espantar moscas, expulsó casi a la fuerza al grupo de los Legados, que se precipitaron veloces hacia la escalinata. Dona Evelyne, que era la última en salir, a mitad de la escalera se detuvo, se volvió hacia el Cocinero y, levantándose un poco el vestido con las manos para no tropezar, descendió corriendo por los peldaños. Acercándose a maese Stefano, se puso de puntillas y le dio un sonoro beso en la mofletuda mejilla, para luego desaparecer rápidamente escaleras arriba. Él se tocó el carrillo y, más colorado de lo habitual, se volvió instintivamente hacia su amigo. Micer Jacopo le estaba guiñando el ojo, con una sonrisa irónica.

—¡A trabajar, holgazanes —chilló el Gran Cocinero a sus ayudantes, que habían observado un poco sorprendidos la escena—, que pronto se hará de noche!

Y trató de asumir una actitud seria.

El trabajo bullía con un ritmo regular. Maese Stefano de vez en cuando iba a sentarse a una de las mesas con el embajador Trotti, que ya había concluido sus compromisos protocolarios. El Cocinero descansaba unos instantes e intercambiaba algunas palabras con su amigo, mientras sorbían un trago de *garnacha de Corniglia* bien helada, mantenida así en la nieve. Incluso sentado, el Gran Cocinero seguía dirigiendo su numeroso grupo con señales de la cabeza o bien indicando con la mano los quehaceres, primero a uno después a otro.

Fue durante una de estas pausas cuando bajó a la cocina Ambrogio da Rosate, el médico y astrólogo de la Corte. Nunca tenía una cara alegre, pero en ese momento parecía más triste y angustiado de lo normal;

quizá sentía necesidad de sincerarse con alguien en quien confiara.

—¿Qué os pasa, maestro Ambrogio? —preguntó Trotti—. Parecéis un poco bajo de moral.

—Lo estoy, lo estoy, querido Embajador, y vos sabéis también por qué. Los astros y los hombres me han revelado que sucederían cosas muy graves, que, por otra parte, están ocurriendo, pero no he podido hacer nada por evitarlas. Es inútil que los astros os desvelen sus secretos más arcanos, si luego la ceguera de los hombres hace vano todo consejo, toda insinuación de prudencia. Esta última noche me la he pasado consultando antiguos textos que tratan de los influjos siderales, esperando haberme equivocado, confiando en que las cábalas de Hermes Trismegisto me revelaran que lo que había visto no era cierto. Noche desperdiciada, peor aún, un esfuerzo inútil y envilecedor. Ahora sé que los desdichados eventos continuarán, pronto... muy pronto... —repitió como si hablara consigo mismo—, y seguirán hasta representar una oscura amenaza incluso para nuestro mismísimo Ducado.

Sin proferir palabra, maese Stefano delicadamente le puso delante una copa de buen tinto de Borgoña. El viejo, arrugado y cansado, le dirigió una muda mirada de gratitud; la necesitaba de verdad, y el Cocinero, ese buen hombre, lo había intuido.

El astrólogo, un poco reanimado por el calor del vino, continuó:

—Inerte, percibo la cercanía de la catástrofe que las estrellas y la Cábala me anuncian como próxima... quizá ya se está madurando aquí, ahora. Aunque nada me está permitido hacer. A nosotros, hombres de la Cábala, no sé si por suerte o por desgracia, nos es concedido escrutar las estrellas y vemos claros los eventos lejanos, pero cuando están muy próximos en el tiempo, somos como ciegos que rondan por las inmediaciones de un barranco del que conocen la existencia, pero no el lugar.

Ambrogio calló y permaneció en silencio mientras los otros trataban de aferrar el misterioso significado de aquellas frases que parecían llegar desde muy lejos. Maese Stefano, siempre fascinado e impresionado por las palabras del sabio astrólogo, no pudo menos que preguntar:

—Entonces, maestro, ¿no se interrumpirá jamás la cadena de acontecimientos? Y dado que nadie puede intervenir, ¿adónde irá a parar la libertad de elegir entre el bien y el mal? La Madre Iglesia nos enseña que nuestra conducta sólo depende de nosotros mismos y de nuestra rectitud. Me parece que en vuestras palabras hay una contradicción. —Era su buena cultura religiosa la que lo hacía hablar.

—No; no está dicho que así sea. En efecto, el mal se puede truncar, porque si no fuera así nosotros ni siquiera seríamos responsables de nuestros pecados. Las estrellas nos dan indicaciones, pero nunca revelan los detalles, porque tampoco a ellas les es concedido privarnos de nuestro libre albedrío. La libertad de elección es un don y, al mismo tiempo, una condena que *Domine Iddio* nos ha concedido. Ellos, los astros, nos ofrecen misteriosos, pero correctos, signos, como si en una densa floresta alguien nos indicase una dirección correcta; sin embargo somos nosotros los que debemos adentrarnos en el bosque y en cada encrucijada elegir con plena libertad entre el sendero bueno y el fatal. Por desgracia, no nos encontramos solos ante esta elección; el Maligno se esfuerza, por todos los medios, por hacernos elegir el camino de la perdición en la selva oscura de nuestra vida. —Se quedó en silencio durante un rato, como si dudara en descubrir otros arcanos. Luego, con una voz que parecía surgir desde las más secretas tristezas de su ánimo, prosiguió—: Hay sucesos que las estrellas nos revelan, pero que ninguno de nosotros, hombres que poseemos la facultad de leer en los astros, puede detener. Son vicisitudes con orígenes lejanos y conclusiones aún más inescrutables. Hay alguien acá arriba, no en los altos cielos, sino en el aire cercano a nosotros, que prepara desde hace largo tiempo y desde muy lejos, las malditas horas que concluirán toda su obra. Se trata de entidades del Hades, que anidan en lugares insólitos y desde allí urden largas tramas bajo la guía del más pérfido y astuto de ellos, quizá el mismo y poderosísimo Azazel en persona, el demonio del desierto. Están por todas partes, pero preferentemente fuera de algunos edificios sagrados; alrededor de las grandes catedrales, entre las vigas de los techos, entre los arcos rampantes o bajo las bóvedas de los pórticos, cerca de las entradas que no traspasarán nunca, destinadas eternamente a no poder calmar la enorme sed que tienen de estar cerca de Dios. Hay lugares y horas donde su desesperada presencia se advierte más que en otros sitios.

Los dos que lo escuchaban se miraron a los ojos, como si cada uno quisiera escrutar los temores del otro, mientras el astrólogo continuaba:

—Por ejemplo, en el pórtico de la que fue antigua catedral de Torcello, en la isla cercana a Venecia, a medianoche, el incauto que se encuentre en las proximidades del pronaos advertiría con claridad el horror de su presencia bajo las bóvedas mientras empujan desesperadamente para introducirse por las aberturas y fisuras del templo, donde no conseguirán entrar jamás. Lo mismo se retuercen entre los arcos del techo y en los campanarios de Notre-Dame en París que alrededor de los arcos rampantes en la catedral de Palma de Mallorca, donde a veces incluso consiguen asomarse a la parte alta de las vidrieras de colores y, a empellones una contra otra, tratan de escrutar el interior ansiosas y sedientas de luz. Estas entidades son las que organizan desde muy lejos las noches de los Siete Pecados para vengarse de la Redención de la que están excluidas. Eligen hombres y mujeres ignorantes y particularmente débiles, haciendo de ellos sus instrumentos. Luego, como si se tratara de muchos caminos que convergen inexorablemente en una encrucijada desesperada e imprevisible, ponen en marcha sus intrigas y las guían hasta la fatal conclusión.

Maese Stefano creyó oportuno llenarle otra vez la copa.

—A los seres humanos elegidos —continuó el astrólogo—, se limitan a ofuscarles la razón. Por eso los designados se comportan como si el tiempo hubiera sufrido una aceleración. Son instigados a realizar, en pocos días o en pocos meses, todo lo que para bien o para mal, más a menudo para mal, harían a lo largo de muchos años. Estos infelices creen vivir o gozar con más intensidad que los demás. En realidad, queman el tiempo que les ha sido concedido y, llegados al epílogo, se sienten vacíos e incapaces de retomar su vida con el espíritu de antes. Es como si una nueva e ilusoria juventud hubiera ardido y en sus manos sólo quedara la ceniza del desaliento y de la inutilidad de las cosas. Muchas veces la conclusión, el inevitable cumplimiento de todo, ocurre durante una de las noches de los Siete Pecados. Los escogidos, tras haber consumado tan tétrico evento, se encuentran más viejos y tristes de lo que deberían estar. —Hizo una pausa y, después de un largo y doloroso suspiro, concluyó con tono escéptico—: Sin embargo, hay que admitir que la posibilidad de detener el curso de los eventos, aunque sea remota, sigue existiendo.

—Maestro Ambrogio, ¿qué significa una noche de los Siete Pecados? —preguntó desconsolado maese Stefano.

El viejo astrólogo parecía no haber oído la pregunta. Su voz cansada cesó y los dos amigos creyeron inútil seguir turbando a aquel ser tan sensible y extenuado.

El Gran Cocinero, impresionado, se levantó para dar algunas órdenes a los suyos, pero al poco regresó con uno de los sirvientes y con una señal dio a entender al Diplomático que tenía urgente necesidad de hablarle a solas. Cuando se apartaron a un rincón de la cocina, le susurró:

—Escuchad un momento lo que me ha referido este valeroso joven, uno de los muchachos más listos de mi grupo. —Se volvió hacia el siervo para añadir—: Habla sin temor, Leventino, micer Embajador es un amigo.

—Mirad, Excelencia, no es que yo tenga la costumbre de escuchar...

—Abrevia, Leventino, fui yo quien te dijo que estuvieras con los oídos abiertos y que me refirieras todo, ¡así que adelante!

—Pues bien, cuando estaba sirviendo a la comitiva de los jóvenes Caballeros he oído a esa hermosa dama de cabellos rojos...

—Sin duda se trata de la circasiana —interrumpió el Diplomático.

—Sí... precisamente ésa estaba diciendo a los tres con los que hablaba que la noche en que llegaron a Pisa y fue asesinado el segundo joven, vio merodear por el puente de la nave al Cómitre Principal de los arqueros, Carazzolo, que con algunos de sus hombres trataba de no hacerse ver mientras transportaban una especie de saco, que incluso podía ser un hombre muerto.

—¿Estás seguro de lo que has oído? ¿No te habrás equivocado?

—No, Excelencia, estoy tan seguro como verdadero es *Domine Iddio*. Además, sabiendo cuánto interesan estos asuntos a maese Stefano, estuve bien atento a sus palabras. Como no podía detenerme demasiado para no despertar sus sospechas, fui a buscar un poco de empanada de higadillos y vino y, con mucha calma, los dispuse delante de esos cuatro. Y entonces escuché claramente el final de la conversación. Uno de los jóvenes Caballeros que hablaban con la pelirroja comenzó a decir: «Ya sabía yo que era él quien nos quiere muertos; nos odia porque...» Pero en ese momento el joven enmudeció porque se dio cuenta de que yo estaba a su lado.

—Gracias, Leventino, gracias, ahora puedes irte; eres un buen chico.

Una vez a solas, los dos amigos se miraron en silencio. Luego maese Stefano preguntó:

—Bien, ¿qué decís, Excelencia?

—Digo que... ¡quizá nuestra suposición era correcta, maese Stefano!

—*I campan i suna mai per negott!*

—¿Qué? ¿Qué?

—Las campanas jamás suenan por nada —tradujo el Gran Cocinero al Embajador ferrarés. Ahora en sus ojos se habría podido vislumbrar una luz nueva.

12

De nuevo remolineaba la nevisca cuando las campanas tocaron la hora del ángelus y las sombras de la tarde ya descendían sobre la explanada del castillo y la catedral. Se acercaba el momento de la cena y los invitados llegaban entre el piafar de los caballos y un gran ruido de carretas sobre el empedrado.

Una multitud de gente atraída por el excepcional acontecimiento se había reunido delante del castillo para festejar a los novios y ver a su nueva Duquesa.

Continuamente se escuchaba «¡Moro! ¡Moro!».

Su popularidad superaba la de Gian Galeazzo, y las aclamaciones de «¡Viva los esposos, viva el *Duchino*!» eran bastante escasas, pero probablemente la capacidad de persuasión de los hombres de Ludovico no era del todo ajena a tales manifestaciones. Varios arqueros mezclados entre la multitud se encargaban de orientar oportunamente los entusiasmos.

En los últimos días habían llegado a Tortona desde el Alessandrino y Monferrato turbas de mendigos que permanecían durante horas bajo el frío, esperando recibir las sobras de las mesas al final del banquete. También se habían acercado muchos vendedores ambulantes que, amontonados bajo la nevisca, pataleaban por el hielo mientras vendían frutas azucaradas, mostillos y altramuces salados.

En la inmensa sala muchos huéspedes, antes de sentarse a las mesas, esperaban la llegada de los *maggiori*. En tanto, los músicos tocaban melodías lombardas, napolitanas y españolas.

La cocina se había convertido en un antro infernal, y maese Stefano, colorado como buen leonado que era por naturaleza, tenía el rostro enrojecido por el calor y la reverberación del fuego, mientras que los últimos preparativos se hacían a un ritmo trepidante.

El histórico desafío a distancia con la Corte de Nápoles estaba a punto de iniciarse, tanto en los fogones como en la sala, y todos eran conscientes. El señor duque Ludovico esperaba que aquel banquete, tan cuidadosamente preparado en todos sus detalles, no sólo fuera una respuesta a la abundancia del convite de Nápoles, sino también una clara demostración de refinamiento y suntuosidad, dignos del rico Ducado de los Sforza. La presencia de los enviados de las principales Cortes italianas, francesas y alemanas suponía una extraordinaria ocasión para el Moro, que aspiraba a convertirse, si no en el amo de la península, al menos en su punto de referencia político y cultural reconocido y aceptado.

Por tanto era inevitable que el nerviosismo serpentease entre las columnas, las bóvedas y los fuegos de la cocina, pues se aproximaba la hora crucial en que se posarían los primeros platos en las mesas del banquete.

Con facilidad estallaban las peleas, tanto entre Cocineros como entre galopillos, pero maese Stefano, sin perder nunca la calma, apaciguaba con una palabra o con un simple gesto las riñas y los altercados. Impartía órdenes breves y concretas, serenamente aconsejaba a cada uno de sus Cocineros Principales, sin descuidarse de preparar él mismo las viandas para la mesa de los Duques. A su vez los ayudantes repetían las órdenes recibidas gritando a sus subalternos. Desde que el cortejo ducal había llegado a Tortona, de vez en cuando irrumpían en la cocina los lebreles del señor duque Gian Galeazzo con sus dorados collares. Nerviosos y moviendo la cola asaeteaban veloces por doquier husmeándolo todo y tratando de adentellar algún bocado de los platos ya preparados. Su presencia molestaba mucho a los Cocineros que, sabedores de que ante los extraños debían tratarlos con el debido respeto, en cuanto una de las bestias se metía en un rincón apartado se oían los gañidos. Un vigoroso puntapié, propinado sin hacerse ver, trataba de poner freno a aquellas inoportunas incursiones.

Los mozos hacían girar los asadores, cuyas llamas espejeaban en sus rostros y sobre las bóvedas. La luz de los fogones deslumbraba proyectando en las paredes las sombras agrandadas de quienes se movían por la cocina. Los hornos eran bocas de fuego abiertas de par en par que devoraban sin pausa empanadas, pan dulce, pavos y otras muchas cosas. El humo de los asados y de la madera que ardía se condensaba en la parte alta de las arcadas. Entre el alboroto y el griterío general, incluso era arduo oír las órdenes de los Cocineros Principales.

En medio de todo aquel estruendo, los golpes sordos y rítmicos de los morteros preparaban los últimos rellenos, las salsas y los condimentos, mientras el chisporroteo de la grasa de cerdo y de oca, con que se mechaban las carnes, era la melodía de fondo.

Las llamaradas, los alaridos y el sudor de los Cocineros Principales y de los Cocineros daban la impresión de que la situación estaba fuera de control, pero, en realidad, en medio de la aparente confusión existía un orden sustancial que en su momento conduciría todo a buen término.

El poeta Taccone, orgulloso de sí mismo, se preparaba releyendo una vez más los modestos versos que había compuesto, al tiempo que los bailarines y los actores ensayaban los pasos y figuras que ejecutarían al servir los manjares en las mesas de los Duques y en las altas. Sin embargo, en las mesas bajas ya estaban colocadas las fuentes de presentación, en el orden geométrico previsto por el Gran Senescal: cada ocho convidados se habían preparado los platos con todas las exquisitas viandas que componían el primer servicio.

El enorme salón era muy similar a una iglesia, pues estaba dividido en tres naves larguísimas con las bóvedas apoyadas en dos hileras de columnas de ladrillo rojo, rematadas al estilo de Pavía. Los voluminosos tapices que, colgados de las arcadas, cubrían los muros completaban el efecto de una imponente riqueza.

A lo largo de la arcada central, la más espaciosa, se extendían, una frente a la otra y apoyadas en las columnas, dos interminables mesas. Los huéspedes sólo se sentarían en el lado exterior, de modo que todos estuvieran vueltos hacia el centro. El amplio corredor que quedaba en el medio permitía moverse con facilidad a sirvientes, pajes de la Corte de la mesa alta, bodegueros, actores, danzarines, enanos, bufones, tragafuegos, saltimbanquis y a los poetas que declamarían sus apologéticos versos.

Al fondo de la nave, cerrando a modo de herradura las dos larguísimas mesas del resto de los invitados, presidía la de los Duques, realzada sobre una tarima cubierta con una tela con rapacejos de oro. En las dos mesas laterales los invitados estaban situados según su condición social: los de las mesas altas se sentaban cerca de los Duques en cómodos escabeles con respaldo, luego, poco a poco, los de las mesas bajas en taburetes sencillos y, por último, aquellos a quienes se destinaba un sitio en los bancos.

En la parte opuesta del salón estaba el portón de entrada. La arcada central se había iluminado con antorchas resinosas y candelabros, pero su luz no alcanzaba a las laterales, donde a espaldas de los convidados se dispuso todo lo necesario para el servicio de las mesas. Los espacios que quedaban en penumbra, si no en la oscuridad, eran muy amplios y estaban repletos de bancos y de tinas para mantener fresco el vino. Allí trabajaba todo el personal. La sombría nave de la derecha la ocupaban el Bodeguero y sus asistentes. Aún más escondido en la oscuridad, el Credenciero reservaba sus especialidades: los platos fríos, las ensaladas, los dulces, los bizcochos y las cremas.

Además de los convidados de las mesas altas y bajas del salón, estaban los huéspedes de menor cuenta, que comían en los tinelos vecinos.

La espera fue larga, pero al final el toque de los clarines de plata anunció la llegada solemne del cortejo ducal. Primero aparecieron los arqueros en uniforme de gala, después los escuderos con los gonfalones; luego doce pajes en librea con las enseñas de los Sforza y de los Visconti y doce con las de las Casas de Aragón y de España.

Inmediatamente después venía el *Montero Mayor* de Gian Galeazzo, que sujetaba con correa la jauría de los amadísimos lebreles del joven señor Duque, con sus anchos collares de oro grabados con el emblema de los Sforza. Apenas los soltaron, los perros comenzaron a correr por todos lados, metiéndose entre las mesas y las piernas de los convidados.

Seguían los maggiori, Hermes Sforza con sus hermanos, el conde Bergonzio Botta, señor del castillo de Tortona, el obispo celebrante Antonio Trivulzio, los duques de Amalfi y así sucesivamente los más ilustres invitados de las mesas altas: Bartolomeo Calco y los dignatarios del estado de Milán, monseñor Ottaviano da Melzo y los miembros del alto clero, el conde de

Caiazzo y los distintos capitanes ducales, Jacopo Trotti y los Embajadores de los estados extranjeros, los condes de Conza y de Potenza, los barones aragoneses y, por último, Dona Cecilia Gallerani y su séquito.

Un redoble de tambores anunció la entrada de los novios, que avanzaban mientras los pífanos, los laúdes y las tubas ejecutaban una dulce canción nupcial.

El señor duque Gian Galeazzo llevaba un jubón corto bordado con escamas de oro del que salían dos amplias mangas de ormesí blanco, pespunteadas de perlas. Desde los hombros, una hopalanda con elegantes pliegues le caía por la espalda descendiendo hasta las pantorrillas. Era de *lampazo* blanco *de Génova* y llevaba repetidas en todo el tejido las armas de los Sforza y de los Visconti bordadas con hilo de oro. El joven era *graziosissimo* de ver con aquel casquete a la francesa, el cabello rubio y ondulado y sus grandes ojos celestes. Lucía con donaire y de través un bonete ancho y bajo de *terciopelo cincelado* de color blanco y oro, con una gran pluma blanca sujeta por un broche con un enorme brillante en el centro y una corona de granates alrededor. Colgado de una cadena, brillaba el *spigo*, el famoso rubí balaje en forma de corazón, tan grande como un huevo. Era el mismo que, en representación suya, su hermano Hermes llevó en Nápoles. Unas calzas de seda divisadas con suela, una blanca y una dorada, ceñían sus hermosas piernas de joven dedicado a los juegos y a las cacerías.

De la recién casada Isabel emanaba un aura de radiante adolescencia. El rostro limpio, sin sombra de afeites o de blanquetes, los grandes ojos oscuros, los labios de un bellísimo rojo natural y, a diferencia de muchas damas, la frente sin rasurar. La piel era ligeramente olivastra y, aunque sus rasgos no eran muy bellos, una dulce frescura iluminaba su rostro. El cabello castaño oscuro estaba dividido por la mitad a la altura de la frente y, adherido a la cabeza, descendía hasta cubrirle las orejas. Una fina cinta con brillantes lo mantenía sujeto. Vestía una larga gonela blanca de tafetán deliciosamente bordada con hilo de oro y salpicada de perlas desde los hombros hasta los pies. La *veste a la milanesa* iba rematada con otra densa tira de perlas a modo de ribete. Las mangas arrocadas estaban unidas a la gonela con cadenillas de oro que terminaban en largas *agujetas* de diamantes. Por delante la vestidura estaba cerrada con una interminable hilera de botones, con forma de ramilletes de flores de oro y brillantes. Sujeto a los hombros con dos preciosos alfileres, llevaba un extraordinario monjil blanco de delgadísimo terciopelo de Zoagli, elaborado con hilos de plata y oro, que terminaba en una larga cola sostenida por cuatro damiselas de honor. El escote de la gonela era a la milanesa, cuadrado con los ángulos redondeados, y pretendía ser un delicado homenaje a su nueva patria. En el cuello destacaba la cadena con el gran rubí en forma de corazón, obsequio del señor duque Ludovico, y muy parecido al de su esposo. A los lados, un cinto de láminas de oro decoradas con perlas sujetaba el monjil.

Cuando los esposos hicieron su entrada en la nave central, resplandecientes de perlas y diamantes, y las luces de las teas y los candelabros se reflejaban sobre sus joyas, a todos les parecieron dos blancas y celestiales figuras de las que emanaban rayos de luz. Los presentes no pudieron contener un murmullo de estupor, los Caballeros se quitaron los birretes mientras se oía un largo susurro de las damas que comentaban los atuendos de la Duquesa y de su esposo. Entonces apareció Ludovico el Moro, imponente en su sobriedad. Para el banquete se había vestido con un monjil de amplias mangas con forma de trompa y una corta muceta de brocado de oro y plata. En la cabeza tenía un bonete en punta sin plumas y, por coquetería, a diferencia de los demás nobles, había decidido no lucir joyas salvo una gran cadena de oro de hombro a hombro con su emblema.

Sus vivaces ojos oscuros lo controlaban todo y contrastaban con la expresión pacata del rostro y con su gesto, caracterizado por una aristocrática solemnidad.

En cuanto todos los notables estuvieron sentados, los Caballeros volvieron a ponerse los birretes y entonces pudieron sentarse.

Una vez que se hizo el silencio, Taccone comenzó a declamar:

Ordine de le Imbandisone se hanno
a dare a cena. Prima imbandisone.
Primo gambari.[1]

Y se anunció la llegada de Mercurio:

Triumpho uno vitello inargentato qual
serà pieno de ucelli vivi con dui vitelli cocti
pieni di pernice e fasani cocti...[2]

Desde el fondo de la sala salieron raudos los bailarines que, vestidos ricamente como dioses del Olimpo, al son de la música se dirigieron danzando hacia las mesas altas haciendo girar con maestría las fuentes de las primeras viandas.

Llegó Mercurio, acompañado por los suyos, portando, además de la ternera plateada, terneras asadas

1. Orden de la imbandisone que se
servirá en la cena.
Primera imbandisone, langostinos...
2. Triunfo, una ternera plateada, la cual
llena de aves vivas, y dos terneras asadas
llenas de perdices y faisanes cocinados.

rellenas de perdices, corzo asado y faisanes. Los versos que se recitaban eran:

Io ho veduto el mio fratello Apollo mutatosi in pastor
guardar l'armento d'Admeto,
amor li ha posto il joco al collo.[3]

Con gran pompa los danzantes proponían a los Duques y a las mesas altas una serie de triunfos de perdices, de faisanes con langostinos, de cocido con su salsa blanca y una menestra a base de perdices y de caldo lardero. La escena era espectacular y, sin duda, nueva, por lo que toda la sala quedó sorprendida y admirada.

En las otras mesas, los convidados empezaban a servirse con las manos de los platos colocados oportunamente para que al menos estuvieran al alcance de ocho de ellos; cogían lo que deseaban, lo pasaban a su propio plato, lo cortaban con el cuchillo y, siempre con las manos, se lo llevaban a la boca; la galantería así lo requería.

Sólo unos cuantos extravagantes hacían alarde de unos punzones puntiagudos que se habían traído de casa en unos estuches especiales o, peor aún, de unos ridículos tenedores, similares a los de las bandejas comunes, pero mucho más pequeños. Con estos estrambóticos utensilios se llevaban la comida a la boca, usanza que era muy criticada por las damas y los Caballeros, pues indicaba escasa virilidad. También la Madre Iglesia estigmatizaba este decadente hábito por sus connotaciones claramente sibaritas. Los dobleces del mantel, que caían hasta el suelo, servían para limpiarse educa-

3. He visto a mi hermano Apolo transformado en pastor
custodiar el rebaño de Admeto,
el amor le puso el yugo al cuello.

damente las manos y la boca y, si era absolutamente necesario, para sonarse la nariz, aunque no todos estuvieran de acuerdo sobre la conveniencia de esta última costumbre.

En la mesa no tenía que haber botellas, salvo las de resolís de vivaces colores, que alegraban la vista. Los servidores retiraban con una bandejita de cristal los cálices vacíos y los reemplazaban enseguida por otros llenos, sin tocarlos nunca con las manos.

En las mesas de los maggiori había grandes jarrones de credencia decoradísimos y realizados finamente con esmaltes translúcidos principalmente azules y con motivos paganos: amorcillos, medallones, escenas de caza y combate, damas tocando el laúd y la mandolina, además de las gestas de Hércules. Los candelabros también estaban adornados con esmaltes y los candeleros eran de bronce esculpido con forma de hojas de palma, festones, largas ramas que trepaban en espiral, mientras que las copas plateadas estaban grabadas con los escudos ducales y las angarillas de cristal tenían la base de plata.

Además, los vasos y cubiletes, con las asas con flores y racimos de uva de esmalte, hacían un bonito juego con los saleros en forma de animalillos, las hueveras, los aguamaniles de bronce y las elegantes bacías para mantener fresco el vino, también de bronce.

En cambio, la mesa de los Duques estaba engalanada con los celebérrimos cálices de cristal con las armas de los Sforza aplicadas en metal. Dignas de admiración eran las muy refinadas mayólicas lombardas: una bella frasca, azul y amarilla, que reproducía las divisas de Ottaviano Sforza, y el enorme plato con las figuras de un paje y de una doncella entre unos escudos que representaban la serpiente de los Visconti y una enseña de los Sforza.

Para la ocasión, Caradosso había cincelado un

grande y bello jarrón ligando cuatro trozos de cristal de roca con plata dorada y esmaltada, tallado a modo de refrescador de vino.

El primer servicio para las mesas bajas estaba compuesto por lengua de buey en caja y empanadas diversas, como la de hígado de ternera y la de carrillos, ojos y morros de buey.

En las mesas había, además, elegantes bandejas de falda de ternera hervida con perejil, con montañas de albóndigas de ternera lechal de media libra de peso en su jugo y salpicadas con pasas, que debían degustarse junto con alcachofas y cardos crudos sazonados con sal, pimienta y especias. Grandes cantidades de mostaza darían sabor a las viandas, mientras que para endulzar la boca había castañas asadas servidas con sal, azúcar y pimienta.

Un buen caldo lardero a base de costillas de cerdo era ideal para sentar el estómago y permitir saborear los raviolis, ya fueran rellenos de tuétano de buey y servidos con azúcar o cubiertos de queso, azúcar y canela. Los comensales podían continuar con la tortilla hecha con parmesano, piñones, pasas de uva, menta y mejorana machacada.

Entretanto, los bailarines y los actores anunciados por Taccone seguían abasteciendo tanto la mesa de los Señores como las cercanas mesas altas, vestidos de divinidades griegas y mimando personajes mitológicos del séquito de Jasón y Atalanta.

Para los Duques los servicios de cubertería eran de oro y los cuchillos y las cucharas tenían los mangos de nácar. Además, en su mesa, y sólo en ella, los cubiertos no estaban colocados en orden sobre el mantel, sino que encontraban sitio en varias *nefs* de oro: cada señor tenía la suya. Estos estuches en forma de barquitas, aparte de los cubiertos, contenían el pan, un paño de mesa humedecido con agua de rosas, un mondadientes de oro y un puntiagudo punzón de oro con mango de madreperla con el que los Duques podían coger los trozos de carne de la fuente y posarlos sobre su propio plato de oro sin usar las manos.

Detrás de la mesa ducal estaban listos para servir el egregio Gran Senescal, Gian Giacomo Vincimala, el *Camarero Secreto*, el Copero de Honor y el Trinchante Mayor de la Casa de los Sforza, cada uno con sus asistentes.

El Trinchante no era un personaje de poca monta. A menudo era de origen noble y llevaba el espadín al costado para remarcar su condición o en todo caso debía ser de muy buena cuna. Algunos eran auténticos virtuosos y por su habilidad se podía deducir el nivel de refinamiento de una mesa aristocrática.

Ante todo, el Trinchante debía ser «*netto e lindo nella persona*»[1] y «estar muy bien equipado de vestimentas, caballos y otras cosas similares» para mantener «la reputación de tan estimado oficio y aparecer honorable en presencia de su señor». Además debía ser «osado», sin ser presuntuoso, porque, «incluso ante los maggiori, no debe turbarse ni perder el ánimo, que si le temblaran las manos, en modo de no poder hacer cosa buena, sería vituperado por todos y la marca infamante le quedaría para siempre».

Por tanto, con aire aristocrático, bien vestido, seguro de sí mismo, hacía preparar a sus asistentes una mesita para posar los estuches que contenían sus especialísimos cuchillos, la serie de horquillas para las distintas carnes y los punzones. Sobre la mesa del Trinchante también estaban expuestos los instrumentos para dar el último y delicado afilado a las hojas, además del salero, porque, en caso necesario y según los gustos del señor, cogería la sal con la punta del cuchillo y la esparciría

1. Limpio y pulcro en su persona.

sobre el trozo de carne una vez cortado. Antes de nada los útiles se habían afilado y abrillantado a la perfección con una arenilla especial. El Trinchante esperaba, firme, a su Príncipe y, en cuanto éste llegaba, tras quitarse el bonete emplumado, hacía graciosamente una elegante reverencia. Después se cubría otra vez la cabeza esperando dar inicio a su oficio y manteniendo siempre la cara vuelta hacia su señor. Ante todo, cuando el Senescal se presentaba con el plato de las viandas, le pedía que hiciera la salva de la comida que había traído; es decir, sin ningún miramiento hacia la persona o el grado, pedía a quien traía los alimentos que los probara para asegurarse de que no estaban envenenados. Luego los cubría enseguida con un paño cándido para evitar que les echaran veneno mientras llegaba el momento de servirlos.

Cuando la carne llegó a la mesa ducal, el Gran Trinchante comenzó el esperado ejercicio de su arte. Manteniendo los pies muy juntos y el cuerpo erguido, ensartó con la forcina el trozo de corzo que debía cortar. Lo levantó en el aire y, sin apoyarlo en ningún tajo, rebanó con cortes seguros las lonchas del espesor y la dimensión oportunos. Despertando como siempre la admiración de los presentes, lo hizo en tal modo que cada tajada cayera en el plato sostenido por su ayudante, en un orden perfecto, sin que luego fuera preciso acomodarlas para servirlas al señor y a sus comensales de alto rango.

Entonces, con una profunda inclinación, haciendo revolotear su emplumado gorro, dio un paso atrás y esperó. Así se comportaba y actuaba un noble Trinchante *all'italiana*. Todo se desarrollaba como en un admirable escenario, con una elegancia, un ritmo y una riqueza de mobiliario y de adornos tal que fascinaban a cualquiera que tuviese un mínimo conocimiento de los usos cortesanos.

Incluso los mismos napolitanos, más dispuestos que nunca a criticar todo lo que fuera lombardo, no podían sustraerse a la fascinación del ceremonial y de aquel banquete a base de deliciosa y refinada comida, de danzas, música y poesía, que también parecían penetrar la elegante gestualidad de los sirvientes que atendían las mesas altas.

Con la aparición de Jasón, que había presentado un triunfo de cordero dorado, el primer servicio se encaminaba a su fin, mientras Taccone, según la composición poética que cada comensal tenía ante sus ojos, declamaba:

... e tutti a un tempo e fu quel proprio loco,
volti tra lor se fien de vita spenti.
Sopì el dracon e tolse l'aureo vello
a te lo do che cossì vol el cielo.[1]

Y de este modo anunciaba el inicio del primer *intra-metz*.

El intervalo, que duraría una media hora, permitía a los convidados salir, danzar o simplemente charlar mientras paseaban. Entretanto los bufones, los músicos y las danzarinas se alternaban para entretener a los que decidían permanecer en la sala.

Durante el *intra-metz* los siervos retiraban la vajilla usada, los bibelots, las esculturas, los castillos de guirlache y las fuentes, ahora casi vacías. En la pausa se quitaba el primer mantel, ya sucio por las manos y la boca de los invitados, y debajo aparecía otro impecable. Rápidamente todo lo que estaba sobre la mesa se colocaba

1. ... y todos a un tiempo y fue precisamente en aquel lugar,
se volvieron unos contra otros y dieron fin a su vida.
Adormeció al dragón y quitó el áureo velo,
a ti lo doy porque así lo quiere el cielo.

otra vez en la misma posición, incluidos la decoración, los candelabros, los saleros, las especias, los licores, los confites y el imprescindible manjar blanco.

Por último, y también en el mismo orden de antes, se disponían los platos del segundo servicio con las nuevas viandas. Al volver los invitados a la mesa encontrarían todo exactamente como lo habían dejado, pero con las bandejas sustituidas por las del segundo servicio y con las copas colmes de vino.

Hasta ese momento, sólo había tenido lugar la primera parte de la larga ceremonia gastronómica, aunque los invitados ya empezaban a sentir los efectos de la comida y el vino, licores y resolís. El banquete había comenzado con un respetuoso silencio y en un clima de formal cortesía, pero, poco a poco, se había ido animando y algunos ya mostraban claros signos de ebriedad.

Como sucede a menudo en tales trances, todos hablaban pero ninguno estaba atento a lo que intentaban decir los demás. Los únicos mensajes que, sin duda alguna, llegaban a los oídos de los que escuchaban eran los eructos de sonoro agrado con que Caballeros y damas punteaban sus discursos.

La brigada de los jóvenes Diplomáticos y sus amigos, dada la importancia de sus títulos, fueron situados por el *Maestro de Ceremonias* a continuación de los Embajadores y los grandes dignatarios. Ahora, durante un servicio y otro, según la costumbre, paseaban juntos entre las naves laterales bromeando y burlándose de los tocados de las damas y los Caballeros que, a su juicio, vestían a la moda de tiempos pasados.

Los dos supervivientes de la banda de Vigevano, rechazados tras otro inútil intento de comunicarse con el señor Duque, se mostraban resignados y quejosos en medio de sus amigos. Algunas parejas ya flirteaban en los bancos apoyados en los muros laterales, protegidas por la penumbra que en algunos puntos podía llamarse oscuridad. El vino y la atmósfera de difusa excitación alentaban las intimidades. Pero en esa alegría había algo innatural; a pesar del fasto, el ambiente no podría definirse del todo gozoso. La sensación de que las horas transcurrían veloces hacia el fin excitaba los ánimos e impulsaba a los excesos.

He aquí que, terminado el primer intermedio, la Corte entraba otra vez acompañada por los huéspedes de las mesas altas y por los Embajadores, que como era habitual se acercaban a los Duques para intercambiar algunas frases de circunstancia con Sus Altezas. Luego, cuando Atalanta apareció al fondo de la sala, Taccone dio inicio al segundo servicio recitando:

> *Teste de vitelli cocti col corio*
> *Triumpho: testa una de porcho salvatico*
> *donato da Atalanta.*[1]

La ninfa de los montes llegó ante los Duques danzando y les presentó una composición con cabeza de jabalí y caza variada. En cambio, Diana y algunas de sus ninfas traían un triunfo con un ciervo asado y dorado, que representaba al mítico Acteón castigado y transformado en animal por haber osado espiar a la diosa mientras se bañaba desnuda en el río. Otras divinidades de los bosques ofrecían platos de fiambre de liebre en gelatina.

Los chillidos cubrían ya la voz del Poeta de Corte y, como siempre, los invitados de noble linaje empezaban a intercambiar las acostumbradas bromas; entre las carcajadas más estrepitosas se arrojaban unos a otros trozos de carne, confites o el vino restante en el fondo

1. Cabezas de ternera cocidas con su piel
Triunfo: una cabeza de jabalí
donado por Atalanta.

del vaso. Luego se abandonaban a la diversión más de moda en los convites, al tiempo que más condenada por los moralistas y educadores: se trataba de hacer entrar en los escotes de las señoras los muslos de ave de los platos. Para las más gráciles se reservaban patas de codorniz y a las más opulentas se destinaban los muslos de pavo, después de lo cual, entre los aplausos y el griterío general, los Caballeros pretendían recuperar las piezas, aunque hubieran caído muy dentro, con las protestas, más que nada formales, de las señoras. Entonces, el rescate comportaba una búsqueda íntima y minuciosa que se producía entre los aplausos de los vecinos de mesa y los fingidos desvanecimientos de algunas damas. Algunos ya ebrios rodaban por debajo de las mesas, pero ninguno parecía darse cuenta de ello. Eructos y otros ruidos ritmaban el estrépito y denotaban el agrado de los huéspedes por la cena.

El segundo servicio de las mesas bajas se componía de albondigones de chivo estofado con gelatina de carne en cuadraditos y una salsa ajada de almendras.

Luego había una *ginestrata* con azafrán, azúcar y canela y varias tortas de farro también condimentadas con azúcar y cinamomo. Los platos de carne se componían de patas de ternera, primero hervidas y luego fritas, servidas con *nocchiata*, una salsa de avellanas tostadas, carne de ternera y volatería, tuétano de buey, malvasía y especias; lomo de carnero hervido y asado después a la parrilla, servido con vinagre rosado y azúcar.

A continuación se podían degustar *pappardelle*, es decir, lasañas cocidas en leche, con queso, azúcar y canela, acompañadas por ligeras *tortas de hierbas a la lombarda*.

Para quienes aún tenían hambre había tortillas rellenas con lonchas de queso *provatura* del Lacio, azúcar, canela y arroz cocido en leche de cabra espolvoreado con azúcar. Había, además, panceta de cerdo asada y envuelta en red para comer fría con zumo de naranjas agrias.

La animación aumentaba en la sala con el fluir del tiempo y del abundante vino. También en las mesas altas se iba relajando la extrema compostura inicial, aunque aún nadie osaba adoptar las actitudes descaradas e incluso indecentes que predominaban ya en las mesas bajas.

En este caótico crescendo de euforia, el segundo servicio tocaba a su fin, mientras Baldassare Taccone, imperturbable, declamaba los últimos versos que lo ritmaban:

Questo val più ch'esser de vita fuore
e la transfigurata sua figura
qual magior gloria mai o che più honore
ch'aver sì glori(os)a sepultura.[1]

Luego, con poco éxito, anunció a grandes voces, tratando de hacerse entender en el alboroto general, un nuevo *intra-metz*.

Los Duques y su séquito se levantaron otra vez y se retiraron, mientras los bufones y prestidigitadores intentaban entretener a los comensales.

Todos los convidados debían alejarse de las mesas para permitir la retirada del mantel sucio, bajo el cual aparecería un tercero limpio, dando tiempo para reordenar la vajilla y colocar en la mesa los platos del nuevo servicio.

Por todas partes, en los bancos oscuros de las naves laterales, los Caballeros y las damas se enredaban en vivaces, aunque poco dignas, escenas orgiásticas.

1. Esto vale más que estar fuera de la vida,
y su transfigurada imagen
qué mayor gloria o qué más grande honor
que tener tan gloriosa sepultura.

Las comparsas y las danzarinas estaban ocupadas sirviendo las mesas altas, por eso el joven Basso Folchini tuvo que conformarse con una dama napolitana un tanto procaz y muy habladora. Sin embargo, en la oscuridad de una columna, había encontrado el modo de hacerla callar, consiguiendo un relevante goce.

En la penumbra densa de un apartado rincón, Dona Andrea disputaba con su Príncipe la que sabía era la última partida de su breve locura. Al alba, ya próxima, llegaría el maldito momento de partir hacia Milán. Ibn Mansour Al Amid no se detendría en la ciudad, sino que enseguida proseguiría hacia Venecia, llevándose para siempre algo que, si no era amor, al menos era una exaltación física irrepetible. Ella se daba cuenta de que ya no era dueña de sí y, para una mujer acostumbrada a concederse con tanta cautela limitándose a escoger entre distintas iniciativas, era como si le faltara todo punto de apoyo y toda certeza. Estaba asustada porque el desgarro de la despedida no lo percibía sólo en su corazón, sino en todo su cuerpo, que ya presentía el deseo incolmable que causa la distancia.

En esos últimos y tristes momentos ella quiso demostrarle su entrega otra vez.

Se puso a horcajadas sobre el pecho del gran moro, que estaba tumbado boca arriba, y volviéndose hacia sus curvadas babuchas se inclinó sobre aquella virilidad, que ahora ocupaba toda su boca y las profundidades de su garganta, repitiendo una vez más lo que Mansour le había enseñado desde sus primeros encuentros. Esa posición inhabitual era la única que permitía a Dona Andrea hacer penetrar en su boca, todo entero, el inmenso ardor de él. Para la mujer las primeras veces habían sido una experiencia violenta, aunque embriagadora. Él le desgarraba la garganta pero, poco a poco, consiguió soportar los esfuerzos, controlarse y tenerlo todo dentro de sí. Ahora, aun sintiendo su garganta violentada, estaba fascinada por la sensación de ser poseída una vez más como ningún otro podría hacerlo. En su delirio, haciéndose explorar en todas sus profundidades, creía haber dado y recibido más de lo posible. Casi con rabia, seguía levantando y bajando la cabeza rítmicamente, deslizando los labios durante todo ese larguísimo viaje, desde la cima hasta la base, llegando a rozar el rizado y brillante vello de su moro.

Dona Andrea no lograba aceptar que al cabo de pocas horas perdería para siempre al hombre que había conquistado cada espasmo de su cuerpo como jamás le había sucedido en su vida, que no obstante había sido bastante profusa en experiencias.

Al fin llegó el instante en que sintió el estremecimiento y el lamento de él mientras borbotones de calor latían en el fondo de la garganta. Comenzó a levantar la cabeza y, maravillada de su propia audacia, percibió cómo, a través de los labios, se deslizaba, reluciente de saliva, la larguísima masculinidad de él. Luego con la garganta dolorida se volvió para mirar, una última vez, el rostro de Mansour, preso del éxtasis.

En los pocos minutos que le quedaban intentaba retener todas las imágenes que podrían alimentar su recuerdo. Había actuado con desesperación, porque sentía que la vida nunca más le concedería momentos de tan alienante gloria.

En el lateral opuesto, el paje Geraldo da Serravalle seguía ahora por doquier al grupo de los jóvenes Diplomáticos y sus mujeres, siempre intentando acercarse a la hermosa Melita, que si bien era muy tierna con él cada vez más parecía olvidar lo que había habido entre ellos. Ante sus insinuaciones y rechazos, en más de una ocasión y con suma dulzura, había tratado de hacerle entender los motivos de su comportamiento:

—Caro Geraldo, te quiero y me gustas, por eso he querido que descubrieras el amor conmigo, para protegerte y llevarte de la mano hacia tu incipiente madurez, pero ahora debes recorrer tu camino sin Melita. Para ti soy una amiga, es más, quizá una segunda madre, porque te he hecho nacer a una nueva vida. Para ti yo debo ser la mujer, no tu mujer. He intentado enseñarte bien lo que demasiadas mujeres te habrían enseñado mal. No me obligues a ayudarte a madurar demasiado, pues me vería forzada a hacerte sufrir y quiero evitarlo. Sólo lo haría si tú lo provocaras.

Pero Geraldo no conseguía intuir el significado de aquellas palabras de Melita y continuaba persiguiéndola desesperadamente con los ojos, con el corazón... y con las piernas.

Durante el intermedio el paje, al no verla con los demás, recorría ansioso la nave izquierda, buscándola, cuando, casi en la oscuridad, en uno de los bancos apoyados contra el muro, vio algo que en un primer momento se negó a entender. Aunque no cabía duda, trataba de repetirse a sí mismo que no era verdad. Sentada sobre el borde del banco, en medio de sus dos Rufolo, que la besaban y acariciaban, Melita estaba con la falda de la loba levantada hasta las caderas y con sus hermosas piernas abiertas. De frente, en pie, había un joven menudo y robusto que estaba gozando vigorosamente de ella.

Geraldo cerró los ojos, permaneciendo así algunos instantes, esperando que la insoportable visión desapareciera. Los volvió a abrir y, por desgracia, la horrible escena aún estaba ahí. No sólo eso, incluso le pareció que su Melita lo había visto y que le sonreía con ternura. No pudo soportarlo más. Dio algunos pasos hasta esconderse tras una columna, pues no quería dejarse ver por ella y, cayendo de rodillas, sollozó desesperado.

No recordaba cuánto tiempo había pasado así,

cuando una mano se posó con delicadeza sobre su hombro. Era Thierry de Commynes, el legado borgoñón, que desde hacía tiempo mostraba interés por él. Con su sensibilidad había intuido la agitación del bello paje ya desde los días en Pisa. Lo venía observando a escondidas y, al verlo merodear por las naves oscuras en busca de Melita, lo había seguido. Puesto que también él había asistido a la escena, ahora lo confortaba con afecto y comprensión.

Tomó sus manos entre las suyas y lo hizo levantarse.

—Sé lo que te pasa, sé que te sientes morir, pero deja que un amigo comparta contigo tus penas.

Geraldo, con el rostro surcado por las lágrimas, miraba atónito al elegante noble, que, aun conociéndolo apenas, siempre había sido afable y gentil con él. En ese momento era el único que daba muestras de entender su suplicio. El conde Thierry lo miró a los ojos con comprensión, trató de secarle las lágrimas con los dedos y, con delicadeza, le hizo apoyar la cabeza sobre su hombro.

Geraldo, entre sollozos, oía su voz, que le susurraba:

—Llora cuanto quieras. Te ha hecho sufrir mucho, pero las mujeres están hechas así, es su naturaleza y no pueden evitarlo. Tendrás que aprender a olvidarla y quizá a olvidar a todas las demás. Si quieres yo te ayudaré.

Geraldo se oyó a sí mismo decir:

—Ahora la odio, pero sé que nunca podré olvidarla. Cuando estemos en la Corte de Milán, la tendré siempre ante mi vista haciéndome sufrir durante todo el tiempo que se quede en el castillo.

—Tienes razón, pero también puedo ayudarte a superar eso. Pasado mañana habrá concluido mi misión y volveré a mi feudo en Borgoña. ¿Te gustaría que te llevara conmigo?

El muchacho entrevió en aquel delicado y refinado señor una presencia amiga. Sin darse mucha cuenta de lo que estaba ocurriendo, asintió mientras se mordía el labio para frenar las lágrimas. Habría aceptado cualquier cosa que pudiera aliviarle el dolor y vengara todo lo que había sufrido.

—Ven, dentro de poco volveremos a la mesa, te sentarás junto a mí. Mañana en Milán pediré a tus superiores la licencia para que puedas servir en la Corte de Borgoña.

Geraldo seguía asintiendo como por inercia, mientras las lágrimas le caían aún por el rostro. Thierry de Commynes lo tomó de la mano, y juntos se encaminaron hacia las mesas. El paje sentía que la delicada relación con su nuevo amigo lo estaba envolviendo en una extraña emoción, pero prefería cualquier cosa a soportar solo el profundo dolor que lo afligía.

No podía suponer que su tan adorada y odiada Melita, con su vital sabiduría, probablemente habría aprobado esta decisión, porque según ella la única riqueza de la vida era la vida misma, y tal riqueza debía compartirse con los demás.

Los jóvenes Diplomáticos, un poco ofuscados por el vino y el resolí, habían salido de la sala acompañados por el conde Ridolfo da Pusterla y el caballero Bartolomeo Stampa. La conversación era menos brillante de lo habitual y sus voces eran opacas. Como siempre, se formaron grupitos que se dividieron alborotando por las distintas estancias del castillo. Luego, al regresar al salón, los Embajadores se detuvieron otra vez ante los Duques para congratularse por la excelencia del banquete y después volvieron a ocupar sus sitios en las mesas.

Al empezar el tercer servicio, cuando todos estaban sentados, se dieron cuenta de que los sitios de Ridolfo y Bartolomeo estaban vacíos. Los amigos empezaron a preocuparse, pero pronto suspiraron aliviados al ver llegar al conde de Pusterla. Estaba solo y desconsolado. Contó que había buscado por todas partes a su amigo Stampa sin lograr encontrarlo.

El Caballero se retrasaba y los que estaban sentados al lado de su sitio vacío tuvieron negros presentimientos, comprensibles en esa situación. Algunos abandonaron la sala para buscarlo. En vano.

Entonces Zane dei Roselli, el diplomático veneciano, se dirigió al Cómitre de los arqueros para comunicarle la desaparición de su compañero. El oficial, tras advertir al conde de Caiazzo, partió en su búsqueda con algunos soldados. Contraviniendo las normas de la Corte, también Trotti, como siempre atentísimo a cualquier movimiento fuera de lo normal, se levantó de su sitio para bajar por un instante a la cocina y avisar a maese Stefano. Luego se unió a los soldados.

La exploración fue minuciosa; se inspeccionaron las salas vecinas, los corredores, los huecos y los trasteros, pero no aparecía rastro alguno del joven. Todavía se rebuscaba con ahínco cuando se oyó un grito:

—¡Cómitre, Cómitre! ¡Aquí hay un muerto!

Era la voz de un arquero que se había adelantado para inspeccionar la sacristía de la capilla del castillo. Hubo un gran movimiento de soldados y de Caballeros. Pocos instantes después, reclamado por los gritos y abriéndose paso entre las milicias, llegó micer Jacopo, seguido por maese Stefano.

Un cuerpo semidesnudo estaba tendido en el suelo sobre un lecho de vestiduras litúrgicas del Obispo. Estaba boca abajo, con los brazos abiertos de par en par y solamente llevaba dos largas calzas de varios colores bajadas hasta la mitad del muslo. Le habían atravesado de una puñalada la espalda. No era visible señal alguna de refriega o de violencia; es más, a escasa distancia sobre una butaca, estaban perfectamente ordenados su jubón bordado en plata, su camisa y una espesa cota de malla de acero.

Los amigos sabían que desde hacía algunos días el Caballero y su amigo se protegían así de posibles puñaladas.

Trotti no necesitó ver el rostro del muerto. No tenía dudas sobre su identidad: estaba seguro de que era Bartolomeo Stampa, el cuarto amigo del señor Duque.

Cuando los arqueros dieron la vuelta al cuerpo, todos obtuvieron la confirmación en aquel rostro ya ceniciento. Sin embargo, Trotti notó enseguida que, de nuevo, no había rastro de terror en sus ojos abiertos, ninguna mueca de horror en esa boca de labios exangües.

13

Mientras los soldados trajinaban en torno al cadáver, Trotti y maese Stefano se hacían algunas preguntas. ¿Por qué el joven estaba semidesnudo sobre un lecho de paramentos sagrados? ¿Por qué había cometido la trágica ligereza de quitarse la cota que lo habría salvado de la fatal puñalada? No tuvieron tiempo de buscar indicios. El jefe de los arqueros ya estaba alejando a todos de la sacristía. También en este caso, el cadáver se hizo desaparecer en pocos minutos.

Al Moro, advertido de lo ocurrido, le bastó una mirada para imponer orden entre los suyos. Los comensales no dieron muestras de pánico. En la sala las carcajadas y los gritos vulgares de los beodos habían alcanzado un nivel altísimo, y la confusión era tal que nadie habría podido percatarse de lo sucedido. La voz del hallazgo de otro muerto solamente se filtró entre los que se encontraban cerca de la escena del crimen, entre los amigos del desaparecido y pocos más. El conde Ridolfo da Pusterla, justamente aterrorizado, prorrumpió en un llanto irrefrenable e histérico.

¿Se ve obligado a fingir porque es el asesino o porque se da cuenta de que el cerco se estrecha alrededor de él?, se preguntaba micer Jacopo.

La circasiana trataba de consolarlo, pero el joven

Conde, que en la primera parte del banquete había comido muy poco y bebido bastante, a esa hora estaba casi borracho y no conseguía oír los consejos que sus angustiados e impotentes amigos intentaban darle. Sin embargo, a pesar de su estado, comprendía el drama de su situación y, desesperado, no se atrevía a permanecer solo ni siquiera un momento, mientras, con la voz arrastrada por el alcohol, seguía repitiendo patéticamente:

—¡Yo... no me quito la cota de acero! ¡No me la quito! ¡No me la quitaré jamás!

Los amigos eran partícipes de su angustia pero, no sabiendo ya cómo ayudarlo, le dejaban trincar los cálices de vino con los que se precipitaba, cada vez más, en un estado de inconsciencia.

Desde su mesa, aunque bastante alejado, el señor duque Gian Galeazzo se dio cuenta vagamente de que había sucedido algo y, una vez más, preguntó al Moro dónde estaban sus amigos y qué estaba ocurriendo, pero Ludovico y el Obispo lo tranquilizaron. Por otra parte, el joven señor Duque también había bebido bastante y no estaba tan lúcido como para advertir del todo que la tensión y el nerviosismo de los que le rodeaban aumentaban con la precipitación de los hechos. En ese momento la mesa ducal fue rodeada de oficiales y arqueros que trataban de descubrir la mínima señal de amenaza obedeciendo la orden de impedir a cualquiera, que no fuera un criado bien conocido, acercarse a la mesa.

Llegó el momento del tercer servicio y Taccone, uno de los pocos participantes en el banquete que aún estaba sobrio, con su típico gesto enfático, anunció el inicio:

Triumphi Pavoni dui che conducano uno
carro presentato da Iris

Nuntia de Giunon sono io avisa.
Celsa madona, intorno alla mia veste
portami el tuo signor per sua divisa.[1]

Durante el intervalo se dispuso sobre las mesas un *asado seco* de capón, lomo de ternera, palomas, salsa verde y limoncitos confitados, además de olivas rellenas y aliñadas de muchas maneras.

El actor ataviado de Iris se acercó a la mesa de los Duques con un carro tirado por dos pavos cocidos en triunfo. Estos pájaros los habían decorado con sus propias plumas y colas, montándolas oportunamente. Luego llegaron los asados de faisanes y de perdices, con naranjas, limones confitados y mostaza.

Orfeo trajo un triunfo de aves del bosque mientras otros personajes se ocupaban de los lechones asados y dorados con su jugo. Un grupo de griegos antiguos ofreció un jabalí «*cotto in suo colore*».

Fue entonces cuando hizo su entrada, entre la admiración de las mesas altas, la celebradísima ternera medio hervida y medio asada.

En la sala la confusión aumentaba cada vez más. Los vinos y los resolís corrían a mares, empastaban las lenguas, pero disolvían los pudores.

Con toda aquella agitación, las formas procaces, que el buen *Domine Iddio* había prodigado a muchas damas, se desbordaban por los generosos escotes ofreciéndose, sin límite, a la admiración de los vecinos de mesa. Por tanto, era inevitable que alguno tratase de renovar el mito festivo de la loba con Rómulo y Remo. Además, era menester que estos juegos fueran el prelu-

1. Dos pavos en triunfo que conducen un
carro presentado por Iris.
Soy la nuncia de Juno.
Excelsa señora mía, concede que mi veste
sea ornada con la divisa de tu señor.

dio de otros ritos más comprometidos y agradables, según puntos de vista y perspectivas de naturaleza varia, a los que las nobles damas, tras manifestar ciertas renuencias puramente formales, se sometían de buen grado y con evidente entusiasmo.

Aquí y allí se veían sitios vacíos, porque muchos de los nobles invitados habían acabado debajo de las mesas, en compañía de las damas complacientes que estaban a su lado. A pesar del gran estrépito, se oían suspiros, risitas y gruesas palabras de escarnio. A veces las mismas mesas se estremecían rítmicamente, pero nadie daba importancia a lo que se consideraba inevitable complemento de una cena exitosa. En los rincones más oscuros de la sala, las parejas, protegidas por la sombra de las columnas, se entrelazaban en posturas inequívocas.

El lanzamiento de vino, confites y pastas proseguía habiendo ya degenerado en una difusa y galante batalla. Solamente la mesa ducal mantenía una actitud digna, y si el señor Duque y la duquesa Isabel estaban un poco ruborizados, era sólo a causa de la comida y la bebida que se seguía sirviendo. El Moro, completamente sobrio, tenía un aspecto grave y muy preocupado. Cuando se dirigía al señor Duque intentaba asumir una actitud de absoluta tranquilidad, pero a menudo se daba la vuelta hacia Sanseverino, siempre erguido detrás de él, para pedirle aclaraciones e impartir breves órdenes.

Muy pocos seguían ya las intrincadas y no siempre comprensibles alegorías del espectáculo. El dios Pan y sus pastores, con calzones de pelo de cabra, se acercaron a los Duques danzando y tocando caramillos y siringas. Entre la excitación de los convidados ya distraídos y borrachos, los faunos trajeron cestas enormes repletas de tortas a base de leche y masa amarilla, el célebre queso de Tortona.

En su banco, la marquesa de Valladolid, agitada e inquieta, seguía preguntando a sus vecinos de mesa si habían visto a Inmaculada. En realidad, no buscaba tanto a su hija como a Manetto, que también se había alejado de su sitio. Al final no pudo contenerse y se levantó para buscar a su hombre en la penumbra de los laterales.

Por todas partes se entreveían parejas o grupos de amantes que, aún voluntariosos, ebrios y sin preocuparse en absoluto por los demás, trataban de poseerse cansinamente. La mujer, cada vez más ansiosa, rondaba en medio de aquel lento menearse, invadida por un confuso y doloroso presentimiento. Mientras se movía por el salón, sentía cómo sus temores se hacían cada vez más apremiantes. Ni Manetto ni su hija estaban allí. Se adentró todavía más, hasta los tinelos, donde se habían situado las mesas menores para los comensales de escasa consideración, que comían ávidamente las sobras. De golpe se detuvo y vio lo que sus ojos se negaban a ver, aunque su corazón ya lo supiera.

Manetto estaba tumbado boca arriba en un banco y, sentada sobre él, saltaba su hija, Inmaculada. La escena en sí no tenía nada de indecente porque la larga loba de la muchacha caía hasta el suelo y cubría gran parte de lo que estaba sucediendo.

En un lampo, a doña Juana le pareció volver a ver a Inmaculada de niña, cuando en el prado de su castillo jugaba al caballito con sus primos. Pero no era así. La Marquesa se acercó con cautela, y a Manetto, que fue quien la vio primero, se le desencajaron los ojos y la boca, logrando tan sólo balbucear:

—Tu... tu madre.

Con ambas manos trató de quitarse de encima a la muchacha, que demasiado concentrada en su papel, no se había dado cuenta de la embarazosa presencia. Siguió agitándose hasta que un tremendo revés de la madre la descabalgó haciéndola caer al suelo. Manetto se encontró tendido sobre el banco con su aún bien tiesa virilidad, que Juana observó con horror todavía brillante por los humores de su hija. Esa visión, más que ninguna otra, hirió su más profunda intimidad. Se abalanzó sobre la muchacha, que sentada aún en el suelo con las piernas abiertas y enfundadas en calzas blancas, como una gran muñeca, se sujetaba la mejilla dolorida con una mano.

Las dos mujeres se agarraron por los pelos, aullando.

—¡Puta! ¡Ramera! ¡Ramera! —gritaba la madre—. ¡Lo haces con mi hombre y quién sabe desde hace cuánto tiempo! ¡Eres peor que las putas del puerto de Sevilla!

Inmaculada se recuperó y también comenzó a chillar.

—Eras tú quien, sin ningún recato y en todo momento, iba con mi hombre, un hombre más joven que tú, a quien obligabas a amarte sin tregua. ¿Crees que Manetto no me lo ha dicho?

—No es verdad, me amaba, y tú, que eres una puerca como tu padre, has intentado quitármelo por todos los medios. ¡Eres una putita de poca monta!

—Deja en paz a mi padre y piensa en tu edad, ¿acaso creías que mi hombre prefería una vieja como tú a mi juventud?

Manetto, en tanto, vio recargarse rápidamente su jactanciosa virilidad. Tuvo tiempo suficiente para ponerse en pie, arreglarse, meter todo en la bragueta y cerrarla. Tras recoger el jubón y su barreta emplumada, contempló inquieto, pero también con cierto orgullo, a las dos hermosas mujeres, que en el suelo, andaban a las greñas por él. Se acercó y, tratando de alardear con un tono paternalmente autoritario, terció:

—Venga, no seáis bobas. No me parece oportuno comportarse de esta manera, queridísimas señoras, ¡además en presencia de tantos nobles señores! —Y con aire condescendiente intentó aferrar con las manos a ambas rivales para hacerlas levantar. Si las hubiera metido en un nido de víboras habría sido mejor. De pronto las dos mujeres se callaron y lo observaron mudas, como si lo vieran por primera vez. Después se miraron una a otra, se pusieron en pie y, como si hubieran firmado un acuerdo, se lanzaron sobre él para arañarle y morderle donde podían. La reacción del joven no fue inmediata. A las dos furias les dio tiempo de hacerle sangre en la cara y las manos y de arrancarle las vistosas cintas y ornamentos del traje, antes de que Manetto se percatara de que debía encontrar una solución. La halló dándose a una apresurada fuga que, como él mismo tuvo ocasión de admitir después, había sido un tanto tardía y no demasiado digna.

Mientras se alejaba veloz, trató de asegurarse de que no le seguían, pero con gran estupor vio que madre e hija no se habían movido, es más, se habían quedado sollozando abrazadas. La escena lo tranquilizó bastante, pero no consideró apropiado volver a sentarse en su sitio, por lo que fue a curarse las heridas con vinagre en un rincón apartado de la sala.

A pesar del dolor que el líquido le producía sobre los arañazos y las mordeduras, intentaba no perder la razón, mientras miraba hacia la dirección por donde temía pudieran venir las dos mujeres. Deseaba con todas sus fuerzas evitar nuevos encuentros.

Pero ¿qué mal les he hecho a esas dos locas?, se preguntaba. Quizá la madre tenía algún motivo para enfurecerse, ¡pero la hija no! ¡Estaba perfectamente al corriente de la situación! ¿Acaso la he seducido yo? Son ellas las que me han explotado y exprimido hasta el límite. Hace ya tiempo que yo no podía más. ¿Por qué se han vuelto las dos contra mí ahora? No consigo hacerme cargo. ¿Quién sabe lo que les pasa por la cabeza a esas dos chifladas?

Quizá su error estaba precisamente en tratar de encontrar una lógica donde no había nada lógico.

Nunca comprenderé a las mujeres, se decía, y puesto que era un joven sagaz, se dio cuenta de que no había hecho una reflexión demasiado original y de que quizá los hombres también fueran difíciles de entender en algunos trances. Para consolarse trató de pensar que, al menos, la pesadilla había terminado.

¡Pero qué deliciosa pesadilla!, pensó inmediatamente después.

La Marquesa y su joven hija volvieron silenciosas a su mesa. Inmaculada tenía la cabeza apoyada en el hombro de su madre y de tanto en tanto se sacudía por los sollozos. Doña Juana, con el rostro impasible y su busto más erguido de lo habitual, mantenía la mirada fija al frente. Algunas lágrimas resbalaban por su rostro sin que parpadeara siquiera. Sólo un temblor del mentón traicionaba su angustia. Para ella suponía no sólo el epílogo de un amor, sino también el de la ilusión de ser aún joven.

Para Inmaculada era distinto. Estaba muy abatida por el desenlace del asunto, pero ahora sabía que era una mujer.

A la sala principal estaban llegando en triunfo tartas blancas dulces y de almendras, además de quesos variados. Mientras tanto, Taccone entonaba ya los últimos versos del tercer servicio:

Di sangue di costumi e di persona
non trova par a lei ve inchoarete.
Dite el n(ost)ro dio questo vi dona
cossì faciamo e voi l'acceptarete.[1]

1. De sangre, de costumbres y de persona
no encontraréis par a ella, os daréis cuenta.
Decid que esto os da nuestro dios,
así lo hacemos y vosotros lo aceptaréis.

Nuevo intermedio. Los comensales que aún estaban en condiciones de caminar salieron al exterior, a la nieve, para tratar de recuperarse un poco de los vapores alcohólicos que invadían toda la sala. Al cabo de media hora, apenas restablecidos al fresco, volvieron a las mesas.

Empezó el cuarto servicio y con él aparecieron nuevas viandas en las mesas. Las comparsas, los danzantes y los actores, bailando y tocando instrumentos, presentaron las delicias que el Gran Cocinero había preparado a los señores de las mesas altas. Un variopinto tropel de mimos, representando a las principales divinidades de los ríos y los lagos del Ducado de Milán, introdujo en el banquete los manjares a base de pescado.

Las alegorías del Po, del Adda y del Ticino portaban los peces de río, las náyades, peces de las aguas de los bosques, Silvano mostraba un gran pez del lago Verbano, Ulises se encargó de los peces de mar, Baco de los delfines, Tauno de los peces del Lacio, y Glauco de lecha de pescado y peces del Tirreno. Así, las mesas altas quedaron sumergidas en una gran cantidad de comida que los habitantes de los ríos y océanos propusieron: buñuelos de halaches, anchoas con limoncillos cortados, anguilas saladas y pescadito frito servido con zumo de naranjas agrias.

En loza esmaltada con vivos colores humeaban sopas de huevas de trucha y lucio, potajes a la francesa y salchichas de carne picada, guisos de esturión y embutidos de sesos y luego menestras de calamares rellenos en su tinta. Los corredores laterales vertían sin cesar una riada de sirvientes con bandejas repletas de cangrejos cocidos en vino, cobrajos rellenos, colas de langostas hervidas y fritas, cubiertas de ajada, tencas a la brasa servidas con pasas de uva escaldadas en vino azucarado.

De las parrillas de la cocina salían pequeñas lampreas escalfadas y ostras cocinadas en papel aceitado. Las primeras se habían sumergido aún vivas en recipientes con vino blanco dulce para que murieran anegadas. Una vez apartada la sangre, que se conservaba en zumo de naranjas agrias, se pusieron a macerar en una vasija con aceite, agraz, sal y pimienta. Luego se colocaban enroscadas sobre la parrilla candente, humedeciéndolas continuamente con el zumo de la maceración. Una vez listas se condimentaban con el jugo de sangre y de naranjas agrias, azúcar y canela.

Otras ostras, en cambio, una vez extraídas de su concha y ahogadas en una salsilla de aceite, flores de hinojo y pimienta, se ponían sobre el papel aceitado y se hacían a la parrilla. Cuando estaban en su punto, se servían con una salsa de azúcar, zumo de naranjas agrias, pimienta y el agua liberada por las mismas ostras.

Con estos platos de pescado maese Stefano había superado a su padre. Para esta ocasión, el genial Cocinero utilizó muchas recetas secretas perfeccionadas durante años de trabajo y de prueba. Incluso los napolitanos, que mucho entendían de pescado, se asombraron ante la novedosa cocina y la refinada fantasía del Gran Cocinero milanés.

En torno a los fogones, el ritmo de trabajo decaía. Sólo se trataba de completar los últimos platos para el quinto servicio, que ya se acercaba. Las viandas que los Cocineros debían elaborar eran ya pocas. El resto era tarea del Credenciero, que aprestaría las ensaladas y platos fríos, y del Pastelero, que se ocuparía de las tartas, los pasteles, los dulces de yemas batidas, los sorbetes y las frutas en almíbar.

Por fin maese Stefano pudo sentarse, pues su obra estaba llegando a término y empezaba a sentir el cansancio. Tenía en la mente el último homicidio, que si bien era previsible, no habían podido conjurar.

Sorbía un vaso de *vino de Creta* mientras observaba a sus ayudantes, que remataban los escasos platos aún pendientes, cuando se le acercó maese Anselmo, el viejo Cocinero de los Botta, que todavía un poco extrañado merodeaba entre aquellos, en demasía eficientes, Cocineros de ciudad, ayudándoles como mejor podía. Había entendido perfectamente que a su gran colega milanés le interesaba todo lo relacionado con las desventuras de los jóvenes asesinados, y quería ser útil.

—Maese Stefano, ¿veis a ese tipo grande y gordo con bigotes? Es amigo mío y me he permitido ofrecerle una escudilla de callos. Me ha contado que él mismo bajó a un muerto de la vela de una nave en Pisa. No he entendido de qué hablaba, pero he pensado que el asunto podía interesaros.

El Gran Cocinero lo miró sorprendido, luego se levantó y fue a sentarse a la mesa, al lado de ese extravagante marinero bigotudo que embebía rebanadas de pan en su tazón.

—Así que esa famosa mañana en el puerto de Pisa, ¿fuiste tú quien bajó de la vela el cuerpo del marqués Zurla?

—Sí, Excelencia.

—¿Y quién eres?

—Me llamo Nicolò, nací en Voltri, a poniente de Génova. He sido buenaboya durante algunos años y ahora trabajo a las órdenes de micer Lamba Fieschi, para servirle, Excelencia.

Ese «Excelencia» le parecía demasiado, pero lo aceptó y, tratando de no mostar un excesivo interés, preguntó:

—Bien, marinero, cuéntame cómo fue la cosa.

El bagarino parecía feliz de repetir su historia una vez más, por eso se extendió en los detalles, tratando de resaltar el valor, el coraje y la fuerza necesarios en semejante empresa. Maese Stefano fue directo al grano, asumiendo un aire de pura curiosidad:

—Dime, Nicolò, ¿cómo se hace para guindar un peso, como el del desgraciado joven, hasta la cima del mástil de una nave?

—Bien, no es fácil. Primero hay que subir a lo alto del trinquete, asegurar bien una polea, pasar un cabo, que es preciso llevar consigo, a través de la polea, dejar caer sobre el puente la otra punta de la cuerda y luego anudarla al cuello del muerto. Llegados a este punto, tirando fuerte, se puede hacer subir el cadáver hasta donde se quiera, pero para izarlo es necesario que quien tira de la cuerda pese bastante más que la carga que se quiere elevar. El joven muerto no era un coloso, pero tampoco un delgaducho. Créame, Excelencia, ¡para levantarlo hicieron falta al menos dos personas!

—Muy bien, muy bien, Nicolò, pero para hacer lo que has dicho, ¿basta uno cualquiera o hace falta un marinero? —preguntó con tono inocente maese Stefano, mientras se alisaba sus rojizos bigotes.

—Pues sí, Excelencia, se precisa un gran marinero, ¿quién, sino, podría hacer semejante maniobra, de noche, en la cima del mástil de trinquete de una carraca en ruta y con la mar agitada?

—Bien... bien, eres un muchacho listo —dijo maese Stefano. Dirigiéndose a maese Anselmo, añadió—: ¡Dadle también un trozo de carne y de queso!

—Gracias, Excelencia, ¡que Dios lo bendiga!

Después de haber hecho una seña de agradecimiento al Cocinero de los Botta, el Gran Cocinero se alejó pensativo.

Entre la bebida, los gritos descompuestos y las bromas estaba finalizando el cuarto servicio, y maese Stefano mandó decir a Trotti que le agradaría verlo antes de que terminara el intermedio.

Micer Jacopo llegó en cuanto pudo, y los dos se pusieron a confabular cerca de la escalera. El Cocinero refirió con detalle cuanto había averiguado gracias al bagarino, porque, si bien muchas de las cosas ya las conocía, algunos datos podían ser importantes.

Obviamente hablaron también de la muerte del caballero Stampa. La rapidísima desaparición del cadáver había eliminado toda la espectacularidad al delito, aunque el espacio de las hipótesis se había reducido muchísimo. Tenían la sensación de que el desenlace era inminente y de que sus sospechas se estaban concretando. Los dos amigos seguían haciéndose la misma pregunta: ¿por qué se quitó la malla de hierro que se había puesto bajo el jubón? ¿Qué y, sobre todo, quién le indujo a hacerlo? Por un momento estuvieron en silencio, pensativos. Luego micer Jacopo preguntó al Cocinero:

—¿También vos pensáis lo mismo que yo? —Y murmuró algo al oído del amigo.

—Creo que estáis en lo cierto, micer Trotti. Por otra parte, no existe otra posibilidad, los asesinos sólo pueden ser ellos.

—Entonces, después de las últimas novedades, el conde de Pusterla no puede ser el asesino. Y si así es, corre un gran peligro, pero esta vez podemos salvarlo, al menos a uno.

Trotti se precipitó, pues, hacia el salón principal, donde los convidados, cada vez más ebrios, se habían dispersado fuera, al aire libre, para recuperar el aliento. Apartó a Ridolfo da Pusterla, alejándolo de sus compañeros, y trató de convencerlo de que dejara de inmediato el castillo.

—Si no tenéis dinero, os lo daré yo. Coged mi caballo y huid, porque ahora estáis en verdadero peligro.

El joven, que había bebido demasiado, no estaba en condiciones de dar una respuesta sensata. A duras penas se sostenía en pie y, tambaleándose, farfulló:

—Yo ya tengo quien me defienda, mis amigos y esta, esta misma —replicó, indicando su pesada cota de malla de acero.

Micer Trotti trató de insistir otra vez, pero se dio cuenta de que el Conde ni siquiera le escuchaba.

Le habría gustado insistir con mayor firmeza, incluso arrastrarlo a la fuerza, pero la tediosa etiqueta requería, si bien durante pocos minutos, dirigirse de nuevo al Moro para presentarle sus reverencias, como sucedía después de cada intervalo. Así pues, acompañado por oscuros pensamientos, tuvo que dejar al muchacho.

Cuando llegó, el señor duque Ludovico conversaba con el conde de Caiazzo. Sólo pudo aferrar algunos jirones de frase:

—¡Ya basta! Incapaces... Quiero la cabeza del asesino. ¡Traédmelo vivo o muerto... antes del final del banquete!

Trotti intercambió algunas palabras corteses con el Moro. Tenía prisa y no se extendió. Corrió para alcanzar al conde de Pusterla, pero él y su grupo habían desaparecido. El Diplomático intuyó que estaba a punto de consumarse otra tragedia. Y quizá ya era demasiado tarde...

Los platos del quinto servicio llegaron a las mesas. En la sala hacían su entrada Vertumno, Pomona y su cortejo con centros de mesa de verduras y fruta, sobre todo manzanas y peras confitadas en vino.

En la nave en penumbra, el Credenciero vigilaba atentamente que ensaladas, platos fríos y dulces se sirvieran con regularidad y abundancia a los convidados. Así, se les ofrecía ora tortas verdes de hierbas a la boloñesa, ora tartas blancas de mazapán, ora tartas de requesón fresco de oveja, ora *tortiglioni*, dulces con forma de espiral a base de pasta de almendra azucarada, ora piñonates frescos, ora tortas saladas con queso y sangre de ternera, espolvoreadas de azúcar. Cajitas de gelatinas de membrillo acompañadas de pastelitos de almendra y de peras pequeñas. Los pastelitos de mantequilla fresca, rociada con la jeringa de agua de rosas, se alternaban con las galletas romanas bañadas en *Trebbiano de Toscana.*

Multitud de bailarines disfrazados de cocineros, en nombre de Apicio, el legendario cocinero de la Roma antigua, ofrecieron un centro de nata batida que «*dolce e amaro in un sapore assesta*».[1]

En ese preciso momento llegó a la mesa el agua de rosas para limpiarse los dedos, cosa que todos necesitaban.

Hebe portaba, danzando, una composición de «*néctar y ambrosía*».

Los pinches, los oficiales de cocina y los gachupines estaban ordenando un poco, lavando ollas y vajillas sucias, que colmaban los amplios albañares y a los que llegaba el agua directamente desde la tina del patio. En la cocina, a pesar de la enorme fatiga de las horas precedentes, se respiraba cierto buen humor porque todo estaba llegando a buen fin. Maese Stefano, satisfecho del trabajo hecho, ofreció a todos sus hombres varios bocales de buen vino mientras intercambiaba bromas con ellos. En un momento dado, uno de los tres Cocineros Principales se acercó un poco desolado.

—¡Jefe, está faltando el agua!

—¡Imposible! —replicó el Gran Cocinero—. Yo mismo he visto hace poco que la tina grande del patio estaba casi llena. ¡Coge una antorcha y vete en un salto a controlarla!

Por el alarido maese Stefano comprendió que ya había ocurrido lo que él y Trotti previeron. Subió corriendo hacia el patio.

También el embajador de Ferrara oyó el grito y,

1. Dulce y amargo al mismo tiempo, sienta el estómago.

abriéndose camino con dificultad entre los grupos de beodos, salió del castillo y llegó a la carrera hasta la tina.

En el fondo del agua oscura, a la luz de las teas, el cuerpo de un joven obstruía la boca del tubo que bajaba hasta la cocina. Algunos arqueros lo engancharon con garfios, lo sacaron y lo tendieron sobre la nieve mientras el agua chorreaba por todas partes. Era inútil preguntarse quién era. Micer Jacopo y el Gran Cocinero ya sabían, antes de llegar, que se trataba del conde Ridolfo da Pusterla, el último de los cinco amigos del señor Duque.

Al momento llegaron otros arqueros, que echaron a los curiosos y se llevaron el cadáver del noble goteante con la cara blanca como la nieve del patio. Pero antes de que retiraran el cuerpo, los dos amigos tuvieron tiempo de notar que no tenía signos de heridas ni el rostro sereno como los demás. Sus ojos estaban abiertos de par en par, casi fuera de las órbitas, y la boca completamente desencajada en un desesperado alarido líquido. La punta de la nariz, las orejas y las yemas de los dedos aparecieron negras.

Se había ahogado en el agua gélida de la cisterna. No podía haber saltado dentro solo. Alguien había empujado con violencia al joven borracho dentro de la tina, manteniéndolo bajo el agua hasta que ya no dio señales de vida.

Sin duda alguna mientras se ahogaba se dio cuenta de quiénes eran sus asesinos. Mientras regresaban, muy deprimidos, Trotti comentó:

—Decía que nunca se quitaría la espesa cota de hierro porque lo protegería y, en cambio, ha sido precisamente la cota, con su peso, la que ha ayudado a los asesinos a mantener el cuerpo en el fondo. Por otra parte, ¿cómo hace uno para prever que morirá ahogado en Tortona...?

—Además en invierno... —añadió maese Stefano.

14

Con el quinto servicio la comida estaba llegando a su fin. En la mesa de los jóvenes Diplomáticos había caído un aire helado de muerte. Presas de un gran desconcierto miraban en silencio los sitios vacíos y únicamente el rígido ceremonial de la Corte les impedía abandonar la sala. Su oficio y la gran cercanía con las mesas altas no se lo permitían. No esperar a la conclusión del banquete con el brindis final de los novios se habría considerado un acto de descortesía muy grave.

En la cocina, los últimos platos ya estaban listos. Algunos hornos ya estaban apagados, todos los asadores parados y muchos Cocineros reposaban tras la gran fatiga. Sólo el Credenciero y el *Confitero* estaban aún activos preparando los platos fríos de *credencia* y los postres del quinto servicio.

Después del descubrimiento del último crimen, maese Stefano no sólo se sentía cansado, sino también muy preocupado.

Reforzada por algunos lábiles indicios, empezó a tomar forma una nueva sospecha, surgiendo así el presentimiento de que aún sucedería algo, algo muy grave para todos.

Si las suposiciones suyas y de micer Jacopo eran exactas, la cadena de crímenes aún no había concluido, todavía faltaba un eslabón. ¡Y qué eslabón! Ahora, sin nada que hacer, el Gran Cocinero no podía entretenerse allí, quieto, a la espera de que durante la noche se cumpliera el trágico desenlace que él y su amigo presentían. Sólo esperaban que sus temores fueran infundados. Pero el Cocinero creyó advertir que las presencias maléficas de las que había hablado Ambrogio da Rosate estaban alrededor en ese momento.

Por fin se decidió, subió por la escalera que llevaba a la sala donde se celebraba el banquete y que terminaba en una zona oscura de la nave derecha. En la sala todo seguía igual; a pesar de los homicidios ocurridos en el mismo castillo, las carcajadas, los gritos y el alboroto superaban a la música y las rimas de los poetas. Es más, la bacanal de la turba de borrachos era incluso más ensordecedora y se hacía más viciada a medida que se añadía vino al ya bebido.

Los lebreles del señor Duque correteaban por todas las esquinas apoyando las patas anteriores sobre las mesas, adentellando algunos bocados y aumentando el desbarajuste. En el salón se oían continuamente chillidos e improperios cuando los asaetadores perros se acercaban a las mesas y se metían entre las faldas de las mujeres o entre las calzas de los Caballeros.

Nadie se preocupaba de la gente que vomitaba aquí y allá apoyada en los muros o en las columnas, pero si un Caballero se acuclillaba para defecar demasiado cerca de la mesa, los que estaban comiendo se volvían imprecando e intentaban alejarlo. Y tenían razón, porque las buenas maneras imponían que nunca se orinase o defecase demasiado cerca de las mesas.

La buena comida y el buen vino eran elementos tan difíciles de procurar que cada uno, cuando podía, los consumía en abundancia: por eso borrachera y vómito eran la normal coronación de todas las grandes comidas. Asimismo, cuanto más se retozaba en las mesas bajas, más consideraban los Príncipes que el convite había brillado por su regocijo y opulencia. Es cierto que esa noche se estaba exagerando, como si una locura más degradante de lo habitual hubiera contagiado a gran parte de los presentes.

Al Gran Cocinero, por su cultura de poeta de la buena mesa y del buen beber, semejantes excesos le repugnaban, porque eran lo opuesto al refinamiento culinario. Por desgracia, a menudo debía ser testigo de ellos y, de algún modo, artífice.

Ahora los ebrios que estaban sentados se agitaban groseramente o bien abatían la cabeza sobre las mesas entre las sobras de la comida, los platos, los cuchillos, los tenedores trinchantes, los adornos de esmalte y entre las composiciones de azúcar cocido y mazapán, rotas y derramadas por todas partes. Otros Caballeros y damas acabaron retozando bajo las mesas sin ningún recato. Era un espectáculo que, más que a alegría, sabía a angustia. Además de la certeza de que al día siguiente comenzaría una vida distinta, también afloraba una profunda inquietud por las misteriosas muertes y los maléficos influjos astrales de los que ahora todos murmuraban.

Solamente en torno a la mesa ducal se podía notar un mayor respeto por las formas, porque la conciencia del propio rango obligaba, fuera a los comensales de la mesa ducal, fuera a los de las mesas altas, a un mayor control de sus actitudes y a una compostura a los que los demás no estaban forzados.

Maese Stefano se adentró por un breve tramo en la nave casi oscura, tratando de no pisar el vómito y los excrementos dispersos por todas partes, luego se aproximó más a las mesas y se escondió detrás de una columna, cerca de un grupo de jóvenes napolitanos.

Las costumbres de la Corte no admitían que el Gran Cocinero se mostrase en público durante el banquete sin que se hubiera reclamado su presencia, pero tratándose de él nadie se habría atrevido a dirigirle un improperio. Sin embargo, era mejor no dejarse ver demasiado.

Advirtió inmediatamente que había arqueros apostados por todas partes. El Cómitre Principal iba de uno a otro, evidentemente impartiendo órdenes e invitándoles a estar alerta. A menudo lo veía confabular con Sanseverino, que se movía receloso por la sala con aire torvo y circunspecto.

En la mesa ducal se hacía cada vez más difícil seguir ocultando a los jóvenes esposos el desconcierto, el miedo y la agitación de los arqueros. Gian Galeazzo sospechó que algo grave había sucedido, aun cuando los que lo rodeaban inventaban las excusas más extravagantes para seguir justificando la ausencia de sus amigos. Por otra parte, faltaba poquísimo para la conclusión del banquete y, por fin, podrían y deberían contarles la verdad.

Maese Stefano vio que al fondo, en la nave central, se preparaba el plato fuerte de la cena, tan comentado entre los cortesanos. Era algo que, tal como esperaban los Duques, debía impresionar por su singularidad la fantasía de los huéspedes napolitanos, ya de por sí sorprendidos ante el suntuoso e inusitado banquete.

Una multitud de servidores con jorneas de tejido dorado bordadas con las armas de los Sforza avanzó anunciada por toques de clarines y por un imponente redoble de tambores. Llevaban sobre sus hombros unas voluminosas construcciones de turrón y mazapán, de al menos ocho palmos de altura, que representaban los principales castillos y las más importantes fortalezas del Ducado de Milán y el Reino de Nápoles.

Entre las almenas estaban reproducidos grupos de soldados con armas y estandartes. Más allá de los puentes levadizos, caballos y jinetes defendían sus ciudadelas de mazapán, de guirlache y de azúcar refinado. Los fosos estaban repletos de gelatina azul transparente y los prados eran de minúsculos confites sicilianos que daban una vivaz nota esmeralda. Los árboles y los setos hechos con frutas confitadas de colores llamativos daban brío a aquellas admirables obras maestras de la repostería.

Las construcciones costaron varias semanas de trabajo a los confiteros milaneses, que habían respetado fielmente los diseños de los arquitectos del señor duque Ludovico. Algunos servidores hicieron sitio en todas las mesas para colocar a intervalos regulares los numerosos castillos y fortalezas.

Las piezas más hermosas se propusieron a los Duques. Frente a Isabel se colocó la reproducción perfecta del palacio real napolitano de Castelnuovo. La Duquesa, cuando vio ante sí la amada morada de su padre y de su querido abuelo, el rey Fernando, tan bien copiada que parecía de verdad, se conmovió y con los ojos brillantes abrazó a su esposo y al tío Ludovico.

Delante de Gian Galeazzo los servidores pusieron un estupendo castillo de Vigevano. En cambio, delante del Moro fue exhibido el gran castillo de los Sforza de Milán, claro mensaje para todos. El joven señor Duque no pareció captar la cruel alusión, que al mismo tiempo era también una advertencia de su tutor: «Vive feliz con tu esposa en Vigevano, pero Milán no se toca, es cosa mía.»

El Gran Cocinero sabía que la verdadera sorpresa, al punto de despertar la admiración de los comensales, aún estaba por aparecer, lo cual sólo sucedería poco antes de que el señor Duque pronunciara el brindis final. En efecto, los sirvientes que habían llevado a las mesas los castillos de mazapán no volvieron a su sitio, sino que esperaron al lado de sus maravillas pasteleras. Por su parte, maese Stefano estaba muy al corriente de cuál sería su tarea en el momento oportuno.

Desde su puesto de observación, el Gran Cocinero veía las espaldas de los comensales de la larga mesa que tenía en su lado. En esa misma mesa, muy cerca de sus altezas, estaba sentado el embajador de Ferrara, que de vez en cuando intercambiaba alguna frase con los Príncipes.

El Diplomático le daba la espalda, aunque continuamente se volvía hacia la parte de la escalera que subía desde la cocina, esperando ver a su amigo.

Maese Stefano, dándose cuenta de que Trotti escrutaba a menudo en la oscuridad, comenzó a agitar cautamente una mano para hacerse notar.

Después de un rato el Diplomático lo entrevió y, extendiendo los brazos a la vez que hacía una señal con la cabeza, expresó su alivio por tenerlo finalmente a su lado. En semejantes trances cada uno se sentía confortado por la presencia del otro. Los dos intuían que ése podía ser el momento culminante y sus sentidos bien despiertos marchaban sintonizados.

Maese Stefano se encontraba cerca del mostrador del Bodeguero, que tenía la misión, entre muchas otras, de designar los distintos vinos y licores según la importancia de los comensales. Sin embargo, su principal función era controlar con la máxima atención todas las bebidas dirigidas a la mesa de los Duques. Según el reglamento, las olía varias veces, escrutaba su color o una eventual tara en la densidad y, por último, verificaba que no hubiera rastros de untuosidad sospechosa. Había que examinar cada copa y hacer la salva; él debía beber un pequeño sorbo, retenerlo un poco en la boca y luego deglutirlo con lentitud, tratando de advertir hasta el más ligero ardor en la garganta o, peor aún, indicio de dolor de estómago. Tenía una enorme experiencia, más que con la vista o el paladar, con el olfato para conjurar cualquier peligro, incluso el causado por un simple vino echado a perder.

El Bodeguero se asombró cuando vio al Gran Cocinero apostado detrás de una columna, pero el prestigio de maese Stefano en la Corte era indiscutible. Por eso se limitó a preguntarle, con una señal de la cabeza mientras alzaba un vaso, si deseaba beber algo. Maese Stefano estaba demasiado absorto para responder, otros asuntos muy distintos lo angustiaban en ese momento. Buscaba otra pista que pudiera reforzar sus temores y responder a las dudas que, cada vez a mayor velocidad, asaltaban su mente. Si él y Trotti estaban en lo cierto, esa noche todavía ocurriría algo más; lo más terrible. Pero ¿cuándo?, y ¿cómo? ¿Quizá por medio del veneno en la comida o en la bebida? ¡No; no era posible!

Precisamente en ese momento observaba al Bodeguero, que atentísimo controlaba cada copa que se dirigía a los Duques. En medio de aquel estado de alarma que se vivía en la Corte tras los últimos crímenes, se situaron dos arqueros al lado del Bodeguero para evitar que intrusos se acercaran al lugar donde se preparaban y se cataban los líquidos. Dichos hombres tenían orden de matar a cualquier sospechoso que se aproximara demasiado a la mesa de las bebidas.

El mostrador del Credenciero, que inspeccionaba los platos de credencia para los Duques, estaba vigilado y protegido de la misma manera. La comida que llegaba desde la cocina la probaba, directamente en las mesas altas, el *Magister Mensae Ducali*. Incluso el pan se partía y se examinaba. No, de esa dirección tampoco podía provenir el peligro.

Micer Jacopo, que evidentemente estaba haciendo los mismos razonamientos, se volvía, cada vez con más insistencia, hacia su amigo. Con aspecto interrogante y preocupado, le hacía gestos indicando su escabel para darle a entender que no podía moverse de esa posición, tan cercana a los Duques. Maese Stefano lo comprendía perfectamente pero, en tales momentos de tensión, le habría gustado contar con el consuelo de su experiencia y con su consejo.

No sucedía nada nuevo, y el banquete se encaminaba con normalidad a su término. ¿Quizá se habían equivocado por completo? Cada uno de los hechos que tanto los habían alarmado, considerado en sí mismo, no tenía mucho sentido. A falta de una prueba real, ¿sobre quién podrían recaer ahora sus graves sospechas sin pasar por unos visionarios?

A su lado y dándole la espalda, los nobles napolitanos, embriagados de alcohol como los demás, provocaban un gran estruendo que contrastaba con el grupito silencioso de los Legados, sentados un poco más lejos en dirección a la mesa ducal. Aún más allá, a poca distancia de los Duques, estaban los Embajadores y Trotti entre ellos.

Los jóvenes Diplomáticos, a pesar del vino, no parecían eufóricos. En la desmesurada confusión del banquete, en medio de todos los desenfrenos, no pasaba inadvertida la sombra gris de tristeza y de miedo del grupo.

La única que no parecía afectada por la luctuosa atmósfera ni por los efectos del alcohol era la circasiana. Incluso se la veía más hermosa y vivaz de lo habitual. Maese Stefano, atentísimo, la veía muy excitada; al no poder coquetear con sus compañeros de mesa, demasiado deprimidos, se dedicaba a provocar a los guapos pajes que prestaban servicio en la mesa de los Duques. Llevaba toda la noche desafiando a algunos de ellos con caricias y ocurrencias lascivas cuando pasaban a su lado.

Zane, el veneciano, seguía mirando a Dona Evelyne, sentada algunos sitios más allá. En aquella infernal orgía, ambos lograban, a duras penas y casi aullando, intercambiar pocas palabras aunque, inclinándose por encima de la mesa, conseguían comunicarse con la mirada y con gestos. Él, más triste que nunca, parecía muy nervioso. Algo lo inquietaba. Maese Stefano sólo podía verlo de espaldas, pero intuía que Zane no estaba cómodo. No es que se mostrase celoso o resentido por la actitud excesivamente galante de su compañera, es más, seguía flirteando con su hermosa Evelyne y al mismo tiempo vigilaba a la circasiana como queriendo controlar todos sus movimientos.

El Bodeguero estaba preparando el hipocrás nupcial con un esmero especial, sometiendo cada ingrediente a largas y meticulosas catas. El vino tinto de Borgoña ya estaba caliente sobre un pequeño brasero y él le añadió la miel mezclándolo durante un rato.

Cuando estuvo diluida, le agregó las especias: canela, enebro, clavo, macis, galanga y nuez moscada, todas ellas machacadas previamente en el mortero. Volvió a mezclarlo todo con cuidado, mientras añadía el extraordinario licor de rosas encargado en Rodas para la ocasión. Según la tradición, este tipo de hipocrás usado para los augurios finales en los banquetes de bodas hacía votos por la dulzura y la armonía en el matrimonio recién celebrado.

Durante el brindis nupcial, los esposos levantarían una gran copa azul de cristal veneciano, obsequio precioso de la Serenísima República. La copa era de dos palmos de altura y llevaba las armas de los Sforza y los de Aragón esmaltadas con muchos colores y los retratos de perfil de Isabel y Gian Galeazzo. Cerca del borde, graciosos angelotes sostenían una guirnalda de hojas verdes y flores blancas que recorrían toda la copa.

Según la costumbre, Gian Galeazzo debía pronunciar unas breves palabras mientras sostenía en alto el cáliz. Los convidados se pondrían en pie, levantarían sus bocales y todos juntos gritarían los augurios a los novios. También la duquesa Isabel bebería un sorbo de la copa de su marido y a partir de ese momento la parte oficial del banquete podía considerarse terminada.

El poeta declamó:

O discesa dal ciel lucente stella
Sol per onor del mondo e di natura,
El sole in quella parte adombra e scura
ov'e belli occhi volge or Isabella.[1]

Maese Stefano estaba tenso y muy atento escrutando cualquier detalle que pudiera parecerle sospechoso. Guiado, sobre todo, por su intuición, no apartaba la vista de los jóvenes Diplomáticos, pero no parecía que sucediera nada anormal.

También a Trotti le costaba estarse quieto en su escabel. Se dirigía a los Duques, con los que intercambiaba forzadas sonrisas y breves fragmentos de conversación, pero no dejaba de volverse hacia su amigo para lanzarle miradas inquisitivas. Por su parte, maese Stefano respondía extendiendo los brazos como señal de que no veía nada extraño. Estaba nervioso, se frotaba continuamente los rojizos bigotes y la barbilla rechazando la idea de que sus suposiciones pudieran ser erróneas.

El Bodeguero había terminado de preparar el hipocrás; lo filtró varias veces con una gasa muy fina, hasta que el líquido apareció transparente del todo. Luego lo trasvasó a la copa azul. Por precaución lo cató otra vez y limpió con cuidado el borde por donde había bebido. Después llamó a uno de los pajes más elegantes que servían la mesa ducal, al cual hacía tiempo que se le había

1. Oh brillante estrella descendida del cielo,
sólo para honrar al mundo y a la naturaleza,
el sol se sombrea y oscurece allá
hacia donde sus bellos ojos dirige ahora Isabel.

encargado esa tarea y que estaba allí esperando emocionado.

Era un muchacho guapo, muy joven, que llevaba una gorrilla verde y redonda con una pluma blanca, un corto jubón de terciopelo, también verde, bordado con hilo de plata y unas ajustadas calzas divisadas que le llegaban hasta la cintura, resaltando sus bellas y musculosas piernas. Una era de color turquesa y la otra mitad blanca y mitad roja, los típicos colores de los criados de los Sforza. Por delante, entre las dos calzas, la habitual braga, muy voluminosa, contenía el sexo y lo exponía. Era uno de esos jovencitos muy orgullosos de no tener que agrandar con algodón sus íntimas dimensiones, como muchos otros se veían obligados a hacer.

El Bodeguero le ofreció la fuente de cristal, que servía para llevar la copa a la mesa sin tener que tocarla con los dedos. Se aseguró de que aferrase firmemente el asa con ambas manos y, con gran delicadeza, posó encima de ella el gran cáliz nupcial. Con un paño ligero lo limpió una vez más de las posibles huellas y le recomendó:

—Ve despacio hacia la mesa de los señores Duques y deténte al lado del Gran Escanciador, de modo que cuando el poeta empiece a recitar *Signore illustre, in cui mostra natura, oggi sua gloria solo in farti onore...*,[1] tú puedas entregársela. Camina teniéndola bien alta ante ti, sin zarandearla demasiado.

Tenía en la mano una copia de la composición que el Poeta de la Corte estaba declamando y se la enseñó al muchacho para hacerle comprender mejor su deber.

El paje se encaminó lento y orgulloso hacia el Gran Escanciador, que permanecía muy tieso detrás del señor Duque. Según el ceremonial, aquél, con las manos

1. Señor ilustre, en quien la naturaleza muestra hoy su gloria sólo con honrarte.

enguantadas, levantaría el cáliz de la bandeja y lo posaría delante de su señor.

El joven avanzaba totalmente persuadido de su misión, consciente de que en ese momento tenía la responsabilidad de llevar algo muy precioso e insustituible. Pasó ante la columna donde estaba apostado maese Stefano, prosiguió caminando detrás de los gesticulantes y ebrios comensales de los bancos largos, y se encaminó hacia la mesa alta. Cuando llegó a la altura de la circasiana, la hermosa mujer de cabellos rojos se adelantó con una gran sonrisa provocativa, aferró el borde de su jubón y lo atrajo a sí, mientras le hacía una señal de que se acercara. Él se detuvo un instante inclinándose hacia ella, que con un brazo le ciñó en lo alto uno de los muslos cubiertos con las calzas de colores. Riéndose lo obligó dulcemente a agacharse, mientras le decía algo.

Maese Stefano, a causa de la distancia y el estruendo de los nobles napolitanos sentados ante él, no podía entender las palabras de la mujer, pero intuía que lo estaba provocando. El paje, embrujado y perplejo, mantenido firme por la pierna, se inclinó aún más, acercando el oído a los labios de la dama, pero al mismo tiempo estaba bien atento a que la preciada copa no perdiera el equilibrio. En un momento dado a maese Stefano le pareció que el muchacho se negaba sacudiendo la cabeza y pedía de modo decidido a la mujer que lo dejara continuar. Ella estalló en una carcajada y le soltó la pierna no sin antes hacerle una audaz caricia en la braga. Mientras se levantaba, el jovencito, rojo como una cereza, le susurró algo al oído, luego recuperó la compostura, llevó de nuevo la copa alta ante sí y volvió a caminar.

Maese Stefano no había advertido nada preocupante en aquella escena, pues parecía una de las habituales galanterías de esa incansable coqueta. Pero Trotti, que estaba más cerca y vigilaba al grupo, recelaba de la maniobra de la circasiana y, tras llamar la atención de su amigo, le hizo llamativos gestos para indicarle a la mujer y preguntarle qué podía haber ocurrido.

El Poeta recitaba las estrofas que el Bodeguero había anunciado:

Signore illustre, in cui mostra natura,
oggi sua gloria solo in farti onore...

El paje, con una galante inclinación, entregó el cáliz al Gran Escanciador.

Fue entonces cuando los servidores, que se habían mantenido a la espera, destaparon al unísono los tejados de los fantásticos palacios y castillos dulces. Blancas palomas, tórtolas, perdices y alondras salieron de los castillos, las ciudadelas y los torreones de mazapán y guirlache, donde las habían encerrado, y en tropel, con un maravilloso aleteo, se dispersaron en todas direcciones.

Un gran número de palomas y de otros pájaros empezó a revolotear entre las columnas y a girar bajo las bóvedas, produciendo un ruido que hacía pensar en la llegada de todas las huestes de querubines y ángeles del cielo. Con sus vuelos circulares parecían augurar toda felicidad a los augustos novios.

Por unos instantes se produjo un maravillado silencio en la sala, y sólo el ruido de las alas hizo de fondo al admirable espectáculo. En ese momento las construcciones de mazapán y dulces se trocearían y se comerían, mientras que las sobras serían devoradas más tarde por los criados y los soldados que estaban en el salón.

Al Gran Cocinero, angustiado por las tramas diabólicas de las que le habían hablado, le pareció percibir entre aquellos vuelos augurales el aleteo de otras entidades. Otros designios demoníacos estaban a punto de cumplirse.

En voz muy alta, para superar el aleteo de los pájaros, el Poeta citó las frases que precedían al brindis dirigiéndose a Gian Galeazzo:

Animo generoso, inclito core...[1]

Maese Stefano vio que el paje regresaba hacia el Bodeguero, orgulloso de la misión cumplida. Cuando estuvo cerca de él lo aferró por un brazo y le preguntó brutalmente:

—¿Qué quería la dama de cabellos rojos?

—Pues... ¡pues nada!

—¡Habla, desgraciado!

—Me dijo que quería verme después de la cena. Lleva toda la velada diciéndomelo. Además quería que le dejara probar el hipocrás de almendras. Está loca de veras. Si se lo hubiera permitido, me habrían cortado la cabeza.

—¿Qué almendras? —preguntó casi con un alarido maese Stefano.

El paje, ya impaciente por el interrogatorio, respondió:

—Las del hipocrás que le estaba llevando al Gran Escanciador.

—¡El hipocrás, idiota, es de rosas, no de almendras!

—No soy tonto; cuando estaba inclinado para escuchar lo que quería decirme esa señora, sentí con claridad el olor a almendras. Soy joven, pero sé distinguir perfectamente el aroma de las almendras del de las rosas. Además, ¡acabad de una vez con vuestro interrogatorio! ¿Qué derecho tenéis? ¡Sois un Cocinero, no un Bodeguero!

La mente de Stefano empezó a funcionar a gran velocidad. Como relámpagos pasaban ante sus ojos algunos fragmentos de imágenes: almendras, no rosas...

1. Alma generosa, ínclito corazón...

Ambrogio da Rosate que hablaba... almendras y el conde de Caiazzo... el veneno. ¡Ah, el polvo de Nápoles! Seguro, esa zorra había esperado a que el Bodeguero catara la bebida y luego había conseguido poner el polvo de Nápoles en la copa del hipocrás.

En ese momento maese Stefano ya no parecía el apacible Cocinero, todo sabiduría campesina y exquisiteces. Algo instintivo había surgido en él, tenía el cerebro y los músculos tensos como las cuerdas de una viola. Micer Jacopo, que lo observaba, intuyó por su expresión que quizá había descubierto algo. El Embajador, que ya no se preocupaba por la etiqueta, agitó un brazo por encima de la cabeza haciéndole señas de que se uniera a él, pero maese Stefano ya había decidido por su cuenta. Quizá se estaba jugando la reputación ganada en tantos años de inteligente esfuerzo. Quizá incluso la vida. Pero en aquellos escasos instantes le pareció que su mismísimo padre lo alentaba a enfrentarse a las tramas de los demonios que se habían adueñado de tantas almas presentes en ese banquete. En tanto eran sus piernas las que lo transportaban cada vez más rápidas.

Cuando pasó detrás de Trotti, le susurró al oído:

—La ramera... veneno en la copa... Teníamos razón...

—¡Corred, Stefano, os sigo!

Era la primera vez que Trotti no usaba la palabra «maese» antes de su nombre. El Poeta había llegado al verso:

chiaro intelletto mente alta e sicura...[1]

El Gran Escanciador posó el alto cáliz azul sobre la mesa delante de Gian Galeazzo. El señor Duque lo aferró y lo levantó por encima de la cabeza con las dos manos, en señal de brindis.

1. Claro intelecto, mente alta y segura.

—¡Felicidad, para nosotros y para todos vosotros! —dijo y luego lo bajó solemnemente para acercárselo a los labios.

Los comensales se habían puesto en pie, habían levantado los bocales y lanzaban ruidosamente sus augurios, mientras palomas, tórtolas y perdices revoloteaban en torno con un ligero batir de alas.

Casi sin darse cuenta de lo que hacía, maese Stefano se metió en el hueco entre la última mesa alta y la de los Duques hasta llegar exactamente ante el señor Duque.

De pronto el hombretón se percató de que todos lo miraban, pues estaba en medio de la sala con su traje de cocinero, su mandil blanco. Ya no era la razón la que lo empujaba, sino el instinto.

—¡No! —chilló el Cocinero cuando el joven señor Duque estaba a punto de beber el primer sorbo, a la vez que con la mano le daba un fuerte golpe a la copa, que cayó en la mesa y se rompió en mil pedazos de vidrio azul.

El hipocrás comenzó a derramarse sobre el suelo entre el pasmo de los presentes. La inesperada aparición ante los Duques de aquel cocinero pelirrojo había dejado a todos estupefactos.

Pasado el primer sobresalto, una nube de arqueros se precipitó sobre maese Stefano, sujetándole los brazos, las piernas, el cuerpo y la cabeza. Sintió que una correa le apretaba con fuerza el cuello. Las puntas afiladas de las misericordias se le clavaban detrás de la nuca y, a través de la ropa, en los flancos. Inútilmente trató de decir algo, pero la correa le bloqueaba la garganta.

Los Duques estaban paralizados. Sanseverino, tras dar velozmente la vuelta alrededor de la mesa, había desenvainado la espada para atravesar al Cocinero. Maese Stefano entendió que estaba a punto de morir. Cerró los ojos y por un segundo le vino a la mente el color verde de su valle, que quizá no volvería a ver.

El Moro, después del primer momento de estupor, se recompuso, se sacudió y aulló:

—¡Vivo! Lo quiero vivo... ¡No lo matéis!

Entonces, a maese Stefano le pareció oír la voz de micer Jacopo, que gritaba:

—¡Señoría, este hombre os ha salvado la vida!

En ese momento, desde debajo de la mesa, llegó el desgarrador ladrido de los lebreles del señor Duque. Se revolcaban por el suelo pateando y babeando, ante el horror general.

15

—Señor Duque, vuestros perros están muriéndose porque han lamido el licor que ha caído al suelo. Este hombre ha impedido que Su Señoría fuera envenenada en su lugar. —Era la voz del embajador de Ferrara, a quien maese Stefano, inmovilizado como estaba, no podía ver.

Después de un silencio que al Cocinero le pareció interminable, oyó la tajante voz del Moro:

—¡Dejadlo! —Y añadió—: Entonces ¿quién es el culpable?

Los arqueros soltaron la presa. Las puntas de las misericordias ya no lo herían; de todos modos no conseguía hablar. La correa le había apretado demasiado la garganta. Con una mano señaló su cuello y con la otra trató de indicar al legado de Venecia, mientras Trotti proporcionaba al señor Duque los nombres de Zane dei Roselli y de su amante circasiana, intentando señalar también el lugar donde deberían estar sentados.

Pero sus sitios estaban vacíos.

Sanseverino, seguido por los suyos, salió de la sala corriendo para perseguir al veneciano y a su compañera.

Entretanto, el Moro había recuperado la compostura altiva y grave que todos conocían, mostrando incluso una calma excesiva, como si los últimos acontecimientos no lo hubieran afectado. Con aire principesco se dirigió al Cocinero.

—Vuestra familia siempre ha dado servidores fieles a nuestra Corte. Tendréis la justa recompensa por lo que habéis hecho. —Y le tendió la mano para que se la besara.

También el joven señor Duque balbuceó algunas palabras y, luego, sin saber qué hacer, tendió la mano y mirando al Gran Escanciador ordenó:

—¡Rápido, otra copa! Demos fin a este condenado banquete. —Tras recibir una cualquiera, con mucha prisa, hizo como si brindara.

Isabel se había quedado petrificada, con los ojos desorbitados y la boca abierta. En el patio se oían gritos, órdenes nerviosas, cascos de caballos que piafaban, mientras una ligera nevisca enturbiaba el aire gélido de la noche.

El señor duque Ludovico, dirigiéndose a los que tenía en torno, continuó:

—Deseamos que de lo ocurrido se hable lo menos posible. Ahora, que todos vayan a reposar, pues ha sido una jornada muy dura. Es preciso esperar a que regresen nuestros Caballeros y augurarnos que hayan capturado a los asesinos. —Y dijo a Trotti—: Gracias, micer Embajador, os rogamos que permanezcáis a nuestra disposición, porque aún necesitaremos vuestra preciosa ayuda. Mañana por la mañana, temprano, nos reuniremos para oír las noticias de los perseguidores y eventualmente tomar las decisiones oportunas. Micer Trotti, os estaríamos muy agradecidos si también vos quisierais participar en la reunión para contarnos todo lo que sabéis sobre este triste suceso.

—Ciertamente, Vuestra Gracia, me cuidaré de no faltar y, si Vuestras Señorías lo permiten, quisiera formularles el augurio de un feliz reposo.

El señor Duque salió de la sala impasible y solemne, pero quien lo conocía bien estaba convencido de que en ese momento se atormentaba con mil preguntas. Lo seguían Gian Galeazzo, que pedía explicaciones a diestro y siniestro, y su joven esposa, Isabel, del brazo, aturdida por lo ocurrido, cuyo sentido le había quedado oscuro. La Corte desfilaba lentamente detrás de ellos.

También Jacopo Trotti y Stefano salieron del trágico salón, exhaustos por la tensión, pero orgullosos de cuanto habían podido hacer.

En la sala la orgía continuó durante un rato. La confusión había sido tal que muy pocos se dieron cuenta de lo acaecido. Los invitados que lo desearan podían pasar la noche en el mismo local del banquete, donde los servidores alimentaban sin pausa las chimeneas, manteniéndolo acogedor. Cansados se recostaron sobre la paja, que los campesinos habían derramado por los laterales, cubriéndose con sus mantos, sus pieles o cualquier otra prenda que pudiera defenderlos del frío helador.

Los diplomáticos habían asistido con estupor a la aceleración de los acontecimientos, a la huida repentina de Zane dei Roselli y de la circasiana y a la afanosa búsqueda de los arqueros. Al principio estaban atónitos, pero luego, poco a poco, empezaron a entrever, al menos, una parte de la verdad. Algunos comentarios de las mesas altas, a pesar de las precauciones, llegaron a sus oídos y acabaron por convencerlos. Por más que la realidad fuera absurda, debían aceptarla; los asesinos eran los amigos con los que habían convivido durante todo el viaje.

Recordaron incrédulos tanto los momentos frívolos como los dramáticos que habían compartido durante el viaje de Milán a Nápoles y luego hasta Tortona. Ahora, a la luz de la verdad, todo lo que estaba emergiendo asumía matices nuevos. Sólo ahora caían en la cuenta de algunos indicios que antes, abrumados por la amistad y la enrarecida atmósfera del viaje, no supieron percibir. Alguien comentó:

—Si el Gran Cocinero lo ha descubierto también nosotros habríamos podido percatarnos.

Y seguían diciéndose:

—Bien es cierto que esos dos no tenían motivos personales contra nuestros cinco pobres amigos y el señor duque Gian Galeazzo.

Y se preguntaban:

—Pero entonces ¿por orden de quién actuaban y por qué?

Se interrogaron largamente, oprimidos por un fuerte sentimiento de culpa.

—Nosotros éramos los más cercanos a los acontecimientos y habríamos podido, es más, habríamos debido salvar por lo menos a alguno de nuestros amigos.

Atormentados por estos pensamientos angustiosos, extenuados por la cena y por la tensión que la presidió al final, cada uno trató de recostarse sobre su lecho intentando, si le era posible, coger el sueño.

En un rincón de la gran sala, alejada de los demás, Dona Evelyne, enfadada y triste, estaba acostada sobre algunas mantas. Había vivido los últimos sucesos y la verdad sobre el veneciano y su acompañante como un drama personal.

Su relación con Zane había sido la cosa más hermosa y pura de su vida. Continuamente le retornaba a la mente aquel amor construido con miradas lanzadas y correspondidas, y enseguida apartadas. Un amor a base de roces ligeros, aunque insistentes, de sus manos o con las rodillas. Pensaba en la circasiana, a la que todos creyeron una amante infiel; ahora se sabía con seguridad que era su cómplice y que quizá ni siquiera era su amante.

Evelyne comprendió por qué, con tanta indiferencia hacia a su compañero, la mujer se relacionaba con aquellos a los que luego conduciría a la muerte, sin suscitar en él los más mínimos celos.

¿Por qué habían asesinado a tantos jóvenes? ¿Qué misterio se escondía detrás de la melancolía de él? Pensó en la tarde en que a Zane se le escaparon algunas frases extrañas sobre el terrible momento por el que estaban pasando sus familiares, pero cuando le pidió que se confiara a ella no quiso responder. Conocía perfectamente el talante del veneciano y estaba segura de que, si mataba sin rencor, tenía que ser por un motivo muy importante... quizá por orden de alguien, como habían comentado poco antes sus amigos.

La memoria le devolvía los silenciosos mensajes que él le había transmitido sin poder revelarle nunca el motivo de su sombría tristeza. ¿Por qué no quería, de ninguna manera, encauzar su amor hacia su fin natural?

Aún le quedaba bien impresa en el corazón la visita nocturna al claustro de los Doria, la atmósfera irreal que allí reinaba tanto por el lugar como por la incomprensible y dolorida actitud de Zane. Evelyne sabía ahora que esa misma noche, y puede que detestando tener que hacerlo, debía matar a un compañero de viaje y diversiones. Con su instinto de mujer enamorada percibía el horrible drama que lo había alterado en aquella como en otras ocasiones, y precisamente por eso se sentía desgarrada por un amor nunca realizado y perdido para siempre.

Rememoraba los besos que por primera vez intercambiaron la noche del claustro, besos encendidos, pero ambiguos y melancólicamente tristes. Vagamente intuyó que su ardor no poseía el fuego de una promesa para el futuro, sino más bien un leve perfume de muerte, como los últimos y desesperados abrazos de un condenado. Cuando, sentada en el murete de aquel lugar sagrado con la espalda pegada a las esbeltas columnas, en silencio mantuvo la cabeza de Zane apoyada sobre el regazo, había advertido insólitos escalofríos que lo estremecían y un inquietante jadeo de su respiración. Le atormentaba la idea de que esa misma noche el joven tuviera una cita con su cómplice, cerca de su hospedería. Sin duda la circasiana llevaría hasta el lugar establecido a su tercera víctima, completamente borracha e indefensa, como si se tratara de un cordero para el sacrificio.

Por desgracia, la insondable tristeza de Zane dei Roselli la había fascinado aún más. Evocando las horas pasadas junto a él, le vino a la memoria su sombrío humor en los días en que ocurrieron los crímenes. Sólo ahora lograba relacionar las dos circunstancias. ¿Quién lo obligaba? Pensaba en las preguntas que se había hecho durante todo el viaje y en cuando, casi por despecho, quiso alardear de la relación con su amiga Isa. ¿Por qué él no había aceptado la oferta de amor que ella le hacía cada vez más abiertamente?

En un primer momento dedujo que Zane no era viril, pero en aquel claustro, al abrazarlo, tuvo una agradable sorpresa al sentir su cálida turgencia viril contra su cuerpo. Entonces ¿por qué hasta aquella tarde se había limitado a unas miradas robadas y a emocionantes, pero estériles, contactos? Y ni siquiera entonces quiso ir más allá de los besos...

Era ahora cuando volvía a ver su fuga precipitada durante esa misma noche, después de la intervención de maese Stefano al final del trágico banquete. Todo había sucedido en pocos instantes que la obligaron a abrir los ojos ante un doloroso e incomprensible enredo. Entonces fue consciente de que también él, como la circasiana que lo acompañaba, era un asesino, pero ¿cómo hacer para no amarlo?

Sentía con lucidez que Zane, evitando poseerla, le había rendido un delicado y desgarrador homenaje que ningún otro hombre en el mundo habría sido capaz de hacer. Sin duda, él se había comportado así porque se horrorizaba de sí mismo y no se sentía digno de ella. Era su corazón el que le concedía esta certeza.

Precisamente porque la amaba no soportaba la idea de mancillarla ligándola íntimamente a un asesino. Con su renuncia, él le había dado la única cosa pura que podía entregarle. Le había transmitido un mudo mensaje que ella sólo habría podido descifrar si los acontecimientos se hubieran precipitado. A pesar de los dramáticos sucesos, la renuncia de Zane al amor le había ayudado a recuperar la belleza y el lánguido dolor de un sentimiento diferente que desde la adolescencia dormitaba en los meandros de su alma. Sólo cuando era muy joven había experimentado esas delicadas emociones, pero la larga familiaridad con la Corte se las había hecho olvidar. Había perdido su natural sensibilidad endurecida por las luchas de poder y por las astucias cortesanas.

Un asesino, un dulce asesino, la había hecho redescubrir tales sentimientos y cuestionarse sobre las decisiones de su turbulento pasado. Evelyne sabía que aparentemente todo volvería a ser como antes, pero ella ya no sería la misma.

Dona Isa la había vigilado durante toda la noche, tratando de respetar su desconcierto e intentando ayudarla con la ternura y el amor que la ataba a ella. Se acercó a Dona Evelyne y le acarició los cabellos. Ante ese contacto la muchacha se estremeció y le lanzó una mirada que la hizo retroceder.

—¡Déjame, no me toques ahora!

A Evelyne casi le pareció que la relación con Isa era la causa de todo y que las alegrías que se habían proporcionado mutuamente eran las culpables. ¡Todo pasaría, pero ahora no, precisamente ahora no! Quizá más tarde aceptaría las caricias de Isa, sus sabios besos, la capacidad de hacer vibrar su cuerpo como nadie.

Pero en esos momentos el simple contacto de una mano le daba la sensación de que podía hacer palidecer el recuerdo de él, que deseaba quedara impreso en lo más profundo de su corazón. Quería conservarlo bien escondido en los pliegues de su vida y no quería compartirlo con nadie, ni siquiera con Isa.

La terrible noche de los homicidios y los venenos estaba concluyendo, y los primeros huéspedes despertaban tras pocas horas de sueño. Algunos se preparaban para partir, para regresar a la propia vida real, alejada de ese largo e irrepetible sueño.

Por fin libre, Moisés da Corteolona, habiendo llegado a Tortona muy tarde, sólo pudo presenciar la última parte de la cena. Los días y las vigilias transcurridos en la prisión de Génova, a la espera de ser exculpado, lo habían impactado terriblemente, y en un rincón farfullaba y gesticulaba para sus adentros.

Doña Juana e Inmaculada reposaban abrazadas, cansadas de cuanto había ocurrido aquella tarde. Los insultos que se habían lanzado durante la riña, a causa de Manetto dei Portinari, habían sido devastadores para ambas. Estaban abatidas por la ya irremediable pérdida de su amor, pero sobre todo a la madre le costaba persuadirse del epílogo de esa aventura. La marquesa de Valladolid había pasado las últimas horas de la noche insomne, sosteniendo entre los brazos a su hija, que a pesar de todo se había dormido profundamente.

Por primera vez, veía en ella a una mujer y había espiado, en el sueño, el regular movimiento de su pecho, ya bien torneado, con una mezcla de ternura y rabia. Para Juana todo lo que había sucedido permanecería como una herida abierta para siempre. La relación con su hija ya no sería la misma, quizá más profunda o quizá más cómplice, por los recuerdos en común de los que jamás osarían hablar, pero sin lugar a dudas sería menos maternal y menos armoniosa que antes. Para Inmaculada aquella iniciación a la vida adulta, aunque muy particular, sólo había anticipado los tiempos.

Las palabras que habían mediado entre madre e hija, durante el condenado banquete, si bien quedaron sepultadas en su corazón, permanecerían como un eco perenne entre ellas. En esa lívida noche de lombarda para ambas finalizaba una etapa de la vida.

Dona Andrea reposaba aferrada casi con desesperación al moro Mansour.

Sentado sobre un banco, el borgoñón dejaba que el paje Geraldo durmiera con la cabeza apoyada en sus piernas y le acariciaba los cabellos.

16

En la luz que precedía al alba, la colina, con su castillo y la catedral, parecía una enorme nave inmóvil que emergía entre la inmensa blancura de la latente niebla.

Entre dos almenas de la fortaleza, con los brazos cruzados y apoyados sobre la muralla, micer Jacopo y maese Stefano observaban silenciosos el espectáculo que debajo de ellos se extendía hasta el horizonte. No necesitaban intercambiar demasiadas palabras para saber en qué estaban pensando. En realidad, casi no habían dormido con la conmoción de esa noche. Para los dos había sido un momento de gloria ante los Duques y, sin duda, no faltaría algún acto de reconocimiento.

Con el alba Trotti esperaba que llegase la hora fijada por el señor duque Ludovico para confrontar lo que cada uno sabía sobre los hechos.

El sol aún no había salido, pero ya teñía de rosa el levante y el resplandor se alargaba hacia poniente, propagándose sobre la extensión ondulada de niebla. La luz rasante acentuaba las formas y las irregularidades de la superficie, de la que sólo descollaban algunos oscuros campanarios.

Aunque el río Scrivia no era visible, una larga hondonada en la superficie blanca denotaba su curso. Aquí y allá se elevaban perezosos penachos de humo, signo de que en las oscuras cocinas y dentro de las chimeneas ennegrecidas por el uso el fuego matutino trataba de derretir el hielo en los calderos, para preparar la primera comida del nuevo día. Los burgos, allá abajo, empezaban a animarse y las carretas comenzaban a arrastrarse entre los grumos helados de las callejas de tierra. Algunos ruidos del despertar llegaban atenuados hasta ellos.

Mientras tanto, se oyeron cerquísima los repiques de la catedral, que llamaban a la primera misa de la mañana. Luego, poco a poco, de todos los campanarios de las iglesias, incluso de las más lejanas, llegó hasta ellos, amortiguado por la niebla y repetido cien veces, el sonido del mismo reclamo. Era el momento en que cada abadía y cada parroquia de la vasta llanura de Lombardía abrían sus puertas. Desde el portal abierto de la catedral fluían haces de luz amarilla, mientras se expandían, por todo el patio adormecido, las lentas notas de los maitines de los canónigos de la catedral.

El coro del *Venite exultemus*, aun en la dulce sonoridad del canto gregoriano, evocaba, implacable y amenazador, condenas eternas y visiones ultraterrenales. Ante esa llamada, de las casuchas adosadas al castillo y a los murallones empezaron a salir algunas mujercillas, que se apresuraban hacia la entrada iluminada de la iglesia, embozadas en sus toquillas, negras como las faldetas.

Luego, a levante, la claridad se hizo rápidamente anaranjada, anunciando con certeza que llegaba el nuevo día. Sólo *Domine Iddio* sabía cómo sería.

Ésa es la hora más fría, porque la luz evapora la humedad de la noche y hurta el calor a los montes, a las cuevas, a los hombres y a los animales como si un gélido escalofrío corriera de un extremo al otro de la tierra.

El estremecimiento helado que había cruzado veloz la llanura, robando calor por todas partes, también penetró bajo las capas forradas de piel de los dos amigos y, a través de los huesos, se insinuó en sus corazones.

Se sentían invadidos por el desconsuelo y la impotencia, pues tenían una sensación clara de que incluso ellos habían sido víctimas, no actores, del dramático juego que ahora concluía, como si inconscientemente todos los involucrados en los sucesos hubieran seguido un inexorable guión preparado por otros.

—Así que todo ha terminado, no sólo el banquete —dijo con tristeza Stefano.

El Diplomático habló como si continuara un discurso ya iniciado en su interior:

—Stefano, ayer por la noche parecía que cada uno, en su corazón, lo sentía. Se respiraba ese frenesí que para bien y para mal nos atrapa a todos cuando se intuye que algo está a punto de acabar. Ambrogio da Rosate lo había previsto varias veces. Llegaría la noche de los Siete Pecados.

—En definitiva, Jacopo, ¿qué quiere decir una noche de los Siete Pecados?

Unidos por las recientes desventuras y por vez primera después de los muchos años que se conocían, los dos amigos se llamaban por su nombre.

—El maestro Ambrogio dice que hay momentos en que hasta las tragedias que se preparan desde hace tiempo tocan a su fin. Parece ser que durante esas noches horribles, todos, hombres y mujeres, enloquecen y se comportan como si fueran las últimas horas de su vida, y esto sucede cuando se cumplen los designios del maligno.

El patio se estaba animando. Algunos carros partían hacia Milán con el material de la pasada fiesta y los lugareños desmontaban los arcos de madera y papel. Las milicias plegaban sus tiendas y sacaban de los establos a los robustos caballos bretones de desfile. Todo se desarrollaba sin la tensión de los días que habían precedido al banquete, sin prisa y sin entusiasmo. Algún funcionario de la Corte emprendía a caballo el camino hacia la fortaleza de Porta Giovia para llegar antes que el señor Duque y su séquito.

Por el portón del castillo salía Ambrogio da Rosate en compañía de Moisés da Corteolona, que le hablaba animadamente. Cuando vieron a micer Trotti y a maese Stefano, se dirigieron hacia ellos.

El judío, transformado por las noches y los días en los calabozos de Génova, ya no aparecía humilde y burlón como de costumbre, sino que más bien se comportaba como un endemoniado, casi hablando para sus adentros y profiriendo amenazas y maldiciones contra todos. Ambrogio estaba más grave y triste que nunca.

—Buenos días a los dos —saludó micer Jacopo—, vos lo habíais predicho, maestro Ambrogio, esta última noche ha sido de verdad un aquelarre.

Y no añadió más, pero el astrólogo le entendió perfectamente. Con esas palabras, Trotti le echaba en cara, de manera taimada, el no haber sido capaz de impedirlo. Por eso el viejo sabio estuvo durante un momento absorto en sus pensamientos antes de responder al saludo:

—Buenos días también a vos, si puede ser bueno el día que sigue a semejantes calamidades. Es verdad que los astros me habían revelado que sería una noche de los Siete Pecados. Por desgracia, sólo conseguí anunciar esta espantosa velada en que los demonios han revoloteado más que nunca alrededor de nosotros descendiendo de sus moradas habituales.

Casi sin darse cuenta de los presentes, que recordaban los relatos que el maestro Ambrogio había hecho otras veces, se encontraron mirando hacia la catedral y los campanarios. El astrólogo prosiguió:

—No estaba en mis manos hacer más de lo que he hecho, pero vos, maese Stefano, al fin habéis conseguido romper el último eslabón de la cadena demoníaca.

No es algo que se concede a todos. Se necesita un ánimo sencillo y puro, como lo tenían los solitarios Caballeros de otro tiempo. Los demás, hombres y mujeres, a veces sin desearlo, se han dejado arrastrar por los espíritus infernales para preparar el epílogo de los tristes hechos. Ahora son instrumentos del demonio y por tanto serán fácil presa de la condenación.

Maese Stefano, confuso y conmovido por esas alabanzas, se refugió en uno de sus proverbios:

—*De là del podè se po minga andà!*

Para los que no entendían, Moisés tradujo:

—No se va más allá de lo que se puede...

Sin embargo, en ese momento el Gran Cocinero por primera vez se dio cuenta de que con su gesto había contrariado los designios de las entidades malignas, impidiendo la conclusión de sus tramas, y sintió temor, pero le preocupaba mucho otra cuestión.

—¿Es verdad que ninguno de esos hombres y mujeres podrá huir de la condenación? Ellos también deberían tener una esperanza de salvación, aunque sea pequeña.

Con la modesta fe heredada de sus padres, se negaba a aceptar la condenación sin esperanza. El alquimista abrió los brazos, casi con fastidio, haciendo un gesto que expresaba al mismo tiempo duda y probabilidad.

—Hay quien afirma que, en casos raros, muy raros, alguno puede incluso salir de esa experiencia con el espíritu más fuerte y puro pero, según dicen, se trata de almas no comunes que, aun viviendo aturdidas por el vicio y la miseria de sus pecados, sin saberlo desde hace tiempo estaban buscando a Dios.

Y no dijo más, como si ya hubiera revelado demasiado sobre aquel misterio insondable.

—Debemos irnos, maestro Moisés —continuó Ambrogio, quizá para sustraerse a la tensión que habían creado sus propias palabras.

La despedida fue breve. Se volverían a ver en el castillo de Porta Giovia, sumergidos de nuevo en la inquietante atmósfera de la Corte de los Sforza y bajo la máscara de la riqueza y la cultura.

Antes de que se hiciera completamente de día, el señor duque Ludovico convocó al embajador Trotti a un saloncito del obispado. Estaban presentes Galeazzo Sanseverino, conde de Caiazzo, Antonio Carazzolo, el jefe de los arqueros, y Bartolomeo, senescal en jefe de la cancillería privada del Ducado. El Moro, aunque tratara de ocultarlo, estaba ansioso por conocer los detalles de cuanto Trotti y maese Stefano habían descubierto. Había logrado mantenerse frío y lúcido durante los últimos acontecimientos, pero en esos momentos, en el silencio del salón del Obispo y después de una noche de insomnio, se le veía desmejorado por la tensión y el cansancio. Comprendía que los crímenes pasaban a través del señor Duque, su sobrino, y por tanto también alcanzaban a su misma persona.

El Diplomático comenzó:

—Su Señoría querrá saber cómo maese Stefano de Rossi y yo llegamos a sospechar del veneciano y de su circasiana. Pequeños indicios, Su Excelencia, coincidencias un poco extrañas, frases sonsacadas en ese gran punto de encuentro y confidencias que es la cocina y a veces con la ayuda de un vaso de más o de un sabroso manjar. Al principio creímos que los asesinos podían ser muchos. —Como buen diplomático y con mucha prudencia, evitó decir que entre ellos estaban el mismo Moro y el señor duque Alfonso de Calabria—. Si Su Señoría me permite ser explícito diré que, cuando Moisés da Corteolona fue arrestado, nos fue difícil creer que él fuese el culpable. El personaje no coincidía con la imagen de un feroz homicida. Debo confesar que incluso llegamos a sospechar de los mismos amigos de nuestro señor duque Gian Galeazzo. Podía tratarse de una lucha entre ellos para asegurarse una mayor influencia sobre el pupilo de Su Gracia. Por otra parte, no había posibilidad de duda, tenía que ser alguien del grupo de los jóvenes Diplomáticos que viajaban juntos o, en cualquier caso, cerca de ellos. El asesino, para obrar en tales circunstancias, debía de conocer con precisión los desplazamientos y costumbres de todos los miembros de la compañía y contar con la confianza de los malaventurados. Luego está el asunto del color de los cabellos...

—¿De los cabellos? —preguntó incrédulo el señor Duque.

—Sí, Su Alteza, alguien nos dijo que la circasiana, apenas había sol, y en Nápoles los días soleados no faltan, o bien durante el viaje por mar, se teñía los cabellos con henné para después decolorarlos en parte, con el inusual método de permanecer expuesta al sol y obtener ese espléndido color entre cobrizo y rubio que tanto admiramos en las damas vénetas. En principio esto no supone nada extraño, salvo que es un uso típico de las vénetas, no de una circasiana. Además no podemos olvidar que las maneras de esta dama eran las de las aristócratas de la ciudad lagunar más que las de una campesina del Cáucaso. Otro detalle es el asunto del nudo con que el segundo muerto fue colgado en el centro de la vela. Quien subió al mástil de la carraca para desatar el cadáver es un ex bonaboya, hoy criado de los Fieschi, experto en la vida en las naves. Este hombre contaba a todos que para colgar al muerto se había empleado una gaza de amante, típico nudo marinero que sólo un práctico hombre de mar puede usar, especialmente en trances tan trágicos. Es impensable que alguien carente de un verdadero conocimiento de amarras y cabos recurriera a un nudo tan complicado para colgar el cadáver, y encima con el riesgo de ser visto. Por tanto, el asesino debía de tener mucha familiaridad con el cordaje de una embarcación. Además, para uno que no fuera un consumado marinero y no conociera la técnica de izar las velas, era prácticamente imposible levantar una carga pesada, como la de un cuerpo muerto, hasta el extremo de una verga. Por último, concédaseme una observación más: para guindar a un hombre se necesita que quien tira pese bastante más que el que hay que levantar. Para izar al pobre marqués debían de ser al menos dos, puesto que la polea usada era de una sola vuelta y la joven víctima era de complexión robusta. Todas estas sospechas tomadas una a una seguramente no constituían una prueba ni indicaban un responsable, pero eran suficientes para limitar el campo de los posibles homicidas y dar crédito a algunas dudas. Al final, fue el Gran Limosnero de Su Señoría quien, sin saberlo, nos ofreció el primer indicio seguro. Monseñor Ottaviano da Melzo nos contó, mientras estaba en la cocina degustando un inmejorable manjar...

El señor Duque, a pesar de la gravedad del momento, logró sonreír conociendo perfectamente la glotonería del prelado.

—Nos contó, decía, un episodio en contraste evidente con lo que la circasiana iba insinuando. La muchacha decía a todos que, la noche en que su carraca estaba llegando a Pisa con el segundo muerto apoyado a la vela, había visto a Antonio Carazzolo —explicó mientras señalaba al Cómitre Principal de los arqueros— con algunos de sus hombres rondar furtivamente por el puente de la nave transportando algo que podía ser un cadáver.

El jefe de los arqueros empalideció de golpe y comenzó a sentirse incómodo en su escabel.

—Pues bien, Monseñor con toda seguridad afirmaba precisamente lo contrario; que durante toda la noche hasta casi el alba, cuando se produjo el encuentro con los sarracenos, micer Carazzolo no se había movido del puente bajo la cubierta, donde estuvo jugando y ganando sin parar. La circunstancia fue confirmada por otros testigos.

El rostro del jefe de los arqueros se relajó con una sonrisa liberadora, aunque para entonces grandes gotas de sudor le resbalaban por la cara y el cuello.

—Por tanto, nos preguntábamos por qué la circasiana mentía tratando de echar la culpa del homicidio sobre los hombres del Ducado. Con licencia de Su Señoría hablaré de anoche y de la muerte del caballero Stampa, al que encontraron semidesnudo, sobre un lecho de paramentos sagrados. Nosotros sabíamos que, atenazado por el miedo, llevaba una cota de acero bajo el coselete pero, cuando apareció el cadáver, la cota estaba apoyada y bien colocada sobre un sillón cercano. Alguien lo había inducido a quitársela. Era imaginable que se tratara de una mujer que le había prometido sus dones, una de la que se fiaba. Resulta evidente que, borracho como estaba, un cómplice lo apuñaló por la espalda mientras se disponía a hacerlo. Nosotros logramos saber que las víctimas siempre fueron vistas con vida por última vez en compañía de Zane dei Roselli o de la circasiana y, además, los asesinatos siempre se habían consumado cuando los jóvenes estaban ebrios. Y lo mismo sucedió con el quinto crimen. Para finalizar, el señor conde Sanseverino evitó que nuestro amado señor duque Gian Galeazzo también fuera envenenado.

Caiazzo, muy sorprendido, extendió los brazos y frunció la boca como dando a entender que no sabía nada.

—Y el episodio ocurrió una vez más en la cocina. El señor Conde tuvo una conversación con el maestro Ambrogio da Rosate. El alquimista le explicó los tipos de veneno que podían usarse para cometer homicidios, habló de los olores y de las características de cada tóxico. Algunas de sus frases las oyeron por casualidad esos indiscretos de los sirvientes —aclaró con diplomacia Trotti—, se propagaron por la cocina y, una vez más por casualidad, llegaron a los oídos de maese Stefano, que acto seguido castigó al entrometido por haberlas escuchado. Y esta noche, al final del banquete, mientras vigilábamos al veneciano y a su compañera, maese Stefano oyó del paje escanciador que el hipocrás del brindis olía fuertemente a almendras. ¡Pero el brindis final de un festín de bodas debía hacerse, como siempre, con el hipocrás de rosas! Al mismo tiempo, yo había advertido las zalamerías y las artimañas, un tanto sospechosas, de la circasiana con el paje. Para nuestra fortuna, vuestro Gran Cocinero recordó con prontitud que lo que olía a almendras era el polvo de Nápoles y enseguida se dio cuenta de que la vida de su señor, el duque Gian Galeazzo, estaba en peligro mortal y con él la misma existencia del Ducado. —Trotti cargó el acento sobre esta última frase, porque sabía que así impresionaba al Moro, y prosiguió—: Entendió que debía salvar al señor Duque a toda costa. Ya no había tiempo, y yo mismo lo alenté. Y así realizó ese gesto irreverente, pero bendito, que sorprendió a todos. Esto es lo que hemos descubierto, pero los motivos de tales crímenes nos resultan aún desconocidos. El Gran Cocinero y vuestro humildísimo servidor seguimos preguntándonos por qué el asesino no se limitaba a matar sino que, a riesgo de ser desenmascarado, daba espectacularidad a sus crímenes.

El señor duque Ludovico estaba cada vez más atento.

—Fue el veneciano quien nos proporcionó la primera clave para resolver este misterio. Ahora sabemos que también él, como tantos delincuentes, no resistió a la tentación de decir, al menos en parte, la verdad. En efecto, un día, en la cocina, afirmó que probablemente los homicidios habían sido cometidos por orden de alguien y que se veía con claridad que el agresor no odiaba a las víctimas. Nos contó una historia poco creíble, planteando la hipótesis de que fueran los sarracenos los que habían encargado los asesinatos para vengarse de las incursiones cristianas; nada más extravagante, pero su observación nos impresionó muchísimo y nos iluminó. A través de estos crímenes tan ostentosos se quería atacar a alguien... A alguien muy... muy... muy arriba.

El Embajador se interrumpió, pues le pareció inútil y poco conveniente decir quién era el personaje al que se quería hacer daño. Trotti estaba seguro de que el señor duque Ludovico intuía ya lo que había tras aquellas muertes, sólo aparentemente, sin sentido. Hubo un largo silencio durante el cual el señor Duque parecía buscar en su mente las últimas tramas que le faltaban a aquel pérfido tejido. Al fin habló:

—Bien sé quién ha urdido esta monstruosa conjura y por qué.

En ese momento llamaron a la puerta y un oficial de los arqueros entró titubeante, deshaciéndose en inclinaciones. Se acercó a Caiazzo y le entregó algo que parecía una misiva.

—Excelencia, la hemos encontrado escondida entre las cosas del legado de Venecia y de su amante. Los dos han huido con caballos que habían preparado en caso de necesidad, pero no han tenido tiempo de recoger su equipaje. Los escuadrones de arqueros más veloces se han lanzado en su persecución, en todas las direcciones probables para alguien que quisiera refugiarse más allá de la frontera, pero la noche ha sido oscura y la nevisca ha jugado en favor de los fugitivos. Con la oscuridad, las torres de señalización han encendido el fuego de alerta y, temiendo que la nieve impidiera recibir los mensajes, hemos transmitido las señales también con toques de *culebrina*. Por desgracia, de momento no tenemos ningún rastro de los asesinos. Me temo que a esta hora ya habrán cruzado los confines del Ducado de Lombardía.

Calló y, ante una señal del Conde, salió reculando e inclinándose varias veces. El Moro hizo una señal a Caiazzo de que diera lectura al pliego. En el silencio más profundo Sanseverino empezó:

—«Ilustrísimo Señor mío meritísimo, Secretario del Consejo de los Diez de la Serenísima República de Venecia.

»*Ex Derthona, XXV januarii 1489 hora I noctis*

»Mi hermana Armida y yo ya estamos próximos al cumplimiento de las empresas que Vuestras Excelencias nos han ordenado...»

—¡Entonces —comentó en voz baja micer Jacopo—, la mujer no era su amante! Nos engañó a todos. Y tampoco era una circasiana... —Y para sus adentros añadió: Ya sospechábamos que era una dama véneta, no una aldeana del Cáucaso. Ahora entiendo por qué el Legado permanecía tan indiferente a sus continuos coqueteos...

Caiazzo continuaba la lectura:

—«Con la ayuda de la buena suerte *ad oras* pondremos término *etiamdio* al destino del caballero Stampa y del conde de Pusterla. Luego con el envenenamiento del señor duque Gian Galeazzo no haremos más que mantener la calma hasta Milán, para después alejarnos a toda prisa de la ciudad, puesto que tenemos la sensación de que los hombres del antedicho señor Duque han encontrado ya alguna señal de culpabilidad. Ahora, al término de tan peligroso viaje, nuestro deseo de volver de inmediato a nuestra patria podría ser considerado sumamente legítimo, después de tan larga ausencia y de semejante exculpación.

»En estos últimos días sentimos que también otros nos vigilan. Si estuviéramos seguros de que sospechan de nosotros nos daríamos a la fuga enseguida. Es con desesperada aflicción que me apresto a concluir esta cadena de acciones que nos han transformado, a mi hermana y a mí, en infames asesinos. La única esperanza que nos ha dado fuerzas y valor, ayudándonos a soportar hasta ahora la infamia, es que una vez cumplido el designio, vos dejaréis en libertad, como habéis prometido, a nuestros seres queridos, injustamente encerrados en las cárceles venecianas. Nos auguramos que, después de estas malditas vicisitudes, el antedicho Consejo de los Diez quiera olvidarse de nosotros y considerar estos horrendos episodios de sangre como nunca ocurridos o como llevados a término por otros.

»Cuando Su Señoría el Secretario, vuestro predecesor, en los primeros días del pasado mes de septiembre, me convocó desde mi misión en Borgoña, por orden de los antedichos Ilustrísimos Diez, no podía imaginar que mi honrada República me constreñiría en los cepos de una cadena de crímenes tan espantosos a cambio de lo que sencillamente era debido. Como mi padre y mis hermanos, Giacomo y Andrea, siempre han sostenido, honesta y valientemente, su participación en la conjura paduana de Nicolò de Lazzara nunca ha existido. Delatores pagados con treinta denarios y falsos testigos, Dios no lo quiera, para salvar a otros han arrastrado a aquellas pobres gentes honestas hasta *Torricella*, donde, a pesar de los tormentos, nunca han confesado. Querían oír, de sus bocas desgarradas, que habían estado entre los traidores paduanos que, al no saber adaptarse al dominio de la Serenísima a la que consideraban cruel, habían tramado contra ella. No podían confesarlo porque eran y son totalmente inocentes. No, aunque de origen paduano, desde hace doscientos años mi familia siempre ha servido fielmente a la República.

»Y es con este espíritu que he doblegado mi ánimo a las acciones criminales demandadas por vosotros a cambio de la vida y los bienes de mis seres queridos; acciones que nos han arrojado a ambos en el más terrible duelo. Mi hermana está exhausta y su razón vacila sobre el abismo de la insania, y yo mismo, a pesar de que he combatido largamente en las galeras de la Serenísima y he visto de cerca los horrores de la guerra, me siento recorrido por angustias y pesadillas. Aquí todos piensan aún que Armida es mi amante, y si esta ficción nuestra nos ha facilitado la realización de la cadena de fechorías no escondo que ha añadido *abomio ad abominio*.

»Por la noche, cuando nos retiramos, abandonadas nuestras vituperables ficciones, nos cuesta reconocernos. Yo siento horror por ella y ella por mí. Nos oprime un sentimiento de repulsión por lo que hemos hecho, por lo que aún somos inducidos a hacer. Y éste es el crudísimo precio que vosotros nos habéis impuesto y que esta noche acabaremos de pagar.

»Escribo ahora esta epístola, antes de dirigirme al banquete, porque según lo acordado mañana por la mañana un mensajero vuestro vendrá a buscarla. La cena, se prevé, durará hasta las últimas horas de la noche, y es durante la misma cuando mataremos a los últimos dos amigos del joven señor Duque, aprovechando su seguro estado de embriaguez.

»Asimismo, para poner fin a los días del señor duque Gian Galeazzo, mi hermana Armida, con gran peligro, pondrá en práctica un plan para envenenarlo desbaratando las precauciones del experto catador.»

Trotti no pudo contenerse e interrumpió la lectura que Caiazzo estaba haciendo.

—¡He aquí, señor duque Magnífico, por qué la falsa circasiana había coqueteado todo el día con el paje escanciador! Había proyectado poner veneno en el hipocrás sólo después de que el Bodeguero hubiera terminado sus catas. Ha podido escoger con seguridad la hora de su actuación porque tenía ante sus ojos, bien impresa, la composición poética que ha escandido toda la cena y, por tanto, sabía cuándo se movería el paje y cuánto tiempo tenía a su disposición para llevar a cabo su plan.

Fastidiado por la interrupción, Sanseverino reanudó la lectura:

—«Armida y yo estamos advertidos del peligro mortal que, ahora más que nunca, nos es próximo. Todos los oficiales del señor Duque indagan, como no podía ser de otra manera. Nos sentimos vigilados incluso por otros que hacen preguntas extrañas a nuestros amigos.»

Esta vez Trotti no intervino, se limitó a pensar que los «otros» eran, sin duda, él y maese Stefano.

—«Las jaurías de perros que indagan se estrechan en torno a nosotros, pero confiamos en Dios Omnipotente, que conoce nuestras inclinaciones y que, a pesar de nuestros delitos, querrá ayudarnos en esta empresa desesperada. Más que a nuestra seguridad, es al buen honor de la Serenísima República al que respeto en este momento.

»Debéis reconocer que hasta esta noche lo hemos llevado todo a cabo según cuanto vosotros habéis ordenado, sin que Venecia se viera involucrada de ningún modo. Siguiendo vuestras voluntades nos hemos encargado de que los hallazgos fueran lo más espectaculares posible y que las sospechas cayeran sobre quien Su Señoría bien sabe.»

—También nosotros sabemos bien sobre quién habrían debido de caer las sospechas... —comentó irritado el señor duque Ludovico—; he aquí por qué la búsqueda de tanta espectacularidad en los crímenes.

Todos permanecieron en silencio y luego el lector prosiguió:

—«Por el contrario, los arqueros de Milán vigilan para que en torno a la expedición de bodas la atmósfera sea lo más agradable y alegre posible, y por eso siempre se han ocupado de hacer desaparecer los cadáveres y han tratado de sofocar las habladurías. Más tarde, por la noche, dado el escaso tiempo que me quedará, sólo podré añadir algunas noticias breves sobre los próximos sucesos antes de traducir esta carta a nuestro habitual lenguaje secreto, para confiarla al antedicho mensajero. Como hemos acordado, si algo no saliera según nuestros designios, destruiré esta carta.

»Según cuanto os hemos jurado sobre la cabeza de nuestros queridos prisioneros, si estuviéramos a punto de ser descubiertos, tomaríamos de inmediato el veneno que llevamos siempre con nosotros para este fin. A este respecto estamos sumamente decididos, incluso porque conocemos perfectamente a qué horrorosas y prolongadas torturas seríamos sometidos antes de morir. Nuestro deseo es que, cuando vos hayáis recibido esta misiva, nosotros ya estemos en el Ducado de Parma, donde estamos seguros de encontrar la novedad de la liberación de nuestros seres queridos...»

La carta se interrumpía en este punto.

Ludovico parecía haber envejecido años, pálido, más aceitunado y fláccido de lo habitual. Contrariamente a su costumbre, tenía un aire casi abrumado y la cabeza encajada entre los hombros. Caiazzo al final de la lectura se dejó caer sobre un sillón mirando fijamente al suelo. Sabía que la tormenta estaba a punto de caerle encima. De pronto, Trotti sintió la garganta seca, y no era el único.

—Quisiéramos vino —dijo el Moro, y añadió—: No pensábamos que esa República, a la que llamamos Serenísima, sintiera tanto odio por nosotros.

El jefe de los arqueros salió para buscar a alguien que trajera vino, feliz de tener una excusa para alejarse.

—Su Señoría ha corrido un peligro mortal. Si hubieran logrado matar a nuestro amadísimo señor el duque Gian Galeazzo, la responsabilidad o incluso sólo la sospecha habrían dañado irreparablemente a Su Señoría, que inocente habría sido puesto en entredicho por todos los Príncipes italianos y europeos. Habrían pensado que usted había querido eliminar a nuestro amado señor duque Gian Galeazzo y a aquellos que le estaban más próximos. Dios Nuestro Salvador ha querido que la justicia triunfase.

Trotti había dado en el blanco, y el Moro asintió largamente. Al señor Duque le costaba reponerse del golpe, estaba cargado de rencor, aunque se esforzaba por expresarse con la habitual realeza.

—Tratad al menos de capturar al mensajero que estará rondando por ahí. ¡Debería ser fácil incluso para los ineptos que nos rodean! —Estaba claro que el señor Duque se refería a Sanseverino y a sus hombres—. Pero sabemos que no servirá. Conocemos bien los métodos de la República de Venecia y ese hombre, incluso sometido a las peores torturas, no confesará porque no le habrán dicho nada. —Luego, como si respondiera a Trotti, prosiguió—: Desde la época del señor duque Francesco, nuestro llorado padre, nuestro estado nunca había corrido semejante peligro. Haremos decir un tedéum en todas las iglesias para dar gracias al Omnipotente por la Santa Mano que ha querido poner sobre nuestra cabeza, aunque no será prudente explicar el motivo de este agradecimiento. Sin embargo, no podemos dejar de preguntarnos cómo es posible que una trama tan larga no haya sido descubierta. ¡Debemos constatar, con estupor y sumo desagrado, que con toda la gente a nuestro servicio, con la cantidad de oficiales que comen en nuestra mesa —añadió dirigiendo la mirada a Sanseverino—, el Ducado e incluso nuestra misma persona deben ser salvados por un Embajador inteligente, leal y amigo, nos sea concedido decirlo, y por la extraordinaria intuición, además de la gran decisión, de un Cocinero fiel desde hace generaciones a nuestra casa! Que al menos se haga de modo que nadie sepa nada sobre los motivos de tanta atrocidad. Los Príncipes de los demás estados, nuestros amados hermanos, tendrían una opinión muy deplorable de nuestro poder y de la seguridad de nuestro Ducado.

Y salió sin añadir nada más, pero sus espaldas parecían aún más encorvadas y su paso casi arrastrado.

Sanseverino, el conde de Caiazzo, aún seguía mirando fijamente las junturas de las baldosas de terracota del suelo.

Cuando el Diplomático reapareció en la explanada, Stefano fue a su encuentro ansioso.

—¿Entonces?

Micer Jacopo lo puso al corriente, en líneas generales, de cuanto había sabido y terminó diciendo:

—Sin duda, no nos faltará el modo ni el tiempo de hablar con más calma cuando estemos en Milán, por el momento las vicisitudes han terminado. Sigue siendo grave el hecho de que el señor Duque parece haber suscitado alrededor tanto odio que es difícil prever si al fin no será arrollado por él. Me disgusta, porque lo estimo como hombre y como gobernante.

A pesar de la clara invitación a hablar en otro lugar, Stefano, emocionado por las últimas revelaciones, no pudo contenerse y planteó una pregunta a su amigo Diplomático:

—¿Por qué la República de Venecia odia tanto a Milán como para organizar el asesinato de nuestro señor Duque?

—No odia a Milán, teme a todos los vecinos demasiado poderosos, porque no está segura de poder resistir, con sus ejércitos mercenarios, una eventual coalición que, cruzando la frontera sobre el Adda, invada sus dominios de tierra firme. Lombardía es el estado más rico y poderoso que limita con el Véneto y por eso es el que Venecia teme más. Pero odia sobre todo a la persona del Moro, porque recela de su política tortuosa, que tiende a coaligar a muchos estados contra ella.

Stefano estaba perplejo.

—Comprendo, pero envenenando al joven Gian Galeazzo en vez de al Moro, ¿qué habrían conseguido?

—Precisamente ésta es la desleal astucia de esta conjura —respondió Jacopo, orgulloso de su larga experiencia diplomática—. Si hubiera urdido directamente el asesinato del señor duque Ludovico, lo habría convertido en un mártir de la política véneta. No quería su eliminación física, sino su aniquilación moral. Era mejor hacerle perder todo el poder político. Un Ludovico el Moro sospechoso de haber asesinado a su sobrino, al que ya usurpaba el poder, y a todos sus amigos y partidarios, habría sido un muerto viviente, detestado y aislado por todos los demás potentados. Hay que admitir que la célebre perfidia del astuto gobierno de la Serenísima, una vez más, no ha sido desmentida.

A Stefano se le ensombreció el rostro y tardó en decir algo:

—¡Qué cosas horribles! ¿Qué sentido tiene todo esto? ¿La diplomacia? ¿Los muertos? ¿Las fiestas? ¿El viaje mismo? ¿Incluso nuestra participación en estos hechos, si luego los que deciden, en lo bueno o en lo malo, están muy por encima de nosotros?

—Pero vos habéis hecho algo, querido amigo mío, algo... —repuso Jacopo.

—Sí, es verdad, pero ¿acaso creéis que nuestros actos han servido de verdad para cambiar el futuro? —La de Stefano no era una pregunta.

—Quisiera creerlo —dijo Trotti con voz cansada—, pero yo también estoy confundido, todo me parece tan inútil. Como si alguien nos permitiera entretenernos con los eventos de poca monta para hacernos olvidar los importantes, en los que se deciden todos nuestros destinos. Pero valor, Stefano, siempre nos queda algo:

nuestra vida... mientras dure, nuestra hermosa amistad y las deliciosas cenillas que nos hemos concedido. Ésas ya no nos las puede quitar nadie, ni siquiera... Acaso éstas son las únicas verdaderas pequeñas alegrías que nos es dado concedernos.

—Es verdad, por otra parte, *püssê che vif e muré se pö minga fà!* —espetó Stefano.

—Ahora comienzo a entender también yo el milanés —dijo Trotti—, tenéis razón, más que vivir y morir no se puede hacer...

Los dos amigos se miraron a los ojos durante un largo instante, y luego el Diplomático abrazó fuerte a Stefano, casi hasta hacerle daño.

—¡Hasta pronto, Stefano!

—¡Hasta pronto, Jacopo!

Ninguno de los dos añadió más, como a menudo ocurría entre ellos. Ya se habían dicho mucho más con las miradas y con los silencios.

El Embajador se encaminó lento y pensativo hacia su caballo, cogió las bridas que su escribiente le ofrecía, montó en la silla y poco después los dos jinetes atravesaron el portal y desaparecieron.

Alrededor bullían los preparativos para la partida. Maese Stefano se encaminó hacia el castillo. En el atrio había mucha gente a punto de partir hacia Milán y entre ella entrevió al grupo de los Legados. Con un vuelco del corazón, que no quiso admitir, vio el rostro de Dona Evelyne. Le pareció más adorable y radiante de lo habitual. Mientras la contemplaba desde lejos, se dio cuenta de que en su interior deseaba con todas sus fuerzas que fuera una de esas almas afortunadas, mencionadas por el astrónomo, que podrían salvarse.

Con un suspiro se sacudió esos pensamientos y empezó a descender por la amplia escalera que llevaba a la gran sala que había sido su reino durante poco tiempo. La gran cocina estaba vacía y fría, más gélida que caliente había estado en las noches y en los días pasados por las llamas de los hornos y de los asadores. De toda la frenética actividad de los hombres que habían trabajado y maldecido allí, de sus miedos y sus sudores, no había quedado nada.

En el helador local, algunos Cocineros y sus ayudantes rondaban como náufragos ordenando sus enseres. También maese Anselmo contemplaba con tristeza la maravillosa cocina que los milaneses habían instalado en cinco días y que, de golpe, resultaba inútil.

Maese Stefano se sentó en una de las mesitas donde se habían escuchado tantas confidencias y se habían hecho tantos fútiles razonamientos. Por la gracia de Dios no todas las charlas fueron vanas. A través de las grandes ventanas en forma de arco, en lo alto, al nivel del patio, veía las piernas de los hombres y los vestidos de las damas moverse en la extraña danza de los adioses. Hasta él llegaban, si bien atenuados, las despedidas, el piafar de los cascos de los caballos y el chirrido de las ruedas de las carretas. Se sentía vacío y triste. No podía dejar de recordar los discursos tenebrosos de Ambrogio da Rosate y las frases que había intercambiado con su amigo.

Maese Stefano estaba aturdido, aunque desde hacía algún tiempo Jacopo y él habían comenzado a percibir que esa aceleración de eventos desatinados y trágicos era obra de alguna fuerza arcana. Sólo al final se dio cuenta de que estas poderosas fuerzas estaban tan cerca de los hombres que intervenían para condenarlos y esto no le gustaba en absoluto.

Cansinamente se levantó y comenzó a remontar los peldaños de la escalinata que subía a la planta baja.

—¡Maese Stefano!

No oía, absorto como estaba en sus pensamientos.

—¡Maese Stefano! —repitió más fuerte maese Anselmo—. ¿Qué debemos hacer?

Stefano se detuvo un instante, se volvió tristemente hacia él sin mirarlo y respondió:

—¡Lo que se nos había concedido hacer ya lo hemos hecho! ¡La fiesta ha terminado, desmontad los asadores! —dijo.

GLOSARIO

Con el propósito de documentar y de permitir una mejor comprensión al lector, se han incluido en este Glosario algunos términos arcaicos, especializados o extranjeros que aparecen en la novela y que no poseen una explicación completa en la narración.

Agujeta. Lazo acabado con puntas preciosas. Las agujetas servían tanto para atar las mangas como las calzas que en la Edad Media y en el Renacimiento casi siempre estaban separadas del traje. En especial, las calzas eran dos piezas separadas y tenían la función de los actuales pantalones.

Albañar. Según Ruperto da Nola [v. Personajes históricos], pila o tina donde se fregaban las piezas o cacharros sucios y donde no debían permanecer después de limpios.

Alla longa. Expresión italiana con la que en la Edad Media se denominaba a las gafas utilizadas por la persona miope para ver de lejos.

Amurada. Se dice de los lados de la galera por la parte interior.

Asado seco. Carne cocinada a la brasa o al horno, solamente en su propia grasa, sin humedecerla con vino o jugos. Los cocineros italianos distinguen así, con los términos de «seco» o «mojado», los dos modos distintos de preparar los asados.

Barbero. Hoy llamado *Barbera*, es un vino tinto italiano muy famoso producido en Piamonte de una cepa homónima.

Barbero dei Canelli. Es uno de los vinos de los Barbera, producidos en la zona piamontesa del Monferrato, que con los Barbera de Asti y de las colinas de Tortona forma parte de los Barbera reconocidos [v. *Barbero*].

Baseta. Juego de cartas de azar, llamado así porque a cada jugador se le distribuía un mazo de cartas bajas, del uno al cinco.

Bastardo. Con este nombre se indica, en los recetarios del siglo xv, un vino de uso común, comparable al actual vino de mesa.

Beca. Tira de paño, a menudo larguísima, que descendía del capuchón, llamado *a beca*, y se hacía girar suavemente sobre el pecho, encuadrando el rostro, para después llevarla hacia atrás por el hombro izquierdo.

Bibelot. Voz francesa que indica pequeño y artístico objeto que sirve para adornar en mesas y chimeneas.

Borceguíes. Calzado con forma de bota pequeña que llegaba hasta más arriba del tobillo. Abiertos por delante, se ajustaban con cordones o botones y estaban decorados. Podían ser de tela, pero en el siglo xv los más apreciados eran los realizados con el finísimo *cordobán* [v.].

Bourghour. Tipo de grano usado en la cocina árabe que se molía poco, se cocía y se dejaba secar al sol. En la época se utilizaba como guarnición.

Brial. Traje lujoso de las mujeres nobles españolas y napolitanas, con mangas adheridas y normalmente sujeto en la cintura con un cinto. Se lucía sobre la ropa interior, que era visible sólo levantando los otros vestidos, y con una sobreveste de tela distinta por encima.

Brocado. En los inventarios de la época con este término se define cualquier tipo de tejido de gran valor (tafetán, raso, lampazo, damasco, terciopelo, etc.), sobre cuya superficie, por medio de un dispositivo especial de tela, se dibujan preciosos motivos ornamentales en ligero relieve, con hilos de oro, plata, o incluso seda, de color distinto al del fondo del tejido.

Brocado rizado o rico. Antigua técnica de los brocados de oro y de plata, en que los motivos en relieve estaban tejidos, tal como ocurría en el *terciopelo rizado* [v.], levantando el hilo sin recortarlo; así el hilo formaba sobre el fondo anillitos que brillaban en función de los reflejos de la luz e hinchaban el dibujo.

Burato de oro. Es un cedazo que simboliza la separación de la harina del grano, es decir, lo bueno de lo malo.

Butiro. Variante regional y arcaica de mantequilla obtenida de la leche batida. En Italia meridional, queso típico en cuyo interior se encuentra una nuez de mantequilla.

Caballero de la Espuela de Oro. Perteneciente a la Orden de la Espuela de Oro, dicha «milicia áurica». A los Caballeros se les investía con una espuela de oro, antigua señal de honor. De origen incierto, esta institución caballeresca seguramente es anterior al siglo XVI.

Caduceo de Mercurio. Verga con dos serpientes entrelazadas y con dos alas abiertas en el vértice, era símbolo de prosperidad y de paz, atributo de los heraldos y del dios Mercurio, mensajero de Júpiter.

Camarero Secreto. Dignatario de las Cortes señoriales, especialmente de la pontificia, con funciones relativas al cuidado personal del Príncipe.

Camarlengo. Es uno de los títulos más importantes del Reino de Nápoles. Jefe del tribunal y administrador del patrimonio real, era una persona de absoluta confianza del Rey, que tenía a su cargo la dirección de la

Cámara Real de la Curia Sumaria, supremo órgano financiero, jurídico y administrativo del Reino.

Cancillería Ducal o Secreta. Departamento del estado de Milán compuesto de secretarios, cancilleres, registradores, coadyuvantes, ujieres. La Cancillería Ducal dependía directamente del Duque y se ocupaba de la gestión de todos los asuntos de estado.

Capitanesca. Típico bonete del siglo XV, de color rojo, redondo y ancho en la parte superior. Lo utilizaban los Condotieros y los Señores.

Capón armado. Apelativo que se refiere a un capón en costra. La carne se asaba envuelta en lonchas de lardo, rociadas con yema de huevo batida con azúcar y espolvoreándolo todo con piñones y almendras. Esta preparación formaba una especie de armadura alrededor del animal. Generalmente la definición de «armado» se utiliza para los alimentos preparados con costra.

Carbonada. Jamón o, en general, carne de cerdo o de buey conservada en sal y después puesta a churrascar a la brasa o guisada a modo de estofado.

Cardamomo. Semillas de olor parecido a la canfora utilizadas como especia. El cardamomo se utiliza muy raramente solo y es uno de los componentes del curry. En Italia actualmente se incluye en los licores amargos.

Cetí. Tejido de seda parecido al raso que obtuvo el nombre de la ciudad china de Zaytun. De hecho, en origen y al igual que todos los tejidos séricos, se importaba de Oriente. A menudo se indicaba como «zetonino raso», pero existía también un tipo aterciopelado.

Cinamomo. Del nombre latino de la planta de la que se extraía la canela. La raíz latina sobrevive aún hoy en la palabra inglesa *cinnamon*.

Civero. Del francés *civet*, nombre de una antigua preparación de la carne de caza, liebre y volatería en general, marinada al menos durante veinticuatro horas con vino tinto y mezclado con la sangre del animal al final de la cocción.

Cómitre. De la misma raíz que el vocablo «conde», designaba al oficial de grado superior de la marina medieval, que vigilaba y dirigía la boga en las galeras. Por extensión, los capitanes de una escuadra o armada. Sus subalternos inmediatos o sustitutos eran los *Sotacómitres*.

Completa. La última de las horas canónicas del oficio divino que se corresponde con la medianoche y con la que se concluye la oración de la jornada litúrgica.

Confit. Término francés que indica una comida conservada en azúcar, como la fruta confitada o una carne cocinada y colocada en una tarrina, recubierta y conservada en su propia grasa de cocción.

Confitero. Encargado de la pastelería, dulces y confituras en las casas señoriales.

Consejo de Justicia. Magistratura Suprema del estado de Milán con competencias judiciales limitadas a las causas civiles.

Consejo Secreto. Magistratura del estado de Milán con función de tribunal, tanto civil como penal, especialmente para los actos referidos al orden público. También era un órgano político que, bajo el mandato del Príncipe, obtenía competencia en problemas de naturaleza varia.

Cónsul de las aldeas. Funcionario público de las aldeas italianas durante la Edad Media. Representaba al estado de Milán en sus funciones jurídicas y administrativas, comparables en parte a las de un alcalde, en parte a las de un secretario de ayuntamiento y en parte a las de un juez.

Copero de Honor o Copero Noble. Cargo de Corte y título honorífico de aquellos que tenían el deber de servir el vino al Príncipe en los banquetes reales o señoriales. Era la persona más cualificada y de mayor grado de entre los que se ocupaban de vinos y bebidas en la Corte. Después, e incluso hoy, parte de las tareas del Copero las realiza el *sommelier*.

Cordobán o cuero de Córdoba. Piel curtida de macho cabrío o de cabra que se trabajaba en la ciudad española de Córdoba. La elaboración se hacía con calor y existían dos tipos: el propiamente *cordobán* de cabra, suave y a veces dorado, utilizado para zapatos resistentes, y el cuero artístico de Gadamés (Trípoli) de cordero, policromado y brillante, que se usaba para revestir muebles y paredes.

Corniola. Variedad rojiza de calcedonio, translúcida, utilizada como piedra semipreciosa. Famosa es la *corniola* de los Visconti y de los Sforza, anillo grabado a sigilo que servía para lacrar cartas, despachos y órdenes concediendo valor jurídico al mensaje transmitido.

Cota. Chaqueta masculina corta que se vestía bajo el traje principal. Sin embargo, en la moda femenina era un vestido largo de color claro, juvenil, generalmente estival y parecido al brial, con mangas separadas de tela y color distinto, aligeradas a base de cortes que ofrecían salida a la camisa. Se lucía sola, con una *jornea* [v.] o con una *hopalanda* [v.]

Cotto in suo colore. Verso del *Ordine de le Imbandisone*, que evocaba la carne asada en el jugo que ella misma producía durante la cocción.

Credencia [v. *Credenciero*].

Credenciero. Nombre que deriva de la expresión italiana *«fare la credenza»*, es decir «hacer la salva» o probar las comidas destinadas a un alto personaje y comprobar que no han sido envenenadas. De aquí la labor de probador del Credenciero. A lo largo del tiempo, esta figura amplía su importancia dedicándose principalmente a la preparación de la mesa: custodia de la platería, doblado artístico de las servilletas, adornos de las mesas y confección de los platos de credencia, es decir de los platos fríos, ensaladas, carnes, embutidos y confituras (frutas confitadas, anises, etc.) del primero y del último servicio de los convites.

Cubiletes. Vasos, copas, juegos de cristal graciosos que decoraban las mesas para divertir a los comensales.

Culebrina. Antigua pieza de artillería, arma de caña larga y fina, de gran precisión, que lanzaba proyectiles de peso inferior a los del cañón.

Curial. En la Edad Media era un personaje notable y también aquel perteneciente a la magistratura de algunas ciudades.

Danza alta. Cualquier tipo de danza veloz, bailada con pasos saltarines y descompuestos.

Danza baja. Cualquier tipo de danza lenta, bailada casi arrastrando los pasos.

Derthona. Antiguo nombre de la ciudad de Tortona.

Despensero Mayor. Responsable de las provisiones y de los géneros de la despensa en la casa señorial.

Dorado. En la Edad Media y en los banquetes señoriales, se tenía la costumbre de servir los animales asados y cocinados revestidos de láminas de oro. En referencia a este uso, por imitación, los alimentos se empanaban y se freían para proporcionarles esa tonalidad dorada. Otro signo de la moda de los alimentos dorados es el uso del azafrán en preparaciones, como el arroz, en las que no era posible utilizar las láminas de oro.

El primo, el segundo, el tercio. Ruperto da Nola [v. Personajes históricos] define así tres guisos o salsas de su recetario, muy parecidos entre sí, todos a base de cilantro y con el añadido final de azúcar y canela.

Escarcela. Bolsa utilizada para guardar dinero u otras cosas. Podía confeccionarse con tejido preciado, bordado de oro y perlas. La diferencia entre una bolsa y una escarcela radicaba en la forma: la primera era redonda y la segunda cuadrada.

Estradiote. Soldado perteneciente a ciertos cuerpos de

milicia de a caballo, procedentes de la Morea y de Albania.

Falconete. Pequeño y largo cañoncito muy utilizado en las galeras. En su parte exterior, en la caña, tenía dos pernos que se introducían en una horquilla apoyada sobre una base de madera. Tenía un diámetro de 6 centímetros y lanzaba balas que llegaban a pesar hasta un kilo y medio.

Farseto. Jubón masculino muy corto, abotonado por delante y realizado con ojales y lazos a los que se ataban las larguísimas calzas. Era un indumento que no se lucía a la vista, aunque a menudo se enriquecía con seda y terciopelo. Dada su pequeña dimensión, la camisa aparecía en una posición incómoda, entre una calza y otra.

Fruta confitada de Génova. Elaboración tradicional y secular de la pastelería de Liguria, reconocida y admirada en todo el mundo. Aún hoy supone un regalo típico de las autoridades ciudadanas a sus invitados.

Galanga. Raíz aromática originaria de China y conocida en Europa desde la antigüedad. En el siglo XIX tenía fama de ser un remedio contra el mal de mar y figuraba, por tanto, en la cocina de a bordo.

Gallarda española. Especie de danza de la escuela española, así llamada por tener movimientos vivaces y airosos.

Garbo. Forma arcaica o septentrional italiana utilizada para definir un vino un poco áspero.

Garnacha. Citado desde los tiempos de Dante, es un vino antiguo bastante difundido en Italia, donde existen muchas variedades. Es dulce, generoso, de uva perfumada y se produce particularmente en las *Cinque Terre* (Cinco Tierras) y en la zona de Verona.

Garnacha. Amplio y solemne chaquetón masculino, en uso durante los siglos XIII y XVI. Largo hasta la rodilla, tenía muchos pliegues que se ensanchaban en forma de abanico desde la cintura hacia los hombros y hacia el orlo decorado a menudo con pieles. Las mangas eran muy anchas y se acostumbraba hacerles una abertura para dejar libres los brazos de su exagerada amplitud.

Garnacha de Corniglia. Vino típico de las *Cinque Terre* [v. *Garnacha*].

Garnacha de las Cinque Terre [v. *Garnacha*].

Garnacha de Verona [v. *Garnacha*].

Ginestrata. Especie de polenta dulce elaborada con leche, mucho azúcar y harina de arroz. Después se añadían dátiles, pasas, piñones, especias y sobre todo azafrán, para que adoptase un intenso color amarillo.

Gonela. Elegante vestido femenino de línea simple, cerrado por delante con lazos, botones preciosos o perlas. Las mangas casi siempre eran de color distinto del resto del traje y estaban unidas a él con alfileres o lazos. La moda de hacer ver la camisa a través de las aberturas acuchilladas en los hombros y a la altura del codo inducía a llevar la gonela sin sobreveste.

Gran Mariscal. Jefe supremo del gobierno de la casa principesca, a veces título absolutamente honorífico.

Gran Senescal. Alto funcionario, cercano al Príncipe, con la función de sobrentender en los banquetes y en las fiestas de las casas señoriales y de proveer a las exigencias de la Corte. Sus subalternos eran los Senescales Menores y los Senescales.

Gran Tamborilero. Personaje que en los cortejos precedía a los músicos, marcando el tiempo con la maza. Junto al *Pífano Mayor*, dirigía las bandas musicales que, en la Edad Media, estaban compuestas generalmente por pífanos y tambores, tal como aún hoy podemos ver en los desfiles de Carnaval de algunas ciudades suizas.

Gran Veedor. Era uno de los oficios más importantes de la Corte en el Renacimiento. Fundamentalmente se encargaba de las compras diarias en el mercado. De regreso a palacio entregaba las provisiones al *Despen-*

sero [v.]. El Gran Veedor tenía que ser un hombre fuerte y resistente al cansancio de las caminatas, de absoluta confianza en el manejo del dinero, además de saber reconocer la calidad de los alimentos.

Greco de Somma. Vino blanco producido en Italia por las antiguas cepas homónimas en la zona vesubiana de Somma, en la región de Campania. El Greco era un vino de gran consumo durante los siglos pasados y existían distintas variedades, ya fuera en Campania o en Toscana.

Guilda. Nombre de las antiguas asociaciones de asistencia mutua, de carácter religioso, mercantil y artesanal, características de la Edad Media, generalmente del norte de Europa, y con funciones económicas análogas a las de las corporaciones medievales.

Helenio. Planta perenne con florecillas amarillas de forma acampanada cuya raíz, muy aromática, posee propiedades digestivas.

Hibisco. Género de plantas de las malváceas, que comprenden unas sesenta especies, alguna de las cuales tienen una gran importancia en el campo alimenticio, pues poseen semillas de las que se extrae un aceite comestible y flores con las que se prepara una infusión ácida y refrescante.

Hopalanda. Largo manto de gala, tanto masculino como femenino, a veces con cola. Tenía enormes mangas y capucha, y se confeccionaba con tela muy lujosa, a menudo forrada con piel o seda.

Huca pro acqua o huca encerada. Sobreveste encerada de paño negro utilizada en Génova y considerada el origen de los modernos impermeables. Tenía dos aberturas para hacer pasar los brazos y estaba confeccionada con tejido fino de lana, decorada con finas tiras de cuero y en invierno podía forrarse con pieles.

Imbandisone [v. *Ordine de le imbandisone*].

Islas Flamencas. Antiguo nombre de las islas Azores portuguesas, que en el siglo XV estaban habitadas por colonos flamencos, pues el rey de Portugal había cedido una parte de ellas a la duquesa de Borgoña y de Flandes.

Lacrima Christi. Vino licoroso italiano con denominación de origen controlada, producido en la zona del Vesubio. Es uno de los vinos moscateles más conocidos e imitados.

Lampazo lampás, tejido de seda de gran valor, caracterizado por grandes dibujos ornamentales y floreales obtenidos por efecto de la trama, a menudo con hilos de oro y de plata, que resaltan sobre el fondo raso. El lampazo ha tenido una gran difusión en la historia de la industria de la seda; de origen oriental, particularmente famoso era el de Génova, donde desde la Edad Media se desarrolló un refinado artesanado textil.

Lampazo de Génova [v. *Lampazo lampás*].

Lechuguillas. En la vestimenta masculina italiana de la Edad Media, guarnición blanca de tela o encaje, que almidonada y en varias capas decoraba las aberturas de la camisa por la parte del pecho y en los puños.

Loba. Sobreveste masculina amplia, cerrada y sin mangas, de la que los brazos salían por debajo o desde dos aperturas laterales llamadas «maneras». Era de lana o de damasco. Cerrada en el cuello con grandes ganchos y lazos, podía estar forrada con tafetán en verano y con piel o terciopelo en invierno. En el vestuario femenino la loba era una sobreveste que llamaba la atención por su línea fluida y majestuosa, que se adhería graciosamente al seno y después se abría amplia. Las mangas podían ser a «alas», largas y anchas, aunque también las había adheridas y con cortes que dejaban entrever el vestido. El forro era de piel o de seda.

Macis. Especia conseguida de la membrana que recubre la nuez moscada. Fue utilizada en Europa, bajo la forma de especia molida, incluso antes que la nuez. Hoy es uno de los componentes del curry.

Maestro de Ceremonias. En la Edad Media era el responsable del protocolo y tenía la función de instruir y hacer respetar las normas del ceremonial diplomático. Era una figura de las Cortes mayores, cuya labor realizaba el *Senescal* [v.] en los palacios con menor servidumbre.

Maestro de las entradas. Cargo del estado de Milán comparable al moderno ministro de Hacienda.

Maggiori. Término histórico utilizado en las crónicas italianas del siglo XV para indicar personas excelentes o superiores a otras en orden jerárquico.

Malvasía. Bajo este nombre se incluye una cantidad considerable de viñedos que no presentan un denominador común. Por este motivo se prefiere hablar de «malvasías», de las que existen variedades con uvas blancas, negras, de sabor aromático o simple, dulce o seco, producidas en muchas localidades italianas y transalpinas. Cierto es su origen griego, en la ciudad de Monembasia [o Monemvasia o Monovaxia], en el Peloponeso, donde en 1248 penetraron los venecianos que transportaron las cepas a la isla de Creta, que formaba parte de sus posesiones coloniales. Allí nace una floreciente producción de *malvasía de Creta*, que la potente flota veneciana se encargó de exportar a larga escala. Si el vino de *Monembasia* suplantó al antiguo de Creta, se mezcló con él o constituyó una especie por sí mismo, resulta difícil de establecer. Además surgió la costumbre de denominar indistintamente *vinos griegos* a todos los importados, no sólo de Grecia sino también de Creta y de las islas del mar Egeo. Se trataba sobre todo de moscateles con un alto contenido alcohólico que, sin tendencia a la acidez, se revelaron óptimos para el transporte.

Malvasía dulce de Grecia [v. *Malvasía*].

Malvasía perseghina. Probablemente antigua malvasía veneciana, aromatizada con melocotón. Efectivamente, «persego» es una voz del dialecto veneciano, que significa melocotón. Además, antiguamente era costumbre injertar las yemas de las cepas en árboles frutales para obtener uvas con gustos y sabores particulares.

Marone. El término se refiere a la castaña que en italiano dialectal se llama «marone». En la Edad Media las joyas de los personajes de las casas nobles tenían un sobrenombre con el que se solían denominar estas particularísimas obras de arte de la orfebrería. En este caso concreto *il marone*, famoso rubí de la casa Sforza, se denominaba así por su tamaño.

Melapia. Nombre que deriva del latín *Appius*, el romano que obtuvo esta variedad de manzana, con fruto pequeño, rojo vivo por un lado y blanco por el otro, con la piel muy fina y la pulpa compacta y dulce. Las melapias se utilizaban frecuentemente en la cocina medieval y aún hoy son muy comunes en Francia.

Menestra a la húngara. En el Renacimiento había costumbre de atribuir platos a pueblos distintos, incluso sin que la receta justificase tal atribución. En este caso se trata de una menestra a base de huevo, leche, azúcar y mantequilla, cocida al baño María.

Mijoter. Término francés que significa «cocer a fuego muy lento». Es un tipo de cocción que se utiliza sobre todo para víveres con prevalencia de líquido.

Monjil. Amplio y elegante manto de origen español, con mangas, largo hasta los pies, abierto por delante y de moda durante la segunda mitad del siglo XV.

Montero Mayor. Oficial de las casas señoriales que se ocupaba de todos los detalles en las cacerías del señor.

Mortadela amarilla. Mortadela coloreada y aromatizada con azafrán. El embutido amarillo más célebre en Italia es la salchicha lombarda de sesos.

Moscatel de Candía. Nombre de una malvasía dulce de Creta. Candía es la ciudad más poblada y uno de los mayores puertos de la isla [v. también *Malvasía*].

Moscato de Asti. Vino espumoso producido en la región piamontesa de Asti.

Mostillo o Mosto agustín. Dulces compactos de forma romboidal a base de harina, azúcar, uva pasa, almendras y piñones. Producidos artesanalmente, deben su nombre al mosto cocido con el que se empastaban la harina y el azúcar.

Moyana. Pieza de artillería de pequeño y medio calibre, de caña corta, muy utilizada en las galeras. Lanzaba proyectiles de hierro con un alcance máximo de 800 metros.

Nebbiolo de Carema. Reconocido vino tinto italiano producido con uva *nebbiolo* en la localidad piamontesa de Carema, al nordeste de Turín. Parece ser que el nombre *«nebbiolo»* deriva del ligero velo gris, parecido a la niebla, que recubre la uva.

Noble de popa. Hombre de extracción noble, experto en navegación y en armas. Entre el grupo de *Nobles de popa* se elegía el eventual sustituto del Capitán de la nave.

Ordine de le Imbandisone. Incunable lombardo sin fecha ni lugar de publicación, cuya única copia conocida se encuentra en la Biblioteca Internacional de Gastronomía, en Suiza. Los expertos lo atribuyen al poeta de Corte Baldasarre Taccone, y consideran la obra como el menú del banquete nupcial de Isabel, princesa de Aragón, y Gian Galeazzo Sforza, duque de Milán, celebrado en Tortona en 1489. El *Ordine de le...* es una alegórica puesta en escena del banquete tortonés y está reconocido como uno de los primeros testimonios relativos a los espectáculos danzados, citado incluso en la historia del ballet.

Pan dulce de Navidad. Receta antigua de un dulce, especialidad de la ciudad de Génova, que ha llegado a ser típico navideño. Tiene forma plana y pasta compacta, pues se hace fermentar muy poco. Además de fruta confitada y pasas, contiene piñones.

Papardelle. Tipo de pasta italiana con forma de láminas muy anchas, similar a la lasaña.

Pasa de Morea. Uva pasa azucarada proveniente de la región griega de Morea, actual Peloponeso. La cocina renacentista utilizaba mucho los distintos tipos de uva pasa. De aquí el desarrollo de viñedos particulares, especialmente en el archipiélago griego.

Pavo. Antes del descubrimiento de América, de donde es oriundo, con el término «pavo» se indicaba únicamente a la especie conocida y originaria de Asia actualmente denominada «pavo real».

Pedrero. Pieza de artillería parecida al cañón, que, como indica el término, lanzaba piedras, aunque a veces las mezclasen con fragmentos de hierro a modo de metralla.

Pera moscatel. Pera de fruto pequeño, distribuida en el árbol en racimos, de piel amarilla, enrojecida por el sol y con la pulpa dulce y aromática. Las primeras noticias de esta especie nos llegan a través de las citas de Plinio.

Pífano Mayor. [v. *Gran Tamborilero*].

Pignolo della Morra. Vino tinto producido con una uva llamada «pignolo», con racimo pequeño y compacto, casi como una piña. Antiguamente se elaboraba en la zona piamontesa de la Morra, cerca de Alba, y hoy lo encontramos solamente en Friuli.

Piñonate. Dulce de piñones con azúcar o miel. En Sicilia se hacían con forma de piñas, fritas en aceite y espolvoreadas con pistachos y miel. Era unos de los dulces que abrían el primer servicio de *credencia* de muchos banquetes renacentistas.

Protonotario. Gran oficial al que se confiaba el control de la redacción de los diplomas regios o ducales. Era uno de los cargos principales, sobre todo en el Reino de Nápoles y en la curia papal. Los Protonotarios apostólicos eran siete, estaban colegiados y se ocupaban de redactar y registrar los actos de la Santa Sede, de los

Consistorios y de los procesos de canonización de los santos.

Provatura. Queso a base de leche de búfala típico de la zona del Lacio, similar a la *mozzarella* pero más pequeño y de fusión más completa.

Queso de búfala. Queso fresco italiano de consistencia blanda y sabor suave, originario del sur de Italia y elaborado con leche de búfala también conocido como *mozzarella* de búfala.

Romania. Nombre genérico que distinguía ante todo los vinos griegos de tierra firme.

Romania de Lepanto. Vino originario de la ciudad griega homónima, situada en el estrecho de Corinto, entre el golfo del mismo nombre y el de Patrasso.

Saint Emilion. Vino tinto francés muy generoso. Es uno de los más famosos de la región de Burdeos y pertenece aún hoy a los *Grands Crus classés*. Era célebre ya en la Edad Media.

Salsa camellina. Llamada así por su color ocre, parecido al del pelo del camello. Era una salsa hecha con uva pasa muy machacada, pan tostado embebido en vino tinto, almendras, mosto cocido, vinagre o agraz, según se quisiera más dulce o más ácida. Todo ello se pasaba por el tamiz y se aromatizaba con canela, clavo y nuez moscada. Era una de las salsas más utilizadas en la Edad Media.

Sándalo blanco, rojo y cedrino. Polvo de madera de sándalo utilizado como especia. El sándalo blanco es suave y poco perfumado; el rojo posee un fuerte color rojizo y carece de olor; el cedrino tiene el color del cedro, perfumadísimo y extraído de trozos de madera no demasiado madura.

Senescal. Oficial a las órdenes del *Gran Senescal* [v.]. Mandaba sobre el *Cocinero*, el *Veedor* [v. *Gran Veedor*], el *Despensero* [v.] y el *Credenciero* [v.]. También controlaba los trabajos del *Copero* [v. *Copero de Ho-*

nor] y del Botellero. Bajo el *Senescal Mayor* o *Gran Senescal* rotaba una jerarquía compleja compuesta por una serie de *Senescales Menores* o *Senescales* responsables de sectores específicos en el gobierno de las diversas Cortes del siglo xv.

Senescal de la Familia. En la organización de la casa señorial, aquel que vigilaba directamente el servicio de los componentes de la familia.

Senescal de los Forasteros. En la organizacion de la casa señorial, el responsable de recibir a los huéspedes y a las personas extranjeras que temporalmente podían alojarse en el castillo.

Senescal Menor [v. *Senescal*].

Sotacómitre [v. *Cómitre*].

Spigo. En la Edad Media las joyas de los personajes nobles tenían un sobrenombre con el que se denominaban estas particularísimas obras de arte de la orfebrería. En este caso concreto, el *spigo* era el famoso rubí balaje con forma de corazón que lucía Gian Galeazzo Sforza.

Spongate. Dulces típicos de antigua tradición en algunas regiones italianas, con forma redonda y baja, elaborados a base de frutos secos, fruta confitada, miel y especias.

Taray. Probablemente se trata de una especia derivada de la *Tamarix gallica*, planta mediterránea cuyas hojas y corteza servirían para aromatizar un tipo de cerveza.

Tesorero General. Magistrado del estado de Milán, que tenía la responsabilidad de administrar los fondos que correspondían a la Cámara Ducal.

Terciopelo de Zoagli. O de Génova. Es un terciopelo realizado con una técnica especial, llamada «levantina», que consiste esencialmente en entrelazar los hilos de fondo en diagonal. La producción de terciopelo era una de las glorias de Génova y de Zoagli, ciudad de la riviera de levante, que en el siglo xv formaban parte de los centros textiles europeos más importantes. Aún hoy, en Zoagli sobreviven grandes artesanos del terciopelo, tejido todavía en telares manuales.

Terciopelo frappé. Es un terciopelo compacto, recortado, muy suave, que se moja y después de escurre. El pelo queda aplastado e inclinado un poco por cada lado, creando un juego de reflejos en la superficie.

Terciopelo rizado. En la confección de los terciopelos los hilos de pelo se levantan y después se recortan con una cuchilla. Cuando el pelo del terciopelo no se recorta, se llama «*rizado* o *de pelo rico*», pues forma una especie de ricitos en la superficie. Es, principalmente, de un terciopelo con decoración floral.

Terciopelo de pelo. Terciopelo trabajado con la técnica del *terciopelo rizado* [v.], es decir, sin recortar y proporcionando distintas alturas al pelo.

Terciopelo cincelado o pelo sobre pelo. Terciopelo elaborado, cuyos dibujos se obtienen utilizando conjuntamente los sistemas de tejido recortado y de tejido rizado [v. *Terciopelo rizado*].

Torricella. Existen datos que hacen suponer que fue una prisión situada en la última planta del Palacio Ducal de Venecia, en el lugar denominado *Torricella*. Sin embargo no se excluye que existiera más de una prisión con este nombre.

Tortas blancas. Tortas dulces cuyo ingrediente principal era el queso. En efecto, el relleno era a base de *mozzarella* [v. *Queso de búfala*], requesón fresco, queso graso y parmesano, a los que se añadían huevos, azúcar, nata, agua de rosas, pasas, jengibre y canela. Se servían cubiertas de azúcar en polvo y en las grandes ocasiones se presentaban revestidas de láminas de oro y plata. Queda un particular recuerdo de este tipo de tortas en las pastelerías siciliana y napolitana.

Tortas de hierbas a la boloñesa, tortas de hierbas a la lombarda, torta genovesa. Tortas saladas con cobertura de pasta, a base de verdura, huevos y queso. Las *tortas de hierbas* son típicas de la cocina del norte de Italia, desde el siglo XV, y su receta se retomaba cada vez con variantes regionales. La *torta genovesa* se preparaba haciendo la cobertura con hojaldre y rellenándola con remolacha, queso fresco, menta machacada, pimienta y huevos; aún hoy es un plato típico de la cocina genovesa, en el que la remolacha puede sustituirse por espinacas o alcachofas. Las *tortas de hierbas a la boloñesa* se preparaban del mismo modo, pero los ingredientes del relleno eran: remolacha, parmesano, mayorana, perejil, pimienta y huevos. Para las *tortas de hierbas a la lombarda* la pasta se preparaba con harina, agua de rosas, azúcar, mantequilla y yema de huevo, y el relleno con remolacha, parmesano, requesón, clavo, nuez moscada, pimienta, canela y huevos.

Tortas reales. Nombre de varias tortas saladas con costra u hojaldre, definidas como «reales» en los recetarios italianos renacentistas, probablemente porque estaban destinadas a las mesas importantes.

Trebbiano de Toscana. Vino blanco producido en Toscana de una uva homónima. Es uno de los vinos más difundidos desde hace siglos en Italia; existen muchas variedades, no sólo en Toscana, sino en otras regiones italianas.

Triunfo de mesa. En los banquetes señoriales italianos se definían así las presentaciones de viandas que con gran pompa se introducían en el festín, dispuestas sobre lujosas fuentes y bandejas decorativas.

Veste a la francesa. Se distinguía por el escote en forma de corazón, por las mangas, muy amplias al ala, y por la suave y ondulada cola de las sobrevestes. Los tocados se componían de un pañuelo negro de seda que caía por la espalda, sobrepuesto a una toca de tejido blanco fino, normalmente de Holanda, cuyos lados sobresalían bajo el velo negro.

Veste a la milanesa. Veste que se distinguía por el escote en punta o cuadrado, con los ángulos redondeados, y por las mangas ceñidas, acuchilladas y atadas con *agujetas* [v.] o lacitos, de las que asomaba la camisa. La moda milanesa se caracterizaba por un peinado del cabello recogido en una red de oro o de seda, que a menudo caía por detrás en una larga trenza o cola envuelta en tela o lazos.

Vicario General. Magistrado del estado de Milán. Su función era juzgar la actuación de varios funcionarios al final de su mandato y de proceder en las causas de tipo civil, criminal o mixtas que le confiaban el Duque, el Consejo Ducal o los Secretarios Ducales.

Vignamaggio. Vino tinto italiano, originario de la localidad homónima de Toscana, en la región del *Chianti.*

Vinillo tinto de Broni. Vino tinto rústico producido en Broni, provincia de Pavía. Hace tiempo se consideraba un vino de hostería y se vendía a granel. Hoy la zona de Broni y su vecina Stradella presentan vinos de elite, conocidos con el nombre de «vinos *Dell'Oltrepò pavese*».

Vinillo de Coronata. Vino blanco que se producía en la localidad genovesa del mismo nombre.

Vino de Creta. Tipo de *malvasía* [v.]. Textos del Renacimiento atestiguan que a Roma llegaban tres cualidades, que el Papa utilizaba de forma distinta: el dulce para la sopa en días de tramontana, el redondo para nutrir el cuerpo y el *garbo* [v.] para los gargarismos.

Vino de Chipre. Típico vino de la isla, conocido como la bebida más antigua con la denominación de vino Comandaria, de la que encontramos referencias en las Cruzadas. Parece ser que ya desde la antigüedad era muy apreciado por los faraones y reyes. Como la *malvasía* [v.], en el Renacimiento fue muy apreciado también por los venecianos. Aún hoy se produce como vino de postre, licoroso y de color pajizo oscuro.

Vino de Filleo. Vino actualmente desconocido, probablemente de origen griego.

Vino de Gragnano. Vino tinto, rojo rubí y con bastante cuerpo, producido en la localidad napolitana de Gragnano en la costa amalfitana. Se conoce también el Gragnano de Lucca, producido con uva sangiovesa.

Vino dell'Oltrepò. Vino originario del área conocida como Oltrepò, en la provincia de Pavía.

Vino dulce de Grecia [v. *Malvasía*].

Vino tinto de San Colombano. Vino tinto rústico, producido con uvas Barbera y Croatina en San Colombano al Lambro, en la llanura sudeste de Milán. Hay que decir que, si no existieran los viñedos de San Colombano, la provincia de Milán sería la única en Italia que no produciría vino.

Vino tinto de Volpaia. Vino tinto de gran excelencia producido por uva sangiovesa en Toscana, en las zonas de Volpaia y del Chianti sienés.

PERSONAJES HISTÓRICOS

Acciaiuoli, Niccolò (1310-1365). Exponente de la célebre familia florentina, fue consejero de Roberto de Anjou en Nápoles y logró gran fama además de notables beneficios económicos y numerosos feudos. Boccaccio llegó a compararlo con Ulises y Eneas.

Adorno, Agostino. En 1487 fue *Doge*, gobernador de Génova; era uno de los hombres fieles de Ludovico el Moro.

Alimento Neri, Giovanni. Nacido en 1439, fue un importante prelado milanés. Ocupó altos cargos eclesiásticos hasta llegar a ser miembro de la Cancillería papal.

Altilio, Gabriele (aprox. 1440-1501). Poeta y humanista, formó parte de la Academia Pontaniana.

Ambrogio da Corte. Noble lombardo, que desde 1488 ocupó diversos cargos del estado de Milán.

Ambrogio da Rosate (Ambrogio Varesi da Rosate, 1437-1522). Fue el médico y astrólogo de Gian Galeazzo y después de Ludovico el Moro.

Antonio da Corte. Notable lombardo que en 1435 fue nombrado miembro del Consejo Secreto del estado de Milán [v. Glosario].

Apicio (lt. Apicius). Con este nombre escribió el tratado *De re coquinaria* en diez volúmenes (s. I d.C.) que contiene aproximadamente quinientas recetas. Es la obra de cocina más antigua que se conoce. El autor crea recetas que testimonian un gran arte culinario e ilustra las características básicas de la cocina en la época romana.

Aragón [v. gráfico].

Fernando de Aragón (1431-1494)
en 1477 casó en segundas nupcias con
Giovanna, hija del rey de Aragón de España,
madrina de Alfonso

Alfonso (1448-1495),
duque de Calabria,
sucedió a su padre como Alfonso II y
casó con Ippolita Sforza (v. Sforza)
(1446-1488)

Fernando (1467-1496) — Isabel de Aragón (1470-1524)

Bellincioni, Bernardo (1452-1492). Fue poeta oficial en la Corte de los Sforza de Ludovico el Moro.

Bentivoglio, Annibale (1469-1540). Exponente de la célebre familia boloñesa. En el año 1488 Ludovico el Moro lo asalarió.

Bessarione (aprox. 1403-1472). Cardenal. Recogió en su casa a los humanistas griegos e italianos más ilustres. Con el deseo de salvar el patrimonio espiritual helenístico, creó una biblioteca que superaba a cualquier otra de la época en el número de códigos griegos. Con la aprobación del Papa, la donó a la República de Venecia, constituyendo el núcleo más importante de la Biblioteca Marciana.

Boltraffio, Giovanni Antonio (1467-1516). Pintor milanés.

Borromeo, Vitaliano (1451-1495). Exponente de la célebre familia patricia milanesa.

Botta, Bergonzio (1454-1504). Señor de Tortona, fue ministro de Finanzas del estado de Milán. Tras organizar el banquete de Tortona, fue reconocido como el iniciador del ballet.

Botta, Giacomo († 1496). Hermano de Bergonzio [v.], fue obispo de Tortona y embajador de los Sforza en la Corte papal.

Calco, Bortolomeo (1434-1508). Fue secretario de la Cancillería Ducal de los Sforza [v. Glosario].

Caradosso (Foppa, Cristoforo; 1442-1527). Orfebre.

Carafa, Alessandro (aprox. 1430-1503). Arzobispo de Nápoles.

Cariteo (Gareth Benedetto, aprox. 1450-1514). Poeta y hábil con la música. Fue amigo de Pontano y de los mejores literatos napolitanos de la Academia Pontaniana.

Castiglioni, Branda. Jurisconsulto milanés, en 1481 fue consejero de Justicia y en 1487 consejero secreto del estado de Milán. [v. Glosario]. Varias veces embajador, representó al Moro ante la Corte aragonesa de Nápoles durante largo tiempo.

Castiglioni, Giovanni Battista († 1501). Jurisconsulto del Consejo de Justicia del estado de Milán [v. Glosario].

Cattaneo. Familia de hombres políticos, mercaderes y banqueros del patriciado genovés.

Colombo, Bartolomeo (aprox. 1460-1514). Tercer hermano del navegante genovés Cristoforo Colombo.

Conte di Conza. Se trata de Luigi, de la familia de los Gesualdo, condes de Conza desde 1452. Fue uno de los principales señores del Reino de Nápoles, fiel al rey Fernando, y a menudo presente en las embajadas diplomáticas de los aragoneses.

Conte di Potenza. Miembro de la noble familia de los Zurla, condes de Sant'Angelo y de Potenza. Se trata probablemente de Giovanni Antonio, que fue el cuarto conde de Potenza.

Corio, Bernardino (aprox. 1459-1509). Historiador oficial de la Corte de los Sforza.

De Conti, Bernardino (1450-1525 aprox.). Retratista de la Corte de los Sforza.

De Fieschi, Ibleto. Notario de la Curia papal, en 1482 fue miembro del Consejo Secreto del estado de Milán [v. Glosario].

De Fuso, Pietro († 1490). Fue obispo de Venecia y en 1488 fue nombrado cardenal por el papa Sixto IV.

De Lazzara, Nicolò. Noble de una antigua familia de Padua, entre los primeros conspiradores que en 1488 organizaron una conjura para liberar a Padua del dominio veneciano.

De Predis, Cristoforo († antes de 1484). Miniaturista, era hermano mayor de Giovanni Ambrogio [v.].

De Predis, Giovanni Ambrogio (aprox. 1455-1522). Retratista de Corte, fue compañero, socio y amigo de Leonardo da Vinci.

De Rossi, Martino. Cocinero del Ticino que a principios de 1400, estando al servicio de Francesco Sforza y de Gian Giacomo Trivulzio, exportó a Milán su arte culinaria. Está considerado uno de los cocineros más famosos de la historia.

De' Medici, Piero (1472-1503). Hijo y sucesor de Lorenzo el Magnífico en la señoría de Florencia.

Del Carretto, Galeotto (aprox. 1455-1509). Literato y poeta, perteneciente a una familia noble de Monferrato, entró desde muy joven en el ambiente milanés, llegando a ser amigo de Baldassarre Taccone [v.] y Giasone del Maino [v.].

Del Maino, Giasone (1435-1519). Jurista de la Universidad de Pavía.

Di Negro. Importante linaje de la aristocracia genovesa.

Duccio di Boninsegna († 1319). Gran pintor de Siena considerado el maestro del estilo pictórico sienés del siglo XIV.

Hermes Trismegisto. A este nombre se atribuye una serie de escritos de la época tardía helenística (s. III d. C.), resúmenes de coloquios celebrados en círculos filosóficos restringidos. Más tarde también fueron atribuidos a Hermes otros escritos arqueológicos, mágicos y alquimistas, que hicieron hablar de una tradición hermética o hermética-alquimista.

Fieschi. Célebre familia del patriciado genovés.

Fregoso. Célebre familia del patriciado genovés.

Gallerani, Cecilia († 1536 aprox.). Dama noble del patriciado milanés, fue amante de Ludovico el Moro. Casada con el conde de San Giovanni in Croce, en su residencia feudal y en Milán convocaba a los hombres más famosos de las letras y de las artes.

Gerolamo da Cremona. Miniaturista lombardo cuya actividad floreció entre 1467 y 1483.

Giustiniani. Rama genovesa de una relevante familia italiana que produjo un buen número de prelados, escritores y hombres políticos.

Graciano. Monje camandulense, autor de una colección sistemática y completa de las leyes eclesiásticas titulada *Concordia discordantium canonum* (post. 1139), en la cual se proponía conciliar las aparentes contradicciones de las leyes canónicas.

Gregorio de Tours. En el año 573 fue obispo de la ciudad francesa de Tours. Escribió muchas obras de carácter eclesiástico, pero la más importante es *Historia ecclesiastica Francorum*, en diez volúmenes. Se encuentra entre los más importantes cronistas de la Edad Media.

Grimaldi. Célebre familia del patriciado genovés.

Guicciardini, Giacomo (1421-1490). De la potente familia florentina de los Guicciardini y hombre de confianza de Lorenzo de' Medici, ocupó importantes cargos en la señoría de Florencia.

Lampugniani, Cristoforo. Primero fue miembro de la Cancillería Secreta del estado de Milán [v. Glosario], y desde 1491 ocupó el cargo de canciller del Consejo Secreto [v. Glosario].

Lampugnani, Giovanni Andrea. Noble milanés, en 1476 organizó la conjura para asesinar a Galeazzo Maria Sforza.

Landriani, Antonio († 1499). Fue ministro de Finanzas de Ludovico el Moro.

Missaglia. Familia fabricante de armas conocida en toda Europa en los siglos XV y XVI.

Montemerlo. Noble familia de Tortona cuyos miembros ocuparon numerosos cargos políticos en el estado de Milán.

Opizzoni. Noble familia de Tortona cuyos miembros ocuparon numerosos cargos políticos en el estado de Milán.

Opizzoni, Dertonino. Hijo de Lorenzo, notario y canciller de Tortona.

Orígenes (II-III d. C.). Célebre doctor de la Iglesia, escritor prolífico, fundó una escuela de pensadores y teólogos cuya influencia en la doctrina cristiana fue predominante durante el siglo III y durante buena parte del IV d. C.

Pandolfini, Pietro Filippo. Consejero y embajador de Lorenzo de' Medici.

Piccolomini, Antonio († 1493). Sobrino del papa Pío II y duque de Amalfi.

Piccolomini, Maria (hija de Marino Marzano, príncipe de Rossano). En 1461 se convirtió en esposa en segundas nupcias del duque de Amalfi, Antonio Piccolomini.

Pontano, Giovanni (aprox. 1429 -1503). Ministro y poeta de los reyes aragoneses en Nápoles, está reconocido como fundador de la Academia Pontaniana.

Riario, Raffaele († 1521). En 1477 el papa Sixto IV lo nombró cardenal del Sacro Colegio.

Rufolo. Noble y rica familia de Ravello. Su villa del siglo XIII aún hoy es el monumento más conocido de Ravello.

Ruperto da Nola. Célebre cocinero del rey de Nápoles Fernando de Aragón. Autor del *Libre del Coch*, impreso en catalán en 1520 y en castellano en 1525 con el título *Libro de cocina*.

Rustichello da Pisa. Compañero de celda a quien Marco Polo dictó su *Milione*, mientras estaba encerrado en la cárcel de la República de Génova, que lo hizo prisionero como consecuencia de una batalla entre naves mercantiles genovesas y venecianas.

Sannazaro, Jacopo (aprox. 1456 -1530). Noble cortesano de los palacios reales aragoneses de Nápoles, poeta y refinado humanista de la Academia Pontaniana.

Sanseverino, Galeazzo († 1525). Hijo de Roberto, como su padre fue un hombre de armas, se casó con una hija natural del Moro, Blanca. Posteriormente se pasó a los franceses y se convirtió en Gran Escudero de Francia.

Sanseverino, Roberto (1418-1487). Condotiero y capitán de gran valor, militó con Francesco Sforza y ocupó altos cargos del gobierno de Milán. Acudió en ayuda del rey Fernando de Aragón y obtuvo el título de primer conde de Caiazzo.

Sclafenate, Giovanni Giacomo (1460-1497). Obispo de Parma. Cuando apenas tenía veintitrés años, Sixto IV lo eligió cardenal del Sacro Colegio de Roma.

Sergregorio da Gravedona. Gran orfebre lombardo de finales del siglo XV y principios del XVI.

Sfondrati, Battista (1461-1497). Juriconsulto de Cremona. En 1487 obtuvo la ciudadanía milanesa por parte de Gian Galeazzo Sforza. Embajador del Moro en todos los principados italianos, era estimado como uno de los más profundos legisladores de su tiempo.

Sforza [v. gráfico].

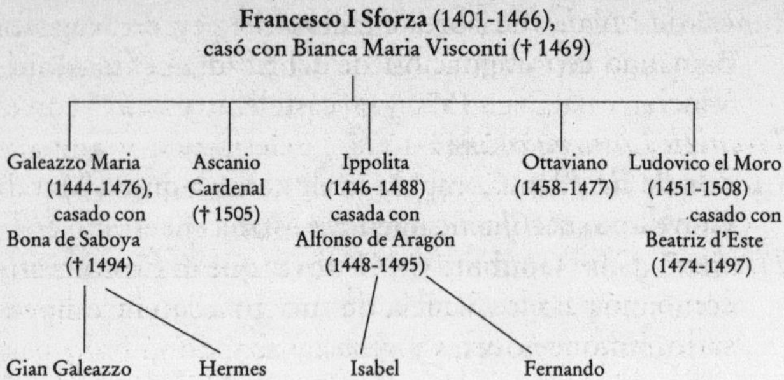

Sforza, Ottaviano (1477-1541 aprox.). Hijo ilegítimo de Galeazzo Maria Sforza y Lucia Marliani. Obispo de Lodi en 1497, fue una figura de gran poder del Ducado de Milán.

Sforza, Secondo (1433-1492). Hijo natural de Francesco I Sforza. Hombre de armas, que dio origen a la rama de los Sforza de Borgonuovo.

Simonetta, Cicco († 1480). Ministro de los Sforza. Durante la regencia de la duquesa Bona, concentró en sus manos la totalidad de los asuntos del Ducado. Sobre su persona se volcaron las envidias de la Corte que logró acabar con él. En Pavía fue hecho prisionero por orden del Moro, que lo mandó decapitar.

Soderini, Paolo Antonio. Perteneciente a la más antigua nobleza florentina, entre los años 1527-1530 fue un activo exponente de la vida política de Florencia.

Spannocchi, Ambrogio. Banquero sienés que en Roma tuvo la más importante sede bancaria de la segunda mitad del siglo XV. Supo conquistar un inmenso crédito y la estima del rey Fernando de Nápoles y de su hijo Alfonso, pero después de la muerte del fundador el banco quebró.

Spinola. Antigua, ilustre y potente familia de la aristocracia genovesa.

Taccone, Baldassarre († 1521). Escribano de la Corte Ducal de Milán, fue poeta e incluso llegó a crear versos para una representación de Corte de Leonardo da Vinci.

Trivulzio, Antonio (1449-1508). Eclesiástico y embajador de los Sforza, en 1487 fue nombrado obispo de Como, por recomendación del Moro.

Trivulzio, Gian Giacomo (1441-1518). Gran Condotiero, combatió para los Sforza, que no supieron recompensarlo. Entonces juró venganza y abandonó Italia para pasar al servicio de los reyes franceses. Está reconocido como el fundador de la milicia de Francia.

Trotti, Jacopo. Embajador de los duques de Ferrara en las Cortes más importantes. Dejó un rico carteo sobre su actividad diplomática, que se desarrolló durante la segunda mitad del siglo XV.

Vincimala, Gian Giacomo. En 1487 era Gran Senescal [v. Glosario] en la Corte de los Sforza.

Visconti, Gaspare († 1499 aprox.). Fue uno de los mejores poetas en italiano vulgar de la época de Ludovico el Moro.

AGRADECIMIENTOS

El autor agradece muy sinceramente a las siguientes personas e instituciones su disponibilidad y colaboración en la traducción al castellano de esta obra:

Sra. Carmen Simón Palmer
Sr. Rafael Ansón Oliart
Biblioteca de Catalunya
Consejo Superior de Investigaciones Científicas
Museu Tèxtil d'Indumentària de Barcelona
Oficina de Información Diplomática del
Ministerio de Asuntos Exteriores
Real Academia Española